생활 속에서 샘솟는

시심을 찾아서

경암 이원규 문학평론집

신인

꽃줄기 밀어 올리는 뿌리의 근성

나는 지금까지 가까운 시인들의 작품해설을 많이 써온 편이다.
그러한 작업이 인간관계의 응분의 업이라고 믿으면서,
나의 시에는 이상적인 비평가가 되고,
타인의 작품에는 이상적인 독자가 된다는 것이
평소의 지론이다.[1]

모든 예술 작품은 작가의 분신이다. 그러므로 한 편의 시를 대할 때에 허투루 봐서는 안 된다. 물론 전체가 완벽하다면 더할 나위 없겠지만, 때로는 어느 한 부분 한 문장에서 진솔한 삶의 의미를 찾아낼 수 있다. 그러니, 이 책이 손에 잡혔다면 아무 데나 펼쳐서 두어 꼭지만이라도 정성껏 통독해 보시라고 정중히 권하고 싶다.

평론가는 작가가 펼쳐놓은 다양한 풍경 속으로 불특정 다수 중에서 특별하게 초빙된 성실한 독자라고 나는 생각한다. 그는 작품과 작품 사이를 탐색하며 숨겨진 의미를 찾아 깊은

---

1) 젊은시 동인시집·6 『작은 흔들림까지도』/김영석·이원규·김광선·윤임수/문경출판사/1998/김대규 시인의 해설(120쪽) 「삶의 아픔과 시의 어려움」중에서

사유의 체계를 재구성하려고 논리적으로 감식하고 평가한다. 이때, 평론가는 작품을 대할 때 자신의 고집이 된 사고방식으로 재단하고 비판하여서는 곤란하다. 일상의 생활에서도 다를 바 없다. 어떤 일이든 함께 공감하고 열린 마음으로 소통해야 서로 편한 사이가 된다. 평론은 그야말로 상생, 영어로는 (win-win)원원이 되는 길을 여는 작업이다. 생활 속에서 샘솟는 시심을 찾는 작가와 독자를 위해 평론가는 기꺼이 마중물의 역할까지도 수행한다.

내 문학의 출생지는 1983년의 〈안양근로문학회〉이다. 그곳에서 김대규 선생님 지도로 본격적인 글쓰기가 시작되었다. 지금은 선생님이 안 계시지만, 올해에 제50집의 동인지를 펴내는 저력을 우리는 발휘하고 있다. 1990년부터는 직장이 부산으로 내려가는 바람에 부산에서 전국 〈젊은시동인〉으로 활동했다. 1991년 『시와의식』 봄호에 「탈춤」 외 4편의 시를 발표하면서 등단, 오산문인협회 2대 회장과 경기도문인협회 3, 4, 5대 사무국장을 9년 동안 역임하면서 여러 문학단체와 교류하며 많은 문인과 만나고 또 헤어지기를 반복했다. 지천명(知天命) 늦깎이로 방송대 국어국문학과에 편입하여 2006년 졸업했다. 재학 중에 방송대문학상을 받았고, 경기지역대학에서 문학 지망생들을 대상으로 하는 문예 창작 지도강사로 활동하기도 했다. 그때의 수강생들이 대학원에 진학하여 석·박사 과정에 도전하면서 자연스럽게 그들의 논문을 첨삭 지도해 주는 기회가 생겼다. 때로는 가깝게 지내는 문인들이 시집이나 수필집을 내면서 자기 작품을 읽어달라는 부탁도 종종받아서 시집의 뒷부분에 작품 해설이라는 꼭지를 달고 간략하게 소감을 써주기도 했다. 전문 평론과는 학술적으로 거리가 한참 먼 독후감 정도의 글을 문학평론이라면서 발간하자니 낯이 후끈거린다. 그래도 어느 누군가에게는 소중한 한 권의 성과물이며 영원할 추억이 담긴 작품집이다. 나는 그 추억의 세계로 초대받아 작품집 곳곳을 누비며 맨 처음으로 음미했던 영광을 누렸다.

이 책의 편집은 크게 네 갈래로 나누었다.

제 1·2·3부는 평소 가깝게 지내던 시인들의 작품해설을 최근 발표작부터 역순으로 수록했다. 중앙보다는 지역 문단을 이끄는 데 애쓰셨던 의제헌 김명배 시인의 시선집 『천안흥타령』을 읽고 쓴 「고향 노래에 담긴 그리움의 시학」을 맨 앞에 올리고, 우리글 우리말을 재치 있게 잘 다루는 이정록 시인의 『동심언어사전』의 매력에 빠져 독후감 형식으로도 써봤다. 최근에 시집 출간을 준비 중인 박민순, 김용원 시인과 육순부터 시를 써서 12권의 시집을 펴낸 팔순 노익장 김선우 시인의 시선집에 들어갔던 작품 해설 그리고 꼬마 시인 김동

수 군과 김용원 시인의 첫 시집 『내 삶의 나무』와 김선우 시인의 『냉이꽃 편지』 그리고 아내 황백조 시인 등이 참여한 12인 시집 『달빛에 사랑을 담다 』, 공란식 수필가의 수필집 『마이웨이』에 쓴 발문까지 보태서 제2부에 함께 묶었다. 또한 조은영, 신준희, 양길순 그리고 내가 강원도 춘천 박사마을에 살면서 다소 길게 187쪽이나 썼던 송암 김선우 시인의 시선집 평설은 일부만 발췌했으며 허효순, 김의식, 반산, 신경애 시인 등의 시집에 들어갔던 작품 해설까지 모두 제3부에 몰아넣었다. 이렇게 이것저것 긁어모아 뭉뚱그려 엮어놓으니, 19편이나 되어 책의 두께가 제법 두툼해졌다. 그런데, 곁에서 이를 지켜보고 있던 아내가 남의 작품만 있지 않느냐며 툴툴거린다. 이 세상에 다시 서도록 마음고생한 아내의 뜻을 거역할 용기가 내겐 없다.

내친김에 별책 부록으로라도 넣고 싶었던 노작 홍사용과 관련한 글을 이참에 또 한 번 더 넣기로 했다. 그래서 1993년 『오산문단』 첫머리에 발표했던 「노작 홍사용과 여수 박팔양의 생애와 문학」을 비롯하여 『노작 홍사용 일대기─ 백조가 흐르던 시대』도 도입부와 연극 관련 부분을 발췌해 재수록했다. 내가 노작에 뜻을 세워 다가선 지 어언 30년이 넘었지만, 아직도 못다 한 이야기가 너무나 많다. 노작은 시뿐만 아니라 말년에는 연극에도 투신했던 기록이 '한국 연극'에 관한 책을 읽다 보니 짧게나마 나오고 있다. 경기문화재단에서 발간했던 2000년 ≪기전문화예술≫에 김학동 서강대 명예교수님과 함께 발표할 때 내가 썼던 「노작의 연극 시대」 자료는 끝내 찾아내지 못했다. 그래서 '노작 재조명'을 목표로 〈노작문학기념사업회〉를 추진하면서 겪었던 후일담까지 제4부로 끌어당겼다. 요즘도 짬이 나는 대로 국립중앙도서관으로 가서 근대의 연극 관련 서적들을 찾아 읽었다. 그러던 어느 날, 국립극장 달오름 무대에 올렸던 〈나는 왕이로소이다〉에서 노작 역을 맡았던 표수훈 군과 가까스로 연락이 닿았다. 고맙게도 수원특례시 선경도서관 3층 향토자료관에 극단 〈성〉을 이끌었던 벗 김성열 자료관이 마련됐다는 소식을 들었다. 그가 생전에 소장하고 있던 귀중한 연극 관련 서적들을 그곳으로 옮겨 놓았단다. 며칠 전 그곳에 가보니 서가에 빼곡하게 손때 묻은 그대로 보존되어 있다. 참으로 고마운 일이다. 노작의 연극과 관련된 자료가 더 모이면 제대로 정리해서 '노작과 김성열의 연극 활동'으로 소논문으로라도 꼭 발표하고 싶다. 내가 오랜 자료수집 과정을 거쳐 2000년 10월에 발간했던 『노작 홍사용 일대기, 『백조(白潮)가 흐르던 시대』가 1920년대와 30년대 문학사를 연구하는 분들이 지금도 참고 문헌으로 활용하고 있어 뿌듯한 보람도 느끼는 중이다. 앞으로 노작 문학 연구의 길을 걷는 또 다른 후학들을 위해 조그마한 징검돌 하나를 놓는다는 심정으로 또 노작을 불어내 보았다.

왜냐하면, 제4부에 있는 '노작'에 관한 글들은 누구나 다 아는 흔한 텍스트가 아니다. 노작 선생의 장자 홍규선 옹 내외가 그 당시 내가 살던 오산시에 있는 태영아파트에서 살았었다. 나는 노작을 연구한답시고 그 댁을 내 집처럼 드나들면서 유품도 한 보따리 받아서 내 서재로 챙겨왔고, 소소한 이야기까지 녹취록 작성하듯 받아 적었다. 이제는 그러한 일이 불가능하지만, 있는 자료만이라도 되살려 누군가의 귀한 손으로 자꾸 베껴지기를 바랄 뿐이다. 이렇게라도 "노작! 노작!" 해야 노작이 진짜로 살아남는다고 나는 믿는다. 요즘에는 〈노작 홍사용 문학기념관〉에서 손택수 관장을 비롯한 임직원들이 크고 작은 행사를 열심히 추진하는데 괜한 오지랖 넓히지 말라고 하겠지만, 그러거나 말거나 나는 내가 할 수 있는 일은 내가 찾아서 반듯하게 정리해 놓을 작정이다.

이 책은 애초부터 누구나 편하게 이해할 수 있도록 쉽게 쓴다고 썼지만, 내가 봐도 미진한 곳이 한두 군데가 아니라서 민망하기 짝이 없다. 확실하게 잘못된 곳은 원본이 훼손되지 않는 범위에서 조금씩 수정·보완했다. 그간의 여정을 복기(復棋)하면서 여기저기 흩어져 있던 원고들을 찾으려고 서재의 책을 펼칠 때마다 불쑥불쑥 김대규 선생님께서 만년필로 써서 보내주신 엽서들이 책갈피에서 튀어나왔다. 지금은 이 세상에 계시지 않는 선생님의 모습이 자꾸 떠올라 가슴이 먹먹

했다. 내가 문학 인생의 길을 이만큼이라도 걸어온 것은 순전히 선생님 덕분이다. 그 크신 가르침에 만분의 일 정도만이라도 이 책으로 대신 갚아질 수 있다면 정말 좋겠다.

"선생님! 앞으로도 더 내가 나를 모질게 매질하며, 꽃줄기 밀어 올리는 뿌리의 근성(根性)으로 나답게 살아남겠습니다."

끝으로, 이 책이 나오기까지 '도서출판 시인'의 장지섭 대표와 편집진들이 참으로 애썼다. 장 대표는 생전에도 선생님을 잘 모셨는데, 지금 〈김대규 문학관〉 건립추진위원회 집행위원장이다. 여러모로 정말 고맙고 또 미안하다.

2023년 초겨울, 부천시 심곡천 곁에서
경암 이원규 큰절 올림

생활 속에서 샘솟는

경암 이원규 문학평론집

차례

12

   ―공란식 수필집,『마이웨이』

늘 주제는 고향과 어머니

소박한 일화 가볍게 처리

몽둥이보다 바늘로 찔리면 더 따끔하다

자유로운 사이버공간에서 글쓰기

생생한 현재형으로 부르는 이름이여

뜻을 전하는데 1,000자 정도면 충분하다

제3부 삶과 소통하며 길을 만나다

17

제4부 노작 홍사용 연구와 재조명 추진 활동

제1부 **그리움, 행복했던 날들의 비망록**

고향 노래에 담긴 그리움의 시학

천안 흥타령, 오늘의문학사, 2017년

단지 보고 싶고 만지고 싶고 닿고 싶은 마음은 아직 그리움이 아니다. 사무쳐야 그리움이다. 쓰라려야 그리움이다. 마침내 그리움과 나를 분리시킬 수조차 모른 채 한참을 방황하다가 비로소 인생의 어느 참혹한 문턱에서 그 황망함의 정체를 깨닫는 순간이 그리움이다.

— 정여울/소리내어 읽는 즐거움/홍익출판사/2016년/28쪽

프롤로그 Prologue

의제헌 김명배 시인(이하 '의제헌'으로 호칭)의 시선집을 대하니 문득 내 고향이 그리워진다. 첫머리 「삼거리 버들」 연작은 고향에 대한 향수라기보다 시인의 고향 사랑 그 자체이다. '고향'이라는 말은 '부모'라는 단어만큼 누구에게나 친근감을 불러일으킨다. 때로는 귀향이라고 해서 고향으로 되돌아가기도 하지만, 과거부터 현재까지 고향을 떠나지 않고 살았던 사

람도 잠시 타향에 머물다 보면 고향의 소중함을 새삼 느끼게 된다. 더구나 시를 쓰는 사람이라면 객지에서 겪는 삶의 어려움과 고달픔 그리고 세상으로부터의 소외감과 박탈감까지도 그곳에서 느끼게 되어 더욱 고향을 그리워하게 된다. 의제헌은 고향을 떠나지 않고 고향을 지킨 향토 시인으로 알려져 있다. 그래서인지 의제헌의 시선집 『천안 흥타령』은 유난히 고향과 가족은 물론 사찰 등에 이르기까지도 관심을 보여주고 있다. 이는 자신이 태어나고 성장했던 고향을 스스로 버리지 않았기에 언제까지나 나날의 삶을 더 삶답게 하는 근원의 에너지가 되었던 셈이다. 친절하게 '천안사랑 시선집' 발간 후기에 아래와 같이 밝히고는 있지만, 고향에 관한 구체적이고 풍부한 묘사로 이렇게 많은 작품을 쓴 작가는 우리나라에서 손을 꼽아 봐도 그리 흔하지 않은 게 사실이다.

"이미 발표한 시집의 시, 유고 작품 등을 망라하여 천안과 관련한 작품을 선별하였습니다. 첫째로 제목이나 부제목에 천안의 지명이 들어간 작품, 둘째로 천안의 지명이 시에 인용된 작품 등 100여 편 중에서 80편을 선별하였습니다. 셋째로 천안에 뿌리를 내린 가계의 어르신과 가족들에 대한 작품 20편을 더하여 100편으로 최종 편집하였습니다. '서시'를 합하면 101편이 됩니다." [2]

소박한 향토의 서정과 따뜻한 인간애가 듬뿍 담긴 이 시선집

---

2) 김명배 / 천안 흥타령 / 오늘의문학사 / 2017년 / 167쪽

을 통독하면 한 번쯤 '고향'을 주제와 소재로 삼아 시를 쓰고 싶은 욕구가 생길 것이다. 인간이면 누구나 똑같이 간직한 토속적 고향의 풍경과 정한들이 이 시선집에 파노라마처럼 펼쳐져 있기 때문이다. 이 시선집에는 정겨운 고향의 풍속과 가족들의 모습은 물론 일상에서 마주하는 소박한 풍경들에서 인간의 본성에 대해 깊은 성찰을 하게 만드는 작품들이 빼곡하게 수록되어 있다. 그야말로 고향을 향한 진정한 향토애의 노래이며, 일상생활에서 얻은 세속적인 이야기들을 하나같이 곡진하게 다듬고 벼려 정성 다해 쓴 작품들이다.

그리움은 지금 여기에 있지 않은 무엇인가를 보고 싶다는 뜻이다. '고향'은 세상을 떠난 어머니처럼 불러도 대답 없는 영원한 그리움으로 우리의 가슴에 존재한다. 이 시선집 속에는 앙금처럼 진득한 그리움과 지난날의 추억들 그리고 삶의 고뇌와 슬픔에 대한 의미를 일깨워 주는 시들이 실려 있어 필자도 역시 그동안 심란했던 마음을 이 시선집을 조곤조곤 읽으면서 다잡게 되었다. 한 대목 한 대목이 허투루 넘길 수 없는 의제헌의 관조적인 삶의 자세가 시심의 깊이를 더욱 깊게 하고 있다. 나이로는 아버지뻘이고 필자와 생일이 음력 8월 20일로 똑같은 의제헌의 시선집을 교보문고에서 주문해서 읽었다. 첫 장부터 나도 모르게 잊고 지냈던 그 옛날의 그리움들이 뿌연 안개처럼 눈앞에 펼쳐진다. 쉽고 편한 평범한 언어로 아름다운 인간 심리의 내면을 이렇게 표현하는 기발한 발상이 신선했으며, 소리 내어 읽으면 더욱 깊은 울림이 오래도록 남는다. 이처럼 '고향'을 소재로 삼아 시를 쓰면 그곳에서 펼쳐졌던 그때 그 시절의 아픔과 상처도 언어의 세공 과정을 거치면 진한 그리움의 미학으로 변해 우리의 가슴에 바투 다가서며 부지불식간에 삶의 이치를 깨우쳐 주는 삶의 혜안으로 빛을 발한다.

끊으려야 끊을 수 없고 그리워하지 않으려 해도 그리워지는 고향을 향한 애절한 그리움은 또 하나의 사유의 공간에서 나를 마냥 기다리고 있다. 시인이 시를 쓰는 이유는 차마 말 못할 '아쉬움'을 기억 속에 가두어 놓지 않고 잠시나마 '그리움'으로 붙잡아 두고 싶은 욕망에서 출발한다. 그러한 마음을 타인과 함께 공유할 객관적인 문장으로 표현하여 남겨두는 작업이 바로 시 쓰기가 아닌가 싶다. "그리움은 종이에 쓴 마음이 아니라 마음속에 그린 그림이며, 그림처럼 떠오르는 글이다. 안양의 김대규 시인은 창작의 욕구는 〈그리움→그림→글〉이라고 강조했으며, '사랑'을 주제로 쓴 아포리즘 모음집 『사랑의 팡세』에서는 '그리움×그리움=사랑, 그리움÷그리움=이별, 그리움+그리움=추억, 그리움-그리움=망각'이라는 공식까지 선보였다."[3]

자, 이제 기차나 전철을 타고 천천히 의제헌이 살았던 '천안'으로 함께 떠나보자.

---

3)김선우/가시꽃이 피었다/도서출판 국보/2021년/252쪽

1. 지친 삶에 신명을 돋우는 천안의 노래

경부선과 장항선의 분기점인 천안역, 경부고속도로의 천안 나들목 그리고 고속전철의 중추인 천안아산역은 지금도 대한 민국 사통팔달의 교통중심지라는 천안의 이미지를 형성하고 있다. 옛날에도 그러했지만 지금도 '천안' 하면 뒤따라오는 말이 '삼거리'다. 천안 삼거리는 서울에서 내려올 때 삼남대로가 영남길과 호남길로 갈라지는 분기점이다. 한 길은 납안들 고개를 넘어 청주, 문경, 대구의 영남길로 가는 길이고, 또 다른 길은 도리티 고개를 넘어 공주, 강경, 전주의 호남길로 통하는 길이다.[4]

이 시선집의 표제이자 서시로 맨 앞에 놓인 「천안 흥타령」을 1절만 읽고(노래로 부르면 더욱 좋겠지만) 다음으로 넘어가자.

갈 때 가더라도
사나흘 머물다 가시게.

버들가지 흔들리는
어릿어릿 오솔길 따라
거문산 산새가 부르거든
난 줄 알고 오시게.

---

4)심재권·김선명/삶이 평안한 천안학/살림터/2014년/192쪽

동평리 우리 집
사랑방이 비어 있지.

천안 삼거리 흐응 흥
능수버들이 휘이 휘

2절 4연에서는 '태조산 광덕산/푸른 산빛 여일하지.' 그리고 3절 2연에서는 '목천면 우리 집/어머니 빚으신 술 향기'라면서 고향의 자연과 어머니까지 소환하고 있다. 이러한 소재들이 배후에서 작동하는 이미지는 늘 '그리움'이다.

천안 삼거리의 상징이 된 축 늘어진 능수버들, 그 버들을 '능수버들'로 부르게 한 「능소전」이야기도 전해져 온다.

조선시대 천안 삼거리에서 장사가 가장 잘되는 집은 삼례네 주막이었다. 그 까닭은 삼례라는 주모가 과부인 데다가 그 수양딸이 아주 미인이었기 때문이다. 사람들은 수양딸인 능소의 노랫가락에 술 한잔 들기를 원하였지만, 능소는 지조가 강하여 뭇 사내들의 애간장만 태웠다.

저녁 해가 질 무렵, 초라한 선비가 삼례네 주막에 들어왔다. (…) 과거 시험에 장원으로 합격한 박 선비가 유력한 재상가의 청혼을 거절하고 능소를 찾아 천안 삼거리로 길을 떠났다.

박현수가 배신한 줄로만 알았던 능소는 드디어 천안 삼거리에서 박 선비를 만나 기쁜 나머지 손을 잡고 덩실덩실 춤을 추기 시작하였다. 수양어미 삼례도 따라서 춤을 추었다. 이를 구경하던 마을 사람들도 따라서 춤을 추었다. 누구의 입에서 흘러나왔는지 몰라도, 흥겨운 타령이 가락으로 흘러 퍼졌다. 이 흥겨운 가락은 그 후 전국 방방곡곡으로 널리 퍼져서 우리 겨레의 멋과 흥을 돋워 주는 흥타령으로 발전하여 오늘에 이르렀다.[5]

1부의 첫 시 「천안 삼거리」에서도 의제헌은 '인생은/질러가도 삼십 리,/돌아가도 삼십 리,/목천(木川)에서 출발하면/천안(天安)쯤 되겠네' 라면서 정겨운 고향을 끌어안고 있다. 두 번째 시부터는 아예 부제를 '삼거리운(三巨里韻)'으로 해서 일런번호를 1번에서 8번까지 그리고 '이빠진산'과 '천안역에서' 각각 1과 2번 그리고 「오늘은 천안역」, 「미륵바위」, 「태조산행」, 「세성산 북벽에-허튼소리」, 「강관옥의 그림」 등의 시와 시조 「거문산」, 「백운산」, 「호접─부용묘에서」 3편이 1부에 수록되어 있다. 이 모두가 시인의 고향 천안의 자연과 사람을 대상으로 한 작품들이다. 의제헌의 시는 우리네 옛 고향처럼 소박해서 쉽고 편안하다. 난해한 수사나 기교로 언어를 치장하기보다는 시인의 의식에 투영된 사물과 대상을 가능하면 있는 그대로 생각나는 대로 솔직하게 묘사해서 더욱 정겹다. 또한 전반적으로 시의 길이가 20여 행 안팎으로 짧지만, 경제적

---

5)같은 책/104~106쪽

28

시어의 운용으로 언어의 묘미와 긴장을 최대한 살려서 상상력을 최대한 확장하고 있다. 시어의 선택도 미사여구가 없는 일상적인 언어이고, 시의 화법도 단순하고 소박하다. 비교적 쉬운 어휘와 문체, 생활 가까이에 있는 소재들이라서 누구나 편안하게 읽을 수 있다. 의제헌 시의 매력은 애면글면 애써 설명할 필요조차 없다. 있는 그대로 읽으면 그냥 가슴으로 치고 들어온다. 이처럼 '고향'이라는 소재로 꼼꼼한 공력을 들인 작품들을 통해 자아를 성찰하고 삶의 진실을 캐내는 의제헌의 탁월한 감성과 인식에서 독자들은 깊은 통찰의 시간을 갖게 될 것으로 믿는다.

시 「미륵바위」에서 아버지가 머리를 박박 미시고 갓을 쓰고 다니셔도 의제헌은 부끄럽지 않게 생각했는데, 의제헌이 피부과 전문의의 권유로 이발기로 5푼 수염을 깎은 것을 보고 자식들이 민망해한 모양이다. 그 대목을 첫 행은 '검새울 미륵바위는 까까머리이십니다.', 마지막 행은 '검새울 미륵바위는 수염이 없으십니다.'라면서 뛰어난 유머 감각으로 잘 넘기고 있다. 아래의 시조 3편도 재밌다. 시조창이 아니더라도 그냥 소리 내어 읽어보자. 절로 웃음이 나오려고 한다.

삼일절도 아닌데/머리띠 동이셨다//느이덜이 주인인겨/사랑혀 미안혀//거문산 걱정 크시다/대한국민 만만세

— 「거문산」 전문

니 마음 니가 알지/내가 아니 소쩍새야.//어디다 두고 와서 내게
달라 보채는가.//백운산/회춘하셨다./거기 가서 물어보렴

—「백운산」 전문

몇 잠이나 자시는가?/그만 일어나시게.//바람도 구름도 풀꽃
되는 세상일세.//나일세./날 모르시나?/시객 호접 아닌가.

—「호접 -부용묘에서」 전문

시조는 '3장 6구 12음보'의 정형의 틀 안에서 맺고 풀고 굽
이치는 자연스러운 율격이 있는 우리 민족의 고유한 문학 장르
이다. 이 시선집에는 시조가 10편 정도 실려 있다. 대부분 단시
조지만, 선사들이 쓴 선시처럼 번득이는 가운데서도 재치와 유
머로 입꼬리가 절로 올라가게 하는 웃음을 선사한다. 그 무엇
보다도 의제헌은 애매하고 어렵게 돌려서 얘기하지 않는다. 할
말은 꼭 하고 마는 직선적인 문장을 예리하게 벼린 언어 감각
과 기발한 발상으로 맛깔나게 시를 쓴다. 그야말로 알심이 통
통하게 박힌 칡뿌리 같은 단맛에 마음의 갈증이 시원하게 가
신다.

인간의 감정은 개인적이지만 사회적 상황에 알게 모르게 영
향을 받는다. 의제헌은 사람과 사람들 사이에서 발생하는 부
조리함과 불협화음에서 받는 수많은 상처, 그리고 인간이기에
겪게 되는 세상살이의 어려움과 고통에서 나오는 절망과 반성

과 후회까지도 경쾌한 유머와 불교적 상생의 세계관으로 헤쳐 나간다. 그만큼 시적 성찰이 지니는 무게가 가볍지 않다는 말이다. 삶을 오래도록 우려내고 걸러낸 그야말로 진국 중의 진국이다. 옛 시를 지금 읽어도 낡았다거나 진부하게 느껴지지 않는 것처럼 의제헌의 시는 천안 삼거리 능수버들처럼 결 고운 서정의 바람을 지금도 신명 나게 타고 있다.

2. 곁에 있어도 그리운 고향

시는 서정(敍情)의 문학이다. 자기를 감추고는 써낼 수 없는 정직한 문학 장르이다. 서정은 외부 세계에 대한 내면세계의 느낌이며 울림이다. 외부와 내면이 긴밀하게 관련을 맺어야 그럴싸한 서정의 감각이 움튼다. 이때 외부 세계는 자기 내면을 둘러싼 사람과 사물, 사건 등 모든 것들을 아우르는 원인 제공처가 된다. 사물을 보는 것이 아니라 사물 속에 숨겨진 비밀을 찾아내야 한다. 새롭게 보고 다르게 보고 다시 봐도 신선함이 변함없도록 신중하게 써야 한다. 2부 〈동평리 서정〉은 「여우 고개」, 「광덕사 운」 외 향요(鄕謠)가 1번에서 18까지 일련번호가 매겨져 있다. 향요는 예로부터 전해오는 고유의 우리 노래다. 여기에 실린 향요들은 언어가 완전하게 육화되어 시적 음성이 짙으면서도 울림이 강한 탁월한 서정시가 되었다. 원래 시심(詩心)은 동심과 상통한다고 한다. 의제헌의 시는 형식과 내용이 동심적 양태를 보인다. 의제헌이 고향을 소재로 한 시적 이미지는 박목월 시에서의 어머니 이미지와 일맥상통한다. 금동철 문학평론가는 박목월의 시를 "그의 시에서 중요한 이미지의 하나로 사용되는 '어머니'는 이러한 서정적 근원을 탐색하는 매우 중요한 단서가 된다."[6]라고 말했다. 의제헌의 '향요' 연작시 역시 어린 시절의 기억을 오늘로 불러와서 과거의 기억을 되새기며 현재의 삶을 반추한다. 어린 시절의 고향은 시적 근원이 되는 마르지 않는 샘물이다. 그곳은 의식의 순수성을 지닌 원초적 장소이기 때문이다. 그곳에서는 자주 가도 싫어하지 않으며 늘 같은 마음으로 반겨준다. 그러므로 부박한 도시의 생활에 지친 마음을 위무하는, 편안한 마음의 쉼터가 바로 고향이다. 가스통 바슐라르는 "잠재적인 어린 시절이 우리 안에 있다. 우리가 그것을 그것의 현실에서보다는 우리의 몽상 속에서 되찾으려 할 때, 우리는 그것을 가능성으로 다시 체험한다."[7] 라고 말했다. 고향과 도시를 오가면서 의제헌은 시적 감각을 유지하고 삶의 의지를 다지면서 세상살이의 균형을 회복하고 있다. 의제헌은 고향을 떠나 살지는 않았지만, 삶의 현장은 외지에서 이루어졌다. 혼잡하고 부산한 도시의 현실은 자연의 섭리에 익숙한 시인에게 무겁게 느껴질 수밖에 없다. 외지에서 살다 보면 혹은 고향을 떠나 멀리 있으면 있을수록 인간에 대한 냄새, 즉 향수를 느끼게 된다. 우리는 무의식적으로 현재에 존재하지 않는 아련한 옛일들을 떠올리

6)작가론 총서 14/박현수 편저/새미/2002년/금동철 「박목월 시의 '어머니' 이미지와 근원인식」/183쪽
7)몽상의 시학/가스통 바슐라르/김웅권 옮김/동문선/2007년/128쪽

기도 한다. 삶의 어느 순간마다 때로는 의도적으로도 그런 추억 행위를 되풀이한다. 지나간 일을 추억한다는 것은 현실의 삶을 계속하는 데 있어서 멈출 수 없는 필수 불가결한 요소가 되기도 한다. 기억의 저장고 속에 묻힌 옛일들을 회람하고 탐색하다 보면 현재 자신의 위치에 대한 본질적인 재확인과 더불어 미래의 삶에 대한 어떤 가능성이 재발견되기도 하기 때문이다. 이렇게 존재의 의미에 대한 깨달음을 과거의 한 풍경으로 열어 보이는 성찰적 시선이 빛나는 다음 시를 읽어보자.

아이들은 다 어디 갔나.
동평리
뒷동산은 어디 갔나.
뒤돌아보며, 뒤돌아보며,
넘어가는 해의 눈빛 속에
저 그늘은 어쩌랴.
천안으로 가는
천안으로 해서 서울로 가는
오솔길은 어디 갔나.
나랑 같이 놀던
당집 계집애
당집 귀신은 다 어디 갔나.

— 「향요 · 1」 전문

3부 〈목천 여우고개〉에 있는 4편의 시조 중 1편만 더 읽고 넘어가자.

여우고개 넘어서 황금빛 화폭 속을

리를자로 내달으면 거기가 유년이라

선생님 아니 계실까

갈피 속에 남은 온기

왜 왔나 그때 그 시절 잊고 살자 해놓고

세월도 유년을 리를자로 굽이쳤네

선생님 아니 계셔도

들려오는 풍금소리

— 「풍금소리」 전문

의제헌은 때때로 엉뚱한 몽상에 들기도 한다. "몽상의 존재는 어린 시절부터 늙은 시기까지 인간의 모든 나이를 늙지 않고 통과한다. 그렇기 때문에 인생의 말년에서 우리가 어린 시절의 몽상을 다시 체험하고자 시도할 때 우리는 몽상이 이를테면 배가되는 현상을 느낀다."[8] 라고 가스통 바슐라르는 말했다.

시는 삶이다. 어떤 문예 작품이든 삶, 즉 우리의 생활과 관련이 없는 것은 없겠지만, 특히 시는 시인이 몸담은 삶의 현장에 불현듯 마음이 머물게 되면서 나온다. 삶의 노래가 아닌 시는 없다는 말로 바꾸어 말할 수도 있다. 그러므로 시는 우리가 사용하는 일상적인 언어로 우리의 삶을 담아낼 때 쉽게 감동이 온다. 물론 세상을 허투루 보며 산다면 시가 나올 리 없다. 무엇인가 생(生) 혹은 삶의 의미를 찾아내려는 끈질긴 노력이 수반되어야 한다. 의제헌 특유의 강렬한 발성과 또렷한 이미지는 연작시 형태로 쓴 작품들에서 조개 속살에 붙어 있는 진주처럼 반짝이고 있음을 발견한다.

「여우고개 환상(幻想)」도 1번에서 4번까지 연작시로 썼다. 다섯째 연마다 괄호 닫고 '엄마야,'라고 부르는 후렴구가 이색적이다. 1번에서는 (엄마야,/허공이 된 화살이/되돌아온다./엄마야.), 2번에서는 (엄마야,/눈물로 사귄 별이/허공이 된다./엄마야), 4번은 (엄마야,/아침에 까치가 별나게 짖더니/아비가 돌아왔다./못쓰게 되어서) 등으로 반복된다. 「여우고개 환상」 3번의 전문을 읽어보자.

제 몸보다 무거운 밤의 중량을
견디어 낼 수 있기 전에
계집아이들은
어른이 되었다.

여우고개를 넘어가고

8)같은 책/129쪽

넘어오고,

어른이 된 계집아이들이
제 영혼보다 무거운
제 몫의 밤을 감당했을 때,
바람은 길게 고개를 돌리고
겨울이 되었다,

그날부터
방문을 잠그고
제힘에 부치는 영혼을
매질했다.

(엄마야,
겨울내에 내리는 새들이
그대로 눈이 된다.
눈물이 된다.)
어른이 된 계집아이들은
대개
입으로 아이를 낳고
어둠을 긷는
아낙네가 되었다.

— 「여우고개 환상 · 3」 전문

의제헌의 시에서 '사람'은 가장 많이 등장하는 중요한 소재 중 하나이다. 이는 사람을 통해서 이미지를 형상화하고 상상력을 확장하려는 의도로 보인다. 그 사람들이 등장해서 시가 더욱 경쾌하고 발랄하게 초지일관 진행되고 있다. 특히 어린 시절의 기억과 환상 속에서 등장하는 사람들은 성년이 된 이후까지 의제헌의 의식을 사로잡고 있었던 것으로 보인다. 그 고향에서의 사람들이 이제는 자신을 돌아보게 하는 반면교사의 역할이 되기도 한다. 가스통 바슐라르[9]는 "어른이 우리들의 삶은 최초의 재보들을 너무나 빼앗겨 버려서, 그 삶에서 우주와 인간의 유대는 너무나 풀어져 버려서, 사람들은 집의 우주에서 그 유대가 최초로 얽혔던 상태를 이젠 느끼지 못한다."라고 얘기했듯이 "꿈을 통해, 우리들이 살아가는 동안에 들〔거居〕었던 여러 거소들이 상호침투했다"는 것으로 이해된다. 이처럼 의제헌이 과거를 회상하며 쓰는 시 창작 태도는 한마디로 말하면 '그리움의 시학'이다. 시 창작은 꿈과 사랑을 찾는 일이며 더 나아가 자신의 존재를 확인하려는 그리움 찾기다. 꿈과 사랑도 욕망의 산물이라서 그리움처럼 결핍에서 온다. 세상은 변화무쌍하고 현실은 생각처럼 녹록하지도 않고 점점 더 각박해지고 있다. 우리의 삶은 늘 빈구석처럼 고립되어 있어 그리움과 고독으로 가득 차 있는 상태다. 그러한 그리움이 약한 감상에 빠지지 않고 시적 긴장과 절제미를 보여주며, 새로운 차원으로서의 초월을 감행하며 고향에 대한 그리

---

9)공간의 시학/가스통 바슐라르/곽광수 옮김/민음사/1990년/115쪽, 117쪽

움을 다시금 캐묻게 한다.

3. 잃어버린 화두(話頭)를 찾아서

천안의 각원사는 1977년 5월 9일 태조산 중봉에 세워졌으며,
국내에서 가장 큰 대웅보전과 청동좌불상이 유명하다. 높이
15m, 둘레 30m, 귀 길이 175cm, 손톱 길이 30cm에 무게가 청
동 60톤이나 되는 그야말로 어마어마한 불상이다. 또한 천안
성불사도 태조산에 있는데, 고려 시대에 창건한 사찰로 알려져
있다.

우리 집에 찾아오는 산새는 아침에도 울고 저녁에도 운다. 이 세상
모든 것과 내가 아직 옷이 없었을 때 나는 어떻게 기도했을까? 세상
에는 웃음과 울음 두 가지의 기도밖에 없는데 나는 아침에는 웃고
저녁에는 울었을까? 웃음은 너무 어렵다. 우리 집에 찾아오는 산새
는 아침에도 울고 저녁에도 운다. 산속에 들어가 눈물로 사람 냄새
를 지우고 나면 나도 저렇게 울 수 있을까, 산새의 울음으로 기도하
고 싶다.

— 「산새의 울음기도 -각원사 · 3」 전문

세상살이는 그야말로 희극도 비극도 아니다. 희비극이 뒤섞
여 웃고 우는 게 사람 사는 모습이다. 웃을 소리, 웃기는 소리,

우스갯소리, 웃자고 하는 소리지만 나 혼자서라도 웃음소리를 크게 내며 속이라도 편하게 살아야 한다. 우리 민족은 누가 뭐라 해도 긍정적이다. 인간의 수명을 70살이라고 할 때, 사는 동안 3천 번을 울고 54만 번을 웃는다고 한다. 다시 말하면 180번을 웃은 뒤에 겨우 한 번쯤 운다는 얘기다. 우리는 목욕탕의 뜨거운 물에 들어가서도 "야! 시원타!" 하고 붉은 고춧가루 한 숟갈 듬뿍 넣은 매운탕을 먹으면서도 "어휴! 시원타!" 하는 뜨겁고 매운 배달의 민족이 아니던가.

종교의 가르침은 만물이 서로 공존하는 화합의 공간에서 이뤄진다. 위의 시는 산새와의 교감을 통해 끊임없이 자신을 비우고 삶에 대한 진정한 깨달음을 얻고자 하는 수행의 정신이 만들어 낸 흔적이라 할 수 있다. 4부 〈화두를 놓다〉에서는 「각원사」 8편과 「성불사」 등 불교적인 색채가 짙은 연작시 11편 그리고 새마을 사업을 할 때 없어졌다는 고갯길을 그린 「성황당운(城隍堂韻)」 1편은 토속적이면서도 골계미가 있어 읽는 맛이 절로 난다.

가슴을 쓸어도 쓸어도
마음이 추(醜)해지는 밤.
왼발 세 번 굴러라,
물 한 모금 얻어먹고
눈 한 번 감아 주고.

긴 긴 밤을 흐느껴서

산(山)보다 더 큰

캄캄한 눈 하나 베어 버리고,

어떤 성(姓)을 피 붙일래.

밥 한술 얻어먹고

자식 하나 낳아 주고.

계집아, 계집아,

밤이면 정면(正面)으로 보는 건가.

옆에서 보면

사뭇 꽃이다

성황당(城隍堂) 무당 꽃나무다.

— 「성황당운」 전문

"눈물 젖은 빵을 먹어보지 않은 사람과 인생을 논하지 말라" 라고 했던 이가 괴테였을 것이다. 의제헌의 시 대부분은 자기 삶에서 마주쳤던 고난, 상처, 실패, 역경, 고통 등에 대한 담담한 회한이 현실 생활의 성찰로 곧바로 연결된다. 사람 인(人)자의 구성은 서로 기대어 선 모습이다. 서로서로 아끼며 사랑하고 돕는 일은 자신이 살아남는 방법이기도 하다. 그렇게 서로 의지하면서 어려운 고비를 보내고 나면 "시간이 약이다" 라는 말이 거짓말처럼 딱 들어맞는다.

시인들이 즐겨 쓰는 테마 가운데 하나가 가족이다. 가족은 사적인 애증과 집착의 대상이지만, 인간관계를 형성하는 기본 틀이라서 자신의 삶을 성찰하는 관계망 속에서 무너지지 않는 든든한 울타리로 생명이 끝나도 영원히 존재한다. 의제헌의 시에서는 훈훈한 인간미와 가정의 소중함에 대한 내용이 가득 차 있다. 그는 감상적인 낭만주의자가 아니다. 인간성을 한 단계 높은 데까지 끌어올리려고 노력하는 현실적 낭만주의자이다.

5부 〈할머니의 초당〉에는 의제헌의 끈끈한 연대의 가족사가 담겨 있다. 맨 처음 등장하는 할머니(연안 차씨)와 할아버지, 어머니(경주 정씨)와 아버지, 큰누이와 아내 그리고 딸과 먼저 간 맏아들(무애)은 물론 형님과 조카의 이야기까지 골고루 등장한다.

가족은 작은 사회이다. 그곳에서 벌어졌던 크고 작은 이야기와 가족에 대한 깊은 사랑과 그리움 그리고 아픔의 이야기들은 피를 나눈 피붙이들이기에 더욱 애틋하고 진한 정이 흐르기도 한다.

아버지가 기침을 하시는가. 촛불의 그림자가 흠칫 놀란다. 때가 되면, 내가 있던 자리에 숟가락이라도 하나 남아 있을까. 책 한 권과 기침소리가 있는 아버지의 자리, 통로는 없지만 나는 때때로 그 자리로 해서 멀리 아주 멀리 아버지께 아니 간 듯 다녀오고 아버지 또한 아니 오신 듯 다녀가신다. 책장(冊張)을 보면 안다. 넘겨진 책장을 보면 안다.

— 「아버지의 자리」 전문

세상만사를 인간의 힘으로 어쩌지 못할 때는 누구나 간절하게 신을 찾으며 기도하게 된다. 이때 신은 부처나 예수 등 성인을 말하겠지만, 굳이 종교적 절대자가 아닌 어머니와 아버지가 되기도 한다. 현실에 대응하는 극복 방식이 가까운 사이로 내려올수록 오히려 간절하기 때문이다. 그러나 시인은 시 쓰기를 통해 삶을 위로하고 절망을 극복하며 새로운 활력을 찾기도 한다. 필자도 한때는 세속 잡사와의 절연을 선언하고 강원도의 깊은 산속에 들어가 시를 인생의 동반자로 삼으며 몰입했던 시절이 있었다. 이처럼 이상과 현실의 괴리는 인간이라면 누구나 갖는 매우 흔한 일이기도 하다. 그렇다. 일체유심조(一切唯心造), 모든 것은 마음먹기에 달려있다.

'가족'이라는 혈연 공동체는 가장 기초적인 운명 공동체이다. 즉 가족은 혈연적 친밀성을 토대로 사회적·경제적 책임을 함께 하고, 생의 아픔과 고통까지도 같이 나누면서 서로 정신적인 위안을 주고받는다. 의제헌의 가족과 관련한 시를 보면 그의 삶의 뿌리가 여전히 전통적 삶의 방식을 고수하는 향토적 보수주의자임을 알 수 있다.

아내를 소재로 한 작품도 몇 편 보인다. 부부는 무촌이다. 서로 사랑과 보살핌으로 살아야 할 한 몸이나 다름없다. 시비 걸어 싸워 봤댔자 서로가 손해난다. 물론 칼로 물 베기지만, 만약 싸웠다면 남편이 먼저 아내에게 무조건 항복하는 게 행복의 비결임은 당연하다. 부부 싸움이란 제로섬 게임처럼 승자와 패자가 얻는 손실의 합이 0(zero) 가 된다. 가끔 싱거운 질문도 던져보는 사이가 부부다. 그때는 의제헌처럼 '빙그레' 웃어준다면 싸움은 좀처럼 성사되지 않는다. 가황 나훈아가 불렀던 노래처럼 '사랑은 주는 것, 아낌없이 주는 것'이니 가족끼리는 웃음이라도 듬뿍 나눠주시라.

　심심하면 가끔 아내가
　사랑한다고 말해보라 한다.
　멀리 있는 것도 아니고
　멀리 있는 것이 아닌 것도 아니고,
　나를 흔들면 나는 그냥
　빙그레 웃는다.

—「소이」 부분

　애이불비(哀而不悲), '동구 앞 장승이 웃고 있네./딸년 시집가던 날 웃고 있더니/자식놈 기일에도 웃고 있네.', '아내는 절에 가고/나 또한 산에 가고', '살아서 천의 구름/죽어서 만의 바람/멀리 보면 꽃이요 다시 보면 별이라' 하면서 가슴에 묻은 먼저 간 맏아들 무애를 그리며 쓴 시들은 슬프면서도 연민과 동정으로 감싸는 사랑의 절절함이 가득하다. 문심조룡에서도 "애도의 문장은 슬프기 마련인데, 약관의 나이와 어린 나이에 저세상에 있는 것을 슬퍼할 것이네. 싹은 있으나 꽃을 피우지 못하니, 이 일은 옛날부터 비통했던 일이네."[10] 라고 했다. 의제헌의 시에서는 현실적 슬픔과 고통을 참아내는 우울한 아우라가 강하게 서려 있기는 하지만 "우울한 인간은 세상이 사물이 되는 것을 본다. 그것은 피난처, 위안, 환희다." 라는 수전 손택[11]의 말처럼 시를 써서 그립고 아픈 마음을 달래고 있다. 이처럼 시 창작은 슬픔도 치유하는 신비한 마법 같은 능력을 발휘한다. 자신도 모르는 새 자기 암시 또는 고독과 고통과 고민까지도 치유하는 주술적 메시지를 시로 토해내기 때문이다.

　울어 만나리

　웃어 만나리

　눈을 뜨고 만나리 눈을 감고 만나리

　그리움

　이제 아니라

　울어 웃어 만나리

— 「별리 – 무애에게」 부분

　잊어버리기 위해

---

10)문심조룡/유협/황선열 옮김/도서출판 신생/2018년/157쪽
11)우울한 열정/수전 손택/도서출판 시울/2005년/83쪽

잊어버리지 않기 위해

앙가슴에 묻어둔

말 한마디 꺼내보면

반갑다 웃어 보일까

그립다 울어 버릴까

―「잔디 ― 무애에게」 부분

에필로그 Epilogue

시를 쓰는 것은 삶의 한 부분을 기록으로 남기는 일이기도 하다. 이처럼 한 사람의 시적 여정(旅程)을 추적하다 보니 엉뚱한 상상력까지 발동하여 허튼소리까지 하게 되었다. 한 시인에 대한 인생의 평가는 이름의 무게나 걸친 외투가 아니라 내면 가치로 평가하고 환산되어야 한다는 말에 공감한다. 결국 시가 시로 남기 위해서는 시인의 영혼이 들어있어야 하고, 이는 인격과 사상이 시 속에 침투되어야 한다는 결론에 이른다. 단순히 문자의 결합이 아닌 시인 자신의 영혼을 시에 불어넣을 때, 비로소 그 시와 시인은 영생의 길을 확보하는 셈이다.

자신이 살아온 길을 돌이켜보면 아쉬움이 남는다. 누구도 만족스러운 삶을 살았다고 자부할 사람은 없다. 있다 한들 또 몇이나 되겠는가. 아마도 대부분의 사람은 자신의 지난날에서 지금도 그리움의 순간을 떠올리고 있다.

처음에 이 글을 시작할 때는 의제헌의 시 세계를 총체적으로 분석하는 '시인론(詩人論)'을 쓰고 싶었다. 그러나 고향을 소재로 쓴 작품들로 따로 모은 이 책 『천안 흥타령』이 택배로 도착하면서 생각을 바꾸어 '그리움의 시학'으로 진행했다. 듣기 좋으라고 의제헌을 상찬하는 말이 아니다. 지금도 중앙문단의 눈치를 보지 않고 지역에서 활발하게 활동하는 좋은 작가들이 이 세상에는 많다. 그들을 위해서라도 앞으로 더 뛰어난 평론가에 의해 고향을 지킨 의제헌 문학의 가치평가가 더 큰 그릇에 담겨 더 큰 불꽃으로 재조명되었으면 하는 바람이다. 더불어, 의제헌 문학에 대한 탐구는 더 눈 밝은 이들에 의해 상상력이 끝없이 확장되어 더 넓은 지평으로 나가야 마땅하다. 콘크리트 범벅으로 삭막하고 매연에 찌든 거대한 중앙문단이라는 공간보다는 다소 누추하고 볼품없어 보여도 지방 문단이 아직은 순수함을 더 많이 간직하며 살아 숨 쉬고 있다. 중앙이건 지방이건 어느 공간에서 활동하든지 다른 지역이 지니지 못한 이야기들이 있다. 그러므로 뜬구름 잡는 거창한 이야기가 아닌 자신이 사는 지방의 이야기일지라도 의제헌처럼 써내야 할 책임과 의무가 우리에게 있다. 중앙과 지방이라는 이분법적 재단보다는 세계라는 큰 틀로 보면 자신이 있는 곳이 바로 중앙이 된다. 정치도 지금은 지방정부 시대이다. 지방이 있어 중앙이 존재 가치가 있는 것이지, 중앙을 위하여 지방이 존재하는 시대는 아니다. 굳이 "가장 한국적인 것이 가장 세계적이다"라는 명제를 들먹이지 않더라도 각자의 위치에서 정체성을 살려갈 때, 지방은 곧 세계가 된다고 믿는다.

이 글을 쓰면서 내가 버리지 못한 선입견이나 호불호 또는 착각과 편견으로 인하여 의제헌의 진솔한 삶의 이야기나 시의 깊은 속뜻을 헤아리지 못하고 언저리만 파헤치지나 않았는지 심히 부끄럽다. 그러나 나는 지금, 이 순간처럼 이 길에서 용맹정진하겠다. 가다가 넘어져 무릎이 깨지기도 하겠지만 툭툭 털고 어제처럼 다시 일어나겠다. 정말 오래도록 이런 일을 반복하다 보면 언젠가는 좋은 결과물도 꼭 생길 것이라는 강한 믿음도 생겼으니 말이다.

나를 비롯한 수많은 독자에게 똑같이 남겨준 의제헌의 과제는 두고두고 풀어가야 한다. 수전 손택의 말로 마무리를 대신하겠다. "엄밀하게 보면 의식의 모든 내용이 다 말로 표현되지는 않는다. 아주 단순한 기분조차도 말로 완전하게 표현되지 않는다. 따라서 모든 예술 작품은 표현된 어떤 것만이 아니라, 말로 표현되지 않은 것을 어떻게 다뤘는가 하는 면에서도 이해되어야 한다. (중략) 그래서, 때로는 침묵이 예술 작품의 가장 효과적인 요소가 되는 것이다."[12] 아무리 일리가 있는 해석일지라도 나쁜 습관 혹은 잘못된 고정관념과 좁고 편협한 시각으로는 자칫 오독의 함정에 빠질 우려도 있다. 그러니 더 이상의 객기나 군말은 이만.

12)해석에 반대한다/수전 손택/이민아 옮김/도서출판이후/2002년/67~68쪽

유쾌, 상쾌, 통쾌하게 우리말 톺아보기

1. 기(起), 새로운 상상력 확장과 촌철살인의 재치문답

  누가 권한 일은 아니지만, 이정록 시인의 시집 『동심언어사

전』을 톺아보며 한동안 깜지 쓰듯 적바림만 해댔다. 우리 말의 낱말을 질료로 삼아 시로 견인한 그의 발싸심 덕에 뒤꼍 장독에서 자배기에 담아온 잘 삭은 묵은지처럼 군침이 도는 시를 맛봤다. 이 시집의 시들은 국어사전에 올려진 순우리말 중에서 복합어만 뽑아 사전의 형식을 빌

동심언어사전, 이정록, 문학동네-2018

려 가나다순으로 배열했다. 물론 창작된 시가 사전적 의미에만 머물지 않고 새로운 상상력으로 확장돼서 신선하고 흥미로운 것은 당연하다. 늘 대상을 세밀하게 관찰하며 글을 쓰는 이정록 시인의 글발은 시와 산문집에서도 이미 검증된 바 있다. 그의 재기발랄한 입담은 생동감 있게 의미망을 구축하며 사방팔방으로 뻗어 나가 독자들의 마음을 흥겹게 해주기에 충분하다. 오랜 시간을 자발적인 언어 채굴자로 나선 그가 세심

한 공력으로 무두질했을 노고가 『동심언어사전』이라는 시집의 제목에서 강하게 느껴진다. 처음에는 객기로 시작했겠으나, 이만한 두께의 시집을 만드느라 치열하게 고투하며 별별 궁리를 다 했을 시인의 속마음은 안 봐도 훤하게 보인다. 시 한 편한 편씩 통독하며 얼낌덜낌 그와 똑같은 초심으로 동참하듯 읽다 보니 내 마음도 시나브로 자아도취의 상태에까지 이르렀다. 통찰이 빛나는 그의 문장을 애면글면 따라가다 보니 뜻밖에도 답답했던 글귀가 뚫리고 침침했던 글눈과 어눌했던 말문까지 훤히 트이는 소득도 챙겼다. 그의 시는 문장 하나하나마다 깊은 성찰이 돋보인다. 또한, 시편마다 톡톡 튀는 교훈적인 전언을 명쾌하고 돌올하게 시로 새겼다. 이참에 한 번 더 읽다보니 저절로 낱말의 굴레에서 벗어날 노련한 비법도 익히게 되는 귀한 계기가 되었다. 어름사니 줄타기하듯 긴 막대기를 수평으로 세우고 조심조심 다시 시집을 펼친다. 기왕에 칼을 빼든 김에 신명을 돋우며 시집 속을 헤집으면서 한바탕 신바람나게 놀아볼 참이다.

맨 처음 만난 힘줄은 탯줄이고
놓지 말아야 할 힘줄은 밥줄과 목숨줄이 있지
태워 없애야 할 힘줄로는 똥줄이 있지

또 어떤 힘줄이 있을까

—「힘줄」 부분

1번부터 316번까지 전편 모두가 재밌고 말의 기교가 넉넉해서 단숨에 술술 읽었다. 「힘줄」은 이 시집의 끄트머리 404쪽에 있는 작품이다. 시를 짓는 것도 일종의 노동이지만, 노동이 아닌 놀이로 여기면 쓰는 부담도 덜하고 흥미까지 느끼게 된다. 인간으로 태어난 내 배꼽과 어머니 몸속에 있던 아기집을 이어줬던 줄은 탯줄이다. 그 줄은 밥줄, 똥줄, 목숨줄로 이어지는 파란만장한 삶의 첫 줄이다. 금줄, 빨랫줄, 동아줄, 쇠밧줄, 닻줄과 붉은 밑줄 그어진 책갈피 속에는 보람줄도 있다. 인용시에서 끊어버린 마지막 5연에서는 '그 무엇보다도/혜림이 앞에서 내 자존심을 지켜준/수영 팬티, 낡은 고무줄이 힘줄 중의 힘줄'이라면서 천진스러운 동심의 세계로 슬쩍 이끈다. 전깃줄, 용총줄, 기타줄과 질기디질긴 고래 심줄도 힘줄이겠지만, 일반인들은 사회생활을 하면서 높은 데에서 내려오는 낙하산 줄이 없어서 좌절하고 서러웠던 때도 있었으리라.

이정록의 『동심언어사전』은 세간의 시집들과는 편집 방향이 다른 사전 형식이다. '가갸날'부터 '힘줄'까지 예민한 감수성과 관찰력 그리고 특유의 입담과 순발력까지 보태진 시들은 거칠 것 없는 활달함을 보여준다. 감각적인 말놀이와 비유를 즐기면서 시마(詩魔)에 들린 듯 생때같은 316편의 시들을 줄줄이 뽑아냈다. 처음에는 "305편으로 엮인 『시경』 흉내를 내려고 했으나, 삼가 부끄러워 몇 편 더 얹었다."고 '시인의 말'에 고백하고 있다. 모든 시의 제목은 순우리말로 된 낱말과 낱말이 어깨동무한 겹낱말이다. 툭툭 내뱉는 듯한 말본새가 책장을 넘길 때마다 빙그레 웃음을 짓게 만든다. 시의 내용도 무겁거나 심각하지 않고 군소리와 군더더기 없이 절제가 잘되었고, 간결하고 깔끔한 시라서 뒤끝까지 개운하다. 촌철살인의 재치 문답들이 잘 익은 포도송이처럼 책갈피를 잡고 안간힘을 다해 주렁주렁 매달려있다. 포도알 따먹듯이 한 쪽 한 쪽 오물거리면서 넘기다 보니 틀에 박힌 고정관념도 스스로 깨져 무너진다. 이 시집에 실린 시들은 어른들에게서 흔히 보던 가식이나 위선을 찾아볼 수 없다. 가려 뽑은 낱말들이 어린아이처럼 빵싯하며 껴안은 '동심언어'라서 귀염성도 있다. 무슨 말이든지 그의 손아귀로 들어갔다 하면 피를 나눈 피붙이가 되어 까치설날 이발소에서 방금 뛰쳐나온 까까머리 아이의 머리통처럼 야물고 탱탱하게 여문다. 천재 시인 랭보가 자신의 시론을 밝혔던 편지의 한 구절에서도 시인이란 "모든 감각기관에 걸친 광대무변하면서도 이치에 맞는 뒤틀림에 의해 견자(見者)가 된다."라고 했다. 모든 감각이 뒤틀렸을 때 보이는 새롭고 놀라운 사물의 현현을 시적 이상으로 삼고, 그러한 상태를 표현하는 게 시라는 것이다. 사물을 그처럼 '본다'는 것은 사고와 의식을 통째로 바꾸어 다시 봐야 가능하며 '뒤튼다'는 것 역시 과감한 '전복'이다. 다시 말하면 모든 감각을 뒤틀고 뒤집어서라도 새로운 정서를 끄집어내는 임무를 수행하는 것이 시인의 사명이라는 말이다.

2. 승(承), 자유분방하고 활달한 화법과 특별한 상징

"글은 사람이다.", "언어는 존재의 집"이라던 뷔퐁과 하이데 거의 말은 신언서판(身言書判)과도 일맥상통하는 말이다. 시인에게 시는 곧 자기 자신이며 시언지(詩言志), 시는 자신의 마음을 표현한 문장이니 말이다. 책장을 펼치기 전부터 이미 어림짐작이야 했지만, 이정록의 사물을 보는 눈은 남다르고 그 능청스러움 또한 세월이 갈수록 급수를 높이고 있다.

요즘처럼 각박하게 돌아가는 세상살이에서 지갑을 꺼내 시집을 사 읽기란 쉽지 않은 선택사항이다. 이러한 괴리현상을 해결하고자 내로라하는 작가들이 다양한 분야에서 가욋일처럼 재밌게 읽을 글쓰기에 나서고 있다. 이정록도 열외는 아니라서 일상에서 보고 듣고 느꼈던 사소한 일들까지 차곡차곡 마음속에 쟁여 들여앉힌다. 그러다가 때가 되면 한둘씩 꺼내어 특유의 연금술로 매만져 새 생명을 불어넣는다. 이미 알려진 바대로 그는 외모처럼 유쾌하고 상쾌하며 통쾌한 사람이다. 시의 전개도 빠르게 돌아가는 머리 회전으로 자유분방하고 활달하며 건강하다. 웬만해서는 누구도 그를 주눅 들게 하거나 콧대를 꺾지 못한다. 그만큼 사람들의 마음을 사로잡는 강력한 힘을 넉넉하게 비축했다는 말이다. 그의 글을 읽어갈수록 우리 주변에 이토록 많은 소재가 있었다는 것도 새삼 깨닫게 한다. 그는 우리말을 가지고 혼자서도 재밌게 논다. 우리말의 묘미를 살리며 개그맨 뺨칠 정도로 능수능란하게 언어를 구사한다. 평소에도 익살과 능청과 잽싼 임기응변으로 너스레를 떨면 화법은 이제는 그만의 특별한 상징이 되었다.

교과서에 수록되었던 이정록의 「의자」라는 시를 읽고 기함할 듯이 놀랐던 적이 있다. "병원에 갈 채비를 하며/어머니께서/한 소식 던지신다 (…) 싸우지 말고 살아라/결혼하고 애 낳고 사는 게 별거냐/그늘 좋고 풍경 좋은 데다가/의자 몇 개 내놓는 거여." 그렇다. 전전긍긍할 필요조차 없다. 애먼 것에 헛심 빼지 말고 까짓것 쉽게 넘어가자.

어떻게 걸어야만
사람다운 바른걸음일까
느릿느릿 거북이걸음
어기적어기적 거위걸음
　　(중략)
어떤 걸음걸이로 살아가야 할까
내 걸음걸이 볼 수는 없지만
저승걸음 때까지 갈지자걸음이 아니길
황천걸음 때까지 허튼걸음이 아니길
비틀비틀 허깨비걸음이 아니길

— 「걸음걸음」 부분

집단적인 생활을 하는 군대에서 가장 기본이 되는 훈련 중 제식훈련이 있다. 군인의 기본자세인 걸음에도 군사 용어로 바른걸음이란 '분당 120보, 보폭 76㎝로 1시간에 5,472m를 갈 수 있는 걸음'이라고 미터법까지 동원해 칼같이 군대식으로 규정

했다. 그 외에도 느린걸음, 뜀걸음, 큰걸음, 옆걸음, 뒷걸음, 반걸음과 함께 뛰는 구보가 있고, 군장을 메고 꽤 오랜 시간을 쉬지 않고 걷는 행군도 있다. 뚜벅뚜벅 먼 길을 걸을 때 힘이 덜 드는 것은 걸음걸음마다 제각각의 소리를 내는 옆 사람들의 발소리 덕분이란다. 군대 애기는 풀어내자면 한도 끝도 없이 줄줄 나온다. 애기니까 즐겁지 그 시절로 다시 돌아가고픈 생각은 추호도 없다. 시인의 길도 그와 별반 다를 바 없다. 시를 쓴다는 것은 즐거운 일 같지만 괴로울 때가 더 많다. 그 괴로움이란 시를 쓰는 데 따른 단어의 선택은 물론 표현 욕구에 따른 고충들이 시인을 고문하듯 옥죄어 온다. 물론 어머니 말씀을 그대로 받아 적어도 시가 되었던 「의자」라는 시도 있지만, 대강대강 얼렁뚱땅 뭉개서는 제대로 시가 나올 리 만무하다. 시는 죽자살자 매달려야 간신히 풀잎 끝에 맺히는 이슬방울 같은 거다. 이정록은 마치 유서처럼 시를 쓴다고까지 고백하고 있다.

죽을 때까지 쓴다.

숨 끊긴 지 한참 지났는데,
기필코 벌떡,
깨어 일어나서 펜을 잡는다.

부스스,

유언을 퇴고하다가

다시 죽는다.

사람이 타면

그제야 꽃이 핀다.

슬픈 꽃이 활짝 핀다.

　사람은 세상에 태어나는 순간부터 한 걸음씩 죽음의 문턱을 향해 걸어간다. 예나 지금이나 시곗바늘은 멈칫대는듯하면서도 잘도 돌아간다. 시간 앞에서 사람은 속수무책이다. 쫓기듯 시간에 떠밀려 살다 보면 어느 틈에 사람이 마지막으로 통과하는 관문에 다다른다. 제때 와서 제때 가는 사람 아직 못 봤다. 간다는 사람은 기어코 갔고, 못 가겠다고 버티던 사람도 끝내 가는 게 인생이다. 공자 같은 이도 "미지생 언지사(未知生焉知死), 삶도 모르는데, 어찌 죽음을 말하겠느냐"고까지 했다.

　어린 시절에 보았던 꽃상여 나가는 모습은 정말 장관이었다. 꽃상여는 죽은 사람을 무덤까지 태우고 가는 가마이다. 살아 있을 때 누리지 못한 호사를 저승길에서나마 잠시 누리라는 마지막 배려이기도 하다. 눈이 엄청나게 내리던 날, 외나무다리를 건널 때의 모습이 지금도 눈에 선하다. 종이꽃으로 화려하게 장식한 꽃상여에 요령잡이를 앞에 태운 상두꾼들은 예각으로 발을 중심으로 모아 거꾸로 선 정삼각형을 만들면서 아슬아슬하게 그 다리를 건넜다. 드디어 길에 올라서자 여유를 되찾은 요령잡이가 만가(輓歌)를 선창한다. "간다 간다 나는 간다/북망산천 나는 간다" 라며 앞소리를 매기면 상두꾼들은 "어허~어허하~" 라고 후렴 조로 뒷소리를 받으면서 산으로 올라갔다. 그야말로 "사람이 타면/그제야 꽃이 핀다./슬픈 꽃이 활짝 핀다."는 그 많던 '꽃상여'는 지금 어디로 갔나. 생각을 뒤로 돌리니 먼저 가신 아버지가 떠오르고, 사는 게 무엇인지 가슴이 먹먹하다.

'나이는 숫자에 불과하다' 는 말은 지금도 유효하다. 구순이 넘었음에도 '전국노래자랑' 무대에서 사회를 보는 송 해 어르신께 열 살 남짓한 초등학생이 마치 애인처럼 애교를 부리면서 '송해 오빠!' 라고 부르니 말이다. 하지만 현실에서는 속일 수 없이 정직한 게 사람의 나이이다. 누구나 환갑을 넘기면 신체적으로 각 기관의 작동이 젊을 때처럼 원활하지 못하게 된다. 그것은 곧 죽음이라는 종착역에 다다랐음을 뜻한다. 죽음이 언제 닥칠지를 아는 이는 없다. 나이가 들어갈수록 "영혼은/모두 다 동갑내기 벗"이라는 철칙을 스스로 깨우치면서 죽음마저도 자연스럽게 받아들여야 한다. 그때부터는 그야말로 '남의나이' 를 먹게 된다. 덤으로 받은 그 나이부터는 운명이 뒤바뀔 확률이 희박해도 축복인 셈이다. 육신과 영혼이 분리되는 죽음을 맞는 그 순간까지 죽을힘을 다해 버티고 볼 일이다.

환갑이 넘으면
남의나이를 먹는다고 한다.
허망하게 죽은 젊은이와
한몸이 되어 황혼길을 걷는다.
다시 맞은 봄으로
사랑을 불태우기도 한다.

팔순이 지나면
남의나이를 모신다고 한다.
기저귀 차고 떠난 젖먹이와
둥개둥개 한몸이 된다.
때도 없이 어리광을 부리고
떼쓰기와 삐치기와 사탕을 좋아한다.
아예 똥오줌도 못 가리는
갓난아이로 돌아간다.
그래서 영혼은
모두다 동갑내기 벗이 된다.

— 「남의나이」 전문

더 늦기 전에 달아나는 기억부터 불러 세워야 한다. 가슴 깊이 묻어둔 사연들이 있다면 잊기 전에 되돌려 기록으로 각인해 두어야 한다. 화려했던 과거랑 슬그머니 지우고 먼발치로 물러서서 자신을 돌이켜봐야 한다. '남의나이'에 들어서면 한 소금 생각하고 글을 쓰는 게 아니라 글로 써야만 생각도 간신히 뒤따라온다. 시 쓰기는 자연과 인간과 또 다른 세계와의 소통이다. 가족 간에도 소통이 안 되고 바깥의 생활전선도 팍팍하긴 마찬가지라서 시인으로 살아남기란 참으로 힘겹다. 이런 와중에도 뚜벅뚜벅 먼발치에서 발소리를 죽이며 수고로운 짐 지고 가는 이들도 있다. 단어마다 숨겨진 내력을 밝히고 새로운 목록을 작성하면서 시를 쓰는 이런 작업은 생각처럼 쉬운 일이 결코 아니다. 처음에는 에멜무지로 시작했겠지만, 힘겨운 작업의 한 공정을 이정록 시인은 장하게 마무리한 셈이다.

이정록 시인의 첫인상은 먼발치에서 얼핏 보면 장난기 많은 천진스러운 아이 모습인데, 가까이에서 보니 뭉구리 머리에 탑삭나룻까지 기른 우락부락한 상남자 모습이라서 힘도 세 보였다. 그런데, 더 다가서니 아까의 인상은 온데간데없이 급반전되었다. 어린 학생들이 사인해달라고 가져온 자신의 시집에 자필 서명을 해주는 그의 눈가에는 하회탈보다도 더 깊은 주름살이 패였고, 이따금 방시레 웃으며 입꼬리가 슬며시 올라가던 그 모습은 영락없는 순진무구한 어린아이였다.

먼발치가 좋다.
먼발치에서 불어오는 봄바람이 좋다.
먼빛으로도 알아볼 수 있는 설렘이 좋다.
먼발치 저 무지개는 누구의 뒤꿈치일까.

먼발치에 밀쳐놓은 연애편지가 좋다.

떠나는 기차인지 다가오는 기적 소리인지 모를

먼발치의 그대가 좋다.

내 목소리가 닿지 않아 소리칠 일 없는,

막 새순이 트는 우듬지의 손짓이 좋다.

달빛에 야위었는지, 눈물이랑은 다 말랐는지,

마음 졸임을 들키지 않는 먼발치가 좋다.

내 맘대로 그릴 수 있는 먼빛이 좋다.

먼발치에서 우는 소쩍새 울음이 좋다.

손 까부르면 달려갈 마음의 끝자리,

기척만으로도 바짓가랑이가 젖는

먼발치 새벽 어스름이 좋다.

— 「먼발치」 전문

3. 전(轉), 길고 깊은 여운과 울림의 소리

지금도 작가들은 책상과 밥상을 오가며 무엇인가 열심히 써대지만, 시로써는 아무것도 할 수가 없다. 돈도 되지 않는다. 시가 사회발전 더 나아가 국력 신장에 크게 도움이 됐다는 소리는 한 번도 듣도 보도 못했다. 오히려 시인은 보통 사람과는 생각이 다른 엉뚱한 사람으로 취급하면서 '미운털'까지 박힌 처지이다. 남들만큼 배웠고, 사회문제에 관심도 많건만 시인의 생각이 반영되기는커녕 이상한 인격자로 기피의 대상이 되었다. "사랑만이 미운털을 뽑아낼 수 있다"는데, 출근하는 직장에서 옆의 동료에게 글을 쓴다고 내색할 수조차 없다. 그래 봤댔자 사랑은커녕 무관심의 미운털이 박히기에 십상이다.

면도날로도 깎을 수 없어요 미운털은
미운 사람에게서 자란 털이 아니거든요
미워하는 사람의 가시눈에서 솟구친 눈엣가시거든요
사랑만이 미운털을 뽑아낼 수 있죠
마음 깊은 곳에 숨어 자라지만 다 들켜버리는
쐐기털이지요 무서운 끈끈이털이지요

— 「미운털」 전문

어머니는 처음부터 내 생명을 관장했던 사랑의 원천이다. 태아 상태로 자궁 속에 있던 열 달 동안은 어머니와 나는 둘이 아닌 온전한 하나였다. 물론 탯줄이 잘린 뒤에도 내 삶은 한동안 어머니를 떠날 수 없었다. 어머니를 통해서 자아를 발견하며 내 삶의 역사는 출발했다. 탯줄은 끊어졌어도 영혼의 끈은 다시 이어져 앞으로도 영원히 끊어지지 않을 것이다. 생각해 보라. 맨 처음 배냇저고리를 입혀주고, 촉촉이 젖은 기저귀 맨손으로 비벼 빨아 바람 잘 드나드는 양달에 널어 뽀송뽀송하게 말려 채워주신 이도 어머니다. 한솥밥을 먹으면서 삼시 세끼 밥상을 챙겨주던 이는 어머니였다. 돌부리에 걸려 넘어졌을 때, 다친 무릎에 빨간 약을 발라주고 호호 불어주던 이, 잠을 잘 때도 걷어찬 이불을 덮어주었고, 학교에 늦지 않게 늦잠에서 깨워주신 이, 귀가할 때 밤늦도록 기다렸다가 현관문을 열어주는 이, 어른이 되어도 변함없이 '차 조심 길 조심'을 당부하며 노심초사하는 이 또한 어머니다. 결혼 전에는 숨기고 싶었던 비밀까지도 속속들이 털어놓을 수 있는 단 한 곳의 의지처 또한 어머니뿐이었다. 그런 어머니 앞에서는 환갑이 지났음에도 여전히 철부지 어린애가 된다. 지금도 내 배꼽에는 어머니와 연결되었던 탯자리가 감쪽지 따낸 자국처럼 또렷하게 남아 있다.

세월이 흐르면서 어머니는 자연스럽게 할머니로 변신한다. 내 아들딸은 할머니라 부르지만, 여동생의 아들딸에게는 외할머니가 된다. 지금은 아버지가 일찍 돌아가시는 바람에 우리 집안에서는 가장 높은 어른이 되셨다. 가족사진을 찍을 때도 어머니를 가운데로 모시고 양옆으로 장손인 나와 아내가 앉고, 뒷줄에는 동생들 내외와 조카들이 빙 둘러선다. 할머니가 된 어머니는 이제는 증손자들 챙기느라 노후에도 쉴 틈이 없다. 맛있는 음식이라도 있으면 한술이라도 더 그들에게 떠먹인다. 소독하느라 위아래 틀니를 빼놓은 상태라서 앙다문 입술과 눈가의 주름은 영락없이 어린 시절 뵈었던 외할머니를 빼닮았다.

외갓집에 놀러 갔던 일화가 떠오른다. 전후 사정을 모르면 복에 겨운 소리라고 하겠지만, 집에 돌아와서는 다시는 외갓집에 안 가겠다고 어머니께 고해바쳤다. 왜 그러냐는 어머니의 물으심에 외할머니 때문에 "배 터져 죽는 줄 알았다"라고 울먹였다. 밥 한 사발을 비우고 후식으로 맛있는 간식까지 잔뜩 먹었으니 당연했다. 더구나 외할머니는 주는 대로 내가 잘 받아먹으니 신통하다면서 이것저것 잔뜩 더 챙겨 먹었을 뿐이다. 그때 일을 크게 저질러서 위장이 커진 탓인지 지금도 끼니는 한 끼도 거르지 못한다. 이 어려운 판에 하루 세 번, 꼬박꼬박 챙겨 먹는 '밥심'으로 버티며 이 세상을 산다.

이 할미가
아비를 낳을 때
얼마나 힘에 부치던지
미역국에 밥 한 그릇 뚝딱 말아 먹고
몸을 풀었단다.
굶지 마라.
먹는 게 제일 큰일이다.
하루 세 번, 꼬박꼬박
일을 크게 저질러라.

— 「밥심」 전문

함께 떠나온 사람도 뿔뿔이 흩어지고
낯선 말소리에 외롭기도 하지.
굴속처럼 깜깜하기도 하지.
하지만, 이것만은 마음에 새기자.
너를 이정표로 삼고 여행하는 사람이 있다는 것을.

네가 다른 지도를 찾아 두리번거린다면

차멀미가 사람멀미로 바뀐다는 것을.

사람이 싫어지고, 싫어하면

이번 여행은 끝이란 것을.

— 「사람멀미」 부분

아주 특별한 사람을 제외하고는 대부분은 직장에 나간다. 그
곳에서 하루 8시간 이상의 노동력을 제공하고 월급을 받는다.
그곳에서 고생하며 자신의 처지와 현실을 긍정하며 일하면 즐
겁지만, "사람이 싫어지고, 싫어하면/이번 여행은 끝"이 되는
게 사회생활이다. 많은 사람과 더불어 먼 길을 가면서 사람멀
미쯤은 너끈하게 이겨내며 살아야 하는 게 인생길이다.

지구상에서 살아가는 모든 생물 중에서 손에 무기를 드는
종은 오직 인간뿐이다. 아무리 화가 나도 다른 짐승들은 바
깥에 있는 다른 도구를 동원하면서까지 대항하지 않는다. 기
껏해야 자신의 몸에 있는 이빨, 뿔, 발톱, 부리가 무기의 전부
이다. 때로는 울음으로 항거한다. 그렇다. 사람만 우는 게 아
니라 짐승들도 사람보다 더 슬프게 울 때가 있다. 같은 짐승
의 울음임에도 소는 운다고 하고 개는 짖는다고 한다. 그러
나 소가 짖을 때도 있다. 아니 그보다 더 심하게 앞발까지 들
고 울부짖는다. 아래의 시에서 "다른 소를 밟지 않으려고" 그
런다는 당연한 이유를 가운데에 써놓았다. 사실 짐승들은 짐
승끼리 밟는 일이 없다. 오직 사람만이 사람도 짓밟는다. 시인

은 "구제역에 걸린 소들을/산 채로 땅속에 묻는 걸 보았다." 라고 증언한다. 비극적일 수밖에 없는 그 살풍경한 집단살해 현장에서 울음바다를 목격했다. 마음이나마 그 고통에 동참하지 않았더라면 이 시는 세상에 나오지 않았을 것이다. 얼마나 가슴이 쓰리고 먹먹했겠는가. 하늘을 올려다보았으나 아무것도 보이지 않았고, 소들과 함께 시인도 울부짖었으리라.

구제역에 걸린 소들을
산 채로 땅속에 묻는 걸 보았다.
소는 온몸이 울음빛이란 것을.
찢기지 않는 질긴 소가죽 울음주머니를 보았다.
다른 소를 밟지 않으려고
앞발 들어 솟구치는 파도울음을.
한 마리 한 마리가 거대한 울음덩어리라는 것을.
신은 이제 하늘이 아니라
땅속 울음바다에 계시리란 것을.

—「울음바다」 전문

동서양을 통틀어 악기 중에서 징만큼 여운이 길고 울림이 깊은 게 없다. 서양 악기 중에 두 짝을 손뼉 치듯 하면서 큰 소리를 내는 '심벌즈'가 있지만, 징소리와는 비교도 안 되는 방정맞은 소리다. 징소리는 천년을 이어온 혼의 울림이다. 징은 구리와 주석을 72:28 비율로 맞춰 대장간에서 1,200도 이상의 고온으로 녹여 모루 위에서 1,000번 이상의 두둠질로 펴고 늘리면서 소리잡이하며 혼을 불어넣은 방짜 유기이다. 징은 농악마당에서 음악이 시작됨을 알리고 소절이 넘어갈 때마다 이따금 쳐주는 게 고작이지만, 다른 악기들의 신명 나는 소리를 따뜻한 마음으로 한껏 품어주는 마음씨 좋은 이웃집 아저씨 같은 악기다.

징소리 같아야 한다.
울림과 울림 사이에
추임새와 꽹과리와 북과
장구 소리를 다 품어야 한다.
제 살빛으로 돌아가는 멍처럼
시나브로 감싸안으며 풀어야 한다.
모든 맥을 불러들여 놓아야 한다.
징검징검 걸음나비를 다스리는 맥놀이,
채를 놓치고 저 혼자 징징거리지 마라.
갓난아기의 피 묻은 이마가
첫 마치로 방바닥을 울릴 때처럼
다음 마치는 배냇저고리로 받아야 한다.
사람의 가슴은 징소리 같아야 한다.

— 「징소리」 전문

내 목에 칼이 들어와도!
내 눈에 흙이 들어와도!

목숨부터 걸었건만.

—「첫사랑」전문

청소년 시집 『까짓것』에도 「첫사랑」이라는 제목의 시가 있다. "헤어진 지/열흘이 됐다//나는,/약물 과다 복용으로 죽을 것이다.//세월이 약이라면." 이라면서 더 충격적인 상황까지 갔다. 이처럼 '첫'은 과거의 한때이며 영원히 다시 돌아오지 않지만, 끝끝내 마지막까지 연결되기도 한다. 너무 짧은 순간이라서 아쉽지만, 재방송이 안 된다. 단 한 번으로 그치며 아쉬움의 순간인 '첫'이 떠난 자리는 두 번 다시 채워지지 않는다. 세월이 가서 이제는 잊으려 해도 어느 틈에 자꾸 눈앞으로 와서 아른거리는 묘한 것이 '첫'이다. 우리말 중에서 가장 귀하고 아름다운 말 중에 '사랑'도 있다. 거기에 '첫'이 붙은 첫사랑은 행복과 불행을 함께 쥔 고무풍선 같은 것이라서 손을 놓으면 하늘 높이 올라가 아무리 손짓해도 끝까지 내려오지 않는다. 죽음 뒤에 또 다른 삶이 다시 시작된다면 모를까 그것으로 끝장이 난다. 다만, 죽음이란 늘 삶을 앞서지 못하고 뒤따라오기에 그래도 아직은 희망이 있다. 그러니 좀스럽지 않게 큰사람으로 사는 다음 항목을 가슴 깊이 새겨두자.

큰저울로 달아도
큰마음 잴 수 없는 사람.
큰상에 큰절 받으며

큰살림 꾸리는 사람.

큰살림을 혼자 가꿀 수 있나요?

모든 사람을 품는 사람.

크다고 다 좋은 건 아니지요.

큰물은 작은 도랑으로 돌리고

큰바람은 실가지로 재우는 사람.

큰불은 가랑비로 토닥이는 사람.

큰소리치는 사람에겐 귓속말로

사랑한다고 속삭이고

잔소리 많은 사람에겐

딱 한 번 큰소리치는 사람.

다른 사람이 우러르기 전에

어느새 바닥으로 내려가서

붉게 피어나는 아라연꽃

— 「큰사람」 전문

4. 결(結), 유연한 상상력과 감칠맛 나는 시

이정록의 시 세계를 제대로 가늠하기 위해서는 최근에 그가
펴낸 동화책 『오리 왕자』와 『나무의 마음』은 물론 작년에 펴
낸 동시집 『아홉 살은 힘들다』와 신작 시집 『그럴 때가 있다』
등 30여 권의 책을 모두 섭렵해야겠지만, 『동심언어사전』을 중
심으로 간략하게나마 살펴보았다. 작품집마다 독특한 개성으

로 독자들과 친밀하게 소통하는 그는 요즈음 동시와 동화 쪽에서도 자신의 역량을 십분 발휘하고 있다. 이 시집 『동심언어사전』은 어른들은 물론 청소년과 어린이들까지도 재밌게 읽을 수 있는 가르침의 시들이 오롯이 담겨 있다. 이정록의 상상력은 어린이처럼 유연해서 세상에 있는 무엇이든지 감지하지 못할 게 없다. 그는 아이들의 속마음을 잘 잡아채 재치있게 형상화하는 비범한 글재주가 있다. 앞으로도 그의 행보는 뫼비우스의 띠처럼 가도 가도 끝이 없는 상상의 나래를 쉼 없이 펼칠 것으로 기대된다.

원로 평론가 유종호 선생은 "사실 동시와 보통 시를 구별하기는 쉽지 않다. 훌륭한 동시는 모두 어엿한 시로 읽힌다. (…) 어른들도 재미있게 읽을 수 있는 동시야말로 정말로 훌륭한 작품이라는 뜻도 된다. (…) 다시 말해서 어른들이 외면하는 아동문학은 대체로 어린이에게도 외면받게 마련이다." 라고 했으며, 이정록도 시심은 동심과 상통한다는 것을 이미 알아챘다. 그는 동시집 『지구의 맛』 '시인의 말'에서 "어른 시와 동시는 동심원 같아서 딱히 경계선을 긋기 어렵다" 라고 말했으니 말이다.

이 시집 속의 시들은 쑥쑥 자라는 나무와 같다. '망원경'으로 봐도 '현미경'으로 봐도 동심으로 꽉 찬 연한 우듬지 같아서 신선하고 맛깔스럽다. 큰 것은 아주 작게, 작은 것은 아주 크게 보일 때까지 관찰하며 쓴 시라서 더욱더 그렇다. 있는 그대로 표현할 거라면 요즘 성능이 하루가 다르게 좋아지는 스마트폰 카메라로 찍은 사진으로도 얼마든지 가능한 일이다.

시집 한 권에 담긴 이야기는 시인의 체험과 상상력의 모음이다. 시의 세계는 우리가 미처 잡을 수 없었던 시간과 공간까지도 자유롭게 넘나든다. 동심 언어로 쓴 이 시집의 시들은 일상적이고 현실적인 공간에서 뽑아낸 작품이라서 편안하고 쉽게 읽힌다. 기발한 표현에 웃음을 지으면서 고개를 주억거리기도 하고 가슴 먹먹한 슬픈 대목에서는 눈시울이 붉어지기도 했다. 때로는 익히 알고 있던 이야기를 예상 밖의 낯선 길로 인도하기도 한다. 하지만 갖은양념으로 골고루 잘 치대고 버무려서 감칠맛 나는 시라서 흥미롭게 읽힌다. 또한, 명상에 잠기게 하는 논리적인 구절도 곁가지를 뻗고 있어 덜 심심하고 유익했다. 또한 같은 말이면서도 처지와 상황에 따라 여러 가지 가닥으로 해석하게 만든다. 바슐라르도 "이미지로 느끼는 것과 개념으로 인식하는 것은 전혀 다른 차원의 문제"라고 했다. 이정록의 『동심언어사전』은 처음부터 끝까지 유쾌, 상쾌, 통쾌해서 그런 오해도 부담도 없다.

사무사 무불경 (思無邪 毋不敬)

―샷된 생각을 품지 말고 매사에 공경하고 배려하라

박민순 시집, 『내 마음의 나이테』 (근간)

박민순 작가는 언제 봐도 '바르게 사는' 사람이다. 자신에게 처한 악조건 속에서도 자존감을 앞세우며 대쪽 같이 사는 부지런한 성격의 소유자이다. 직장생활만 봐도 그렇다. 여건이 그리 좋아 보이지도 않은데, 마치 그 직업이 천직인 양 여기며 진짜 오래도록 일했다.

그의 시도 마찬가지라서 오랜 세월 동안의 고통과 절망 그리고 그리움으로 점철되었던 예전과 별반 다름없는 시를 아직도 줄기차게 쓰고 있다. 너무나 달라진 세상, 시쳇말로 격세지감(隔世之感)을 느낄 만큼 세상이 변했음에도 불구하고 이념이나 사상에 물들지 않고 시의 대상과 주제와 소재는 조금도 바꿀 의향이 없는 모양이다. 그런데도 작품마다 푸근한 인간미가 넘치고 자연을 대하는 애정이 듬뿍 담긴 소박한 시를 잘 쓴다. 어려운 말을 쓰거나 복잡한 수사법을 동원해 기교를 부리지도 않으면서 쉽고 편하게 쓴다.

쉬운 말로 쓴 시라고 해서 아무렇게나 막 쉽게 쓴 시가 아니다. 시를 어렵게 쓰는 데는 2~3년 정도 학습하면 족하지만, 원로시인들처럼 진짜 쉽게 쓰려면 최소한 4~50년은 족히 걸린다고 한다. 아집과 독선을 버리고 품격과 지조를 지키기가 그만큼 어렵다는 뜻이다.

박민순 작가의 작품에는 작품마다 '이렇게 사는 게 바른길이며 사람의 도리'라는 바른말뿐이라서, 틀린 말은 한마디도 찾을 수가 없다. 또한, 그의 시는 용감무쌍하게 단도직입(單刀直入)한다. 우회하지 않고 직설적이며, 감상에 젖지 않고 너무 냉정해서 까칠하기까지 하다.

한 편의 시는 그 사람이 들려주는 진솔한 한 토막의 인생 이야기가 된다. 그래서 필자는 기회가 생길 때마다 늘 강조했다. 자기의 속마음을 후련하고 진실하게 표현한 시를 잘 쓴 시, 좋은 시다. 이때, 길게 쓰는 것보다는 줄일 수 있는 데까지 최대한 줄여서 짧게 쓰면 그야말로 금상첨화다. 군이 '경제적'이란 말을 들먹일 필요도 없다. '최소의 언어로 최대의 효과'를 낼 수 있도록 압축하고 생략해서 가장 짧고 강하게 써야 한다.

박민순 작가는 평생 지병으로 고통을 겪으면서도 자신보다 더 어려운 이웃들을 향한 봉사활동은 쉬지 않았다. 언론이나 방송을 통해 선행을 드러내지 않고, 사무사 무불경(思無邪 毋不敬)을 마음에 새기고 작은 봉사를 즐기며 실천했다.

이처럼 타인에게 봉사하는 사람은 스스로 행복감이 배가 되어 장수한다고 한다. 결국, 타인을 위한 봉사가 자신을 위한 봉사가 되는 셈이다. '가진 것, 귀한 것/전부 퍼주는' 어머니로부터 물려받은 선한 마음으로 박민순 작가처럼 이웃들과 나누며 사는 게 말로는 쉽지만, 실천하는 사람은 매우 드물다. 가황(歌皇) 나훈아 형님도 목에 핏대를 세우며 노래했다. '사랑은 주는 것, 아낌없이 주는 것'이라고….

제2부에 실린 「파랑새의 꿈」 등 스무 편과 제3부의 전반부 「웃음꽃」부터 「내 마음의 나이테」까지 10편은 그야말로 순수 서정시의 모음이다. 박민순 작가는 주로 수필을 쓰다가 시를 겸업했지만, 어느 틈에 가속도가 붙어 그 힘이 매우 거세졌다. 후반부 「행복 바이러스」부터 5편의 장시에서는 아름다운 사람들의 이름을 일일이 호명하고 있다.

주로 행사장에서 낭송했던 시가 실린 제4부 〈아름다운 5060〉도 무척 길게 썼지만, 인간미가 넘친다. 회갑 때 쓴 「젊음, 바람과 함께 사라지다」 연작시 3편에서는 유머 있게 인생무상을 노래하고 있다. 그때가 60대 초반이었는데, 지금은 중반을 지나 70대로 성큼성큼 치닫고 있다.

1974년경 고교 시절부터 〈시림詩林〉이라는 문학 동인을 결성하여 박민순 작가와 함께 활동했던 수원 토박이 김우영 시인의 말을 빌리자면 "박민순은 《학원》지에 수필과 소설 등을 발표하며, '학원문학상' 소설 부문에 입상했을 뿐만 아니라

《학원》,《학생중앙》학생기자로 다부진 활동을 하며 어엿한 학생 문사로서 전국의 여학생들에게 인기가 높았던 유명인(?)이었다"라고 증언하고 있다.

또한 제2대 오산문학회장을 역임하고 한남상호신용금고 전무이사였던 고 백규현 시인은 "나는 지금까지 박민순처럼 문학을 사랑하고 아끼는 사람은 본 적이 없다."라고 했고, 오산시인협회 초대 회장이었던 김선우 시인은 "오늘도 수없이 만나는 나그네에게 사랑을 제공하는 주인의식을 가지고 문학 활동을 하는 사람", 제1대 오산여류문학회장과 제9대 오산문인협회 회장을 역임한 정희순 수필가는 "박 시인은 참으로 꼼꼼한 사람이다. 다작은 아니지만 한 편을 써도 천천히 무르익은 작품을 쓰는 사람", 윤영화 시낭송가는 "글 한 줄, 시 한 편 붙잡고 고뇌하며 기뻐하며 살아가는 시인, 가난하지만 마음만은 부자인 시인"이라고 했다.

또한, 남기선 시 낭송가는 "박 시인의 시는 세상에 지쳐있는 내 마음의 나이테에 조용히 맑은 수액이 차오름을 느낀다"라면서 그를 아는 사람들은 너나 할 것 없이 격려와 찬사를 보내고 있다.

그런 주변 사람들의 응원 덕분인지 박민순 작가는 신체적 체력이야 약골인 것은 그 옛날과 변함이 없지만, 글에 대한 열정만큼은 누구 못지않게 뜨겁다. 아무쪼록 지금까지 살아왔던 것처럼 딱 삼십 년만 더 울울창창한 문학의 텃밭을 가꾸면서 늘 건필하시라.

산골 소년의 도시 삶에 관한 갈등 보고서

시인 김 용 원

경북 상주 증생
대구 국립 경북기계공고 졸업
오산대학교 경찰행정학과 졸업
삼성전자/대한전선 안양공장 근무
현재, 세공하이텍(주) 대표이사

<만양 근로문학상> 수상으로 등단 활동 시작
됨, 글길문학> 동인회 회장
<문예사조> 신안상으로 등단
한국문인협회 회원 / 안양문인협회 이사
오산문민협회 사무국장

개인시집
제1시집 『내 삶의 나무』 ('10 꿈과희망)
제2시집 『그대! 날개를 보고 싶다』 ('12 도서출판 시연)

제3시집, 『그 겨울 작은 바람』(근간)

비평의 기능은 예술작품이 무엇을 의미하는지 보여주는 것이 아니라, 예술작품이 어떻게 예술작품이 됐는지, 더 나아가서는 예술작품은 예술작품일 뿐이라는 사실을 보여주는 것이다.

— 수전 손택 지음, 이민아 옮김,
『해석에 반대한다』, 도서출판 이후,
2022년

I. 봄 —꿈과 희망의 현주소

시(詩)란 사물과 사유를 시인이 선택한 언어를 통해 새로운 본질로 가장 명징하게 드러내는 또 하나의 생명체이다. 그런 맥락에서 보면 김용원의 시는 소소한 삶의 진술을 통해 내면에 자리 잡은 사물과 사유를 시화하는 능력이 돋보이는 편이다. 그의 시가 세속 도시의 일상적 체취에서 나오기 때문이다. 또한 이곳저곳 많은 문학단체에서 꾸준하고 오래도록 활동하고 있기에 발표하는 그 작품의 수도 상당히 많은 작가 측에 속한다. 물론 작품의 양이 작품의 질을 보장하는 것은 아니지만, 오랜 시간을 두고 중단 없이 창작에 매진했던 노력만큼은 대단하다 하겠다.

예민한 독자라면 이 시집의 첫 작품 「무제」에서 이미 알아챘을 것이다. '건강하게 잘 살지?'라는 새해 연하장도 시의 형식으로 메시지를 만들어 보내며 상상력을 확장하고 있다. '얼음이 녹고/개울가에는 희망이 흐르고 있겠지/버들강아지 솜털같은 새살에/겨울을 이기고 태어나 자랑스럽다고', '그게/세월이고/인생'이라며 새해를 맞아 삶의 무게중심과 방향성을 이렇듯 제시하고 있다. 고르고 고른 김용원 시인의 시 90여 편에는 작품마다 숨겨진 메시지가 담겨 있다. 아니 전해야 할 메시지를 분명하게 염두에 두고 창작한 듯싶다.

그러므로 작품을 마구 해체하고 절단하기보다는 시인의 삶의 의미에 기반을 두고 추적하며 그의 정신세계로 진입하고자 한다.

봄이 터지려면 겨울을 이겨야 한다
대지 아래에서는 한창 전쟁 중이다
시간이 흐를수록 지치고
희망이 줄어들지라도
너에게 향한 꿈
지친 삶에 행복의 새싹이 되어준다면

땅속 깊이 쩡쩡 소리 내며

널 안아 줄 그날을 기다린다.

― 「삶」 전문

　문득 "자유를 위해서/비상하여 본 일이 있는/사람이면 알지/
노고지리가/무엇을 보고/노래하는가를//어째서 자유에는/피
의 냄새가 섞여 있는가" 라고 노래하면서 '자유를 얻기 위해
서는 구체적이고 실천적인 투쟁과 노력이 얼마나 고단한 삶인
가' 생각하게 했던 김수영의 「푸른 하늘을」이 자연스럽게 떠오
른다.

　세상을 살면서 상처와 시련은 미래의 희망을 억누르지만, 그
것으로 인해 포기하는 것이 아니라 거기서부터 비로소 새로운
삶을 다시 시작하는 새 희망의 출발점을 찾는 이도 있다. 인용
한 시 「삶」의 전체적인 문맥으로 보아서는 삶의 주체인 '나'
는 여전히 순수한 꿈과 희망을 포기하지 않는 존재임을 알 수
있다. 다시 말하면 시인에게 겨울과 같은 상처와 시련 곧 절망
은 끝나고 희망의 출발점에 섰음을 선언하는 셈이 된다. 인용
시의 전체적인 정황으로 보아 만만하지 않은 삶의 갈림길에 있
음도 감지된다. 구체적인 정황이 감춰지고 생략되어 자세한 내
막은 짐작하기 쉽지 않지만, 주목할 점은 '희망이 줄어들지라
도/너에게 향한 꿈'은 곧바로 '지친 삶에 행복의 새싹'이 된다
는 대목은 예사롭게 보아 넘길 수 없겠다. 이렇듯 그려내는 삶
속의 한순간을 서정적으로 그려내는 시인의 시선은 뒤로 넘어

갈수록 점점 더 섬세하고 진지하다.

> 어머님 마음처럼 속 깊을수록 맛이 난다
> 오늘 같은 아름다운 가을날 닮고
> 초겨울이 오면 더 그리운 어머니 손맛
> 초원에서 웅성거리는 봄의 소리 닮은 맛
> 한 수저 입속에서 녹아들어
> 내 유년들의 아지랑이가 떵 하고 멈춘다
> 고개 돌리면
> 도시의 음식들로 먹어도 마음이 허해지는 겨울
>
> ─「청국장」 부분

'청국장'이라는 평범한 전통음식을 소재로 끌어와 자신이 체험한 도시의 삶과 어머니와 함께했던 유년의 추억들을 끄집어내며 객관적인 심상을 끌어내고 있다. 덕분에 그의 시는 삶의 애환을 노래하지만, 결코 감상적이지 않고 담담한 톤으로 옛 추억을 소환한다. 이처럼 그가 쓰는 시의 최대 장점은 체험에서 겪는 삶의 현장을 과장하거나 흥분하지 않고 거리를 둔 지점에서 바라보며 쓴다는 점이다. 그렇다. 그는 평범한 일상의 한 단면을 자신의 시 세계로 초대해서 아주 자연스럽고 절묘하게 아픔과 상처의 의미를 제시한다. 그러나 김용원의 시에서는 감동이나 교훈의 메시지가 포함돼야 한다는 고정된 관념이 짙다. 그러한 섣부른 교훈이나 메시지는 가차 없이 걷어내고, 시적 대상에 충실하면서 자신의 마음을 담았으면 하는 노파심에서 하는 말이다.

뿌요가 처음 오던 날

소복한 눈 속에서 홍매화 피어났다

겨울처럼 춥고 살얼음판 같았던

우리 가족 가슴도 홍매화 되어 녹아내린다

아픔도 인내하고

지긋이 바라보던 마지막 눈빛이

지금도 내 마음속에 남아 울컥한다

아득히 깊은 산중 홀로 해산을 꿈꾸던 홍매화가 아프다

뿌리에선 30도 온도로 수액들을 달래고

눈이 더 많이 내리기를 참고 있다

마지막까지 품위를 지키던 뿌요

너는 진정 홍매화였다

가슴속에 뜨겁게 달구어 수액이 뿌리까지 전해지는 날

너를 보내고

봄도 같이 보낸다.

—「홍매화」 전문

이 지구상에는 인간뿐만 아니라 다른 동식물들도 함께 행복하게 이 지구촌에서 살아갈 권리가 있다는 점을 우리가 먼저 인정해야 한다. 동물이나 식물들도 그들 나름의 생존 방식이 있고 그들 나름의 마음이 있다. 그것을 인정하고 이해하려는 노력이 필요하다는 말이다. 사람이 아닌 다른 동식물들을 인간 중심으로만 푸대접한다면 머지않아 지구촌의 주인공 자리가 인간이 아닌 다른 무엇으로 대체될지도 모른다.

「홍매화」는 생명존중 사상이 짙어 진실로 맑고 따뜻한 여운을 안겨주는 작품이다. 반려견을 보내는 아픈 마음을 담담하게 서술하지만, 홍매화에 빗댄 강아지의 삶에 대한 섬세한 관찰은 인간의 삶에 대한 진지한 성찰로 비약하고 있다. 성찰(省察)이란 단어의 뜻풀이가 '자기 일을 반성하며 깊이 살핌'이니 결국 '뿌요'와 '홍매화'를 통해 좀 더 깊고 높은 인생의 잠언을 끌어낸 셈이다. 또한 잠언이란 무엇인가. 내가 깨달은 바를 타인에게 쉽게 설명하는 것 아니던가. 체험(직접 체험이든 간접 체험이든 상관없다)이 상상력과 만나 이룩한 세계가 위의 시 「홍매화」에서처럼 시인의 상상력으로 확장되어 그럴듯한 인생론으로 변주된다. 일상의 체험도 시적 체험으로 전이시키는 그러한 힘은 두말할 것도 없이 관찰력과 상상력에서 나온다. 시를 쓸 때, 체험, 상상력, 관찰력은 좋은 시가 되는 으뜸 요건이다. 그런 점에서 볼 때 「홍매화」는 아픔을 넘어선 지극한 사랑이다.

II. 여름 ―고향으로 달리는 푸른 신호등

애인이 왔다
좋다

시커먼 마음에 희망 안개가 인다

우울하던 대지가 웃는다

지구를 정화하던 나무가 웃고

잠시 아픈 웃음 주던 꽃들은 노래하고

고개 숙인 오산천 큰소리 낸다

— 「오산천·1」 부분

차곡차곡 쌓이는 빗물은

창가에 앉은 추억까지 지워버린다

그대에게

필요한 사람보다 소중한 사람이고

싶었던 시간이

비처럼 내린다.

— 「그리움은 지워지고」 부분

'사랑'이란 단어를 국어사전에서 찾아보면, 첫 번째가 '다른 사람을 애틋하게 그리워하고 열렬히 좋아하는 마음 또는 그런 관계나 사람', 두 번째는 '다른 사람을 아끼고 위하며 소중히 여기는 마음. 또는 그런 마음을 베푸는 일' 그리고 세 번째는 '어떤 대상을 매우 좋아해서 아끼고 즐기는 마음'이며 종교적 의미로는 '하느님이 사람을 불쌍히 여겨 구원과 행복을 베푸는 일'이라고 상당히 폭넓게 밝히고 있다. 또한 '사랑은 주는 것/아낌없이 주는 것/미련 없이 주는 것/영원히 주는 것/아름 답게 주는 것'이라는 유행가 가사도 있다. 사랑이란 사물을 사 랑할 수도 있고, 신에 대한 사랑, 부부간의 사랑, 부모와 자식 을 향한 사랑 혹은 동물사랑 등등 사랑의 대상은 이루 헤아릴 수도 없다.

'애인이 왔다/좋다/시커먼 마음에 희망 안개가 인다'에서 보 듯이 시에서의 사랑은 함축적이고 상징적이어도 '애인'이란 단어 하나만으로도 더욱 친근한 의미로 다가선다. '그리움'은 "머릿속/마음속"에 채워져서 떠나지 않는 시간이다. 시간은 이런저런 추억을 남기며 쉼 없이 흐른다. 시간이 흐르고 그리 움이 지워져도 "그대에게/필요한 사람보다 소중한 사람"이고 싶은 것은 인지상정이다.

푸른 신호등 사이로

그대 얼굴이 보여요

교각 아래에선

물안개가 그리움의 향기로 모락모락 피고

하루를 시작하고

달리게 하는 마음은 당신이 푸른 신호등입니다

도시는 변화고

계절은 낯설게 다가오지만

그대는 유년의 아랫목입니다.

—「그대 생각」 전문

"푸른 신호등 사이로/그대 얼굴이 보여요"에서처럼 시인은 일반인들과 다른 눈을 가지고 있다. 사물을 바라보는 독특한 시선 그리고 상상력의 확장을 통해서 시가 되기도 하고 낙서로 전락하기도 한다. 도시에서의 삶은 기계적으로 반복되기에 시각뿐만 아니라 오감 자체가 아예 제대로 작동하지 않아 조금만 방심하면 기계처럼 녹슬고 무뎌진다. '닦고, 조이고, 기름치자'라는 구호는 자동차 정비소에서만 쓰는 말이 아니다. 시 창작에 용맹정진할 때도 마찬가지로 그렇게 해주어야 시가 제대로 굴러간다.

때로는 세상은 가볍고도 빠르게 변화하는데 자신은 너무 무겁고 느려 보이게 마련이다. 고향에서의 삶은 느리고 익숙하고 평탄하지만, 도시적 삶은 급격하고 낯설며 불규칙하고 이해타산을 따지며 접근하는 생활방식이다. 다소 보수적인 성품의 김용원 시인은 도시적 삶의 과정에서 극심한 충격과 갈등을 경험했다. 그래서 어렵긴 했어도 "도시는 변화고/계절은 낯설게 다가오지만/그대는 유년의 아랫목"이라면서 따스했던 유년 시절 고향의 추억을 가슴에 품고 오늘도 힘차게 도심 속을 달리고 있다.

    길 위에서 하루가 시작되고
  펼쳐지고 나보다 큰
  높은 건물로 들어간다
  길에서 하루를 본다

길 위에 인생이 있다
신궐동에 들어오니
버스정류장마다
개미들로 가득하다

— 「안개」 부분

오늘은 줄 잘 맞춰 앉아
실직한 친구에게 용기 줄 합창을 해야지
내일은
태풍이 찾아와도 무섭지 않게
친구들을 꼭 안아 줘야지
비가 많이 와도 절대 쓰러지지 않게 꽉 잡아 줘야지.

— 「칡」 부분

　「안개」와 「칡」에서처럼 시인은 일상의 에피소드를 마치 일기 쓰듯 담담히 묘사하고 있을 뿐이지만, 성공적인 삶을 향한 시인의 부지런함이 엿보인다. 이것은 그의 직업에서 오는 의식의 조건반사이다. "길 위에 인생이 있다/신궐동에 들어오니/버스정류장마다/개미들로 가득하다"라는 표현처럼 취업을 위해 사무실로 찾아오는 불특정 다수의 사람을 만나고 그들을 취업시켜 바깥의 현장에 배치하여 관리하는 게 그의 직업이다. 때로는 "실직한 친구에게 용기를 줄 합창"을 위해 또한 "친구들을 꼭 안아주고", "절대 쓰러지지 않게 꽉 잡아 주며" 동정의 마음도 보낸다. "동정(同情)"이란 글자대로라면 정(情)이 같다(同)는 말이다. 사전상의 기본 의미도 "남의 어려운 처지를 자기 일처럼 알아주거나 가엾게 여기는 마음"이라고 풀이되어 있다. 이 말의 유래는 "단종이 죽고 나서 정순왕후가 아침저녁을 청령포를 향해서 곡을 했는데 이웃 아낙들도 함께 곡을 했다"는 동정곡(同情哭)에서 찾을 수 있다. 감히 말하건대 동정하는 마음이야말로 종교에서의 자비와 사랑보다도 더 위에 올려야 할 참된 사람의 덕목이다.

Ⅲ. 가을— 향수를 달래주는 글쓰기의 즐거움

오랜만에 아주 오랜만에 도서관에 왔다
밖에는 천둥 치고 빗소리 가슴을 쓸고 있다
뽕잎 사이에 세 마리 누에고치처럼
조용히 책 먹는 소리만 들린다
　　　(중략)
오랜만에 깊은 산중 책 숲에서 누에처럼
선배작가들의 생각들을 갉아먹었다

— 「한림도서관에서」 부분

아르헨티나 소설가 보르헤스는 15세 이후부터는 천국을 믿지 않았지만 '천국이 있다면 그곳은 도서관' 같을 거라고 했다. 궁금한 것은 도서관에 가서 찾아보면 막힌 데가 시원하게 풀리니 말이다. 또한, 책은 꿈의 통로이니 천국으로 인도하는 길임이 틀림없겠다. 하지만 현직 대한민국 대통령도 자신의 자서전에서 "독서를 통해 세상을 이해하고 인생을 알게 됐으며, 사회에 대한 통찰력까지 얻게 되었다"고 말한 바 있고, 많이 배웠다는 요즘 정치인들이 언론을 통해 내뱉는 한 마디 한 마디의 말이 난해한 시보다 더 난해하니 긴가민가하긴 하다.

공자는 시경(詩經)을 한마디로 평하며 생각함에 사특함이 없는 사무사(思無邪)라 압축 표현했다. 시는 생각에 거짓이 없다는 말이다. 동양적인 말로는 관조(觀照)의 경지요, 종교적인 의미로는 순수를 찾는 기도이며 수행이다. "오랜만에 깊은 산중 책숲에서 누에처럼/선배작가들의 생각들을 갉아먹었다" 라는 진술을 보니 이제는 비단실이 줄줄이 뽑혀 나올 듯하다. 시 속에 영혼이 들어있다는 것은 겉으로 수식하는 것이 아니라 내면으로부터 진심의 이미지가 '서서히/조심스럽게' 먹물 스며들 듯 '당신에게 내가 물들 듯' 자연스럽게 이미지화된다.

시인은 오늘도 한줄 한줄의 시를 써나가며 자신의 정체성에 대해 심각하게 질문하며 답을 찾는다. 왜 이런 시를 썼는지, 어떻게 시를 쓰게 되었는지, 그 과정과 동기를 고백하는 시편들은 한두 편이 아니다. 자신의 체험과 감각을 독특한 시적 경험으로 풀어내지만 결국 어제의 삶을 오늘도 그대로 반복하며 사는 것이 답답하기 때문이다. 따라서 시 쓰기에서 중요한 것은 어떻게 쓸 것인가가 아니라, 무엇을 쓸 것인가이다. 누구든지 좋은 시를 하루아침에 써낸 것은 아니다. 처음부터 무리하

게 욕심을 부리지 말고 시간을 두고 차근차근 살아가면서 삶
을 이롭게 할 그런 시를 썼으면 한다.

> 회색 도시를 뒤로하고
> 마중 나온 비에 인사한다
> 도시를 빠져나가는 소리가 들린다
> 듬성듬성 버짐처럼
> 누런 가을이 두꺼비 되어
> 금방이라도 뛰어들 자세다
> 격월로 떠나는 휴식 같은 달콤한 시간
> 일상의 군상들을 떨쳐버리고 싶다
>
> ―「외출」부분

고향이 아닌 낯선 객지에서의 생활은 누구나 두렵고 어색하
다. 김용원 시인은 경북 상주가 고향이다. 상주 시내에서도 산
속으로 한참 들어가는 산골이라고 했다. 그곳에서 유아기 때
부터 청소년기를 보냈다. 그야말로 산골 소년이 큰 뜻을 품고
상경하여 중년이 된 현재까지 수도권에서 열심히 살아가는 중
이다. 물론 이 풍진 세상을 살아가는 데 어려움이 없었을 리
없다. 얼핏 보면 마치 충청도 사람으로 오해할 정도로 말투가
느리고, 성격도 매우 온순하다. 억센 경상도 사투리는 한 번도
들어본 적이 없다. 때로는 '일상의 군상들을 떨쳐버리고 싶'
어 '회색 도시'를 뒤로 하고 싶지만, 이내 '마중 나온 비에 인
사한다'라는 「외출」은 너무 아득바득하지 말고 쉬엄쉬엄 살고

싶은 시인의 속마음으로 읽힌다. 매주 쉬는 것도 아닌 '격월' 이라는 대목에서는 정말로 열심히 살아가는 사람들의 모습까지 엿보여 안쓰럽기까지 하다.

> 전철 안은 이른 시간에도
> 많은 일개미처럼 웅크리고 있다
> 늦게 온 개미들은 끝에서
> 빠르게 몸을 싣고
> 이 칸 저 칸 한 줄로 이동을 시작했다
> 무언 속에 외투 속에 푹 꼽은
> 겨울 추위만 실눈 뜨고 살핀다
> 고개 숙인 개미 되어
> 삶에 희망을 선물하고 싶다

— 「건강검진」 부분

김용원 시인의 시는 특별한 수사나 기교를 부리지 않으면서도 할 말은 다 하고 있다고 앞에서도 언급한 바 있다. 누구나 시를 쓰다가 마음에 딱 들어맞는 구절이 나오면 그로 인해 몇 주 동안은 마음이 붕 뜨기도 한다. 흔하디흔한 외로움, 괴로움, 그리움뿐인데도 그것이 시 쓰기의 동력으로 작용하여 한동안 몸과 마음을 지탱해준다. 하지만, 때로는 일이 꼬이듯이 시도 마찬가지라서 진도가 더는 안 나가서 속을 썩일 때가 있다. 그렇게 막히는 것이 반복되다 보면 병이 찾아온다. 몸에 이상이

왔을 때는 망설이지 말고 의사에게 가서 병세를 진맥하고 정확한 처방전을 받아야 한다. 글에 대한 처방은 독서에 있다. 영양식으로 보충하듯이 골고루 읽어둬야 마음속이 든든해져서 혹시 이상이 와도 회복이 빠르다. 그래서 조금이라도 잘못된 문장은 미련 두지 말고 퇴고의 과정에서 과감하게 도려내야 한다. 퇴고는 하면 할수록 문장이 빛을 발한다.

IV. 겨울 - 절망이 곧 희망이다

모든 서정시가 작가와 독자의 취향이나 감수성과 깊이 관련된다는 것은 주지의 사실이다. 마치 좋아하는 음식이 서로 다르듯이 좋아하는 소재도 사람마다 다르게 마련이다. 시를 쓸 때도 소박하고 담백한 언어를 좋아하는 이가 있고, 수사의 양념을 많이 친 자극성이 강한 언어 구사를 좋아하는 이도 있다. 그 점은 읽는 이나 쓰는 이의 처지에서 봐도 매일반이다.

흔히 도시적 감수성이라고 말하지만, 오늘날의 한국 시단은 옛 시인들의 시와는 확연하게 다른 모습을 보여주고 있다. 사는 생활공간이 시멘트와 아스팔트 구조물이고 편리함과 속도에 길든 우리들의 생활 방법 자체가 도시적 감수성에 길들었다고 봐도 틀린 말은 아니겠다. 거기에다가 웬만한 충격파에도 놀라지 않는 현대인의 몸에 밴 무감각도 크게 한몫했다. 그래서 그런지는 몰라도 거창한 문학상을 타고 좋은 시라는 작품들은 대부분 수사의 양념이 지나치게 자극적이거나 도대체 무슨 말인지도 모르도록 언어를 비틀고 조합해서 읽는 이를 혼란스럽게 만든다. 김용원의 시는 그들처럼 특이한 표현이나 현란한 기교는 거의 없다. 소재 대부분이 농촌이나 소도시에 널려 있을 법한 평범한 소재이고 삶의 체험들이라서 오히려 쉽게 공감대를 형성한다. 때로는 이러한 순수함이 김용원 시인의 장점으로 작용하기도 한다.

어깨가 아프다
가을 낙엽처럼 깊어가는 꿈을 벗고 싶다
내 삶의 나무에 꼭 매달려 재잘거리는
꿈과 희망들
푸른 유월의 나무처럼 진했던 젊음
하나
둘
벗고 있다.

— 「양복을 벗고 싶다」 전문

시인은 오직 시를 통해서만 온전히 자신의 속마음을 드러낸다. 「양복을 벗고 싶다」에서 시인은 "나에게 맞는 옷은 헐렁한 가을 같은 옷이다"라고 했다. 그러면서 여전히 어깨가 아파 "가을 낙엽처럼 깊어가는 꿈을 벗고 싶다"라고 현재의 심경을 은유적으로 표현한다. 무슨 심각한 일이 생긴 것일까? 지금도 "멀리 공장 굴뚝의 연기는/구름 흉내를 낸다"는 대목에서 환기하듯 시인은 과거에는 기름때 절은 작업복을 입던 현장 노동자였으나, 지금은 넥타이를 매고 사람을 맞이하고 찾아가야 하는 경영자가 됐다. 현재의 그 직종에서도 꽤 오랫동안 버텨냈고, 무수한 절망을 희망으로 바꾸며 살아왔다. 다음의 시에서 그 해답이 있다.

들판은부스럭거리며메말라간다
듬성듬성버짐처럼피어난잔설들은
그리움되어바람에게짓밟혀눈발처럼서성인다
내삶은염전에갓만들어진소금으로절여져
헝한갈증은무겁게채워지지않는다
편의점앞성탄은저혼자신이났다
난서서히나사가하나씩풀려간다
내젊음은하얀속살을드러낸눈속에서
건초처럼메말라간다다시일어서야한다
너가기다리고있는단단한땅속으로나는간다

—「12월」 전문

서운한 한해 기운 달래서
희망 몇 그램 앞장세워 본다
송년의 꽃 속에 예쁜 꽃 하나
추억의 꽃 한 송이
가슴으로 파고들어

따뜻하게 녹여준다

오늘 너가 가슴에 있어 좋다.

― 「희망 몇 그램」 부분

　김용원 시인은 자신보다도 타인의 고통스러운 삶을 풀어주기 위해 몸부림치는 중이다. 그러한 고통을 견디는 방법은 일상으로부터의 안주나 도피로 해결될 수가 없다. 시 쓰기에서도 마찬가지라서 처절한 몸부림이 그저 자신만을 위한 말장난만 반복한다면 앞으로의 희망은 아예 없는 거다. 시방 우리 앞에는 살벌한 현실이 계속해서 밀어닥치고 있다. 우왕좌왕할 일이 아니다. 그럴 시간적 여유도 없다. 인간은 모두가 대체 불가능한 존재자로서 필연적으로 홀로 살아가는 섬 같은 존재이므로 외로움조차도 스스로 감내하고 극복해 나가야 한다. 정현종 원로 시인도 「섬」이라는 시에서 "사람들 사이에 섬이 있다/ 그 섬에 가고 싶다"라고 했다. 좋은 시인은 짧은 1편의 시에도 인생 전체를 조감하고 조화로운 우주적 질서까지 확실하게 담아냈다. 이 시에는 더 많은 이야기가 생략되고 압축되어 있다. 이러한 압축은 길게 쓴 장편소설보다도 더 많은 이야기가 숨겨져 있어서 상상력의 진폭이 오히려 더 높고 크고 넓혀진다.

　각설하고, 살아갈수록 우리의 마음은 채워지는 것이 아니라 비워지고 있다. 한 해를 마감하는 12월이 되면 누구나 마음에 구멍까지 숭숭 뚫리고 찬바람이 드나들게 마련이다. 한 해의 끄트머리에서 썼을 법한 시 「12월」에서처럼 말이다. 급한 마음에 행과 연도 구분하지 않고 띄어쓰기까지 무시했겠지만, 그렇다고 명색이 시인인데 무기력하게 절망 앞에 쉽게 무릎을 꿇어서야 체면이 서겠는가. 그래서 '희망 몇 그램 앞장세워' 보는 거다. 더구나 '오늘 네가 가슴에 있'으니 듬직해서 좋다며 애써 위안으로 삼는다.

V. 다시 봄 ─과거지사는 청산의 대상일 뿐

그래도 몇 그램의 희망이
언 땅 깨고 서는
봄바람이랑
손잡고
작은 사랑 바람이 분다
오늘보다 더 소중히 생각해야지

─「2월의 갈증」부분

지금까지 살펴본 것처럼 김용원의 시는 이해하기 쉽고 길이 또한 짧은 단시가 많다. 이해하기 쉽다는 것은 난해한 수사나 기교로 언어를 치장하기보다는 시인의 삶 속에서 만난 사물과 사유를 가능한 한 있는 그대로 솔직하게 묘사한다는 뜻이다. 또한, 시의 길이가 20행이 넘지 않는 짧은 시라는 점에서 짐작할 수 있듯이 좋게 말하면 경제원칙을 철저하게 지키면서 시를 쓰는 시인이다. 그런데도 뭔가 아쉽다. 너무 직관에 의존하고 있어서 언어의 묘미나 긴장감이 떨어진다. 그나마 마지막으로 인용한 시 「2월의 갈증」에 와서야 비로소 기대치에 왔음을 느끼게 되었다. 2월은 겨울과 봄이 동거하고 있는 독특하고 미묘한 달이다. 시인에게는 '그래도 몇 그램의 희망이/언 땅 깨고 서는' 유년의 추억과 희망이 있는 달이다. 앞으로 써낼 작품들도 이런 방식이라면 지금보다는 훨씬 부드럽게 독자들의 가슴으로 파고들 것으로 믿는다.

이제는 '산골 소년의 도시 삶에 관한 갈등 보고서'로 지금까지의 시 쓰기를 마감하고 이쯤에서 새로운 신세계를 보여줄 때가 되었다. 미래를 믿는다면 과거지사는 청산의 대상일 뿐이다. 시를 쓰는 일이 결코 생사가 걸릴 정도의 고통과 시련까지는 아닐 것이매, 진실로 원하고 권하건대 어떻게든 새롭게 변신할 시적 모험을 아직은 젊은(?) 패기로 감행해 보시라. 오래도록 위대한 시인으로 살아남는 시인들은 다들 그런 식으로 자신을 갱신하는 피와 땀을 아끼지 않았으니 말이다.

그리움, 행복했던 날들의 비망록

김선우 제2 시선집 『가시꽃이 피었다』

마음의 붓으로/그리옵는
부처님 전에/절하는 몸은/
법계/다하도록 이르거라

— 균여 대사의 십구체 향가,
보현십원가普賢

■화(華)

　지난날의 추억은 복기하면 할수록 끝이 없이 줄줄이 이어져 나온다. 우리가 사는 삶 또한 변화무쌍하고 현실은 생각처럼 녹록지 않고 점점 더 각박해진다. 즐겁고 기쁜 날도 있지만, 때로는 어렵고 고단한 시련도 예고 없이 닥친다. 우리의 삶은 늘 빈 구석처럼 고립되어 있어 침울하고 고독하다. 옛일이 그리워 고통과 고민이 밀려올 때면 음악을 듣고 시를 쓰는 것도 어느 정도 해소책이 된다. 음악이나 시에는 우리의 감성을 강렬하게 자극하는 리듬이 있기 때문이다.

우리의 삶이란 즐겁고 기쁜 순간보다는 어렵고 고단한 순간이 더 많다. 그래서 시인은 슬픔을 슬프다고 표현하지 않고, 더 슬픈 모습의 다른 사물을 곁에 놓고 시인 대신으로 슬퍼하게 한다. 이렇게 마음으로나마 스스로 위로하면서 삶의 존재 방식을 바꾸며 사는 게 시인이다.

필자도 한때는 모든 것 다 뿌리치고 깊은 산속에 들어가 시를 인생의 동반자로 삼고자 했던 시절도 있었다. 우리가 사회적 존재하는 거창한 말을 들먹이지 않더라도 서로 돕고 어울리며 살아가는 게 세상살이다. 사람과 사람이 모여 사회가 형성되었지만, 내 맘먹은 대로 한마음 한뜻으로 되는 것은 어쩌다 한두 번에 지나지 않는다. 사람의 마음은 간사해서 남의 고통을 내 고통으로 받아들이지 않는다. 내 아픔 또한 누군가가 완전히 이해하고 함께 슬퍼해 줄 리도 없다. 서로서로 경계하고 경쟁하며 살아가는 일상에서 잠시나마 그들과의 갈등을 털고 좋아하는 다른 일에 몰두할 수 있다면 마음의 안정을 찾을 것도 같았다. 그러나 뜻밖에 외로운 사람끼리 만나 혼자가 아닌 둘이서 마음을 맞추며 살다 보니 역시 시만큼 정직한 것은 없었다. 시는 삿된 마음에서는 나오지 않는다.

송암 김선우 시인의 삶은 이순(耳順)의 고개를 넘기면서 180도로 방향을 전환했다. 투철한 군인정신을 바탕으로 시인의 길을 걸으며 진짜 열심히 원고를 긁어댔다. 그가 지금까지 쓴 시편들은 일상에서 쉽게 접하는 사물 언어가 중심축을 이룬다. 그러한 사소하게 느껴지는 소재로 시상을 전개한다. 함축에 힘을 기울이며 겉으로 드러나게 직접적인 언술은 하지 않지만, 깊이 들여다보면 감정의 절제가 잘 되어 진솔한 작품들이다. 일상의 체험을 바탕으로 시화하는 방식은 이른바 리얼리즘 시학이 작용하게 된다.

시 쓰기는 꼼꼼한 관찰과 깊은 사색에서 출발한다. 누구나 보는 것이 아닌 남들이 못 본 것 혹은 흔히 보는 것일지라도 자신의 느낌으로 표현하는 게 시다. 소소한 것일지라도 마음 속에 들어온 관념을 구체적 이미지로 바꾸어 형상화하면 된다. 시의 길이가 길고 짧음은 문제가 되지 않는다. 최소한의 언어로 그때의 기분을 선명하고 적확하게 표현하면 그뿐이다. 특별하고 유별난 기술도 필요하지 않다. 솔직하게 속마음을 끄집어내야 담백한 시가 된다. 더 멋들어지게 보이려고 치장하고 거짓을 보태다 보면 아무것도 아닌 낙서로 변한다. 시는 '참삶의 기록'이라는 점을 염두에 둔다면 사람마다 다른 감동적인 좋은 시가 나오게 마련이다.

송암 김선우 시인의 시는 우선 편안하다. 내용이나 형식에서 모든 시가 일정한 톤을 유지하고 있어 읽기도 쉽다. 당연한 일이겠지만, 세상에 있는 모든 소재거리들은 누구에게나 공평하게 공개된다. 소재로만 볼 때 그의 시는 다른 시인들과 별반 다를 게 없다. 시단에는 다양한 경향들이 난무하는 판에, 표현 방식을 바꾸라거나 다른 소재를 강요할 필요가 없다. 나름대로 정해진 시작법이지만 이제는 그 방면에는 완숙의 경지에 이르렀다. 이러한 전제를 깔아놓긴 했지만, 그동안 송암 김선우 시인(이하 '송암'으로 호칭함)이 문예지 등 각종 문예지를 통해 발표한 작품 중에서 무작위로 뽑아 톺아보겠다.

■ 엄(嚴)

세상을 살아가다 보면 우리는 많은 절망과 어려움을 만난다. 자신의 운명이라는 생각에는 어느 정도는 긍정과 부정이 교차한다. 때로는 도저히 혼자서는 헤쳐나갈 수 없는 함정에 빠지기도 한다. 잘 나가는 듯싶다가 믿었던 사람이나 엉뚱한 사건에 휘말릴 때도 있다. 그러할 때 쓴 시는 삶에 위로가 되어 절망을 극복하는 힘이 되기도 한다. 이처럼 시는 삶의 촉진제가 되어 여유와 생기를 불어넣어 주기도 한다.

송암의 시는 생활 시다. 아니 시를 생활화한다. 그냥 살아가는 일이 시가 된다. 시라는 것이 원래 사람이 사는 이야기다. 작품마다 주변에서 일어나는 생활사적인 측면이 다분하게 반영되고 있다. 그렇다고 단순하게 사적인 생활 쪽으로 한정 지을 수도 없다. 가끔은 일상에서의 일탈을 꿈꾸지만 불가능하다. 송암의 표현으로는 '나만의 궁전'이라는 꽃집이 발목을 잡고 놓아주지 않았다. 이처럼 작품은 보는 관점에 따라 다양한 의미로 해석될 수도 있다. 이 글은 화엄경 중 보살이 수행 과정에서 거치는 열 가지 지혜의 경지인 '10지품(十地品)'를 방향타로 삼아 써 내려갈 작정이다.

1) 세상에 태어나면

가는 길은 누구나 한 길

　　　　(중략)

내가 바르면 바른 길을 가는 것이요

내가 바르지 못하면

바르지 못한 길을 가는 것입니다

내가 없으면 길도 없는 법,

무슨 길인들 소용이 있겠습니까.

　　　　　　—<마음의 길> 부분, 2008년 8월호 『문예사조』 신인상 당선 시

2) 햇빛 거두는 곳에는

　바람도 서늘합니다

꽃과 새들

앉을 자리 찾지 못해

슬퍼하네요

(하략)

　　　　　　—<계곡에서> 부분, 2008년 가을호 『한국작가』 등단 시

■ 1지 환희지(歡喜地)

선근을 깊이 심고, 자비심을 내고, 열 가지 서원을 일으키고, 보시를 행하여 기쁨이 넘치는 경지이다. 보살의 길로 말하면 찰나에 안주하여 환희를 얻고, 무욕을 실천하며 남을 나처럼

사랑하는 보시바라밀의 단계이다.

시 1)에서 송암은 분명하고 단호한 목소리로 말한다. 이 시는 절대로 바뀔 리 없을 삶의 철학이 분명하다. 그의 시에는 가식이란 거품이 없으며, 티끌만 한 가식도 허용하지 않는다. 첫 신인상 당선 시 중 하나이기도 한 1)은 '길'을 소재와 주제로 삼았다. 사람이 길을 만들고 그 길을 다시 사람이 간다. 길은 길로 이어지듯 사람의 길도 다를 바 없다. 우리는 살면서 순간마다 선택과 후회를 반복하지만, '가는 길은 누구나 한 길'인 인생길이다. 삶에 대한 시는 오랜 옛 시인 푸시킨이 쓴 "삶이 그대를 속일지라도/슬퍼하거나 노하지 말라"는 시는 동네이발소와 크고 작은 사무실 벽을 독점한 바 있지만, 어느 시인이나 즐겨 쓰는 단골 메뉴다. 그러므로 자칫 식상한 소재가 될 우려도 있다. 처음이라서 그러하겠지만 1)은 조금만 더 삶에 대한 철학적 성찰로 조였더라면 하는 아쉬움이 남는다. 외부의 풍경 묘사나 내면의 서정으로 이행하는 적절한 묘사, 구체적이고 경험적이고 사실에 입각한 그런 묘사를 말함이다.

사람들은 누구나 이 땅에 와서 자손을 낳고 이름을 남기고 가려고 애쓴다. 앞으로 삶의 결과는 바로 우리 후손의 앞길을 열어주는 바로미터다. 송암은 "옆으로 가면 옆길이요/뒤로 가면 뒷길입니다/휘어진 길을 간다고 해도/내가 바르면 바른길로 가는 것"이라고 주장한다.

시 2)에서 꽃과 새들이 슬퍼하는 이유가 "앉을 자리 찾지 못해" 라고 단언한다. 10행 4연의 짧은 시에 시인의 마음 상태를 잘 담아냈다. 만약 2연도 1연처럼 2행이었다면 무미건조했을 것이다. 의미의 확장이 없는 행갈이는 시를 단순하게 만들기가 예사인데 행갈이를 효과적으로 해서 슬픔과 그리움의 서정을 깊게 했다.

시는 서정(敍情)의 문학이다. 자기를 감추고는 써낼 수 없다. 서정은 외부 세계에 대해 자신이 느낀 감정이다. 외부 세계와 내면의 서정이 긴밀하게 관련을 맺어야 서정시가 나온다. 이때 외부 세계는 자신을 둘러싼 사람과 사물, 사건 등 모든 것을 아우른다. 서정시는 시인의 주관적인 정서를 노래하므로 1인칭 양식이다. 외부 세계의 세밀한 묘사도 결국 마음속의 심정을 드러내려는 행위이다.

시 2)의 경우는 겉으로 보면 서경시에 가깝다. 서경시에서의 외부 풍경의 묘사는 어떤 방식으로든 시적 화자의 마음을 외부의 풍경에 대입시켜 드러낸다. 시 2)에서처럼 외부 풍경의 묘사가 마음과 일치되고 있음에 주목해야 한다. 같은 해, 비슷한 시기에 등단 과정을 통과했던 두 작품은 시적 대상물을 드러내는 방법에서는 상당한 차이를 보여주고 있다. 그때는 설익었던 시절이었기에 당연했는데, 송암은 작품이 활자화된 것을 보고 부끄럽고 서러워서 통곡했단다.

1) 숲에 들어서니
바람은 나무를 흔들며 지나가고

싱그런 내음

곱게 핀 꽃잎

살랑살랑 춤춘다

산까치

이, 저산 오르며 노래 부르고

　　　(하략)

—<마등산·1> 부분, 2011년 『오산문화』 제51호 (오산문화원)

2) (상략)

그대 곁에 머물 수 있다면

세상일

모두 잊고

깊은 산 속에 숨어

행여

기다리는 세월이

천 년이면 어떻고

만 년이면 어떠리

—<행여> 부분, 2012년 『아시아 서석문학』 여름호

■ 2지 이구지(離垢地)

10선도(十善道, 정직한 마음, 부드러운 마음, 참는 마음, 온갖 악행을 다스리는 마음, 고요한 마음, 티 없이 선한 마음, 잡되지 않는 마음, 아쉬워하지 않는 마음, 넓은 마음, 큰마음)를 행하고, 업의 때

를 버리고, 계율을 갖춰 청정함을 유지하며 일체의 집착에서 벗어나는 단계이다. 온갖 번뇌를 떠나는 경지이다. 스스로를 행복하게 하고 남들도 행복하게 하는 청정함의 단계이다.

　시 1)의 마등산은 시인의 동네에 있는 앞산으로 시인에게는 마음의 거처가 되기도 하는 정든 산이다. 연작시로만 10편 이상을 썼을 정도이니 그동안 얼마나 마음이 심란했는지는 짐작이 가고도 남는다. 눈에 띄지 않을 정도로 단순하기 그지없는 이런 시들을 다시 읽다 보면, 외로움이 가슴속으로 스며든다. 지나간 날을 소재로 삼으면 그 시절의 상처와 아픔이 바투 다가선다.

　숲에 들어가면 지저귀는 산새 소리가 더욱더 맑게 들린다. 특히 해 뜰 무렵에는 아침까지는 그 소란스러움에 숲도 기지개를 켜며 잠을 깬다. 자연은 늘 우리 곁에 있지만 평소에는 잘 인식하지 못한다. 그러다가 부지불식간에 삶의 이치를 깨우쳐 주는 게 자연이다. 순수한 마음으로 자연의 풍경을 응시하며 빠져들면 위안은 물론 관조의 정서도 생긴다. 응시한다는 것은 내적 성찰에 충실히 하고 있음을 의미한다. 현실을 제대로 응시하기 위해서는 부화뇌동(附和雷同)하지 않고 자신의 내면을 찬찬히 들여다보는 진심에 가까워야 한다. 시 2)에서처럼 "그대 곁에 머물 수 있다면/세상일/모두 잊고/깊은 산 속에 숨어" 천 년이고 만 년이고 기다리겠다는 간절한 진술은 확고부동한 진심이다. 지금도 그리움을 남기며 시간은 가고 있다. 의식하지 않을 뿐, 과거는 지금, 이 순간에도 계속 버려지고 있다. 다시 말하자면 우리의 뇌 속에 저장된 무한정한 과거를 추억한다는 것은 그리움을 현재로 소환하는 것이다.

현실에 대한 융숭 깊은 눈과 귀가 튄 〈마등산〉 연작 시 1편만 더 읽고 넘어가자.

통나무 의자

나비가 날아 앉듯
낙엽 한 잎 앉았다

숲의 고요를 깨는
풀벌레 울음소리

그날은
가을비가 밤새 내렸다

—〈마등산·7〉 전문, 2012년 가을호 『동서문학』

1) 마음이라는
빛이 머물고 있는 그릇
석등을 등대 삼고
마음을 다스려
허리를 바로 세우고

눈을 지그시 고정하고
숨을 고른다.

돌탑, 부도에 숨겨진 그것은
나는 누구인가
생사를 뛰어넘어 업을 태우고
진리를 등불로 삼아도
화두는
공중에 떠다니고 망상만이 일어난다.
시간과의 싸움
걸어온 길,
하루하루를 지워본다.

　　　　　　　—<길에서 화두를 줍다> 전문, 2013년 8월 『한올문학』

1) 마등산 나뭇잎 지는 소리가
사무치게 그리운 날

구름의 집은 바람 부는 쪽에 있고
사람의 집은 마음 머무는 곳에 있다고
누가 일러 준다
또 하루가 그냥 지나간다

　　　　　　　—<백년> 전문, 2013년 『시혼』 창간호

■ 3지 발광지(發光地)

올바른 진리 탐구와 익힘에 더욱 정진하며 진리를 듣고, 기뻐하고, 즐기고, 의지하고, 따르고, 이해하고, 순종하고, 진리에 도달하고, 안주하고 실천하는 지혜의 빛이 샘솟는 경지이다.

평범한 일상 속에서 우리는 자신을 잊고 살아가지만, 어떤 특별한 계기나 사건을 통해 '나'라는 존재까지 심각하게 고민할 때가 찾아오기도 한다. 시 1)은 송암 김선우 시인의 첫 시선집의 제목으로 삼기도 했던 그의 대표작 중 하나이다. 화엄경의 핵심 사상 중에는 원효가 한밤중에 해골에 담긴 물을 마시고 아침에 깨달았다는 일체유심조(一切唯心造)가 있다. 모든 것은 마음이 생겨나므로 생긴다는 뜻이다. 방송을 통해서 촌철살인의 인생 상담을 펼치는 법륜 스님도 "달을 보고 슬픈 감정을 느꼈다고 가정하자. 그럼 달이 나에게 슬픔을 준 것인가. 아니면 스스로 슬픈 것인가."라고 되물었다. 시는 자신의 마음을 담아낸 그릇이다. 그릇의 크기에 따라 담아지는 양도 달라지며, 자기가 아는 만큼 써진다. 송암은 뒤늦게 걸린 시동임에도 거침없이 속력을 내며 전력 질주했다.

시 2)는 '백년'이라는 제목이라서 상당한 비약이 있을 줄로 알았다. "구름의 집은 바람 부는 쪽에 있고/사람의 집은 마음 머무는 곳에 있다고/누가 일러준다"더니 마지막 연은 단 한 행으로 '또 하루가 그냥 지나간다'라고 끝맺는다. 당혹스럽고 어리둥절했다. 사실인즉슨 이 시의 원제목은 〈마등산에서〉였단다. 그런데 시평을 받으러 광주로 내려갔을 때, 송수권 시인이 〈백년〉으로 제목을 바꾸는 게 낫겠다고 권했단다. 첫 만남이 백년의 인연으로 얽히는 순간이었다. 그후 송수권 시인과는 자주 왕래는 못했어도 형님, 동생하면서 전화 통화는 자주 했단다. 송암의 칠순 기념으로 시선집 『길에서 화두를 줍다』가 나왔을 때 초청하고자 했으나, 그 당시 사모님이 중병 중이었고, 애석하게도 송 시인도 2016년 4월 4일에 세상을 뜨고 말았다.

늦은 가을

나의 혼을 품고

설레는 마음은 광주를 향해 달려갔다

서너 시간 후

「금당 가는 그 집」에서

낯설지 않은 듯

시인과 마주앉아 세월을 나눴다

얼마 후

떠나려는 내 손을 잡은 시인은

"소년처럼 순수한 데가 있네, 나 말 놔도 되지?"

상경 길 내내

그 말이

나의 뇌리를 떠나지 않았다

며칠 후 나는

육필의 혼이 담긴 시인의 마음을 품었다

— <나, 말 놔도 되지?>

1) 세상살이 저만치 접어두고

화원 한 켠에 앉아

지난날의 책갈피를 넘기며

안타까운 마음을 달랜다

　　(중략)

늦기 전에

가끔 오르던 마등산 등성이쯤

하늘 닮은 집 한 채 지어두고

가슴에 남은

그리운 이들을 그리며

남은 생을 걷고 싶다

　　(하략)

— <하늘집 한 채> 부분, 2013년 『글길문학』 제40호

2) 한 우주가 온전히 돌고 돌 듯

내 삶과 그리움도 맞물려 돌아가는데

무엇을 그리워하나

또 무엇을 애석해하나

앙상한 나뭇가지에 낙엽 한 잎

대롱대롱 매달려

그리움을 울고 있는

아침 한 나절.

— <낙엽 한 잎의 연가> 부분, 2013년 사)한국시인연대 사화집 제23집

■ 4지 염혜지(焰慧地)

지혜가 불꽃처럼 빛나는 정진바라밀의 경지이다. 선악의 판정에 더욱 밝아져 의혹이 없어진 경지로 양심의 구현에 최선을 다하는 단계이다.

사람의 감성은 마음 씀씀이에 따라 상황에 맞춰 매 순간 움직인다. 송암의 시에서 가장 빈번한 정서의 기표는 '그리움'이다. 시 1)과 2)에서도 공통적으로 그리움이 존재의 거처로서 기능한다. 그토록 갈망하는 시인의 속내 즉, 진실과 인간다움에 대한 그리움이 그렇게 간절함은 무엇 때문일까?

고려 시대 균여대사(均如大師)의 십구체 향가 〈보현십원가(普賢十願歌)〉 첫머리는 "마음의 붓으로 그리옵는 부처님 전에…"라고 시작한다. 그리움이란 종이가 아니라 마음속에 쓴 글이며, 그림으로 해석된다. 김대규 시인도 강의 때마다 "그리움→그림→글"이라고 강조했으며, '사랑'을 주제로 쓴 아포리즘 모음집 『사랑의 팡세』에서는 "그리움×그리움=사랑, 그리움÷그리움=이별이며 그리움+그리움=추억이고 그리움—그리움=망각이다." 라는 공식까지 보여주었다.

우리는 의도적으로 현물로 실재하지 않는 옛일들을 떠올리

기도 하지만, 삶의 어느 순간마다 무의식적으로도 그런 추억행위를 되풀이하게 된다. 말하자면 지나간 일을 추억한다는 것은 현실의 삶을 계속하는 데 있어서 불가결한 요소이다. 소외된 개인의 추억행위는 기억의 저장고 속에 묻힌 옛일들을 회람하고 탐색하는 데에 머무는 것이 아니라, 현재의 자신의 위치에 대한 본질적인 재확인과 더불어 미래의 삶에 대한 어떤 가능성을 재발견하려는 노력의 한 부분일 수도 있는 것이다. 때로는 가던 발걸음 잠시 멈추고 자신을 뒤돌아보는 시간도 필요하다. 자신의 내면을 돌아볼 '하늘 닮은 집 한 채'는 '가끔 오르던 마등산 등성이쯤'에 지어두고 싶은 마음이다.

지난날의 추억들이 곳곳에 깔려있는데, 그런 추억들이 삶의 고뇌와 슬픔, 그리고 그 의미를 일깨워주는 원천이 되기도 한다. 좋은 시가 가지고 있는 기능에는 여러 가지가 있지만, 우리가 무심코 지나친 일상사를 되돌아보며 성찰을 요구하는 것은 중요한 순기능이다. 분명한 것은 '책 속에 길이 있다'는 사실을 알기에 책갈피를 넘기고 있다.

시 2)에서는 세월이 가면서 그립고 애석했던 옛일을 생각한다. 특히, "뜨거운 여름이 그립다"고 말한다. 그 여름은 바로 송암의 청춘 시절이다. "한 우주가 온전히 돌고 돌 듯/내 삶과 그리움도 맞물려 돌아간다"는 등 잠언의 시구는 삶에 대한 깊은 통찰에서 나온다.

그때의 자존감(自尊感)이 되살아난 것이다. 자존감은 흔들리지 않고 이 세상을 헤쳐나가는 데 꼭 필요한 감정이다. 스스로를 존중함으로써 자신의 위엄을 세우는 주체적인 삶의 바탕이다. 계절이 바뀔 때마다 그 시절은 더욱 절절하게 떠오른다. 밀쳐두거나 숨긴다고 그 모습을 감출 현실이 아님에도 우리는 그것을 애써 외면하는 경우가 많다. 그때의 기억은 기억 저편이 아니라, 지금 여기의 생생한 마음자리에서 "대롱대롱 매달려/ 그리움을 울고" 있다.

1) 그 사랑
너무 아름다워
세상에 내놓을 수 없고

그 사랑
너무 애틋하여
가슴에 고이 간직하였더니

깊은 슬픔에
그리움이 사무쳐
가슴을 찌르는
가시꽃이 피었다

— <가시꽃이 피었다> 전문, 2014년 『운암뜰』 제41호(오산여류문학회 초대시)

2) 우주와 홍황 사이
이만한 즐거움을 또 찾을 수 있을까

장자의 내편을 읽는 즐거움

운암뜰에 들어선 나의 화원이

내겐 이상향인데

만물이 변하고

각자 갈 길이 다르다 하나

이마 위 주름은 세상을 덮고

주름이 덮은 세상 사이로 나를 반추해 본다

— <바람의 사연> 부분, 2014년 『부안문학』 제20호

■ 5지 난승지(難勝地)

경전의 내용이 자동으로 펼쳐질 정도로 자명함이 확대되어, 경전의 내용을 자연히 알게 되어, 성현의 마음이 그대로 이해되고, 누구도 굴복시키지 못하는 경지이다.

가장 이상적인 시는 풍부한 즐거움 속에 깊은 깨우침을 담은 시다. 물론 우리가 얻는 즐거움과 깨우침의 크기는 각 시인이나 각각의 시편에 따라 다르다. 송암의 연가성 시는 단순한 연애시가 아니다. '사랑'이라는 단어가 시어로 쓰였지만, 사랑의 노래는 표면에 그치고 거멀못을 친 듯 어떤 '그리움'으로 가닿는다. 현대시에서 늘 수위를 차지하는 것은 은유를 포함한 비유의 쓰임새이다. 은유의 강조는 아리스토텔레스에게서 시작된 이래 언어 자체가 은유라는 주장에 이르기까지 변하지 않았다. 사실 우리의 정신 활동은 결국 은유로 표현될 수밖에

없다. 형이상학의 표현 자체가 이미 은유이기 때문이다.

　우리 일상생활이 온통 은유투성이라는 것은 조금만 주의를 기울여도 알 수 있다. 실생활에서 관습화된 은유가 아닌 시에서 필요한 살아 있는 은유, 곧 창조적 은유를 만들어 내는 사람이 바로 시인이다. 1)에서 '그리운 이'를 꼭 사랑하는 사람으로만 읽을 필요는 없다. 연애시의 형식을 띠고 있지만, 시를 읽으면서 다양한 층위의 은유적 '님'을 발견하는 것도 흥미롭다. 만해도 〈사랑의 존재〉라는 시에서 "사랑을 '사랑'이라고 하면, 벌써 사랑은 아닙니다. /사랑을 이름 지을 만한 말이나 글이 어데 있습니까." 라고 하지 않았던가.

　'세상에 내놓을 수 없어 가슴에 고이 간직했던 사랑'이 '가시꽃'으로 피었단다. 아무리 행복해 보이는 사람에게도 자신을 괴롭히는 '가시'가 있게 마련이다. 몸부림칠수록 더 아프게 자신을 찔러 대는 가시를 슬기롭게 다스리면 삶의 자양분으로 삼을 수 있는 '가시꽃'이 피게 된다. 이보다 더 아픈 아름다운 사랑이 어디 있겠는가.

　시 2)에서처럼 송암은 수십 년간 화원을 경영했다. "운암뜰에 들어선 나의 화원이/내겐 이상향"이라면서 큰 이문이 남는 장사는 아니지만, 아내와 함께 낮에는 장자처럼 붙박이로 꽃집에서 살며 글을 썼다. 후배들은 누구나 송암을 '큰형님'이라 부르며 따른다. 장자의 이름을 딴 『장자』는 내편, 외편, 잡편이 있다. 내편 제물론 마지막 장에는 유명한 '나비의 꿈, 호접지몽(胡蝶之夢)'이 있다. 어느 날 장주가 꿈을 꾸었는데, 깨고 나니 '장주가 나비였는지 나비가 장주였는지 모르겠다고 했다.' 이를 물화라고 하는데, 모든 만물에는 도가 깃들어 있다고 단정했다. 불교에서도 아무리 미천한 것에도 불성(佛性)이 깃들어 있다는 말과 일맥상통한다.

1) (전략)
　세상 모든 부처님은 돌을 입고 앉았지만
　그 돌틈 골짜기마다 쑥잎처럼 자비가 돋고
　그 쑥잎을 볼 때마다 우리는
　지금도 저세상에서 한 조각 쑥개떡을 물고
　내 유년의 집을 지키고 서 있을
　누렁이를 생각한다.

— <누렁이> 부분, 2015년 『월간문학』 3월호

2) 대한민국은 우리나라 국호요
국민의 삶의 터전이다
너와 나 할 것 없이 온 국민이
이 나라를 가꿔 나가며
지켜야 할 의무와 책임이 있다
우리는 자손 대대로 이 땅 위에서
자유와 행복을 누리며 살려면
나 자신보다 나라를 먼저
생각해야 한다

이 나라가 없으면 나 자신도

없기 때문이다

국유연후유신

국민을 대표해서 나라를 이끌어가는

지도자들은 더 가슴 깊이 새겨야 한다.

— <국유연후유신> 전문, 2016년 『문예사조』 7월호

■ 6지 현전지(現前地)

모든 지혜가 다 나타나는 경지로, 나에 대한 집착을 버리고 마음을 닦아 삶 속에서 중생을 교화하고 진리가 인도하는 단계이다.

시 1)에서 앞부분의 시는 너무 끔찍한 얘기라서 생략했다. 친척 아저씨의 쇠스랑에 찔려죽은 "누렁이는/가족들이 과수원에 나가 일을 하면/집을 지키고/가족들이 집에 들어오면/과수원으로 달려가 과수원을 지켰다"는 개 얘기였다.

집안에서 기르던 개의 죽음으로 상처받은 사람들이 많을 것이다. 개는 품종이 좋은 개가 아니더라도 알게 모르게 정을 붙이면서 살다 보면 한 식구인 가족이 된다. 개를 키우는 사람들은 모두 자기 집 개가 최고라고 생각한다. 개는 목줄로 자신을 묶어놔도 불평불만이 없다. 무엇보다도 배신하지 않고 언제나 주인을 반겨준다. 그뿐인가. 개는 사람 말을 알아들으면서도 결코 말을 하지 않고 비밀을 지키며 침묵한다. 요즘에는 반

려견으로 신분이 상승하여 방안까지 들어와 살지만, 예전에는 어림도 없었다. 눈비 피할 조그마한 개집이라도 있으면 그나마 팔자 좋은 축에 속했다. 우리 사회에는 각계각층에 뭐가 뭔지도 모르면서 덩덕개처럼 날뛰거나 시정마처럼 실컷 이용만 당하고 버려지는 윤똑똑이 바보들도 많아졌다. 시쳇말로 죽 쒀서 개 쥐서는 안 된다.

시인은 누구나 자기의 삶을 행복으로 노래하거나 불행으로 노래한다. 이 두 가지는 모두 자기 자신에 대한 사랑, 자기 주변에 대한 사랑, 자기 시대에 대한 사랑의 방법이다. 시 2)에서의 주장은 한마디로 본분을 지키자는 얘기다. 정치적 발언이 아니라 요즘 돌아가는 시국이 하 수상하니, 오늘의 우리에게 진정 가치 있는 게 무엇인지 뒤돌아봐야 할 시점이다. 인간을 부품화하는 사회 현실에서 자기 뜻과 심지를 가지고 제자리를 철통같이 지키는 일은 너나없이 매우 중요한 일이다. 가식과 위선이 넘쳐나는 오늘의 사회에서 이런 비판과 질타로부터 자유로운 사람은 아마도 없을 것이다.

1)세월은

구름에 묻어 흘러가고

봄이 오고 또 가을이 가는 사이

푸르렀던 시절은 국화 옆에서 더욱 시리다

아쉽고

안타까움만 남겨둔 채

겨울 나그네의 긴 여정을 떠나는 발길

상처 주고

상처받으며

전사처럼 살아온 날들이

눈에 밟힌다

별이 뜨는 밤이면

어디론가 사라진 내 별들이

더 그립다

― <봄과 가을 사이에서> 전문, 2016년 『한국국보문학』 9월호

2) 방금 연탄불을 갈았다

깜빡이는 밑불에 의지해

차가운 몸을 기대고 있는 십구공탄 탓인지

화원 가득 소름이 돋는다

연탄이 타 올라야

내 주변이 훈훈할 텐데

　　　(중략)

그랬구나!

연탄이 저를 태웠던 것처럼

나도 나를 활활 태워

주변을 뎁혔을지도 모른다

― <연탄 한 장의 생애> 전문, 2017년 『PEN문학』 3 · 4월호

■ 7지 원행지(遠行地)

번뇌를 벗어나 광대한 세계에 이르는 경지이다. 바라밀을 갖춘 형상이 없는 공성이 안주하여 방편을 펼치는 경지라서 무상방편지(無相方便地)라고도 하며, 양심을 온전히 발휘하여 늘 균형을 잡을 수 있는 지혜·능력을 갖춘 단계이다.

고통 없는 삶이 어디 있으랴 마는, 시집에 쓰인 만큼 아름다운 세상은 아니었다는 생각이 굳어가는 듯하다. 시 1)은 제목에서 환기하듯 여름은 빠져있다. "상처 주고/상처받으며/전사처럼 살아온 날들이/눈에 밟히기" 때문이다. 봄은 생명과 신비와 우주적 질서가 확연히 드러나는 계절로 시인의 어린 시절부터 청소년기를 말한다. 시 1)은 어느 봄날이 아닌 여름날에 대한 반성문에 가깝다. 되돌려보면 시인의 젊은 시절은 그야말로 파란만장이었다. 하루는 반성문을 쓰고, 다음날 계획표를 다시 짜는 게 인생이다. 사회적인 명예나 지위도 거추장스러운 구속일 뿐이다.

시 2)에서는 연탄불을 갈면서 느낀 감정을 썼다. 현실적으로 삶은 두 장의 연탄처럼 아래와 위, 행복과 불행을 항상 함께 가지고 있다. 시인의 삶이란 일상적인 삶 자체가 아니라 언어의 삶을 의미한다. 이처럼 시어는 일상적인 언어와 같지만, 새로운 질서를 가진 또 하나의 다른 의미를 품고 있다.

1) (상략)

더욱 그립다

서지도 앉지도 못하고

흔들리고 있는 나는 누구인가

사무치게 그리운 이름들

쟁여 놓은

나의 짐보따리가 무겁다

<오산역에서> 부분, 2017년 『한영대역대표작선집』 9월호

2) 늦은 오후 평상에 앉아

옛 시집을 읽고 있네

칠십 평생 돌이켜보니

남길게 이것뿐인가 싶어

수없이 지껄여온 말들

쑥스럽고

참 부끄럽기만 하네

요령소리 귓전을 울리던

어지럽게 눈 내리던 날

들리지 않으셨나

뭉클뭉클 쏟아내는 목쉰 통곡

함박눈 속으로 무정하게

뒤도 돌아보지 않으시고 들어가신

눈에 밟히는 내 아버지

이 대목쯤에서

텅 빈 날

밤길을 환하게 비추었네

행여 오셨나

유리문 열고

바깥으로 나가려다

아버지보다 백발인 내가

휑한 눈으로 날 바라보네.

— <옛 시집을 펴들고> 전문, 2018년 『한국국보문학』 10월호

■ 8지 부동지(不動地)

불생불멸의 진리를 확실하게 인정하고 거기에 안주하여 마음을 움직이지 않는 부생법인을 성취하는 경지이다. 이 부동지에 머물면, '몸, 말, 생각의 업'으로 짓는 모든 것들이, 모두 일체의 '부처님 법'을 쌓고 모으게 된다.

기차, 라고 발음하면 가슴이 뛴다. 가는 곳이 어디든 기차를 타고 여행하면 아름답다. 창밖으로 펼쳐지는 풍경, 뒤로 밀려나던 그 풍경들은 꿈과 희망의 파노라마였다. '오산역'은 송암 김선우 시인의 고향 역으로 경부선 철도이다. 일제 강점기의 1905년 1월 1일 보통역으로 영업 개시한 이래 2005년부터는 수도권 전철이 개통되었다. 수많은 사연을 싣고 떠나보내고

또 오는 사람을 맞아들이기도 했던 곳이다. 마지막 시간이 근접해 오는 인생 열차이다 보니 쟁여놓은 짐 보따리도 무거워졌다. 조병화 시인이 오산역을 소재로 쓴 시가 있다.

1929년, 아홉 살, 이른 봄/나는 이곳 플랫폼에서/처음으로 기차를 보았지/쏜살같이 들이닥치는 기차를 보자마자/나는 어머님의 흰 두루마기에 왈칵 붙어서/무섬무섬 꼼짝을 못했지//그로부터 서울살이/어언 60년, 이곳을 지나칠 때마다/그 생각, 하얀 어머님 생각/오늘 1986년 늦은 가을을/쏜살같이 스치는 새마을호 부산행 차창에/오산을 지나친 큰 도시/작은 역사만 옛날 그대로/긴 플랫폼 그 자리에/먼 유적처럼 내가 혼자 남아있다/어머님은 떠나시고

— 조병화, <외로운 혼자들 –오산역을 스칠 때마다> 전문

자연으로 돌아가는 시간이 가까워짐에 따라 자연은 더욱 아름답게 보인다. 시간이 많이 남이 있지 않다고 생각하니 자연과 사계의 변화가 더욱 아름답고 기막히게 보인다. 노년은 모든 것을 용서하는 사람만이 누릴 수 있는 길지 않은 특전이다. 죽음은 누구나 평생 한 번은 맞아야 하는 마지막 예방주사이며 인간에게는 가장 어려운 숙제이기도 하다. 죽음은 아무도 겪어보지 못했으니 이렇다 저렇다 얘기할 수도 없겠다. 이 세상에서 여러 가지 이별이 있지만 죽음에 이르는 이별은 가슴 아프다.

시 2)는 노년에 이른 송암이 지나온 삶을 돌아보는 성찰하는

시다. 그는 지난 삶에 대한 회한이나 노년, 죽음 등에 대한 정서를 직설적으로 말하지 않는다. '아버지'를 내세워 "아버지보다 백발인 내가/퀭한 눈으로 바라보네"라면서 마침표를 찍는다. 마침표를 찍는 시가 있는가 하면, 마침표를 찍지 않는 시도 많아졌다. 일반적으로는 독자가 시를 '음미'하며 생각할 폭을 넓혀주려는 배려이겠지만, 모든 불확정성의 세계에는 마침표가 없다. 미끄러지듯 유영하는 세계, 이곳과 저곳의 대척점을 찾을 수 없는 세계, 앞과 뒤를 분별할 수 없는 세계는 시작이 없기에 끝도 존재하지 않는다.

1) 영마루 한가로이 구름 쉬어가는

어느 날 가을 오후

소슬한 바람 부니

가슴도 쓸쓸하다

물소리

산새 소리

모두 고향 같은데

코스모스 꽃길 가꾸던

울 엄마는 어디 갔나

달은 밝아 는실난실

달빛 꼬고 앉아 있는데

어디 어느 풀숲에서

들국처럼 환히 피는

이름 모를 풀벌레 소리

지금도 고향 밭에선

청고추 붉게 익어

흰 수건 동여매신 울 엄마

뙤약볕에 앉아 있겠네.

— <고향 생각> 전문

2) 기러기 울며불며

남쪽으로 남쪽으로 지나가던 날

비둘기도 구구구 울며

내 곁을 떠났다

그날 까치도 날아와

까악까악 울며 울다

어디론가 날아갔다

나도 이젠

소리 없이 운암뜰을 떠난다

그날

내가 머물던 운암뜰엔

밤새 보슬비가 내렸다

— <봄이 오는 길목에서> 전문

■ 9지 선혜지(善慧地)

사무애지(四無碍智), 즉 법, 의미, 말 그리고 즐겨 말함에 장애가 없는 경지로, '부처님의 신통력을 받들고 널리' 부처님의 사업을 지어서, 두루 일체 중생의 의지처가 되는 경지이다.

시인의 존재론적 태반이자 궁극적 회귀로서의 최초의 사랑인 어머니에 대한 그리움은 순간순간 반복되며 재생되며 수시로 점멸한다. 시 1)의 1연에서는 "코스모스 꽃길 가꾸던", 2연에서는 "흰 수건을 동여매신" 어머니를 호출하지만, 어머니는 불러도 대답 없는 영원한 그리움일 뿐이다. 그래서 〈고향 생각〉은 바로 〈엄마 생각〉이 되었다. 어머니는 끊임없이 용기를 주는 삶의 충전소이다. 하지만 어떤 것으로도 채워질 수 없기에 결핍으로 남을 수밖에 없는 못내 아쉬운 그리움이다.

앞에서도 잠깐 언급했지만, 오산경찰서 정문 입구에 있던 꽃집은 송암의 일터이며 송암에게는 창작실이고 지인들은 사랑방이기도 했다. 그 꽃집이 지난달에 헐렸다. 운암뜰을 가로지르는 산업도로를 확장하는 과정에서 밀려나게 된 것이다. 시 2)는 그 꽃집을 떠나기 전날에 썼단다. 마땅히 다른 곳으로 옮길 형편도 못되고, 이젠 나이도 생각해서 아들들이 용돈은 드릴 테니 그만 쉬라고 권했단다. 그래서 충북 음성의 산골에 전망 좋은 곳이 있어 땅을 샀단다. 갑자기 실업자가 된 후 병원신세도 졌다. 종합검진을 받는 김에 며칠 동안은 아예 입원했단다. 스트레스가 몰려왔음은 불문가지다. 그 틈에 자주 오던

카톡이 끊겼다며 필자의 아내는 전화 좀 해보라고 닦달이었다. 정든 곳을 떠나며 마음 한구석이 어찌 무너져 내리지 않고 배기랴. 그런 기분을 겪어보지 않은 사람은 모른다, 그 마음을….

■ 경(經)
—10지 법운지(法雲地)

지혜의 구름이 두루 진리의 비를 내리는 경지이다. 즉, 여래의 직책을 받아 연꽃의 보좌에 올라 '부처님의 직책'을 부여받는다. 절대계의 부처는 '비로자나불' 한 분이지만, 개체성을 지닌 부처라면 이미 현상계의 부처인 10지 보살일 것이다.

송암 김선우 시인은 온몸으로 시를 쓰며 살아왔다. 시를 등에 업고 세속적 명망을 추구해 온 시인이 아니다. 그의 체험과 통찰력으로 시를 쓸 능력을 선천적으로 타고났다. 그의 시에는 자기 절제력이 강해서 군소리 없다. 외모처럼 시도 간결하고 깔끔하다. 시에 대한 믿음도 강한 편이다. 시의 소재도 크고 먼 데서 취하지 않고 시인이 꾸려가는 소소한 삶에서 끌어낸다.

1945년 광복이 되던 해에 태어난 송암은 공군 연예병사로 제대 후 다시 육군에 입대, 오산·화성 예비군 중대장과 재향군인회 회장 그리고 오산시 새마을회장을 역임했다. 문예지를 통한 등단은 2008년도에 했지만, 이미 2007년에 첫시집 『들판을 적시는 단비처럼』그리고 2008년도에는 제2, 제3시집, 2014년 고희 기념 시선집 『길에서 화두를 줍다』, 2017년 제10시집 『흙에서 캔 나의 노래』, 2018년 명언집 『이 말을 거울로 삼고』와 제11시집 『냉이꽃 편지』를 펴내며 왕성한 노익장을 과시하면서 시인의 길을 걸었다. 시인은 시로 말한다. 2008년 이순이 넘은 나이에 늦깎이로 등단하여 10여 년 만에 개인시집 10권과 시선집과 명언집 각 2권과 『낡은 가방 속의 연가』라는 수필집을 세상에 내놓았다. 그것으로 살아있음의 존재 증명을 확실하게 해두었다. 이 시간 이후부터는 김선우 시인을 '그리움의 시인'이라고 불러도 무리는 없겠다. 그의 시는 이기적이고 타산적이며 비인간적인 세속에서는 존재하지 않는 그리움이다. 송암 김선우 시인은 세월의 이력과 기억을 시에 고스란히 담아놓았다. 글쓰기에 이른바 왕도(王道)와 지름길이 따로 있지 않다. 그저 많이 읽고 쓰고 고치고 또 고치면서 깊은 생각에 잠겨야 한다. 그렇게 노력하다 보면 옛사람들 말마따나 문리(文理)가 트인다. 송암도 뒤늦게 문단에 뛰어들었지만, 젊은이 못지않은 섬세한 감수성을 소유했다. 그간 써낸 작품처럼 살아온 이력과 인품도 만만치 않다. 이 세상 모든 그리움을 가슴에 품고 사는 사람이다.

『논어』에 이르기를, 진리를 아는 사람은 좋아하는 사람만 못하고, 좋아하는 사람은 즐기는 사람만 못하다 (지지자불여호지자, 호지자불여락지자 (知之者不如好之者, 好之者不如樂之者) 했거늘, 망언다사(妄言多謝).

제2부 누군가의 인생길에서 이정표가 된다면

반짝반짝 빛나는 꼬마 시인의 꿈

한국문학세상 통권37호, 2020년

나이가 들면 욕심이라는 게 생기고 동심도 욕심에 의해 상처가 생기면서 변질한다

누구나 시를 쓰려면 소재를 찾기 위해 생활 주변을 관찰하고 일상에서 일어나는 생각과 경험을 바탕으로 상상력의 세계를 펼치게 된다. 반복되는 일상도 남달리 보고 하찮은 사물이나 조그마한 현상의 변화와 자연의 법칙에도 관심을 두면서 그 의미를 캐내는 것도 글쓰기의 한 방법이다. 시의 소재라는 것이 따로 정해져 있는 것이 아니다. 작은 것에서도 깊은 울림이 있는 새로운 뜻을 찾아내며 감동을 주면 된다.

요즘 아이들의 발칙한 상상력에 깜짝깜짝 놀랄 때가 있다. 어른들의 세대는 의식주가 불편한 시대의 삶이었기에 그러하겠지만, 그때는 주로 '배고픔'을 이기기 위해 '공부 열심히 해서 훌륭한 사람이 되겠다'는 투의 글을 '숙제'로 썼었다. 숙제가 아닌 담에는 굳이 써야 할 필요성조차 없었다는 표현이 더 적절하겠다.

　어린이 시는 쉽고 단순해 보이기 때문에, 마음만 먹으면 누구나 쓸 수 있다고 생각하기 쉽다. 그러나 글이라는 것은 막상 쓰려고 들면 생각했던 만큼 쉽게 써지지 않는다. 왜 그럴까? 나이가 들면 욕심이라는 게 생기고 동심도 욕심에 의해 상처가 생기면서 변질한다. 더군다나 마음속의 눈이 상당히 흐려진 탓이다.

　온 세상은 하늘
　지구에는 푸른 하늘
　저 밝은 하늘이 없어진다면

　반짝반짝
　검은색 바탕에 반짝이는
　노란색 점이 없어진다면

　하얀 콩떡에서
　노란 콩이 빠져나간 것처럼
　서운하지 않을까

　　　　　　　　　　　—「하늘」 전문

　하늘에 작은 별
　밤을 비춰주는 노란 별

까만 밤에 환한 별

이를 죽이는 나쁜 해

하지만

해도 잠시

달에 사라진다

— 「아름다운 별」 전문

 '하늘'이나 '별'은 특별한 소재도 아니다. 누구나 한 번쯤은 글짓기를 통해서 써봤을 것이다. 그런데, 꼬마 시인 김동수 군의 눈은 보통 사람들과 다른 모양이다. 그렇다고 신체의 눈이 특별나게 생겼다는 말이 아니다. '마음속의 눈'이 보통 사람과는 확실히 다르다. 눈에 보이는 것만이 아닌 새로운 것, '콩떡'까지 보고 있다. 평범한 것을 새롭게 보고 이해하려는 마음의 눈이 밝은 어린이다. 그래서 꼬마 시인이다.

 평범한 소재로 자기 생각을 이렇게 솔직하게 쓰면 시가 된다. 「하늘」은 첫 연부터 "저 맑은 하늘이 없어진다면"이라더니, 두 번째 연에서는 "노란색이 없어진다면"이라면서 걱정이 태산이다. 그런데 마지막 연에서 "하얀 콩떡에서/노란 콩이 빠져나간 것처럼/서운하지 않을까"로 상황을 확 바꾸었다. 큰 걱정거리로 생각하면서도 재치와 유머가 넘치는 아이다운 상상력으로 시를 깔끔하게 마무리했다. 「아름다운 별」도 마찬가지다. '별'을 주제로 썼기 때문에 별을 두둔하는 것은 당연하다.

"까만 밤에 환한 별"이다. 하지만 해가 뜨면 사라지는 별, 그래서 '해'는 '나쁜' 것으로 설정했고, 그 "해도 잠시/달에 사라진다"는 식으로 별의 친구인 '달'을 지원군으로 데려왔다. '아름다운 별'과 다정한 친구가 된 동수 군의 꿈도 '반짝반짝' 빛나고 있다.

허공에 떠있는
저 별들이 우수수 떨어지면
어떻게 찾지
내가
좋아하는 별들인데…

— 「별」 부분

수, 금, 지, 화, 목, 토, 천, 해, 명
모두 아름답다

외계인은 있을까?
그것이 알고 싶다

— 「우주」 부분

새로운 발견은 또 하나의 새로운 가능성으로 가는 통로가 된다. 꼬마 시인의 별에 대한 집념은 멈추지 않는다. 어른들의 글에서는 찾아보기 힘든 티 없는 마음이 고스란히 별에 다가서고 있다. 이러한 따스한 마음, 아름다운 마음, 간절한 마음 그리고 무엇보다도 어린이다운 궁금증과 호기심이 작품마다 깊이 박혀 눈부시게 반짝거린다. 방탄소년단이 "그럴 수만 있다면 물어보고 싶었어/그때 왜 그랬는지 왜 날 내쫓았는지/어떤 이름도 없이 여전히 널 맴도네"라면서 부르는 '134340'이라는 제목의 노래가 있지요. 꼬마시인이 태어나기도 전인 2006년 8월 24일 자로 국제천문연맹(IAU)에서는 태양계 행성 중에서 가장 작은 명왕성을 퇴출하고 '명왕성'이라는 이름 대신 '소행성 134340'이라고 부르게 됐다. 「별」에서는 "저 별들이 우수수 떨어지면/어떻게 찾지" 하더니, 「우주」에서는 "외계인은 있을까?"라면서 궁금증이 또 하나 더 늘었다.

눈사람은
항상
가만히 서 있다

햇빛은
눈사람을 녹인다

눈사람은
겨울에만 살고 있다

— 「눈사람」 전문

감정이 없는 고철

사람들에 의해
만들어진 로봇

사람들의 마음을
헤아릴 수 없는 그것은
로봇 아닌 고철

—「로봇」 전문

  우주까지 도달했던 꼬마 시인의 상상력은 이내 다른 데로 관
심을 돌린다. 이번에는 사람이 아닌 「눈사람」과 「로봇」에 대
해 말한다. "눈사람은/겨울에만 살고", 로봇은 "감정이 없는
고철"이라서 불만이다. 또한 "눈사람은/항상 가만히 서 있고"
로봇은 "사람들의 마음을/헤아릴 수 없다"고 불평한다. 어른
이 된 우리가 어렸을 적에는 이렇게 쓰지 못했다. 무엇인가 더
보태고 설명하면서 환상의 세계로 끌고 갔을 것이다. 초등학교
4학년 때의 작품임에도 불구하고 논리적이고 현실적으로 세상
을 본다. 요즘 아이들은 자기 생각에 비춰 이치에 맞지 않으면
왜 그러냐고 그 이유를 당연히 따져 묻는다. 어린애들의 유전
자가 21세기 들어와서 확실히 바뀌긴 바뀐 모양이다.

1. 아이의 모든 행동은 어른을 보고 따라한다

  날 칭찬해줄 땐 천사

야단칠 땐 악마

잘해줄 땐 기쁘고
혼내줄 땐 슬프다

그러나
난 울 엄마 존중해준다
그래서
울 엄마가 최고다

— 「엄마」 전문

그래서
울 엄마는

우리 가족의
영원한 등불이다

— 「울 엄마」 부분

나풀나풀 문어
나도
엄마처럼 오물오물
먹고 싶다

— 「문어」 부분

아이들과 대화하면 사실을 감추지 않고 보이는 그대로 말한다. 따라서 어른들도 깊이 고민할 필요가 없다. 말하는 그대로 들어주면 그 아이와 소통이 된다. 어른들은 아이에게 공부하라고 강요한다. 그러나 아이들 주위에는 공부보다 훨씬 더 자극적인 놀잇감들이 널려 있다. 학교에서 집으로 돌아온 아이들이 책을 펼쳐 읽는다는 게 쉽지 않은 환경이다.

「엄마」와 「울 엄마」는 엄마에 대한 깊은 믿음과 사랑이 듬뿍 담겨있는 시다. 동수 군도 엄마가 "날 칭찬해줄 땐 천사/야단칠 땐 악마"라고 말하지만 그래도 "난 울 엄마를 존중해준다", "우리 가족의/영원한 등불이다"라는 기특한 생각도 하고 엄마를 치켜세울 줄도 안다. 아이의 모든 행동은 어른을 보고 따라한다. 하다못해 '문어'를 먹을 때도 "나도/엄마처럼 오물오물/먹고 싶다"라고 한다. 아이는 어른들 하는 행동을 그대로 흉내내면서 몸에 익힌다. 그래서 '세 살 버릇 여든 간다'는 속담은 제대로 맞는 말이다.

너는
어느 날은 세게 불고
어느 날은
살랑살랑 시원하게 불고
어느 날은
한점 바람도 없이
나를
덥게도 하고

나는

참

궁금하단다

— 「바람은 변덕쟁이」 부분

여름엔 차가 왜 막힐까?

왜? 왜?

더워서 수영장 가려고

여름엔 왜 전기세가

많이 나갈까?

왜? 왜?

더워서 에어컨을 쓰니까

여름엔 왜

미니 선풍기를 가지고 다닐까?

왜? 왜?

더워서 학교에 가져가

바람을 쐬려고

— 「여름」 전문

아기 사과들이 감기들까 봐

이파리로 비를 막아준다지만

아기 사과들은 보란 듯이

더 맑게 파랗다

―「비 오는 날」 부분

　우르르 쾅쾅

　공부할 때

　노래들을 때

　오늘따라 천둥·번개가

　계속 괴롭힌다

　비가 오려나!

―「번개」 부분

　어린이가 쓰는 시는 동심의 세계이다. 그 세계는 수직이 아닌 수평의 평등한 세계를 희망한다. 앞에서도 얘기했듯이 어른들은 어렸을 때 지녔던 곱고 순수했던 동심을 세상살이에 시달리면서 대부분 잃어버렸다. 어린이는 이것저것 재지 않고, 어물어물하지 않으며, 날것 그대로 표현한다. 때로는 말이 안 될 때도 있고, 말의 차례가 뒤바뀌기도 하고, 이 말했다가 저 말했다가도 한다. 때 묻은 어른의 측면에서 보면 엉뚱한 말을 내뱉는 것처럼 보일 것이다. 어른들처럼 둘러대며 군더더기 말을 덧붙이거나 복잡하게 설명하지 않기 때문이다.

　「바람은 변덕쟁이」처럼 아이의 눈높이로 세상을 보면 궁금한 게 참 많다. 「여름」에도 차가 막히는 것이 "더워서", 전기세가 많이 나오는 것도 "더워서", 미니 선풍기를 가지고 다니는 것도 "더워서"라듯이 이유도 간단한데 말이다. 「비 오는 날」에서는 아예 사물 사이에 경계를 두지 않고 사과도 마치 사람처럼 대접한다. 나무나 비는 물론 바람, 천둥, 번개, 에어컨, 선풍기 등에 이르기까지 사람과 똑같은 인격자로 대한다. 하다못해 사람에게 이롭지 못한 조그만 벌레도 함부로 대하는 법이 없고 함께 살아가야 할 식구로 여긴다. 꼬마 시인은 「비 오는 날」에서도 "아기 사과들이 감기들까 봐/이파리로 비를 막아준다"면서 '엄마의 사랑'을 고맙게 표현하는 매력을 발산한다.

복주머니가 가득 차는 날

옛날 드라마 보는 날

그리고

내가 왕이 되는 날

—「추석」 부분

아빠는

나만 보면 끌어안고

볼에 뽀뽀한다

우리 할아버지도 나만 보면

끌어안고

볼에 뽀뽀를 하며

할아버지 하시는 말씀

"요놈 애비 어려서 똑 닮았어."

그 말씀을 받아 나는

"아니에요. 아빠가 꼭

할아버지 닮았어요."

— 「닮은꼴」 부분

난

5학년이 됐어도

할아버지 만나면 품에 안긴다

"할아버지

할아버지는 왜 내가 좋아?"

"왜라니?

그냥 좋다 임마

넌 할아버지가 왜 좋은데?

"나두 할아버지가 그냥 좋아."

…

…

그날 용돈도 받고

웃음 만발

행복한 하루 보냈다.

— 「짤막한 대화 – 어린이 날」 전문

「추석」과 「닮은꼴」 그리고 「짤막한 대화」는 가족과 만남을 시로 썼다. 요즘에는 옛날처럼 한집안에서 피붙이들이 함께 살지 않기 때문에 특별한 날이나 명절이 돼야 한자리에 모인다. 명절에는 아이들도 혼내지 않고, 공부하라고 강요하지도 않는 완전한 자유의 시간이다. 그야말로 아이들이 '왕이 되는 날'이다. 꼬마 시인은 주말에도 할머니 할아버지를 만나러왔던 모양이다. 아빠와 할아버지는 "나만 보면 끌어안고", "볼에 뽀뽀한다" 라면서 "요놈 애비 어려서 똑 닮았어."/그 말씀을 받아 "나는/아니에요. 아빠가 꼭/할아버지 닮았어요." 라는 재치있는 답변으로 할아버지와 한 핏줄임을 확인한다. 「짤막한 대화」에서처럼 가족은 좋아하는 이유가 따로 있을 수 없다. '그냥' 좋은 게 피와 살을 나눈 가족이다.

눈을 감고
무궁화꽃 향기를 맡아본다
향기도 아름답다
난
우리나라
모든 것을 아끼고
사랑한다

— 「자랑스러운 우리나라」 부분

친구들은 와작지껄

떠들썩하게 대화를 나눈다

우리들은
이렇게 항상 반복된다

—「학교」 부분

삶에 꼭 필요한 존재
1명 3명 7명 100명
많을수록
우정은 늘어난다

—「친구」 부분

2. 행복한 상상이 모든 아이에게도 골고루 전해지길

할아버지 김선우 시인에게 「국유연후유신」이 있다면 손자 꼬마 시인 김동수는 「자랑스러운 우리나라」가 있고, '화원' 이 있다면 '학교'가 있다. 이제는 할아버지의 화원은 문을 닫았지만, 꼬마 시인의 학교는 지금부터 시작하는 길고 긴 사회 생활이다. 또한 꼬마 시인의 친구는 '1명 3명 7명 100명'으로 점점 늘어나지만, 할아버지의 친구는 삶을 마치고 저세상으로 가는 어르신들이 늘어나서 거꾸로 '100명 7명 3명 1명'으로 자꾸 줄어든다. 어떤 어른들은 꼬마인 김동수 군이 '삶에 꼭 필요한 존재' 라는 대목에서 '삶' 을 이해하며 썼겠느냐고 따질 수도 있다. 동수 군이라고 '삶'을 모를 리 있겠는가. 또 모르고 썼다고 한들 무슨 문제가 되겠는가. 어차피 삶이란 사람의 일이다. 너무 빡빡하게 시를 읽을 필요는 없다. 노벨문학상도 "가장 보편적인 가치 기준"을 중시하고 있지 않던가.

꼬마 시인의 작은 시집 『행복한 주말』을 읽는 동안 천진스러운 아이의 말과 생각에 혼자 웃음이 터지기도 하고, 마음이 따스해지는 대목에서는 가슴이 뭉클하기도 했다. 시 속의 아이와 친구처럼 쿵쿵 뛰기도 하고 깔깔깔 웃기도 하며 즐겁게 놀면서 마지막 장에 이르니, 아이의 마음이 고스란히 내 가슴으로 옮겨 와 참 따스하고 훈훈해졌다.

맑고 따스한 마음으로 세상을 바라보는 아이들 눈에는 새롭고 신비로운 것, 궁금한 것, 이해가 잘 안 되는 일들이 참 많았다. 때 묻은 어른들은 자기 이익을 마음 바닥에 깔아놓겠지만, 욕심 없는 아이들은 아주 깨끗한 속마음을 있는 그대로 보여준다. 꼬마 시인의 호기심과 궁금증이 단순하고 싱거운 질문이라는 어른의 생각부터 일단은 바뀌어야 한다. 이참에 꼬마 시인 김동수 군의 행복한 상상이 모든 아이에게도 골고루 전해졌으면 좋겠다. 마지막으로 불교 경전의 하나인 '무량수경'에 나오는 귀한 말씀을 받아 적으면서 즐거운 마음으로 마무리한다.

"아버지의 사랑은 무덤까지 이어지고, 어머니의 사랑은 영원까지 이어진다."

그렇다면 "할아버지와 할머니의 사랑은 어디까지 이어질까?"

한 현장노동자의 참삶 이야기

김용원 제1시집 『내삶의 나무』, 2010년

글이란 쌀이다. 썰로 오해하지 않기 바란다. 쌀은 주식에 해당한다. 그러나 글은 육신의 쌀이 아니라 정신의 쌀이다. 그것으로 떡을 빚어서 독자들을 배부르게 만들거나 술을 빚어서 독자들은 취하게 만드는 것은 그대의 자유다. 그러나 어떤 음식을 만들든지 부패시키지 말고 발효시키는 일에 유념하라. 부패는 썩은 것이고 발효는 익히는 것이다. 어느 쪽을 선택하든지 그대의 인품이 그대로 드러난다는 사실을 명심하라.

－이외수 / 『글쓰기의 공중부양』 7쪽

Ⅰ. 현장 노동자에서 기업 경영자가 되다

김용원 시인과는 오랜 기간을 가까이서 함께 지냈다. 5년전으로 기억한다. 오산시장을 안에 있던 내 서재로 그가 불쑥 찾아왔다. 취업을 전문으로 하는 회사를 차리겠다는 거였다. 잠시만 이곳을 그러한 일을 하는 임시사무실로 쓰고 싶다고 했다. 당시 특별할 것도 없이 헌책만 빼곡하게 꽂아놓았던 서재이니 흔쾌히 그래라 했다. 책이 많아 〈학이시습지(學而時濕地)〉라는 간판까지 내걸고 작은 도서관으로 시청에 등록하고 동네 사람들에게 무료로 헌책을 빌려주던 그런 곳이었다. 사실 비워두는 날이 더 많았기 때문에 오히려 잘되었구나 싶었다. 그렇게 내 고향 오산시에서 그의 첫 개인사업이 시작된 것이다. 지금도 그의 사무실 문을 열고 들어서면 한쪽 벽면에는 직업과는 별 상관도 없을 문학서적들이 가득 채워져 있다.

김용원 시인은 경북 상주 출신이다. 대구 국립 경북기계공고 (정밀기계과)졸업 후 문학의 꿈을 위해 영남대 국문과에 입학했으나 2남 2녀의 장남으로 어려운 가계를 돕기 위해 학업을 포기하고 삼성전자에 취업하였다. 그리고 군복무를 마친 후 대한전선 안양공장에 입사하여 10여 년간 현장노동을 하였다. 그때에도 문학에 대한 미련으로 또 다시 방송대 국문과에 입학했으나 그마저도 아직까지도 마치지 못하고 있다. 그 사이에 처(유금순)와의 사이에서 유나, 유진 두 딸까지 둔 한 가정의 가장이 된 것이다. 또 다시 가족들을 부양해야 하는 무거운 짐이 그의 어깨 위에 실린 것이다. 하지만 생활만큼은 아주 어기차고 당찬 모도리여서 이제는 자신의 가족을 위해 자신의 꿈을 잠시 접은 것이다.

2006년부터 뜻한 바 있어 아웃소싱업체에 근무하면서 실무 경험을 익힌 후 현재는 주식회사 세종커뮤니티의 대표이사가 되었다. 젊은이들을 산업현장으로 취업시켜주는 그 회사는 오산시뿐만 아니라 수원, 안산시까지 지점을 두고 있다. 이제 그는 이력서를 써서 면접을 받으러 가는 입장이 아니다. 이력서를 들고 취업을 위해 찾아오는 젊은이들을 면접하는 경영책임자로 인생이 역전된 것이다. 회사의 명칭이 '세종(世宗) / 커뮤니티(community)'이다. 한글로 글을 짓는 사람이니 '세종'일 것이고, 노동 현장에서 힘겹게 살았기에 서로 돕고 살자며 '커뮤니티(community)'라 했을 것으로 짐작된다.

김용원 시인은 15년 전 안양시에 대한전선(주)에서 근무할 때 〈안양근로자문학상〉 입상을 계기로 문학판에 첫발을 들어놓았다. 매월 셋째 주 금요일 저녁에 모임을 갖고 원로 김대규 시인의 지도로 시 창작(詩創作)공부도 하는 〈안양 근로문학동인회〉에 가입한 것이다. 아마도 순수 문학동아리로 꾸준하게 활동하는 〈글길문학동인회〉는 전국에서도 연륜으로는 몇 손가락 안에 꼽힐 것이다. 내년 9월 5일이면 창립 30돌이다. 그는 동인으로 참여하면서 모임 때마다 발행하는 회보와 해마다 펴내는 동인지에도 꾸준하게 작품을 발표하면서 부회장 겸 편집국장을 거쳐 지금은 글길문학(전, 근로문학) 제27대 회장이다.

II. 참삶을 기록하는 시 짓기

김용원 시인의 작품을 읽으면 작품마다 삶의 현장 냄새가 짙게 풍긴다. 평범한 사람들은 고통스럽고 고단한 삶이 계속될수록 현실을 극복하는 방법으로 '새벽 쓰린 가슴 위로/차거운 소주를 붓'게 마련이다. 이렇게 현장에서 고투하는 장면이나 보고 느낀 점을 시로 형상화하며 기록으로 남기기란 쉽지 않다. 물론 부족한 면도 있겠지만 그런대로 읽는 재미가 있고 쉽게 감동으로 다가온다. 그것은 화려하게 꾸미지 않고 솔직함을 무기로 삼고 있기 때문이다. 가난 때문에 시간과 육체를 저당 잡힌 채 노동현장에서 반복되는 일과의 연속이었지만, 그는 짬이 날 때마다 적금 붓듯이 글을 쓰고 모아두었던 것이다.

그가 발문을 부탁한다며 발표했던 책자 보따리를 들고 찾아왔던 어느 날, 굳이 시집에 사족을 달 이유가 있냐면서 강하게 거부했었다. 자칫 잘못하면은 불특정다수 독자들의 감정을 빼앗는 결과가 될 수도 있다고 말했었다. 그러나 김용원 시인과는 지금도 같은 건물의 옆 사무실에서 자주 만나고 10년 넘게 〈글길동인〉으로 함께 활동했고, 가장 가까이 있는 선택된 독자의 입장이니 가볍게 읽어보고자 한다.

시는 읽는 사람에 따라 작가가 의도했던 바와 그 해석을 달리할 수도 있다. 만약 김용원 시인이 노동현장 경험이 없었더라면 이런 작품들이 나오지 못했을 것이다. 물론 개인적 체험을 실감나게 표현했다 해서 다 좋은 시라고 할 수는 없다. 너무 사사로운 것에 집착하면 독자들도 외면하게 마련이다. 어차피 문학작품은 작가의 인생 그 자체이다. 그러나 일반인과 다른 점이 있다면 그 작품 즉 인생이 독자들에게 평가 받는다는 점이다. 힘겨웠던 그때의 흔적을 지우기 위해 시인은 쓰고 독자는 그 시 안에서 희망을 본다.

그럼, 김용원 시인이 표제 시로 맨 앞으로 내세운 〈미련한 추억〉부터 보자

칼바람 사이로 듬성듬성
내리던 눈발도 아름답게만 느껴졌지
조금씩 세차고 힘든 길이라고 생각할 때는
나의 육체 한 자락 숨길 곳 없는
허허벌판이었지만
그래도 10리 길의 희망으로
지금껏 살아온
희망 때문이 아닐까
지금도 화령정류장에 가면
그리운 이들이 우르르 나올 것만 같아서
한참을 서성이기도 하지
잔인한 그리움으로
걸어가는 길 위 발자국마다

그리움은 꽃으로 피었지

– <미련한 추억> 일부

비교적 길게 쓴 작품이지만 군이 긴 설명할 필요 없이 쉽게 읽히는 작품이다. 누구나 어린 시절에 살았던 고향으로 가면 '그리운 이들이 우르르 나올 것' 같은 기대를 하게 마련이다. 특히 나름대로 금의환향이라 생각할 때라면 더욱 그러할 것이다. 그러나 이미 고향은 예전의 고향이 아니다. 그래서 '미련한 기대'는 '잔인한 그리움'을 남기며 걸어가는 발자국마다 꽃으로 피고 있다.

대부분의 작품들이 1인칭 주인공 시점으로 직관에 의한 진술과 독백에 의존하고 있다. 시의 대상이 되는 사물이나 사건을 자기중심적으로 인식하고 판단하며 시를 짓는다는 것은 일단은 주관이 있다는 얘기다. 그래서인지 독자의 입장으로 시를 읽고 있지만 조금은 생뚱맞고 별 것도 아닌 것으로 별의별 시를 다 짓는구나하는 생각도 들었다.

기왕지사 시를 지으려거든 주장하는 바가 어느 관점, 어느 누가 보더라도 명확하게 전달되어야 한다. 어차피 사는 문자를 사용해서 자신의 속마음을 표현하여 전달하는 행위이다. 이때 시어로 쓰인 단어가 단순히 그 단어의 사전적 의미로만 해석된다면 군이 시로 자신의 감정을 전달할 필요는 없을 것이다. 시를 읽으면서 작가가 표현한 바가 그림처럼 선명하게 떠오르고 읽을수록 상상력이 폭넓게 증폭된다면 일단은 성공한 시일 것이다. 그런 맥락에서 이런 짧은 시를 읽어보자.

　너는 옷을 벗고
　나는 옷을 입는다.

　　　　　　　— <가을>

　난 그리움 새싹 한 뼘으로 키우겠어

　고통을 참고 떨던 나에겐 당신은
　0.8그램의 희망을 준다고 했지
　내일이면
　오늘보다 더 추워질 지도 몰라
　그래도
　0.8그램의 희망은 받아야지
　우리 차가운 바람에게도 웃어주었잖아
　자, 햇살 받을 채비를 서둘러야겠어.

　　　　　　　— <봄비>

　'너는 옷을 벗고 / 나는 옷을 입는다'는 2행 13자 만으로 가을의 이미지를 간단하게 묘사했다. '너 옷 벗고 / 나 옷 입는다' 처럼 조사도 뗀다면 10자 이내로 줄일 수도 있고, '너 벗고/나 입는다'라고 더 응축하면 7자면 족하다. '무엇하고 무엇한다'는 형식의 단문이라서 외우기도 쉽다. 그러나 겉모양처럼 시인의 마음은 결코 낭만적이거나 편안하지는 않았을 것이다. 현장노동자의 삶이기에 더욱 절박했을 것이 다. 이제 이 아름 다운 가을이 가면 춥고 배고플 겨울이 닥쳐오는 것이다. 추위 를 이겨내기 위해서는 옷을 덧껴입어야 한다. 하지만 다음 작 품 〈봄비〉에서의 추위는 〈가을〉과는 사뭇 다르다. 역시 봄은 꿈이며 희망이며 따스한 햇살이다.

0.8그램은 단백질이다. 우리 몸의 살과 피를 만들어 주는 그 영양소를 성인은 하루에 몸무게 1킬로그램 당 0.8그램은 섭취 해야 한다고 한다. 여기에서 단백질이 육신을 위한 영양소가 아닌 '문학의 에너지'라는 점에 주목해야 한다. 곧 시인과 절 대로 떨어질 수 없는 문학에 대한 열정을 단백질로 비유 하고 있다. 물론 가정사에는 별 도움도 되지 않는 그 문학은 김용원 시인의 일상에서 매일매일 풀어야 할 중요한 과제가 된 것이 다. 지금도 매주 셋째 주 금요일 저녁이면 안양으로 올라간다. 〈글길문학〉 모임만큼은 빠지지 않고 참여하는 것이다. 그곳에 서 '대쪽 같은' 선생님의 자상한 지도도 받고 동인들과 마주 앉아 열띤 합평회도 한다. 선생님과 줄탁동시(啐啄同時)의 사제 지간 인연을 맺은 지 꽤 오래되었다. 문학수업을 받은 날로부 터 따지다면 그의 수련기간도 결코 짧은 세월이 아니다. 아직 까지도 껍질을 뚫지 못했다지만 요즘처럼 집요하게 쪼아대다 보면 머지않아 밝은 빛을 보게 될 날이 올 것으로 믿는다.

아래의 두 작품도 '아내'와 '애인' 그리고 '첫사랑' 등으로 표현하고 있지만 그 속뜻은 역시 문학을 향한 열정 그 자체로 가 닿는다.

아내는 몸조리하러 홍성으로 떠났고
부재의 외로움이 넘쳐흐르는 진한 시간
혼자가 된 것 같아 밀려드는 그리움을 잡을 수 없다

비와 함께 할 수 있었지만
더욱더 빈 가슴 두드리며
나를 찾는 것 같아
너의 모습 찾으려 창밖을 기웃거린다
부슬부슬 비는 내렸지만
나를 향한 너의 모습은 아련히 달아나고
작업장 소음에
너의 소리는 간간히 신음을 토한다
길게 손을 뻗어 너의 가슴 위에 손을
얹으면 시린 듯이 네가 전해져 온다
비는 계속 내렸지만
좀처럼 너의 모습을 잡을 수가 없다
너를 찾았지만
너는 나를 반겨주지 않는가 보다
그저 한 모퉁이에서 비를 바라다볼 뿐
작업장 기계소음에 귀가 멀어
너의 소리는 들을 수가 없다.

— <아내> 전문

30년 세월
꽝꽝 빗장 걸었던 문을 열고
애인 만나러 나는 간다
함박웃음
세상에 추파를 던지며

내 마음은 겨울도 봄날
날리는 벚꽃만큼 좋다

— <첫사랑> 전문

김용원 시인이 겪었을 평범한 사랑이야기겠지만 조금도 저속해 보이지 않는 까닭은 시를 은유적 기법으로 끌어가기 때문이다. 두말할 나위가 없이 시의 생명은 은유(隱喩), (metaphor)에 있다. 은유 곧 메타포는 국어사전에는 〈수사법상 비유법의 한 가지, 원관념은 숨기고 보조 관념만 드러내어, 표현하려는 대상을 설명하거나 그 특질을 묘사하는 표현방법. 예로는 '내 마음은 호수요' 따위가 있다.〉 라고 설명한다. 일반적으로는 직유법은 '~같이, ~처럼, ~한 듯한, ~인 양 등과 같이 유사성을 토대로 만들어지는 표현기법이 지만 은유법은 전혀 유사성이 없는 사물이나 개념을 대비시켜 동일성을 느끼도록 만드는 표현기법이다. 문장의 형식으로 보면 은유법은 '무엇은 무엇이다'와 '무엇은 무엇의 무엇이다'로 표현하는 두 가지 형식이 있다.

시(詩)는 대상 자체만 묘사하는 것이 아니라, 표현하고자 하는 대상에 대한 생각이나 느낌을 다른 것으로 상상하게 만들거나 감정이입(感情移入) 상태가 되어야 한다. 때로는 시도 소설이나 희곡, 시나리오처럼 가사의 사실이나 공상적인 소재로도 쓸 수도 있다. 다시 말하면 누구나 알고 있는 것이 아닌 혼자만의 느낌일지라도 독자들의 상상력을 발동하게 하여 작가가 의도한대로 독자들도 같은 느낌을 갖는다면 작품으로 또 다른 세계를 창작했으니 성공이라고 할 수 있다.

김용원다운 개성으로 말을 잘 부린 작품 몇 편을 더 골라보겠다.

한 장에 인생이 담겨 있다

커피 한 모금 입속에서 구를 때
정지하지 않는 생각들
묶어 놓는다

몇 분의 대화로 판단한다는게

미안할 따름이다

장마전선이 헐렁한 바지에
맨
가죽 허리띠처럼 걸려 있다

오랜 동안
바람 불고 비도 내렸다
…
좋은 예감이다

햇살 같은 합격통지서를 막
그에게
보냈다.

─ <면접 · 7> 전문

시는 언어를 최대한 절제하고 압축하면서 수사적 기법을 다양하고 적절하게 활용해서 잘 버무려 놓아야 먹음직하고 맛깔스럽게 된다. 더구나 노동을 소재로 짓는 시는 자칫하면 투쟁적 구호를 앞세울 우려가 있다. 그러나 치열한 삶의 체험을 소금처럼 숨을 죽이고 간을 맞추는 재료로 잘 활용한다면 감칠맛도 나고 오래도록 읽히는 작품으로 남을 것이다.

이 시집은 어려웠던 환경 속에서도 희망의 지렛대를 들어올리던 현장노동자의 참삶의 이야기가 담겨져 있다. 그야말로 시(詩)는 아름다운 거짓말이 아닌 참삶의 진실일 때 감동의 울림이 크게 울린다. 억지로 꾸미지 않고 체험하고 느끼고 생각했던 것들은 노동자의 삶에 비유하여 구체적으로 표현하려고 노력했을 그 모습도 아름답다. 그 뜨거운 가슴이 더러는 투쟁과 저항으로 바뀔 법도 하고 견디지 못할 아픔이 나 불만, 괴로움과 고독도 많았을 텐데 그러한 모습은 전혀 뵈지 않는다. 순진하고 순수하고 참으로 순한 현장의 시를 쓴 것이다. 물론 대부분의 노동자들의 삶이 구차하고 맡은 업무마저 하찮다 해도 '노동자'란 편견으로 그 일에 종사하는 사람을 폄훼해선 안 되는 이유가 바로 여기에 있다. 그때는 비록 〈아더메치유〉 했지만, 세월이 지나고 나니 추억이 되고 이처럼 시가 되어 남아 있지 않은가. 어렵던 시절을 잘 이겨낸 김용원 시인의 어깨를 툭툭 쳐주고 싶은 마음이다.

위 시 〈면접〉에서의 진술처럼 이력서 1장만 보고 몇 분간의 대화로 상대방을 판단해서 미안했지만 합격통지서를 보내고 〈취업(이별)〉이 되었을 때는 마치 자신의 일처럼 기쁨이 넘치기도 하는 것이다.

Ⅲ. 숨은 시간 찾기

창문 너머 가을이
훌렁훌렁 춤추고

내 가슴은
아직도 뜨거운 여름

갈 수 없는 시간을
포기 못한 삶의 끈에 얽혀진
그녀를 잊지 못해
울며 서 있었어

가을의 간지러운 손짓을 애써 외면을 하면
반쯤 열린 입 사이로
가늘게 떨고 있는
실핏줄들이
일제히 합창을 한다

돌돌거리는 계곡
아찔한 비명
환상의 비키니

나 보고 싶어
느끼고 싶어

그리고 너 보낼게

— <떠나지 마라 여름아> 전문

아침 출근하면서 아내랑 약속

일찍 들어올게

잘 지켜지지 않았지만

봄눈처럼 녹아 버리는 그런 마음으로

지금껏 나랑 그렇게 살았지

이 땅을

봄으로 키우는 사랑뿐인 당신

그 가슴 안에서 나 영원히 살고 싶어.

— <아내와 약속> 전문

 시에 쓰이고 단어라고 특수한 전문용어는 아니다. 우리가 생활하면서 흔히 쓰는 말과 조금 다르지 않다. 그 평범한 언어들은 작가가 뜻한 바대로 쓰임 받도록 정성껏 갈고 닦고 조여서 문장 안에 단단하게 끼워놓고 제구실을 하게 하면 좋은 시어가 되는 것이다. 그렇게 애써 시어를 찾고 문장을 다듬어 자신만의 개성 있는 목소리를 낼 때 사람들은 그 사람을 시인이라고 불러준다. 때문에 집을 지을 때 설계, 시공, 감리하여 최종적으로 준공검사를 하듯이 시를 짓고 난 후에 는 반드시 작품을 퇴고(推敲)하고 또 퇴고해서 세상 밖으로 내보내야 한다.

 때로는 시가 반성문이 되기도 한다. 세상에서 가장 소중한 아내와의 약속인데도 잘 지켜지지 않을 때가 종종 있다. 아니 아주 빈번하다 출근할 때 오늘은 일찍 오겠노라 약속했던 날은 이상하게도 다른 급한(?)일이 생긴다. 아내는 남편의 변명이 믿기지는 않지만 되도록 오해하려 들지는 않는다. 직장에서 더 중요한 업무가 있겠거니 하며 이해하고 덮어둔다. 그렇게 참아내며 가정을 평화롭게 지키는 대한민국의 집사람들이기에 '아내들'은 참으로 위대하다.

구수한봄비가

나립니다된장내

음나는우리선배님

이생각납니다머리속

에는같아가는나그네되

어떠나는아름다움도생각

합니다아름다울때떠나리라

시간을접으며생각해봅니다이

제봄은떠나고외로운벌떼만윙윙

거리는꽃없는그세월을기다리지않

을것입니다내가그사람을불러줄때희

망이되어산천을푸르게하는한그루청솔

이되는줄압니다나는아직그사람을모릅니

다그이의우물같은생각을단지안다고하는것

은내가행복했었다는것을알아을때이며청솔의

가지에묵은먼지를털어버리고새눈으로당신이가

는길을바라볼수있을때입니다이제봄날이다시없을

지라도청솔을사랑하고청솔만을위해서덕을쌓아가는

것이라믿어봅

니다오늘은가

시내가좋아하

던벚꽃잎무늬

치맛자락에미

처가슴이뛰는

밤입니다이제

는알아야합니

다화려한오늘

밤에도비맞고

있을그청솔들을생각합니다더없는사랑입니다.

— <청솔> 전문

우리가 어린 시절 처음 글을 깨우칠 때는 '영희, 철수, 바둑
아 안녕(놀자)' 식이었다. 그러나 8차의 개정을 거친 요즘의 교
과서에서는 '세상에서 제일 힘센 수탉, 사윗감을 찾아나선 두
더지, 재주꾼 5형제' 등으로 변했다. 앞으로 더 개정이 된다면
'샘님, 안냐세염? -_-, 철수 하이루…*", 영희 방가 방가~'로 바
뀔 지도 모른다.

다 큰 젊은이들까지 자신의 생각을 전달하는 방법을 다양하
게 구사한다. 그 첫 번째 근거로 딸아이들이 보내는 문자메시
지의 그림문자와 기호들을 보라. 황당하다. 그걸 못 읽거나 이

해하지 못한다면 구닥다리 취급받기 십상이다.

제1부에서 〈허수아비 계절〉과 〈청솔〉은 활자를 이용해서 시각이미지로 주제를 강조하고 있다. 한글은 소리글자이기 때문에 뜻글자인 중국의 한자나 고대 이집트의 그림 문자처럼 상형(象形)의 효과를 내기가 쉽지는 않다. 〈청솔〉은 시를 읽지 않아도 그 활자의 모양을 그림 감상하듯 보면 쉽게 이미지를 떠올릴 수 있다. 비록 절반밖에 보이지 않는 나무 혹은 집처럼 보이지만 사람마다 상상력을 동원하여 작가의 또 다른 의도를 파악하려고 애쓸 것이다. 〈허수아비·2〉도 빗금을 이용해서 '비' 모양의 상형문자로 보여주고 있다.

김용원 시인의 성격은 직선적이거나 투쟁적이지 않다. 때문에 과거의 노동시처럼 격한 감정을 앞세우지 않는다. 사회생활에서도 마찬가지여서 항상 사람 좋다는 소리를 듣는다. 누구와 다퉜다는 소리는 한 번도 듣지 못했다. 그래서인지 얼굴이 동안(童顔)이다.

40대인데도 너무 젊게 보인다. 시도 그렇게 젊어졌으면 좋겠다.

　지나는 시간 억지로 잡아

　맥주 몇 잔 먹여 망각의 강에 첨벙

　하나, 둘

　어깨에서 푸는 세월의 보따리 무겁다

　주렁주렁 매달린

　숨죽인 위선의 열매만 키웠다

하얗게

복사꽃 되어 흩어진들

따뜻한 가슴 열어도

피우지 못하리

자꾸만, 자꾸만

쓰러지는 추억의 열매를

나

어떻게···!

— <숨은 시간 찾기 · I> 일부

어린 시절 유난히도 춥던 어느 날

당신께서는 외투를 겹겹이 많이도 입으시더니

어머님의 배웅을 받으시며 어디론가

어둠의 깊숙한 심장부로 떠나시곤 했다

눈이 깊숙이 쌓이던 새벽녘

아직 단잠에서 포기 못하고 있을 때

당신께서는 돌아오셨는지 어머님의 분주함이 계셨다

사계절이 몇 번을 지났건만

당신께서는 농사일과 그 무엇인가를 겸하시면서

우리들을 위해 사셨던 것이다

철부지 어린 시절 가난에 가위눌려

손만 벌리면 돈이 나오고

떼만 쓰면 되는 줄 알던 그 시절

아버님께서는 우리들을 위해

세상을 저울질하며 그렇게 사셨던 것이다.

— <숨은 시간 찾기 · Ⅳ> 전문

　<숨은 시간 찾기>는 계절별로 소제목을 달아 어린 시절로 돌아가 그때를 추억하고 회상하는 투의 작품이다. <숨은 시간 찾기 · Ⅰ>에서는 술에 취하다보니 지난날 부모님의 뜻을 따르지 못하고 위선의 열매만 키웠다며 반성하고, <숨은 시간 찾기 · Ⅳ>에서는 철부지 때에 '손만 벌리면 돈이 나오고 / 떼만 쓰면 되는 줄' 알았다고 고백하면서 가난했던 시절 고생하셨을 부모님 생각에 젖고 있다. 올 봄에 고희(古稀)를 넘기신 아버님은 그때 농사를 지으시며 무슨 노동인가도 하시면서 식구들을 부양하느라 늘 고생하셨던 것이다. 철부지였던 그 시절의 미안함과 고마웠던 감정이 세월 속에 묻혔다. 시인은 이제야 마음의 눈을 뜨고 그 숨은 시간을 찾아가고 있는 중이다.

　김용원 시인의 시는 언어의 선택이 너무 평범하여 속뜻이 쉽게 드러나는 단점이 있기는 하지만, 전체적으로 볼 때에 그것이 소박함과 진솔함이라는 강한 무기가 되어 오히려 그 단점을 장점으로 변화시켜 부담없이 읽히게 한다. 평범한 노동자의 일상적 체험과 지극히 서민적인 생활에서 흔하게 접하는 아주 작고 사소한 사건과 대상들을 통하여 그는 하고 싶은 말을 거침없이 쏟아놓고 있는 것이다. 그러나 꼼꼼하게 읽으면 결코 불필요하거나 하찮은 것에 머물지 않는다. 크고 작은 소재들을 절대로 놓치는 법이 없이 자신의 내면으로 끌고 들어와 삶의 희망으로 환기시키고 있다. 어떤 때에는 삶의 한 단편을 아주 예리하게 절단해 놓고는 아무렇지도 않은 듯 여유까지 부리며 능청을 떨기도 한다.

밤을 지새운 현장노동자의 삶을 지극히 긍정적인 시선으로 바라보며 앞날의 희망을 노래한 〈겨울나무〉를 보라.

사랑이 될 수 없는 수수대궁의 전율
밑 세상 그 들녘을 지나
성큼 한걸음에 달려온 어둠
날선 바람의 손을 빌려
나무의 껍질을 무참히 짓밟고 간다

쓰러질 수 없기에 더욱 움크려
차곡차곡 시간을 주워 담아
희망 하나 둘 찾아드는 날
한줌 사랑으로 거듭나라.

— 〈겨울나무〉 일부

IV. 사람은 나와서 노동하며 저녁까지 수고하는도다

글을 짓는다는 것은 자기의 생각과 느낌을 글속의 화자(話者)를 통해 글자로 옮기는 작업이다. 글은 착상에서 완성까지 여러 공정을 거쳐 완성된다. 그렇게 애쓴 작품(상품)들은 불특정 다수 독자들의 평가에 의해서 완성되기도 하고 버림받기도 한다. 때문에 조그마한 실수라도 허용해서는 안 된다. 마음의 설계에 따라 생각과 느낌을 적확하게 작업해야 한다. 이때 생각이 사상, 느낌은 감정이라는 말로 대신할 수도 있다. 대부분 사상을 표현할 때에는 논리로써 그 옳고 그름을 제시한다. 왜 옳은 지, 왜 그른 지를 세세하게 따져야 하기에 사상은 다소 복잡하다. 감정의 표현도 마찬가지다. 절제되지 못한 감정 곧 혼자만 흥분하고 자아도취에 취하면 단 한 사람의 독자도 감동시킬 수 없다.

지금 내 육체도 삶기는 빨래처럼 푹푹 삶긴다

여기저기에서 터져 흐르는

땀방울이 송글송글 온몸에서 피어오른다

주위에 목이 긴 선풍기에선

아까부터 뜨거운 바람이

나의 온몸을 스친다

뜨거운 더위도 잊은 채 열심히 돌고 또 도는 너에게

나의 조그마한 몸을 잠시나마 맡겨본다

하루 여덟 시간 노동

흐르는 땀방울에 이제는 지친다

비틀거리는 나를 발견해도

노동전선의 시간을 지켜야 하는 임무

싸워 이겨 탈출해야 한다.

— <탈출> 일부

이 시집 안에는 노동현장의 풍경들이 빈번하게 등장한다. 그것은 시인의 시적사고가 그 반경에서 반복적으로 움직이고 있다는 증거이다. 사실 우리나라 노동현장은 특근, 잔업, 조출이 빈번하고 주야 막교대 12시간 근무에도 불평불만하지 못한다. 하루에도 몇 번씩 '참을 인(忍)'자를 가슴에 새기며 견뎌야 하는 실정이다. 그렇게 개인적 시간을 내기 어려운 현장노동자가 보다 좋은 직장을 찾아 탈출하기란 하늘에서 별 따기보다도 더 어렵다.

미래의 노동시는 단순히 노동에 대한 고발이나 진술 혹은 주의주장이기보다는 그 삶터에서의 경험들을 토대로 진정성을 가지고 더 나은 노동자 문제까지 이끌어내야만 한다. 노동자라고 해서 기름때가 묻은 작업복을 입고 기계 앞에서 일하는 사람들만을 뜻하지 않는다. 오히려 작업복이 없는 노동자가 훨씬 많아진 게 요즘 현실이다. 비정규직, 계약직, 하청업체 노동자들도 있고, 요즘 김용원 시인 사무실로 찾아와 이력서를 내밀며 구직을 간청하는 사람들까지도 모두 노동자에 속한다. 병들에 누워있거나 정신 나간 사람 말고는 이세상에 살고 있는 사람 중에 노동자 아닌 사람은 없다. 때문에 노동은 진실로 귀중하고 신성한 업(業)이다.

성격에도 '사람은 나와서 / 노동하며 저녁까지 수고하는도다

(시편 104:23)' 라고 했다. 여전히 일할 것도 많고, 일을 하고 싶어 하는 사람들이 많은 참으로 바쁜 세상이다. 그들에게 이러한 노동(현장)시를 이해하게 하고 또한 하고 싶은 말이 있다면 이처럼 시로 말 할 수 있는 세상이 된다면 그야말로 대한민국은 시인의 천국이라 할 것이다.

80년대에는 참혹한 노동 현실을 소름이 끼칠 정도로 그려냈던 노동현장 출신의 박노해, 백무산, 김해화, 박영근, 김신용 시인 등이 있어서 사람들에게 상당한 영향력을 끼쳤다. 아마도 김용원 시인도 그 무렵쯤에 시 짓기에 입문했던 것으로 안다. 90년대부터는 유용주, 정세훈, 김사이 시인 등이 투쟁적, 이념적 노동시에서 벗어나 자기 성찰의 깊은 시 세계를 보여주고 있다. 하지만 그들이 노동시의 맥을 이어간다고는 생각하지 않는다. 또한 노동자문학이 예전처럼 붐을 일으키지도 못하고 있는 실정이기 때문이다.

야근하는 날 잡아
입었던 옷 세탁해야 하는데
꼬질꼬질 나의 삶은 보는 듯
내 인생이 꼬질꼬질 묻어있다.
큰 맘 먹고 옷을 벗어
뜨거운 물에 적셔 이리저리 굴리고 굴려
빨래비누 하얀 거품 비벼낼 때면

얼마나 작업복이 시달렸는지

뭉게뭉게 일어나야 할 거품의 형체는 간 데 없고

시커먼 땟물 먹물처럼 퍼지며 고개 들어 나를 본다

사랑할 수 없는 나의 삶

그래도 사랑해야만 하는

몇 번을 더 비누 풀어 세탁해도 개운한 맛없어

작업복인데 하며 체념하고 작업장 벽에 걸렸다

아내에게 맡겨 세탁할 수 있지만

다른 빨래 버린다는 소리 들을까 봐….

— <세탁> 전문

하늘 아래에서

봄은 도둑처럼 왔다더라

백지야 넌 놀라지 마라

도둑처럼 왔어도 못내 그리웠고

그리움은 별이 되어 가슴에 박혀 있었단다

잠 못 이루는 밤에는

술병 끼고 한심한 존재의 이유보다 무심한 세상 꾸짖고

또 꾸짖어 보지만 남아 있는 건 초라한 나의 모습 뿐

— <나의 자리> 전문

V. 이제부터 새로운 시작(詩作)을 시작(始作)하자

168

한 권의 책은 작가 개인의 기록이겠지만 그것을 읽는 독자들에게는 마음수양이 되는 경전이기도 하다. 더구나 사는 참삶의 진실한 기록이라고 했다. 소재가 되는 대상이나 사건을 글로 쓸 때에는 방관자가 아닌 그것들에 대한 대변인 내지 완벽하게 그들과 함께 호흡하는 가까운 관계가 되어야 한다. 어른들에게 시 한 편을 써보라면 자신의 마음을 솔직하게 쓰지 못한다. 험한 세상에서 눈치를 보며 살다보니 겁이 나는지 모르겠지만 쓸데없는 가식만 늘고 난해하다. 시가 난해하다는 것이 시어들이 너무나 추상적이거나 꾸밈이 많아서 읽는 이와 글쓴이가 제대로 교감이 이루어지지 않는다는 뜻이다. 앞뒤로 뒤집어 보아도 글쓴이의 마음이 어떠한 상태인지 도무지 이해할 수 없다. 그것은 하고 싶었던 얘기를 제대로 표현하지 못하고 있다는 결론이다. 그렇다면 그 글은 말도 시도 아무 것도 아닌 것이다. 한글만 알면 누구나 쉽게 이해가 되고 오해할 것이 없다면 좋은 글이고 곧 좋은 뜻이다. 며칠 동안 이 시집을 읽으면서 문득 〈좋은 시는 정말 좋고, 나쁜 시는 정말 나쁘다〉라고 지적했던 원로시인 오탁번 선생님의 말씀이 새삼 떠오른다.

　지금까지 살펴본 것처럼 김용원 시인의 작품이 가지고 있는 시적 매력은 주의 주변 특히 직장에서의 경험이나 사소한 사물들까지도 자신에게로 끌어들여 자신의 마음과 동화시키고 있다는 점이다. 또한 그때 동원되고 있는 언어들이 평범한 일상어임에도 불구하고 시의 행간 속을 넘나들며 분위기를 친숙하게 하고 있다.

하지만 굳이 과거의 이야기를 독자들에게 돌려줄 때는 시제를 한번쯤 깊이 생각했으면 한다. 다시 말하면 과거의 이야기를 현재로 끌고 와서 바로 이 순간에 진행되는 이야기처럼 현재진행형(~ing)이나 현재완료형으로 묘사한다면 더욱 실감이 난다는 뜻이다.

난 아직 너희들 품에 남아 있는 느낌이다

낮에는 한겨울 동장군처럼
시린 눈동자에 여러 곳을 채찍질 당하고
밤에는 무서웠던 과거가 지배했기에
씩씩했던 나의 모습을 찾아볼 수 없고
초라하고 나약한 모습뿐
이제는 너희들에게 할 말이 있다
나약했던 잠시 동안은 떠났고
겨울날 옷 입듯이 하나씩 입고 있다
나의 가슴에는 너희가 있다.

— <꽁꽁 얼어붙은 가슴에 눈이 내리네> 일부

늦은 감이 없지 않으나 이제 김용원 시인도 이렇게라도 첫 시집을 세상에 내놓음으로서 자신의 시 세계를 객관적인 시각으로 볼 수 있는 계기를 갖게 되었다.

지금부터는 김용원다운 개성 있는 작품만으로 승부를 걸어야 할 것이다. 누구나 쉽게 공감하면서도 깊은 감동을 주는 질 좋은 작품, 불량제로의 완벽한 현장문학 상품의 출시를 위해 철야작업이라도 감행해야 한다.

제법 책술이 두꺼운 이 시집을 이제 독자들 앞에 내놓게 되었다.

김용원 시인의 마음도 무척 홀가분해졌을 것이다. 지금부터는 이미 발표한 작품들에 대해서는 아예 미련을 두지 말아야 한다. 잊어야 할 것은 빨리 잊어야 하듯이 버릴 것도 즉시 버려야 깨끗해진다. 이제부터다. 새로운 시작(詩作)을 시작(始作)하는데 열정을 쏟아주기를 희망한다.

글속도 짧은 가납사니 주제에 발문이랍시고 쓰며 안다니 행세를 하다 보니 행간마다 작은 실수도 있었을 줄로 안다. 오해는 풀고 깊게 이해하며 건필하실 줄로 믿는다.

불심(佛心) + 시심(詩心)

"문학의 창작에 마음을 두는 것은 마음에 맺혀 있는 것을 풀어 써내려 하는 것이다."

— 『문심조롱』

김선우 제11시집 시집, 냉이꽃 편지, 2018년

하나, 시심(詩心)에 불심(佛心)까지 보태진 필력

요즘 우리는 물질만능주의 속에서 인간성 자체를 망각한 채 살아간다. 사람이라면 반드시 갖추어야 할 인성도 갈수록 메말라간다. 급기야는 갑(甲)과 을(乙)로 갈라서서 서로 물어뜯으며 자신들의 이익만 주장하니 공생공락(共生共樂)하며 살아가는 아름다운 세상은 흘러간 옛이야기다. 찰리 채플린의 말마따나 "인생은 멀리서 보면 희극이고 가까이 보면 비극"이다. 김선우 시인의 시는 희극도 비극도 아닌 '끊임없는 그리움의 시'라고 한마디로 요약할 수 있다. 속박하는 그 무엇이 있을 때 그것을 돌파하려는 의지도 강렬하게 생긴다. 그럴 때 과거에만 몰두한다면 현재도 과거의 진행형일 뿐이다. 시인은 수없이 많은 위기도 넘기고 역경을 헤치면서 예까지 왔다. 지금도 세상이 어찌 돌아가건 시간은 멈추지 않고 흐른다. 때로는 스스로 절망과 무기력의 함정에 빠진다. 그럴 때마다 시 창작에 매진하니 삶의 무의미함이 해소되고 상처가 지워지는 효과를 봐서 저절로 새로운 활력을 되찾았다.

이제 일흔이 넘어 다시 어머니를 생각하며
하염없는 눈물이 흐릅니다
다시 어머니를 1분 만이라도 볼 수 있다면
칠십 년을 하루로 여겨
어머니의 어깨를 주물러드리겠습니다
다시 불러봐도 그리운 그 이름 어머니!
다시 만날 날을 기다리며
어머니의 고향에서 본 하얀 냉이꽃 같은 눈물을
뚝뚝 흘리렵니다.

— <냉이꽃 편지> 부분

부처님을 지극정성으로 모시는 시인의 아내는 일 년에 네 차례씩 4박 5일의 일정으로 해인사 백련암을 다녀온다. 성철 큰스님의 가르침인 아비라 기도를 드리기 위함이다. 그 기다림의

시간은 짧다면 짧고 길다면 무척이나 길었다. 그런 날은 이런
시도 쓴다.

> 우두커니 평상에 앉아 있노라면
> 천 배 절을 올리는 당신이 떠오릅니다
> 시원찮은 허리에도 불구하고,
> 당신은 참 천상 보살입니다
> 내 무슨 선행을 베풀어 당신을 만났는지
> 이렇게
> 그대와 함께하는 인연에
> 감사할 뿐입니다
>
> — <백련암 보살> 부분

　곁에 있을 때는 살갑고 따뜻하게 말을 건네지 못했지만, 아내
에 대한 사랑이 고스란히 느껴지는 고백이다. 마음으로야 어
디들 못 가겠는가. 때로는 가야 할 곳은 물론 가지 않아도 될
곳까지 끝내 가보고 난 후 그 경계마저 시를 통해서 허물어 버
린다. 그 자리, 가슴 깊은 곳에서 활활 타오르는 시심(詩心)에
불심(佛心)까지 자연스럽게 보태지니 왕성한 시 창작의 촉진제
가 되고도 남는다. 인생의 선배로서 하는 말씀 같은 문장들이
그대로 시가 되고 따끔한 충고와 교훈이 되기도 한다. 시인이
일러주는 대로 씨줄과 날줄이 촘촘하게 엮인 행간을 비집고
들어가 보면 한 문장 한 문장이 예사롭지 않다. 시원스러운 필

력으로 거침없이 써 내려간다.

구공탄 한 장으로
온기 얻어 겨울나고
어머니 입김 같은
봄빛을 오늘 받아
한 평 화원 마다치 않고
부처처럼 앉아 있네
진초록 잎을 치면
산사의 종소린 듯
화원 고즈녁하게
암자 한 채 짓고 있네
이름 모를 어느 산
어느 절에서 오셨는지
탁발하는 새소리!
내 아내의 목소리!

— <고향화원의 난> 전문

둘, 나만의 궁전에 살면서

세상을 살아가면서 관계를 맺는 것 못지않게 끊는 것 또한
중요하다. 매몰차게 느껴져서 관계 끊기에 소극적인 사람은 관
계 맺기도 제대로 하지 못한다. 끼리끼리 만나며 사는 거다. 따

지고 보면 누구나 고만고만하다. 한 번도 정신적으로 큰사람을 곁에 두어 본 적이 없다면 그 자잘한 인간들 틈바구니에서 얼마나 쪼그라들었겠는가. 인간관계가 어긋나거나 상처를 주고받을 때, 시인은 차라리 고립을 선택한다. 그런 수준에 맞춰 사느니 차라리 그 울타리에서 벗어나는 게 훨씬 낫기 때문이다. 생각이 열려야 시 또한 써진다. 그렇게 쓴 시를 처지와 입장이 비슷한 사람들에게 보여주는 게 유일한 낙이 되었다. 깐에는 누군가가 그 시를 어루만지며 위안으로 삼기를 내심 바라면서… 뒤늦게 '새로 지은 옷 같은 벗'이 된 손철과 끈끈하게 나누는 우정을 곁에서 지켜보면 질투가 나고 부러움의 대상이다.

나이가 든다는 건 입고 있던 것들을
하나하나 벗어버려야 한다는 것을 뜻하지만
벗어버려 허전한 그 자리에
무엇인가를 채워 넣어야 한다
벗을 만큼 벗고 살았다 생각했던 일흔 나이에
새로 지은 옷 같은 친구를 만났다

— <아름다운 해랑달> 부분

시의 가치는 가슴에 품고 있는 뜻을 어떻게 얼마만큼 표현했느냐 하는 것으로 평가된다. 문제는 얼마나 절실하고 치열했으며, 불특정 다수가 원하는 시적 성취까지 도달시켰는가 하는 것에 방점을 찍는다. 김선우 시인은 특별한 비유나 상징 그리고 현란한 기교를 부리지 않는다. 누가 뭐라 하든 간에 나름대로 자신이 세운 원칙에 따라서 압축과 밀도가 요구되는 짤막한 서정시를 여러 지면을 통해 꾸준하게 내놓았다. 〈세상은 나를 그리 살라 하네〉에서처럼 '맑은 하늘처럼 / 넓은 바다처럼 / 잔잔한 호수처럼 / 흐르는 강물처럼' 이제는 그 틀의 견고성까지 확실하게 유지되고 있어 운(韻)만 띄우면 누에가 실을 뽑아내듯 술술 시가 빠져나온다. 때로는 환상처럼 떠오르는 옛 시절도 그대로 옮겨와서 도란도란 속삭인다.

해가 지기도 전에

달이 먼저 뜨던 어느 날

나만의 궁전

고향꽃집

행간마다 빗장 지른

운암뜰 움막으로

무시로 들락거리며

문을 두드리는

고단한 시어들

— <꽃과 이십여 년> 부분

셋, 어머니 품속 같은 마등산에 올라

예비군 중대장, 새마을회장 등으로 물불 가리지 않고 앞장서서 사회활동을 할 때나 20여 년부터 아내와 함께 꽃집에 들어앉은 지금이나 언제 봐도 부지런하시다. 부지런함은 미리 준비하며 열심히 사는 거다. 무슨 일을 열심히 한다는 것도 열심히 하지 않아도 되도록 미리미리 준비해 두는 것이다. 누구나 체험했을 법한 어느 순간의 기억이나 사건도 김선우 시인이 쓰면 시가 된다. 보이지 않는 세계를 보기 위해서는 상상력이 필요하지만, 기억을 재생시켜 실제 경험을 곁들여 쓰는 시는 실제보다 더 실감 나게 현장감까지 되살아난다. 시를 읽으면서 점점 믿음이 가는 것은 언어를 다루는 능숙한 기술 때문이 아니라, 다양한 시편들에서 보여주는 시에 대한 성실성이 남다르다. 시를 머리를 굴려 쓰는 게 아니라 스스로 자신의 가슴을 열어 속 시원하게 보여준다.

동산에 암자처럼
똬리 튼 마등산은
종일토록 산바람이
법화경을 독송하고
까투리며 보리잠자리
훠이훠이 날립니다
단장 대신 새소리를
지팡이로 짚으면

닦아 놓은 거울 빛 같은

부처, 내가 있습니다.

— <마등 부처> 전문

    김선우 시인은 시간이 날 때마다 가벼운 마음으로 가까운 곳에 있는 마등산을 오른다고 한다. 산의 정상으로 오르는 길은 단순한 산길이 아니다. 때로는 익숙한 그곳에서 길을 잃기도 하고 마음이 무거워지는 건 자연이 안겨주는 어마어마한 무게감 때문이다. 산에 오르면 저절로 부처가 되어 있음을 그때 알아챈다. 시인은 가족 이야기나 고향의 추억도 빠트리지 않는다. 삶이 고단할수록 고향 풍경과 유년 시절을 추억하면 큰 위안이 된다. 가족은 자신의 삶과 이어졌기에 애틋하고 사랑스러운 존재이다. 그렇다. 가족이라는 단어는 늘 따뜻하고 정겹다. 가족 중에서 며느리에게로 가는 사랑뿐만 아니라 뉴질랜드에 이민 간 수양딸과도 혈육 못지않은 끈끈한 정이 넘친다. 아득한 그리움의 존재인 어머니로 향하던 치사랑에서 아내를 거쳐 이제는 손자에게 아낌없이 주는 내리사랑을 실천하는 중이다.

넷, 할아버지따라 시를 쓰는 손자

    그래서 지난번 시집『흙에서 캔 나의 노래』에서처럼 김선우 시인의 손자 동수(효행초 4학년) 군의 시 10편을 이번에도 시집

끝머리에 함께 얹어놓았다.

　　날
　　칭찬해 줄 땐 천사
　　야단칠 땐 악마

　　잘해줄 땐 기쁘고
　　혼내줄 땐 슬프다

　　그러나
　　난
　　울 엄마 존중해 준다

　　그래서
　　울 엄마가 최고다.

　　　　　　　　　　　　　　　　— 김동수 어린이의 <엄마> 전문

　귀엽고 발칙하고 도발적인 아이의 발언이다. 어른들도 마찬가지로 높은 직에 있는 이들을 존중은 해주지만, 별로 최고인 것 같지는 않다. 제발 그들이 '공공의 적'만은 되지 말았으면 좋겠다. 살아가면 갈수록 외로움, 이별, 배신, 기다림은 소외감, 그리움, 용서, 불안으로 변하며 가슴 깊은 곳으로 자꾸만 쌓인다.

　지금까지 읽어본 바와 같이 김선우 시인이 그간 펴낸 시집의 시들은 단순한 시가 아니다. 말로 다 하지 못한 품은 생각을 이처럼 시로 써낸 것이다. 작품마다 살아온 날들의 아름다운 이력들이 빼꼭하게 박혀있다. 시인의 깊은 속내를 시인 말고는 누구도 알 턱이 없다. 해설을 쓴다는 것 역시 따지고 보면 내 멋대로 꼬투리를 잡고 늘어졌을 뿐이다. 그나저나 일용할 마음의 양식을 너무 맛나게 들었는데 어느새 또 가을이 왔다.

추신 : 고향꽃집을 방문할 적마다 꽃 배달 주문서 이면지에 쓴 습작품을 불쑥불쑥 내미신다. "이거 어때?" 하시며 또 다른 초안들을 보여주시며 "이건 좀 약하지?" 라며 되묻는다. 아직도 풀어 써내지 못한 마음에 맺힌 것들이 무궁무진하신 모양이다. 분명히 내년쯤이면 또 펴낼 것이 확실한 다음 시집의 시들이 불쑥불쑥 나타나 눈에 밟힌다. 가을이다. 맑고 높은 하늘이 금방이라도 뻥 터질 것 같다.

누군가의 인생길에서 이정표가 된다면

들어가며― 넉넉한 마음 씀씀이

얘기 끝에 시집 한 번 엮자는 의견이 나왔을 때, 그러지 뭐

12인 시집 달빛에 사랑을 담다,
2018년

하면서 좋다고 생각은 했지만 팔리지도 않을 시집 왜 내느냐는 의견에는 마땅한 구실이 떠오르지 않았다. 여러 사람이 십시일반으로 갹출해 시집을 내자는 의견까지는 좋았는데, 왜 내느냐는 걸림돌은 들어내기로 했다. 떡 본김에 제사 지내고, 엎어진 김에 쉬어간다고 했다. 그리하여 때는 이때다 싶어 농담 삼아 결혼식을 하겠다고 했더니 모두 무릎을 '탁' 치며 좋아했다. 그래서 급히 서둘러 제2차 결혼계획을 화끈하게 앞당겼다.

남자와 여자는 화성과 금성에서 온 존재가 아니다. 둘이 만나 사랑을 나누며 세상 끝날 때까지 함께 살면 좋겠지만, 얄밉게도 운명이 앞을 갈라놓는 경우도 있다. 물론 운명을 거스르지 않고 알콩달콩 잘사는 사람들도 있지만, 이래저래 해서 여

기까지 오게 된 것 또한 운명이다. 나는 결혼 생활에 한 번 실패한 경험이 있고, 그녀는 결혼 상대자가 뭣이 그리 급했는지 먼저 내려갔을 뿐이다.

이 시집에는 김선우 시인을 비롯한 12인의 시 10편씩을 가려 뽑아 쟁여놓았다. 사람마다 개성이 있고, 살아온 삶의 여정 또한 들쑥날쑥 울퉁불퉁 다름으로 온갖 소리로 떠들썩하다. 그래도 공통분모를 찾았기에 기분은 좋다. 이 시집은 문학의 길을 함께 가는 지인들의 넉넉한 마음 씀씀이가 담긴 축하의 부조이며 나눔이다. 그래서 의미가 더할 나위 없이 찬란하고 귀한 빛으로 남을 것이매, 그 고마움의 표시로 한 집 한 집 방문해서 최상의 예(禮)를 표하나니,

I. 김선우— 그리운 어머니께 올리는 해방둥이 시인의 편지

김선우 시인은 어머니를 소재로 한 작품을 유난히 자주 발표한다. 누구나 그러하겠지만, 어머니는 늘 그리움의 대상이다. 더군다나 이 세상에 계시지 않을 때는 더 말할 필요조차 없다. 인간이나 짐승은 모성에 기대는 본능이 있다. 어머니가 떠오르면 조금이나마 정신적 위안이 되고 자아 성찰의 계기로 삼을 수 있다. 해방둥이인 그의 시는 개인사적 기록이지만 시대를 아프게 살아온 어르신들의 증언이라서 새겨두어야 마땅하다. 이 시집의 맨 앞으로 내세운 '냉이꽃 편지'에서처럼 과거

의 기억이 이토록 아프게 감지되니 말이다. 그처럼 추억과 외로움에서 벗어나려는 간절한 구원의 메시지는 시 창작을 통해서 이렇게 해소된다.

II. 김용원─ '우리 집을 세운' 아버지처럼

우리가 사는 현실은 만만하지 않다. 자신만의 생각이 판치는 세상이다. 김용원 시인은 그러한 세상에 휩쓸리지 않고 자신의 분야에서 유능한 CEO로서 책임과 의무를 다하며 오래도록 버티고 있다. 헤겔의 말처럼 '가장 현실적인 것이 가장 합리적'인 것임을 그는 이미 알아챘다. 세상은 부조리하므로 세상에서 안주할 곳도 자기 자신이다. 고향 이야기와 아버지 그리고 문학의 스승이었던 김대규 시인을 향한 그리움은 그의 작품 속에서 강물처럼 흐른다. 그는 현재 오산시 독도사랑운동본부의 회장이기도 하다. 새봄을 맞이해 상추 모종을 했는데 그만 꽃샘추위가 닥쳤다. 외로운 섬 독도보다 더 외로운 자신은 스스로 지킨다.

III. 김용희─ 멈추고 싶은 순간, 그러나 뜨거운 사랑

김용희 시인의 시는 어렵지 않다. 쉽게 써야 마음으로 와 닿는다. 사람이 시를 쓰는 이유는 마음을 숨겨둘 여백이 그곳에

는 있을 것 같아서일 게다. 누구에게나 그리움은 머문다. 그
그리움은 다름 아닌 자신의 마음속에서 넘치는 어느 날의 추
억일 수도 있다. 올려다보면 금방이라도 와르르 무너질 것 같
은 하늘에 떠 있는 달처럼 전 생애가 통째로 저린다. 더 일찍
해야 했을 멈추고 싶었던 순간은 누구에게나 있다. 그는 감정
에 함몰되지 않고 차갑지만, 자신을 향한 사랑만큼은 뜨겁다.
다른 이들의 시선이 채 가닿지 않는 소재나 한 토막 이야기도
그의 손길이 닿으면 새로운 의미로 선명하게 떠오르는 이유가
바로 그 때문이다.

IV. 박민순 ― 꽃 중의 꽃은 역시 어머니

  박민순 시인이 주로 다루는 소재는 평범한 생활이나 작은 사
물에서 나오지만, 그 상상력의 확장은 꽃과 어머니를 통해서
놀랍도록 구체적으로 형상화된다. 길가에 핀 하찮고 대수롭지
도 않은 작은 꽃을 보고도 그것을 자신의 작품 속으로 끌어와
소중하게 살린다. 쉽게 만났다가 떠나는 사람들, 사시사철 변
하는 풍경 혹은 꽃과 식물들의 이미지를 마치 스냅사진을 찍
듯 단출하게 그려낸다. 그는 주로 수필을 쓰다가 뒤늦게 시를
겸업했지만, 어느 틈에 가속도가 붙어 그 힘이 매우 거세졌다.
그의 눈은 예사롭지 않다. 특히 우리말과 우리 꽃들을 향한
애정이 대단하다. 꾸준한 관찰과 열정이 얼마나 중요한지를 그
가 몸소 보여준다.

V. 서정택— 시적 대상물을 일상에서 찾아 생명을 불어넣어

시는 역시 입심이다. 하지만 말은 바로 하면서 시를 비뚤게 쓰는 시인들도 많아졌다. 좋은 작품으로서의 성패는 다양한 삶의 모습을 얼마나 절절하게 형상화했느냐에 달렸다. 서정택 시인은 시의 소재를 생활 주변에서 찾고 그것들에 새로운 생명을 불어넣어 맘껏 뛰놀게 한다. 그는 자신의 작품을 거의 술술 암송하는 정도로 진한 애착이 있다. 그의 시는 읽으면 읽을수록 눈에 밟히듯 선명하게 다가오고 감칠맛이 있다. 노련한 언어 조련의 솜씨로 풀고, 맺고, 되치면서 능수능란하게 문장을 요량껏 재고 다듬어 제자리에 끼운다. 우리 시 시조의 마력에 완전히 빠진 그는 이미 큰 상도 받았다. 그 기세를 몰아 훌쩍 크면 좋겠다.

VI. 손창완— 소소한 일상에서 세상을 바라보는 또 다른 힘

손창완 시인의 시는 하찮은 대상에게도 자신의 마음이 닿을 때까지 오래도록 정을 주면서 애틋하게 바라본다. 그는 결코 소소한 일상도 배제하거나 소외시키지 않는다. 그렇게 집중하면서 그들의 속내를 캐내는 열정이 있다. 현실을 그대로 보여주지 말고 적당한 비판 정신을 곁들여 버무린다면 더 맛있는 진국이 될 것이다. 주요한 시적 대상이 되는 것은 생활 주변에서 쉽게 접하던 일상이나 자연 그리고 사물이다. 세상을 어떻게 바라보느냐에 따라 세상은 얼마든지 다르게 보인다. 고향을 사랑하는 그 마음처럼 치열하게 자신의 가슴을 열어 오래도록 껴안으면 시적 대상도 피가 돌고 숨을 쉬는 새 생명으로 거듭 되살아난다.

Ⅶ. 양길순─ 곡진한 삶의 무게도 믿음으로 승화

양길순 시인의 시는 평범한 소재를 그것도 일상어로 쉽게 풀어쓰면서 여성 특유의 감성으로 삶의 곡진한 무게를 부드럽게 녹여 낸다. 탄탄한 묘사력이 뒷받침되지 않았다면 이런 감동에 이르지 못했을 것이다. 사물을 관조하는 자세가 늘 섬세하고 민감해서 사뭇 조심스럽다. 지난날의 소중한 기억들은 소중하지만, 너무 오래도록 간직할 필요는 없다. 선입견으로 쉽게 넘기지 않고 생활 속 경험이나 사소한 사물들까지도 자신의 공간으로 끌어들여 작품으로 만드는 열의가 돋보인다. 또한, 그때 동원되고 있는 언어들이 평범한 일상어라서 시의 행간 속에서 편하게 자리 잡고 있다. 낯설지 않고 친밀감하고 격조 또한 있어 든든하다.

Ⅷ. 이상정─ 버킷 리스트 실행으로 떠나는 여행

이상정 시인은 지금 이 시각, 아들과 함께 시베리아 벌판을 횡단하는 중이다. 미국과 유럽에 이어 이번은 세 번째 장기 여행이다. 이번에도 근 한 달간 계획으로 핀란드 헬싱키까지 다녀올 것이란다. 그는 낯선 길도 거침없이 찾아간다. 우리가 가는 인생길도 그렇게 가야 한다. 기쁨과 슬픔이 앞서거나 뒤서거니 하지만, 지나고 나면 별것도 아니었다. 따라서 크게 기뻐하거나 크게 절망할 필요도 없다. 그는 귀국하면 또 다른 버킷리스트를 실행으로 옮기려고 준비할 것이 뻔하다. 물론 그러한 여행은 그의 시 세계를 폭넓게 확장하는 데 커다란 영향을 주었다. 뜨거운 삶을 살았기에 애증과 애환조차도 그의 시 안에서 꿈이 된다.

IX. 이서연— 사랑은 우리가 소중하게 지켜야 할 정신적 유산

'사랑'은 예나 지금이나 시인들이 선호하는 주제 중 하나이다. 앞으로도 끊임없이 사랑시는 나올 것이고 사랑시 한 편 쓰지 못했다면 시인도 아니다. 그만큼 사랑은 우리가 소중하게 지켜야 할 정신적 유산 가운데 하나이다. 사랑은 과연 어디로 가는 것일까. 이서연 시인의 시는 절제와 균형이 있다. 언어를 다루는 솜씨가 앙큼스러울 정도로 노련하다. 맺고 풀며 굽이치는 여운을 남긴다. 시상의 흐름을 낚아채는 악력(握力) 또한 대단하다. 말을 적게 하면서 행간의 여백과 침묵을 한껏 활용해 간결하다. 오랜 세월 동안 시조를 통해 작품을 써왔던 저력이 심중에 녹아 있어 술술 읽히며 산사에서 차 한 모금 마신 듯 깔끔하다.

X. 이원규― 세상 돌아가는 이야기에 미친 불온한 노동자

모든 글쓰기는 김수영의 말을 빌린다면 '불온한 것'일 수밖에 없다. 그 불온함이란 바로 시대에 대한 고정관념과의 결별이다. 세상 돌아가는 사정을 글로 쓰는 게 내게 주어진 임무다. 나는 지금도 불특정다수와 거래하는 불온한 글 노동자이다. 회사에서도 지각과 조퇴 그리고 결근이 잦으면 해고되듯이 잘리지 않으려고 전전긍긍하며 글에 매달리는 생활의 연속이다. 내가 쓴 원고가 '편집 OK'가 나면 그 글은 내 것이 아닌 독자의 몫이 된다. 불광불급(不狂不及), 미치지 않으면 미치지 못한다. 살아남기 위해서는 지독하게 써야 한다. 습관적으로 쓰지만 시는 순간적인 아이디어가 아닌 오랜 생각 끝에 나온 깨달음의 발명품이다.

Xi. 전경만―매의 눈을 가진 노련한 전사는 항상 출동대기 중

전경만 국장은 20여 년 이상 신문으로만 밥을 먹은 베테랑 기자이다. 지금도 경인뷰에 연재되는 소설 '적도의 꽃 문장은 시보다도 더 아름답다. 우리와는 상관없을 것 같은 사람살이의 파란만장, 그 고통스러운 삶과 슬픔 그리고 기쁨의 순간까지도 그는 매의 눈으로 노려보면서 세상을 산다. 모순과 부조리가 만연한 기이한 우리네 삶의 현실은 자신의 행복에만 급급하다. 당연히 타인의 고통에는 담대하고 무관심하다. 다시 말하면, 방관자이며 이기주의자가 돼야 편안하게 잘 먹고 잘산다. 그는 세상과 정면으로 맞싸우는 노련한 전사이다. 손해를 감수하면서까지 항상 전투태세로 출동대기 중인 지독한 독기의 매의 눈을 가진 사나이다.

Xii. 황백조— 때로는 누군가의 인생길에서 이정표가 된다면

황백조 님의 시는 일상에서 부딪히는 소재를 예리하게 순간 포착하여 거침없이 내지른다. 때로는 세태를 풍자하고 비판하며 조롱하는 재치와 넉살도 보여준다. 전혀 낯설지 않게, 어렵지도 않게, 감추지 않는 직설화법이라서 통쾌하다. 일부러 독자가 이해하기 어려운 낱말을 쓰지도 않고 별것도 아닌 것을 내세우거나 아는 체하며 고리타분하게 설명하려 들지도 않는다. 털어놓기 힘들 것 같은 삶의 모습도 꾸미지 않고 솔직하게 현실 그대로의 민낯을 보여준다. 그래서 뒤끝이 없고 개운하다. 이제부터는 기찻길로 기차가 지나가듯 서로 의지하면서 함께 인생길을 달리면 된다. 때로는 시 한 편이 누군가의 인생길에서 이정표가 되기도 한다.

나가며— 글을 쓰려면 피로 써라

니체(Friedrich Wilhelm Nietzsche)는 "글을 쓰려면 피로 써

라 (…) 다른 사람의 피를 이해하기란 쉽지 않다. 그래서 나는 게으름을 피우며 책을 읽지 않는 자를 미워한다." 고 말했다. 또한, 열자(列子) 〈탕문(湯問)〉에 이런 대목이 나온다. "옛날에 기창(紀昌)이라는 사나이가 활 쏘는 법을 익혔다. 이 한 마리를 소털에 묶어 남쪽 창가에 매달아 놓고 날마다 쳐다보았더니, 열흘 뒤 이가 크게 보이고, 3년이 지나서는 수레바퀴 크기로 보였다. 그래서 활을 당겨 이를 쏘았더니, 그 심장에 관통했다." 적어도 이 정도의 단계에 올라서야만 '나도 시인'이라면서 사람들에게 명함을 내밀 수 있으리라.

누님! 스마트한 감성 참 멋져요

The greatest thing you will ever learn is just to love and be loved in return.

우리 삶에서 가장 위대한 것은 사랑하는 것이고 또 사랑받는 것이다.

— 뮤지컬 영화
「물랑루즈(MoulinRouge)」의 명대사

공란식 수필집 마이웨이, 2018년

■ 늘 주제는 고향과 어머니

벌써, 아니 '이제'라는 표현이 맞겠다. 이 원고가 다섯 번째 수필집이라고 했다. 첫 장부터 톺아보니 서정적이고 감성적인 문체가 시처럼 아름답다. 어떻게 이런 문장이 나왔느냐 물었더니, 스마트폰에 생각나는 대로 올린 거라고 한다. 양이나 질을 따질 문제가 아니다. 글로 밥 먹고 사는 필자도 이런 문장은 잊은 지 오래됐다. 세상살이에 찌들어 감성의 샘이 완전히 바

닥났다는 말이 더 정확하다. 뒷장으로 넘길수록 일종의 잠언
(箴言)과 같은 성격의 매우 짧은 작품들이 툭툭 튀어나온다.

「공란식 여사는 6·25 직전인 1950년 음력 4월 13일 오산시
오산동(당시엔 화성군 오산읍 오산5리 남촌) 690번지에서 5남 4녀
중 셋째 딸로 출생했다. 다복한 가정에서 어린 시절을 보내다
가 1960년대 아버지께서 오산읍장 선거에 출마하였다가 낙선
하고, 양조장을 동업하던 사람에게 사기를 당해 가산을 탕진,
집안이 기울면서 불행은 시작되었다. 어머니는 오산장과 송탄
장을 오가며 채소 행상으로 가계를 꾸려갔으나 끼니조차 잇기
어려웠고 수업료를 제때에 못내 여중학교에서 쫓겨나오기 일
쑤였다.

몸이 허약한 관계로 어머니의 집안일을 돕다가 오산시 가장
동 토박이이며 농사를 짓는 임경묵 씨와 결혼했다. (중략) 젊은
나이에 홀로 된 시어머니를 지극 정성으로 봉양한 효부이며,
농사짓는 남편을 잘 내조하면서, 두 아들을 대학과 대학원까
지 보내며 예술가와 사회의 일꾼으로 키워낸 훌륭한 어머니이
다.

소녀 시절부터 문학에 뜻을 두어오다가 라디오 방송과 신문
에 투고한 글이 선정 또는 채택, 방송되거나 게재되면서 향토
문인들에게 소문이 났다. 그 소문으로 인하여 1990년 창립된
오산문학동우회에 1991년부터 입회, 수필을 쓰기 시작하여 각
종 주부백일장에 입상하고 향토지에 작품이 실리고, 1993년에

첫 수필집 〈아름다운 동행〉을 출판하여 신선한 충격을 주었고, 문예지 『문예한국』 수필부문 신인상에 당선, 정식으로 한국문단에 데뷔한 것이다.

작가는 작품으로 이야기하고, 작품으로 모든 것으로부터 침해받지 않는 세계를 구축하는 영원한 방랑자이다. 작품 하나하나가 타인과 함께할 수 없는 혼자만의 고독한 세계이지만, 보이지 않은 손을 내미는 이들이 있었다. 공란식 수필가와 오산시문학회에서 오래도록 함께 활동한 박민순 사무국장이 썼던 글을 그대로 빌려왔다. 문학을 전공한 바도 없고, 그리 높은 학력을 가진 처지가 아닌, 평범한 농촌의 가정주부이기에 그 놀라움은 더욱 크다 하겠다. 또한, 백규현 시인도 "토속적인 심미의식으로 들려주는 영롱한 이슬이 굴러가는 듯한 주옥같은 연시(戀詩)의 주제는 고향과 첫사랑의 여인이듯, 소박한 문장으로 독자를 끌어들이면서 물질의 풍요와 산업화의 발전과정에서 잃어버린 것과 어머니의 일생과 사랑을 자장가처럼 정겨운 목소리로 되살려내는 공 여사의 수필의 주제는 고향과 어머니이다." 라며 용기를 북돋워 준 바 있다. 필자는 공란식 수필가와 같은 동네에서 태어났다. 개인적으로는 친구의 누나이니 그냥 '누님'이라는 호칭을 더 자주 썼다. 그런 누님의 작품집 발문이기에 부담 두지 않고 편안하게 쓸 작정이다.

Ⅰ. 소박한 일화 가볍게 처리

공란식 수필가(이후부터는 공란식으로 호칭함)는 유별나게 새로운 것을 제시함으로써 상품화, 규격화에 정확하게 맞추며 쓴 글이 아니라 자신이 생각하는 바와 겪은 이야기를 담담하게 풀어내고 있다. 사회와 국가 내지는 국제적인 큰 문제에는 눈도 돌리지 않는다. 다만 그것들의 본질이랄 수 있는 가정이나 지인들과의 관계에서 일어나는 소소한 일상사나 그 주변을 둘러싼 자연의 변화 정도에는 민감하게 반응한다. 어찌 보면 공란식은 작가들이 절실하게 추구하며 걸어가야 할 길을 혼자 외롭게 가는 게 아닌가 싶다.

어차피 글은 인간이 쓰고 인간이 읽게 돼 있다. 공중을 나는 새나 흐르는 냇물이나 숲속을 어슬렁거리는 짐승은 물론 한 곳에 오래도록 머무는 바위와 나무가 인간이 쓴 글을 한 글자도 읽어주질 않을뿐더러 그것에 감동하지도 않는다. 어차피 글은 인간들만 아는 것이고 인간 외적은 모든 자연물은 관심조차 없는 분야이다. 공란식은 진실을 감추려고 교묘하게 포장하지도 않는다. 느낌 그대로 자신의 삶에 대해 자신에게 되묻고 따지고 반성하고 참회한다. 문법이 어떻고 수사나 문장기법은 어찌해야 한다는 등등의 고정관념이 깊이 박힌 사람들에게는 이해 불가의 영역이다. 그야말로 자신의 영역만큼은 굳건하게 지키고 있다는 말로 바꾸어 이해해도 된다.

공란식의 작품은 이따금 문예지를 통해 발표되는 낱개의 작품을 보았던 터라 별로 낯설지는 않다. 첫머리에서 이미 밝혔듯이 형식에 얽매이지 않고, 자기에게 맞는 방법으로 자신의 심경을 고백한다. 때로는 편지글, 기행문, 감상문 등처럼 보이는 작품도 있지만, 형식에 구애됨이 없어 편안하고 자유롭다. '문학과 예술'이라면서 글을 우상으로 내세우지 않는다. 멋들어지게 문학적 수사를 활용하여 표현하려고 애써 꾸미거나, 자신의 생각을 덧칠하여 독자를 괴롭히지도 않는다. 있는 사실 그대로 소박한 일화로 간단하게 처리한다. 이처럼 글의 소재를 대하는 태도가 순수하여 골치 아픈 갈등을 드러내지도 않는다. 독자의 눈치를 살피느라 할 말도 제대로 못하는 것과는 근본부터 차원이 다르다.

II. 몽둥이보다 바늘로 찔리면 더 따끔하다

수필 문단에서 통용되는 외형상 수필 한 편의 길이는 200자 원고지 10~15매이다. 물론 화제에 따라 더 늘어날 수도 줄어들 수도 있다. 중요한 것은 작품에 담긴 내용이 얼마나 절실하게 독자에게 전달되고 감동을 주느냐이다. 다시 말하면 주제를 선명하고 다양한 방법을 통해 주제를 효과적으로 형상화하는 게 중요하지 원고의 길이는 별로 상관없다. 몽둥이로 허벅지를 찌르는 것보다는 바늘에 찔리는 게 더 따끔하듯이.

우리는 글을 쓸 때 소설처럼은 아니더라도 머릿속에서는 치밀하게 계산부터 한다. 글을 쓰다가 몇 번이고 고치고 다듬고 바꾼다. 수필의 장르가 없던 시절에 몽테뉴가 말한 '에세(essays)'는 '시험·시도(試圖)·경험'의 의미였다. 작가의 개인 체험이 큰 비중을 차지하는 것이 수필이라는 말이다. 우리는 교육을 통해 '붓 가는 대로' 쓰는 게 수필이라고 배웠다. 수필은 그 체험을 어떤 의도에 따라 꾸미는 게 아니라, 체험한 바를 개인적인 취향에 맞춰 자기 목소리로 이야기하면 된다. 즉, 이야깃거리에 따라 말하는 방법이 중요하다. 재밌어야 사람들이 보거나 찾는다.

요즘에는 문학의 한 장르로써 수필이 그 위상을 확고하게 굳히고 있다. 공식적으로 등단의 과정을 거친 수필가의 숫자가 시인들과 맞먹을 정도까지 왔다고 한다. 요즘에는 누구나 스마트폰 한 대씩은 가지고 있다. 그 스마트폰에 올라오는 글에 댓글을 다는 순간부터 작가로 돌변한다. 있는 상상력을 모조리 동원하는 작가와 별반 다르지 않다. 하지만 밤을 하얗게 지새우며 목적 있는 글을 쓰는 게 아니라 순간의 쾌감, 대리만족으로 스마트폰을 이용한다. 예술적 가치를 따지지도 책으로 만들 욕심도 내지 않는다. 그냥 안 읽고 안 쓰면 못 배기는 몸살을 앓는다. 이러한 사이버공간에 접속하는 불특정다수의 누리꾼들도 모두 잠재적 작가 혹은 독자이다. 이제는 글쓰기가 전문작가들의 전유물이 아니라 누구나 평등하게 참여하게 되었다. 그 중심에 '수필'이 있다.

"문학이 개인적인 노출증에서부터 출발하여 집단의 관음증을 충족시켜주는 것이라면 사이버스페이스야말로 가장 이상적인 예술 공간일 수 있다." 라고 했다. 스마트폰을 통한 온라인에서의 글쓰기는 전문적인 글쓰기를 사이버공간으로 끌어오는 계기가 되었다. 사이버공간에는 전문가도 있지만, 전문가가 아니더라도 자신에 관한 이야기를 쓰고 자신의 감정을 표출하는 데 주저함이 없다. 자유분방한 방법으로 욕구를 표출한다. 스마트폰은 이제 새로운 글쓰기 공간이며 무기가 됐다.

III. 자유로운 사이버공간에서 글쓰기

사이버공간에서 통용되는 글은 누구나 쉽게 이해할 수 있어야 한다. 그러한 글을 잘 쓰는 것도 능력이다. 사이버공간은 디지털 방식과 달리 0과 1, 있음과 없음의 반복이다. 자기 고백과 노출의 욕망을 표출하는 데 사이버공간만큼 널찍한 곳은 없다. 자유로운 영혼이 서식하기 가장 적합한 공간이 바로 사이버공간이다. 수필은 다른 장르와 비교하여 쓰는 방법이 자유롭다. 어떤 목적성을 갖지 않고 특정한 사상에 구속됨이 없어야 인간다운 참모습이 글에서 보인다.

"과거의 문학은 일종의 은유라는 장치를 통해 인생을 몹시 어렵게 해석했다. 어렵게 해석했다기보다는 해석이 쉽지 않도록 다양한 수법을 동원했다는 것이 맞을 것이다."

소설이 허구라면 수필은 시보다 더 진솔한 자기 고백이며 자신의 반영이다. '너' 보다는 '나', '우리' 보다도 '나'의 존재에 관해 이야기한다. 자신을 드러내는 데는 수필만 한 것이 없다. 그런데 시인이나 소설가는 수필을 얕잡아 보며 마음만 먹으면 자신들도 수필쯤이야 쓸 수 있다고 생각한다. 물론 누구나 가능하다. 이미 일반인들도 사이버공간에 생활과 밀접한 글을 써서 참여하고 있다. 그들의 글도 따지고 보면 시 같고 소설 같고 수필 같은 게 사실이다. 그들도 빈부귀천에 상관없이 자기만의 독특한 언어로 자신의 마음을 표현하고 있으니 작가나 다름없다.

IV. 생생한 현재형으로 부르는 이름이여

고통의 궁극에는 그 고통을 초월하는 변주가 있기 마련이다. 공자는 '궁즉통(窮則通)'이라 해서 궁하면 통한다고 했다. 역경이 닥치면 한판 붙으면 된다. 노자의 '허즉통(虛則通)이라 했다. 인생무상(人生無常), 공수래공수거(空手來空手去)이니 자신을 비우라 했다. 또한, 손자는 '변즉통(變則通)' 즉 시대의 흐름에 맞게 변화해나가야 통한다.

고통의 시간은 잘 견디면 더 단단한 힘으로 변한다. 공란식의 작품을 읽으면 아프다. 그 아픔을 주는 대상이 이 세상에 없어 더 아프다. 남의 사정이라고 위로하는 척하지는 마시라. 공란식의 수필은 고통스러운 이야기도 아프지 않게 다가온다.

다시 말하면 아픔이 이제는 단련되었다는 의미다. 모든 것은 궁극에 이르게 되면 통하고, 통하게 되면 또 변하게 마련이다.

인간에게 가장 큰 상처로 남는 게 배우자와의 '이별'이다. 특히 가족과의 이별은 시간이 흘러도 슬픈 기억으로 남아 시시때때로 나타난다. 희로애락을 함께하다가 떠난 사람에 대한 그리움은 바로 자신에 대한 그리움이다. 같은 삶으로 서로 소중했던 사이였기 때문이다. 공란식의 작품 세계에서는 그러한 인간의 생로병사, 어머니의 희생정신, 순리대로 사는 삶, 가난의 현장 등이 수시로 등장한다. 대부분 짧게 묘사되고 실제로 짧은 시간이었지만, 그러한 아픔을 잊는 방편으로 자연과 교감한다. 그러한 순간들이 짧아도 유효적절하게 잘 짜여 있다. 마치 시처럼 행간에 깊은 뜻을 은유적으로 묻어 두지도 않으며 느닷없이 자세한 설명을 생략하기도 한다. 그래서 사정을 알지 못하면 편안하게 읽게 된다. 상투적인 것은 과감하게 생략한 탓에 긴 작품은 1편이 50여 행도 되지만, 단 두 행으로 작품 1편을 완결했으니 무슨 긴말이 더 필요하랴.

공란식은 옛이야기도 생생한 현재형으로 호명하면서 구구절절 풀어낸다. 마치 일기를 쓰듯 스마트폰에 저장해 두었던 이 작품들은 더할 것도 뺄 것도 없다. 살아가는 일상을 소재로 삼은 참삶의 기록이다. 그 팍팍한 삶을 기록하는 그의 공란식의 언어는 시적이다. 감성을 일부러 절제하는 것이 아니다. 힘들었다거나 고단하다고 말하지 않는다. 예리하고 색다르게 표현하지도 세밀하고 꼼꼼하게 기록하려고 하지도 않는다. 보이는 대로 느낌 그대로 자동기술에 따른다. 슬프지만 아름다운 휘황찬란하게 꾸미지 않아 소박하고 익숙하다. 그래도 하고 싶은 말은 빠트리지 않고 정확하게 넣어 전달하고 있다. 이미 세파에 단련되었기에 세상사에 순응하며 살아남는 법을 잘 알고 있기 때문이다.

잠시 시내로 나와 아파트 생활도 했었지만, 지금은 고향 옛집터에 새로 지은 '기림재'에서 생활한다. 기림재는 아들의 화실이며 먼저 세상을 떠난 남편을 기리는 집이기도 하다. 마음이 외롭고 허전할 때는 자연 예찬의 글을 쓰며 마음을 다스린다. 자연과 교감하는 과정에서 스스로 마음도 정화된다. 자연과 더불어 호흡하는 사람은 오만하지 않아 자연의 순리에 맞추며 그 속에서 조화를 이룬다. 공란식은 시어머니와 남편을 잘 봉양하고 내조했다고 첫머리에 인용문을 통해 밝힌 바 있다. 그러한 심성은 가정뿐만 아니라 이웃으로 사회로 이어졌다. 뒤늦게 배운 노래 솜씨도 대단하다. 그 끼를 활용하여 약하고 어려운 사람들을 찾아가 봉사하며 노년의 아름다운 시간이 보내고 있다. 자신에게 주어진 삶을 긍정적으로 수용하고 과도한 욕심을 버리는 일이 행복의 지름길이라는 걸 배운 대로 실천으로 옮기고 있다.

공란식의 작품에는 평범한 일상사에 관한 이야기가 많다. 작품의 소재도 가정의 테두리에서 가족들의 이야기가 많이 나온다. 가정은 삶의 기본이며 배우는 학습의 장이 되기도 한다. 가정은 나의 정체성을 발견하는 타자가 아닌 나의 거울이기도 하다. 그중에서도 어머니의 위치는 자식들의 마음의 안식처이다. 어머니가 된 지금은 자식들에게 그러한 공간을 되고 있다. 가정을 벗어나 이웃과 친구 그리고 사회생활로 만나는 사람들, 공연이나 여행 등에서 듣고 보고 느낀 점 등등이 담담해도 진정성이 느껴지게 묘사되고 있다. 그런 와중에도 끊임없이 자기 성찰을 게을리하지 않는 부지런함도 엿보인다. 어지간해서는 감정에 휘둘리지 않으면서 가볍게 스냅사진 찍듯 담담하게 그려낸다. 아무리 찾아봐도 이해하기 힘든 낱말이나 문장도 없다. 있는 그대로 보고 느끼고 느낌이 안 온다면 그냥 넘어가면 된다. 그만큼 진실했고 열심히 살아왔기에 자신감이 넘친다.

V. 뜻을 전하는데 1,000 자 정도면 충분하다

필자는 10여 년 전인 2006년 1월 4일부터 다음 해 1월 말까지 6개월간 K 일간지 지상에 〈천자춘추〉에 필진으로 참여한 바 있다. 200자 원고지 5매 이내의 시사 칼럼으로 교육·문화 분야를 써달라는 요청이라서 이게 웬 떡이냐며 쾌히 응낙했었다. 격주로 나오고 A4용지 2/3 정도쯤 쓰는 게 뭐가 어렵겠냐 자신만만했다가 된통 애를 먹었던 적이 있다. 글은 짧건 길건

간에 막상 주어진 주제에 관해 쓰려면 어렵다. 그 약속을 지키느라 며칠씩 원고 쓰기에 매달리며 비지땀을 쏟았었다.

원고지 5매 내외의 분량으로 쓰는 '5매 수필'이란 용어가 있다. 2002년에 『월간문학』지 출신 수필가 모임인 '대표 에세이'의 당시 회장이던 윤주홍 수필가의 제안에 따라, 제15회 수필문학 세미나를 통해 처음으로 논의가 시작되었다. 정목일 수필가는 "오늘날에 '짧은 수필'을 지칭하는 보편적인 용어로 사용되고 있다"고 밝힌 바 있다. 그 이전에도 『수필과 비평』지는 2001년부터 장편(掌篇)수필을 기획하여 1년이 넘게 게재했고, 『새 천년 한국문인』지에서도 기획 특집으로 게재한바 있다.

오산시에서 멀지 않은 안성 출신의 윤재천 수필가는 2005년 '제1회 구름카페 문학상' 수상자로 이규태 칼럼니스트를, 2015년에는 '손바닥수필(掌隨筆)'을 처음 시도한 수필가 김용옥 수필가를 선정하기도 했다. 그 외에도 짧은 글을 공모하는 '손바닥 문학상'도 10여 년 이상 꾸준히 작가를 발굴하고 있다. 피천득 선생은 원고지 5매의 「오월」이라는 수필에서 인생을 살아가는 깊은 이야기를 담아냈다. 그렇다. 고정관념의 틀을 벗어던질 때가 됐다.

톡톡톡~, 오늘은 버스를 타고 이동하며 원고를 읽었다. 다들 피곤한 퇴근 시간 임에도 앞, 뒤, 옆에 사람들은 스마트폰 자판

을 요란하게 두드린다. 그런데 웬일인지 오늘은 그 소리가 정겹
다.

"누님! 감성 참 스마트하네요."

노마드, 영원한 푸른 하늘의 꿈

― 황제성 화백, 순환의 바람으로부터

청연 조은영 시집, 『노마드의 꿈』, 2017

지난여름 무더위는 가히 살인 적이었다. 밖에 나가기가 겁이 나고 안에 있자니 에어컨조차 순환의 바람으로부터 오는 거라서 영 못마땅했다. 도심이라면 그럭저럭 더위를 피할 데가 많겠지만, 시골도 요새는 많이 변했다. 골목까지 콘크리트로 땅을 덮어놓아 반사열이 장난

이 아니다. 중심가로 나가면 관공서나 은행에서 무슨 볼일이라도 있는 것처럼 행세하며 잠시 더위를 피해 보지만 아무래도 눈치가 보인다. 가장 좋은 곳은 역시 항온항습조가 가동되는 박물관이다. 필자는 우연한 기회에 2000년대 중반, 잠시나마 교육박물관 학예연구실장으로 발령받아 근무했었다. 세상 물정에 어둡고 뭐가 뭔지 모르든 때라서 그 완장(?)이 대단한 감투인 줄로 착각하고 겁 없이 쏘다녔다. 듣기 좋은 말로 벤치마킹한답시고 관장님을 대동하고 자주 출장(?) 갔던 곳이 미술관·박물관이다. 입장료 걱정은 안 해도 됐다. 겸사겸사 들렀

다면서 말을 걸고 명함을 건네면 아무 소리 안 해도 어느 틈에 커피 혹은 차가 자동으로 나왔다. 내 생에서 그 시절은 꽃피던 봄날이었다.

고백건대, 이 시집의 표지화로 흔쾌히 작품 사용을 허락하며 신예 청연 시인에게 진심 어린 격려를 아끼지 않은 황제성 화백은 필자와는 고교 동문이다. 그 당시에는 학년과 학과가 달라서 살갑게 교류는 못 했지만, 필자가 군대에서 휴가를 나왔을 때 미대에 진학했다는 소문은 얼핏 듣긴 했다. 필자도 고교 시절 특별활동은 미술부였던지라 미대에 다니는 동창이나 선배들과는 꾸준히 관심 두고 어울리며 그림에 대한 연줄을 끊지 않고 이어졌다. 그러다가 직장 따라 부산으로 이주하는 바람에 20여 년간은 소식이 끊겼다. 세월이 흘러 오늘날에 이르니, 황 화백은 국전에서 최고의 영예인 대상도 받았고, 인터넷 미술품 경매 사이트 포털아트에서 최고의 인기도 누리는 골든 아이(Golden Eye)로 성장했다. 불볕더위가 기승을 부리는 지난 무덥던 한여름에, 초대전이 있다 해서 직접 작품을 대할 기회도 있었다. 젊은 시절부터 귀공자 타입이었던 그의 작품을 대하니 범접할 수 없을 아우라(Aura)를 고급스럽게 뿜어내고 있었다.

줄기차게 끌고 온 주제인 〈순환의 바람으로부터〉는 지금도 황화백의 트레이드마크이자 변함없는 아이콘이다. 사진보다도 오히려 더 정확하고 실감 나는 그림이다. 색도 잘 쓰지만 붓질 솜씨 또한 예사롭지 않아 볼수록 눈을 의심케 한다. 관객들은 극사실주의 기법의 초현실적 상황에서 멈칫한다. 그러나 풍성한 스토리텔링에 이끌려 동화적 판타지 세계로 마법에 걸린 듯 어느 틈에 빠져든다. 한두 송이의 꽃으로 화면을 꽉 차게 그린 다음에 어디에서 데려왔는지 얼룩말, 사슴, 피노키오, 에디슨 축음기, 소파, 침대, 여행용 가방, 지프, 헬리콥터 등을 화면 안으로 툭툭 던져놓는다. 그것들은 마치 오랫동안 머물던 거처에 있는 것처럼 의젓하고 평화롭다. 털끝만큼도 어색하지 않게 하나로 융합된 이미지는 화면에 착 달라붙어 마치 유목민처럼 제자리를 잡는다. 일견 엉뚱해 보이는 사물들은 사진보다 더 사실적으로 편안한 표정이다. 황 화백의 열정과 에너지가 담긴 순환의 바람을 계속 불어 넣어주기 때문이리라. 딱 한 마디로 표현하자면, 그럴싸한 모임에 초대돼서 괜찮은 사람들과 어울리며 처음 맛본 고급음식처럼 어떤 말로도 표현할 수 없는 맛처럼 눈에 착 달라붙는 그런 느낌이다.

― 시와 그림에 생명의 날개를 달다

감성시를 즐겨 쓰는 청연(青演) 조은영 시인은 주부이다. 전업으로 글을 쓰다가 2014년, 설중매 문학상 공모전에 '사랑앓이' 외 2편이 당선되면서 공식 데뷔했다. 이미 2003년 실화를 바탕으로 쓴 MBC 월화드라마 「내 인생의 콩깍지」전, 후편 중 전편의 실 집필자로 필력을 인정받은 바 있으며, 올해 초, 첫 시집 『사랑비가 내린 후에』를 출간하면서 인터넷을 통해 많은 독자도 확보했다. 그에 힘입어 연달아 2집을 출간한 것이다. 그외에도 또 시집 1권 분량의 시가 보관돼 있을 정도로 왕성한 창작력을 발휘하고 있다.

청연이 첫머리 '시인의 말'에서도 밝히고 있듯이 황제성 화백의 그림에서 좋은 주제와 소재를 얻었다. 시와 그림으로 사물을 바라보는 눈이 같았다는 당돌한 생각으로 그림을 감상하면서 시로 바꾸었다. 40년 이상 외길을 걸어온 화가와 감수성 풍부한 40대의 감성 시인이 만나 펼쳐지는 시와 그림의 세계에서 필자도 함께 어울려 신바람 나는 재간을 발휘해 해설을 쓸 기회가 왔다. 70여 편의 시를 어마어마하게 총 10부로 나눴다. 맨 앞으로 내세운 시 〈생명의 날개를 달아〉부터 빼 읽었다.

다시 태어나면
정착하지 못한 그들에게
나만의 세계를 보여주고 싶다
소중한 것은 무엇이든
바람은 왜 부는 것인지

걷지 않고 자동차를 타고
잔디 위보다

소파에 앉는 걸 좋아하는지

— <생명의 날개를 달아> 부분

첫 작품부터 예사롭지 않다. 황 화백의 그림을 완전히 꿰고 있다. 황 화백의 〈순환의 바람으로부터〉 1번은 초록의 이파리를 틔우는 생명의 신비를 다룬 청색계열의 극사실 작품이었다. 지금처럼 환상적이거나 초현실적이지는 않았다. 고목의 보굿을 뚫고 나오는 생명의 신비를 담담하게 묘사했을 뿐이다. 그렇다. 청연이 바로 보았다. 황 화백은 노마드를 통해 희망의 메시지를 그렸다. 청연은 황 화백의 그림에서 '살아 있는 생명에 날개를 달아 / 숨 쉬고 노래하는 것들을 느꼈던 모양이다. 그래서 '살아있다는 것은 / 정말이지 감사한 일'이라며 황 화백과 줄탁동시(啐啄同時)하게 됐다. 그야말로 청연(병아리)은 깨달음을 향하여 앞으로 나아가는 수행자요, 황 화백(어미 닭)은 청연에게 깨우침의 방법을 일러준 준 스승이 된 셈이다. 표지화가 된 두 번째 시에는 그러한 진심 어린 격려에 감사하는 마음을 듬뿍 담았다. 이처럼 사랑은 세상을 돌리는 강력한 동력으로 빛을 발한다.

— 꿈은 우물에서 두레박으로 끌어올린 찬물

청연은 긍정적이면서도 매우 도발적인 성격의 소유자이다. 카톡으로 대화를 나누다 보면 거침없이 자신의 할 말을 쏟아낸다. 어떨 때는 내가 할 말도 잊고 멍때리고 있어도 공격은 멈추지 않는다. 대부분 그 정도가 되면 어지간한 사람은 녹다운된다. 하지만 필자도 산전수전 공중전까지 거치면서 험한 세상과 맞짱 떠 굳은살로 온몸이 무장된 상태. 끝날 때까지 참고 참았다가 단답형 답변을 보내면 이내 자신의 잘잘못을 가려내고 즉시 바로잡을 줄도 아는 지혜와 긍정 마인드도 청연은 겸비했다. 시인으로 살아온 날들을 뒤돌아보면 결국 남아있는 것은 후회와 허망함이 앙금처럼 바닥으로 가라앉아 굳는 것도 훤히 보인다. 예술은 그것마저도 소재로 삼아 쪼아내는 고도의 테크닉을 요구하는 장르이다. 상처를 치유할 당찬 의지가 없다면 애초부터 접근하지 말아야 할 불가침 지역이다. 때로는 상처 입은 다른 이들도 구제한다고는 하지만, 그럴 만큼 여유를 부릴 작가는 영 콤마 영영 퍼센트 정도밖에는 세상에 존재하지 않는다. 각설하고, 중간 후반으로 훌쩍 뛰어넘어 제6부에 수록된 작품으로 넘어간다. 역시 꿈을 찾는 중이었다. 행간을 널찍하게 한 칸씩 띄워서 흥분을 가라앉히며 조심조심 숨 고르기 중이다.

불어온다

스며든다

바람이 꽃들에 스쳐 가는 건

당연한 일이겠지만

내가 바람을 나의 이상과

닮았음을 주장하는 단 한 가지 이유는

바람의 순환으로부터 시작되었기 때문이다

네 생각이야 어떻든 말이다

서로 사랑하듯이.

— <꿈을 찾아서> 전문

그림은 씨줄과 날줄로 엮인 화폭에서 원하는 생명이 살아 숨 쉴 때까지 칠하고 또 칠하고 때로는 다시 긁어낸 후 덧칠하는 고된 육체노동 끝에 세상 밖으로 나온다. 시 또한 그 과정이 다르지 않다. 시인은 밑도 끝도 없는 허공에 그물을 치고 희망을 낚는다. 시인은 온 세상 고통과 불안과 번민까지도 혼자 짊어진 채 천형의 고행길을 자처하기도 한다. 그림은 보는 시각이나 그때그때의 기분에 따라 느낌이 달라 보일 수 있지만, 시는 성문화된 글자라서 빼도 박도 못한다. 그러나 시를 다른 감정으로 바꾸려면 단어 몇 개를 빼 위로 아래로 옮겨도 되는 장점도 있다. 하지만 그림은 아예 다 지워버리고 다시 처음부터 시작해야 한다. 우리네 삶도 마찬가지다. 그런데도 황 화백의 그림에서 비밀코드를 찾아내 푸는 청연의 시도가 참으로 대견하다. 둘이서 많은 이야기를 주고받은 사이가 결코 아니다. 그런데도 경이롭고 매혹적이고 세련되고 다양한 감동을 깊은 우물에서 두레박으로 찬물을 끌어올리듯 계속 퍼내고 있다. 둘 다 탄탄한 묘사력으로 맘껏 상상의 나래를 펼치면서 적절하게 순환의 바람을 불어넣는다면 그 생명력이 한층 더 오래도록 사람들의 가슴속에서 살아남을 것이다.

— 시여! 그림이여! 영원무궁 빛날진저

청연의 시를 평범한 감성시로 대하면서 읽는다면 실패한 읽기다. 모스부호와 같이 툭툭 건드리는 암호를 판독할 능력이 없다면 잘못 읽거나 끝내 읽어낼 수가 없다. 이번 시집의 시들도 감성으로 위장한 채 철저하게 알레고리(allegory)를 주입한다. 시편마다 귀한 말씀(?)들이 몽둥이로 변해 느닷없이 후려친다. 평범한 소재들도 황 화백이나 청연의 손아귀에 잡히면 색달라진다. 자신들의 화두를 요리조리 끌고 다니면서 신나게 한바탕 즐기시라. 시를 그림으로 그려내고 그림을 시로 풀어

낸 경우가 없었던 건 아니다. 하지만 시 같은 그림, 그림 같은 시의 만남이란 쉽지 않다. 작품 속에는 작가가 미처 하지 못한 혹은 일부러 감춰둔 이야기가 장편 소설만큼이나 과감하게 생략되기도 하기 때문이다.

애초에 넘겨받았던 원고가 갑자기 바뀌는 황당한 사건도 발생했었다. 먼젓번 원고는 잠시 보류하란다. 이 원고부터 시집으로 내야겠단다. 왜냐고 물으니, 갑자기 황 화백의 그림에 필이 꽂혔단다. 털끝만큼도 딴 맘은 없다고 했다. 더 놀라운 사실은 70여 편을 불과 열흘 만에 탈고했단다. 필자도 예상하지 못했던 대반전이다. 아무리 생각해 봐도 불가사의한 기적이다. 감수성이 예민한 것은 이미 감지했지만 이처럼 단숨에 호쾌하게 써낼 줄은 미처 몰랐다. 그림과 시가 만나서 떠도는 사랑 이야기가 결코 아니다. 더는 방황하지 않고 안정된 보금자리를 찾아 오래도록 정착하고픈 '노마드의 꿈'을 보여주고 있다.

마지막 제10부, 〈명리(名利)〉에 '감동과 희망을 남기고 싶'었던 청연의 진술한 고백이 담겼다. 도대체 '명리'가 뭔지 국어사전을 넘겼다. '세상에서 얻은 명성과 이득'이라고 풀이돼 있다. 그렇다면, 명성과 이득을 챙기려고? 그게 아니라 했는데…. 그 밑에 2번 항으로 '하늘에서 부여한 운명과 자연의 법칙'이라는 또 하나의 해석이 있다. 아뿔싸! 괜히 청연의 속마음을 의심했다는 생각을 급히 거둬들이며 시치미 뚝 뗐다. 그런 필자의 표정을 상상해 보시라. 〈명리〉 다음에 있는 이 시집의 맨 마지막 시 〈시인(詩人)과 화가(畵家)〉에서 청연은 '시인은 시로 그림을 그려가고/ 화가는 그림으로 시를 쓴다'고 말한다. 그래서 글이나 그림이나 '모든 대상의 속성을 꿰뚫어 보는 능력은 같다'는 결론까지 끌어내고 있다.

E.H 곰브리치는 "화가가 의문을 갖고 탐구하는 것은 물리적 세계로서의 자연이 아니라 우리가 반응하는 것으로서의 자연이다."라고 말했다. 그렇다. 아무런 생각도 없이 있는 그대로의 풍경을 베낀 그림이라면 거기에서 어떤 의미나 사상을 찾아야 할 이유가 없다. 시 또한 마찬가지다. 한 편의 시는 활자화된 글자가 전부가 아니다. 그 시를 쓴 시인의 말을 읽는 게 아니라 그 시인의 시가 말하는 농축된 철학적 사유를 찾아내는 읽기라야 올바른 읽기가 된다. 니체(Friedrich Nietzsche)도 "글을 쓰려면 피로 써라. (…) 다른 사람의 피를 이해하기란 쉽지 않다. 그래서 나는 게으름을 피우며 책을 읽는 자를 미워한다."라고 말했다.

'노마드(nomad)'하면 가장 먼저 떠오르는 이가 있다. 800여 년 전에 몽골에서 유라시아까지 동서를 잇는 실크로드 시대를 열던 역사상 가장 위대한 정복자, 알렉산더 대왕보다도 더 많은 땅을 차지했던 초원의 황제 칭기즈 칸이다. 그의 기백은 20세기가 끝날 때까지는 동양인이라는 편견으로 주목받지 못했다. 그러나 칭기즈 칸은 뒤늦게 부활했다. 요즘 사람들은 직장을 따라 이동하는 게 일상이 됐다. 결국, 누구나 부유하다면 즐기려고, 가난하다면 살아남기 위해 노마드가 될 수밖에 없는 세상으로 탈바꿈됐다. 세계 초일류 기업으로 성장한 S기업에서도 생존을 위한 노마드 전략을 필수로 경영에 접목해서 효과를 많이 봤다고 한다. 영원한 푸른 하늘을 꿈꾸는 칭기즈 칸이여! 시여! 그림이여! 영원무궁 빛날진저.

삶과 소통하며 길을 만나다

— 우리 민족의 고유한 심성, 시조(時調)

글길문학 43집, 2016년, 도서출판 시인
−신준희 시인의 시 세계

시조는 우리 민족의 고유한 심성을 '3장 6구 12음보'의 음보율에 담은 정형시다. 기존의 '45자 내외의 음수율'이라는 정의가 합리적이지 못해 음보율로 정의한 것이다. 자수나 일정한 틀에 얽매이지 않았다면 자유시가 된다. 시조의 매력은 여백의 미학을 말하기도 하지만 역시 절제와 응축에 그 묘미가 있다.

헤밍웨이가 한쪽 다리를 들고 서서 글을 쓰는 것을 친구가 목격하고 그 이유를 물었다. 그러자 헤밍웨이 왈,

"앉아서 쓰면 아주 편안하네. 그러나 써 놓은 글을 보면 문장을 길고 지저분하네. 한쪽 다리로 서서 글을 쓰면 힘드니까 간결하게 쓰게 되네."

헤밍웨이의 문장이 군더더기 없이 간결하고 아름다운 이유를 알 수 있는 대화이다.

시를 이해하기 위해 설명과 분석이 필요하겠지만, 그것 또한, 무의미하다. 시인의 내면에 들어가 보지 못했으면서 시적 이미지의 선입견으로 왈가왈부하다가는 오진의 확률이 높을 수밖에 없다.

산산이 깨진 술병
퉁퉁 불은 빈 담뱃갑
부러진 불꽃막대 그 누가 사랑했나
모래 위 그려 둔 하트
바람에 뒹굽니다

물거품이 쓸어가서
도로 뱉고 달아나는
지우고 덧칠하고 내려놓은 저 울음을
구멍 난 까만 비닐봉지
곰피처럼 떠는데

갈매기 허기진 눈
핏빛 노을 넘는 저녁
섬 하나 번쩍 들고도 못 버린 티끌 있었나

붉은 해 지었다 허무는

파도소리 높습니다.

— 「사근진 바다모텔」 전문

시의 소재는 자아의 대리인이다. 「사근진 바다모텔」에서 소
재로 차용된 '깨진 술병', '반 담뱃값', '부러진 불꽃막대' 들
은 삶의 모습들이다. 누군가를, 무엇인가를 대신해서 울어줄
수 있는 마음은 시인만이 지닌 타고난 품성이다. 각박을 선택
한 현대인들에게 시가 주어야 할 것은 또 다른 각박이 아니다.
정신을 놓아버린 채 더 세고 더 현란하고 더 파편화된 감각과
감정을 전달하려 애써도 시가 되지 않는다. "바람에 뒹굴고,
곰피처럼 떠는", '티끌'이라서 "붉은 해 지었다 허무는 파도소
리 높은" 소리 없는 함성이다.

추락한 바닥에서 뼈대만 겨우 남아
마침내 경매로 넘어간 2003호 빈 둥지
가슴 속 시린 별자리
무릎 꺾는 벽이 있다

이름 모를 풀꽃 앞에 가만히 앉고 싶은 봄
고래실업 익스프레스 사다리차 올라간다
불황을 거슬러 오른
저 아득한 경사각

한 치 앞 안 보여도 맨몸으로 밤을 건너

저 혼자 고치를 벗고 날아든 햇살처럼

말없이 사표 낸 딸이

담을 돌아오는데

바람에 넘어질 때마다 눈물은 더 단단해져

잘라도 다시 움트는 욕망을 복제하며

외줄기 서늘한 목숨

초록 물결 뒤덮는다.

— 「담쟁이 DNA」 전문

세상이 참으로 묘하게 돌아간다. 누군가가 곁에서 쓰러져도 관심도 없다. 그저 무표정하게 지켜볼 뿐이다. 여기에서 '지켜본다'는 것은 '지켜준다'는 것이 아니다. 관심조차 두지 않는다는 뜻으로 해석해도 무방하다.

이처럼 눈물까지 메마른 세상이다. 여전히 눈물샘은 자극받지만 웬만한 감동에는 꿈쩍도 하지 않는다. 어쩌다 보여야 할 가공의 눈물이라도 펑펑 쏟아야 한다. 설령 흘리는 한줄기 눈물이 과거 자신의 자격지심에서 나올지라도 한 번쯤 함께 울어주어야 한다. 살벌했던 기억들이 지워질 리 없겠지만 슬픔이 슬픔을 넘어서 세상의 근심과 걱정까지도 모두 쓸려가도록 펑펑 눈물을 흘리는 시인이 되어야 한다.

─ 자신의 아픔을 함께 공유하며 치유

집 한 채 마련하기 어려운 세상이지만, 그래도 시인은 '시집' 몇 채씩 갖고 있지 아니 한가? 집은 더불어 사는 세상살이의 최소 공간일 뿐이다. 크다고 작다고 좋을 것도 나쁠 것도 없다. 제대로 된 집이라야 한다는 말이다. 집이 흔들리면(물론 시집도 그러하지만) 사회와 국가와 인류까지도 불안하게 만든다.

우리는 너무 오랫동안 안일한 수평에 길들어 왔다. 이젠 고통스럽더라도 수직으로 설 때이다. 쫓겨나는 경사각이 아닌 '불황을 거슬러 오른' 희망찬 미래를 향한 그런 튼실한 수직으로 서야 한다. 그런데 이 시에서는 이미 집이 '넘어' 간 상황이다. 담쟁이처럼 세상의 높은 벽에 매달려 아등바등 살던 딸도 '사표'를 내고 돌아온다. 늘 현실은 우리에게 노예의 삶을 요구한다. 메마른 세상에서 눈물은 '초록 물결 뒤덮'지만 그것으로는 감성의 씨앗이 움트지 않는다. 잘린 줄기에서 새 마디가 움트듯 끝을 또 다른 많고 많은 시작을 예고하는데, 절망한다. 그게 문제다.

요즘 시에 질린 사람들이 많다. 독자들뿐 아니라 전문 그룹인 일명 등단 시인들조차 시가 질린다고 한다. 이미지를 뒤틀어서 기괴한 연상을 꾀하거나, 난삽한 서사를 끌어들여 공상에 가까운 엽기적으로 바꾸어 놓았으니 쉽게 이해되면 그게 이상한 일이다. 물론, 이와 같은 시적 경향을 탓할 수만은 없다. 시 창작은 언제나 기존 질서를 전복함으로써 새롭게 태어나고 그 가치를 평가받아야 한 편의 작품이기 때문이다.

누군들 그걸 모르나, 안 되니까 못 쓰는 거지. 맞다. 잘 안 되었으니 잘 안 읽힐 뿐이다. 현실 세계를 부정하고 억지로 꾸민 시는 감동이 오지 않는다. 하지만 신준희의 시는 거창한 담론이나 관념을 쫓아가지 않는다.

시의 기반이 '생활' 속에 있다. 자신의 삶에 깃들어 있는 아픔을 많은 사람과 공유하면서 치유과정에 동참한다.

최근 문학판에 정신 놓아버린 시인들이 부쩍 많아졌다는 소리가 있어 흰소리가 절로 나온다. 평생을 비굴하게 살겠다고 선언한 이른바 등단 시인들이 많아지면서 사달이 났다. 초반에는 공력을 다하더니 갑자기(등단 이후) 별것도 아닌 말장난으로 시입네! 행세하는 자들이 많아지기 때문이다. 혼잣말로 치부될지라도 '제발 시인처럼 시인답게 시를 쓰라'는 말을 이렇게밖에 표현하지 못하는 필력이 원망스럽다.

햇귀의 푸른 피톨 깊은 정적 깨트린다
파룻한 어린잎이 날숨을 가다듬는
비비추, 네 몸을 열면
소용돌이치는 물살
맑은 피가 꿈이 되는 비바람에 흔들린다.

불현 듯 손등에 젖어 웅크린 눈물방울

차갑게 그린 괄호엔

오돌진 꽃대궁 하나

의자에서 밀려나와 아직껏 집을 못 찾고

인적 뜸한 밤거리, 길모퉁이 주저앉아

무두정(無頭釘) 별빛을 안고

입을 다문 친구여

언제쯤 끝이 보일까 수백 통 써낸 이력서

아물기를 마다하며 부르튼 맨발의 길

비비추, 하늘 모서리

주줄이 꽃등 환히 단다.

—「비비추 이력서」 전문

  사람이 사람과 더불어 사는 게 쉽지 않다. 소통 부재의 현실이 설치해 놓은 덫이 곳곳에 널려 있다. 언제부턴가 위기감도 사라졌다. 나이 탓인가, 현실에 순응하면서 체념과 포기와 긍정의 욕망이 두드러진다. 위기에 살고 있는데, 정작 위기를 위기로 인식하지 못한다. 아니 좀 더 정직하게 말하면 위기를, 피하려는, 마음 한구석에 똬리를 튼 망상(妄想)이다. 일체의 다른 생각들은 밀쳐내야 한다. 희망만을 '주줄이 꽃등'처럼 사방에 달아야 한다. 환해져야 하는데, 환한 등처럼 인생도 불이 켜지듯 꽃처럼 펴야 하는데 삶은 왜 이리 고달프기만 한 것인가.

특,

탁,

목 잘린 잎

갈대

저리

속삭속삭

떼 지어 몰려가는

넥타이 점심 부대

하,

詩 팔

마누라가 올 때

두부 한 모 사오래잖아.

— 「소리로 오는 가을」 전문

'두부 한 모 사오라' 던 그 말이 강한 연민으로 다가온다. 언어유희로 딴전을 부린 재치가 돋보인다. 세상천지의 사람살이가 다 이럴 것이다. 심안(心眼)의 눈뜸이다. 이렇게라도 세상을 살면서 마음에 쌓인 묵은 찌꺼기를 왈칵 토해내야 한다. 표현방식이 너무 획기적이라서 낯설다. 하지만 말투는 억세도 사뭇 다정하고 나긋나긋하다. 찬찬하게 감정을 다독거리는 품새가 대견하다. 마치 서로가 서로에게 물들 듯이 그렇게, '시(詩)

팔'이라고 외친 용기가 가상하다. 사실 우리 시인은 모두 '시팔 놈(者)'들 아니던가. 희망도 없을 세상과 대결하기보다는 이처럼 후련하게 욕 찌꺼기를 내뱉는 것은 아무나 하지 못하는 시인만의 특권이다.

삶과 소통하는 일은 문학창작을 하는 시인에게 주어진 평생 학습 과제이다. 어떤 방식으로 시를 재현하느냐에 따라서 그 소통 양상도 달라진다.

— 새 시대에 걸맞는 새로운 모습으로 다시 태어나

신준희 시인은 '시조시인'이다. 지난번에 시조 전문지 『열린시학』에서 작품상도 받았다. 시조는 앞에서도 말했지만, 정형의 틀을 통해서 사유를 재현하는 장르이다. 아시다시피 시조는 시대를 읽어내는 시절가(時節歌)에서 출발했다. 현대시조이지만 현실미학이 살아있지 않는다면 일반적 자유시로 봐야한다. 시조를 군이 그렇게 쓸 이유가 없기 때문이다.

1.
감은 눈 흔들고 가는 홑겹의 바람 소리
얼음 녹아 흘러들어 물빛 더 흰 윤삼월에
어딜까,
물길 닿는 곳

등이 시린 섬 하나

2.

발 저린 긴긴 밤을 손톱으로 긁어내고
환한 볕 두어 모금 마른 입술 축인 뒷날
동여맨 마법이 풀린 듯
푸른 눈,
반짝 뜨는

3.

되감긴 필름인 듯 마중 나온 저 정거장
몇 번 거푸 갈아타야 내 볕에 내리려나
궤도 속,
스크린도어
물의 은유 열린다.

― 「한티역 7번 출구의 봄」 전문

마치 두 개의 다른 세계 사는 것처럼 달라져 버린 세상에서
길을 잃어버렸다. 반복되는 절망감은 환승역에서 '물의 은유'
로 열리는 '궤도 속 스크린 도어'로 환치된다.

앨빈 커넌은 『문학의 죽음』에서 "문학이 스스로 중요성을
주장하고 인정받기 위해서는 새 시대에 걸맞은 새로운 모습으

로 다시 태어나야만 한다'고 했다. 시는 현실 속에 있다. 그 현실은 그 세계를 사는 사람들의 터전이다. 시가 놓여 있는 현실은 그 시대를 사는 사람들의 정신세계도 함께 맞물려 돌아간다. 그래서 눈에 보이는 현실을 제대로 묘사하지 못한 시는 시도 아니다.

귀 떨어진 잔별 나려
마름풀로 뜨는 우포
밑바다 맨얼굴을 숨가쁘게 감추지만
옆으로 게걸은 치다 서성이는 물안개

오목하니 쟁인 시간
수궁의 문 들어가면
눈 덮인 제방길이 긴 탯줄로 숨을 쉰다
쇠물닭 힘찬 물질소리에 깡마른 목선은 뜨고

아스라한 저 끝까지
도착할 수 있을까
갑옷 속 날 선 가시 자신을 겨냥하여
제 살갗 물어뜯고서야 점화되는 꽃뇌관

— 「가시연꽃」 전문

이 작품에서는 삶의 고통스러운 모습이 꽃을 피는 과정으로 포착하고 있다. 살을 비비며 살면서 겪는 애환과 고통, 우리네 삶도 역시 꽃을 피우고 싶은 욕망이 있는 것이다. 지금은 지리산으로 삶의 터전을 옮긴 '내 인생 활짝 피자'는 후배의 피자 가게 구호처럼 누구나 인생을 꽃처럼 활짝 피우고 싶은 것이다.

현실을 이겨낸 상황에서 벗어나 안정에 이르렀을 때 비로소 꽃이 핀다.

삶과 존재라는 관점으로 보면 시간의 흐름에 놓이지 않는 삶은 없다. 따라서 시간의 흐름에 따르지 않는 삶은 없다. 꽃이 피는 것도 우연이 아니다. '제 살갗을 물어뜯고서야 점화되는 꽃뇌관'처럼 고통으로 담금질 되었다가 터지는 게 바로 '꽃 핌'이다. 그런 고통을 거쳐야 비로소 아름다운 꽃으로 환생하듯 시 창작 또한 다를 바 없다.

이 작품은 시가 궁극적으로 어디로 귀결되는지를 잘 보여준다. 시인의 깨달음은 '아스라한 저 끝까지' 가기 위해서 자신의 삶에 대한 성찰과 의지를 '가시연꽃'에 담았다. 아침이면 모든 사물은 비로소 눈을 뜬다. 침묵은 때로 소리보다 무겁다. 착 가라앉은 침묵은 '쇠물닭 힘찬 물질 소리'로 천지를 제압한다. 대게 기겁하게 놀라는 것은 침묵 속에서 무언가 갑자기 튀어나올 때이다. '깡마른 목선'이 뜨는 정경이 바로 그것이다.

이 시의 소재가 된 '가시연꽃'은 깊은 고요 속에 자리 잡은 삶의 잠행이다. 그 삶이 강력한 생명력과 꿈에 의해 움직이는 세계로 뿌리내리고 있음은 시인이 지향하는 꽃핌과 잘 연계된 수작이다.

　　허옇게 질린 낯빛 찢어질 듯 얄팍한 달

　　사늘한 하늘 밑에 간신히 붙어 있는 불안한 기억,
　　구름장 덩어리 속으로 황급히 몸을 감추자
　　구렁이 허물처럼 후줄근한 골목에서
　　노숙 중인 바람이 한숨같이 나오는
　　밤, 하늘에도 남모르게 지울 일이 있었는지
　　눈감고 사정없이 지운다
　　마구 뭉개지는 낡은 칠판…
　　분필가루같이 보오얗게 눈발이 날아왔다
　　누군가 불규칙하게 방전하는 추억인 양

　　　　　　　　　　　　　　　　　　　　—「보충수업」 전문

　'영악한 시는 길을 정해놓고 가고, 좋은 시는 길을 만들면서 간다'고 했다. 「보충수업」은 다른 몇 편의 시들과 함께 흐름에서 변화가 생기며 전환지점을 넘어섰다. 시간 속에 세들어 사는 인간의 존재, 약자들을 향한 시인의 연민이며 사람의 시적 태도는 뭇사람들의 고통스러운 삶과 현실을 달래주고 치유해주기에 충분하다. 모쪼록 구체적 현실의 세계를 보다 융숭 깊은 사유로 관통하는 시편들이 줄줄이 탄생하기를 간절히 기대한다.

인간이 죄를 지음으로써 부과되었다는 노동의 형벌을 이 시에서는 '노숙 중인 바람'으로 표현했다. 억압하기와 억압당하기라는 욕망의 뒤틀린 시 창작의 싸움터에서 '풍찬노숙(風餐露宿)'도 능히 이겨낼 신준희 시인의 저력을 믿는다. 영원무궁 건필하시라.

생활 속에서 찾아낸 생각의 진솔한 기록들

— 시는 참삶의 기록

글을, 특히 시를 짓는다는 것은 자신의 존재에 대한 물음으

양길순 시집 꽃의 연대기 2012년

로부터 출발하기 때문에 내면의 고통 없이는 제대로 써지지 않는다. 더구나 시詩 짓기는 자신이 하고 싶은 말을 짧으면서도 독창성 있게 예술 감각까지 살려야 하는 고급스러운 문장(文章)이므로 만만치 않은 작업이다. 문장은 단순한 기호의 나열이 아니라, 그 사람의 인격을 담고 욕망을 충족시켜 줄 뿐만 아니라 그 시대를 반영하므로 세상 밖으로 발표되면 다른 사람들에게 그 영향을 미치기도 한다.

'난 평범한 주부니까 생활주변에서 보고 듣고 느낀 것을 진실하게 기록하면 되지 않겠느냐?' 하겠지만, 그것은 분명히 신문이나 잡지의 가십만도 못할 것이 뻔이다. 그래서 시인은 단어부터 신경 써서 잘 고르려 애쓴다. 그리고 그것들을 골고루

잘 버무려서 어떻게 맛깔스러운 문장으로 만들 것이냐 하며 깊은 생각으로 밤새워 고뇌한다. 온갖 미사여구(美辭麗句)를 동원하여 요란스럽게 치장하고 아무리 길게 쓴 장편 시라고 해도 그것을 읽은 사람들의 피부에 와 닿는 느낌이나 감동으로 전달되지 않았다면 문장 축에도 못 가는 '죽은 글〔死文사문〕' 일 뿐이다.

예로부터 많은 지식인은 '시란 과연 무엇이냐?' 하는 물음에 여러 가지 답을 내놓았다. 호라티우스는 '시는 아름답기만 해서는 모자란다. 사람의 마음을 뒤흔들 필요가 있고, 읽는 이의 영혼을 뜻대로 이끌어 나가야 한다' 고 했고, 백거이(白居易)는 '시는 정을 뿌리에 두고, 말〔言語언어〕로 싹을 틔우며, 소리〔音律음율〕로 꽃을 피우고, 의미(意味)를 열매로 한다' 고 했다. 필자는 지금까지 '시는 참삶의 기록'이라고 굳게 믿고 있었다. 그런데 지난달 말경(2012. 2. 27) 황현산은 모 일간지와의 인터뷰에서 '시는 번역(飜譯) 예술'이라고 말했다. 즉 '일상의 말을 뒤집어(飜번), 시의 말로 풀이하는(譯역)게 시인의 일'이라는 것이다. 또한, 시는 '말 저편에 있는 말을 지금 이 시간의 말 속으로 끌어당기는 계기가 되고 일상 언어의 경계를 허물 때 시적 상태가 시작된다' 고 했다.

필자도 요즘엔 황현산 교수의 말씀에 공감하고 있다. 이러한 맥락에서 이 시집의 저자인 양길순 시인이 첫 시집에서 〈끌어

내린 하늘 호수에 잠긴 날〉부터 끌어당겨 읽어 보고 시작하자.

> 끌어내린 하늘 호수에 잠긴 날
>
> 설익은
>
> 홍시 한 알
>
> 자꾸 보채며
>
> 아우성일 때
>
> 눈 시린 햇살 호수에서 빈 하늘로
>
> 튕겨
>
> 날아오른다.

— <끌어내린 하늘 호수에 잠긴 날> 전문

위의 작품에서 시인은 '끌어내린 하늘 호수에 잠긴 날'이라면서 시작(詩作)을 시작(始作)하고 있다. 도무지 우리가 상상조차 할 수도 인간의 능력으로서는 불가능한 엄청난 말을 아무렇지도 않게 쓰고 있다. 이처럼 다른 작품들도 다소 엉뚱해 보이면서도 비유와 은유 그리고 상징들이 적절하게 자리 잡고 있다. 그래서 다소 어렵게 읽히지만 고리타분해지는 않다. 이 작품에서도 뜬금없이 '설익은 /홍시 한 알 /자꾸 보채며 /아우성일 때' 빈 하늘로 튕겨 날아오르는 햇살을 그 '호수'에서 보았다고까지 하는 대목에서는 깜짝 놀라지 않을 수 없다.

〈끌어내린 하늘 호수에 잠긴 날〉은 〈가을 백서〉라는 부제까지 달고 있다. 그야말로 호숫가에서 본 가을 풍경을 한 폭 비단 위에 일필휘지(一筆揮之)로 휘갈긴 채색 한국화처럼 시원스럽게 그려냈다. 비록 8행으로 호흡은 짧은 작품이지만, 문단에 들어와 활동한 지 20여 년의 저력이 엿보여 믿음직하다.

그동안 많은 작가가 '호수'를 소재로 삼아 작품을 써 발표했다. 그중 필자가 애송하는 정지용 시인의 〈호수 1〉을 보자.

얼굴 하나야

손바닥 둘로

폭 가리지만,

보고픈 마음

호수만 하니

눈 감을 밖에

— 정지용, 〈호수 1〉 전문

이 시를 애송시로 삼게 된 이유는 보고 싶은 얼굴은 두 손바닥으로 가릴 수 있지만, 그 마음이 '호수만 하다'라며 절절하게 표현했기 때문이다. 우리도 살아가면서 만남과 헤어짐을 경험하지만, 그 순간을 슬기롭게 극복하면서 한 단계씩 더 성숙해지는 것이다.

시 짓기는 산문과 달리 단어를 경제적으로 활용하면서 다른 사물에 빗대어 표현해야 한다. 글을 무조건 짧게 하라는 게 아니라 압축된 언어로 표현해 보라는 뜻이다. 필자는 문청(文靑)들 앞에서 강의할 때 작가의 문장은 〈최소의 단어로, 최대의 효과)가 나야 한다며 늘 힘주어 말했다.

위의 시는 다섯 글자씩 6행을 2연으로 나눠 읽는 맛을 살린 하나의 문장이나 다름없다. 2연의 '보고픈 마음'은 '보고 싶은 마음'이 올바르고, '눈 감을 수밖에'에서는 '눈 감을밖에'라고 '수' 자를 빼 다섯 글자로 맞춰 운율을 살리고 있다. 이처럼 문법적으로는 당연히 어긋나지만, 시에서만큼은 허용되는 것을 '시적 허용'이라고 한다.

― 겨울이 되어야 진짜 나무를 볼 수 있다

저물녘
시린 손 호주머니에 살며시 넣고
고개 들어 우연히
노을 보았다

어느새
은빛 십자가 위로
유유히
비행하고 있는 새떼

개천가 징검다리 건널 때
고삐 풀린 물줄기 용트림하는

이제는

입춘이다.

— <입춘> 전문

해가 바뀌고 입춘쯤 되면 누구나 마음부터 바빠지게 된다. 옛날 농촌에서는 입춘 날에 어르신들이 '입춘대길(立春大吉)'이라고 붓글씨로 써서 대문이나 대청마루 기둥에 붙였다. 겨울이 끝나고 새봄이 되었으니 슬슬 농사 준비를 서두르자는 뜻이 담겨있고, 올해도 만사가 형통하게 해주십사는 염원도 곁들여 있다. 하지만 입춘 무렵에는 오는 봄을 시샘하는 꽃샘추위가 만만치 않다. '입춘 추위 김장독 깬다'는 말도 있으니 말이다. 그러한 입춘 날 해가 질 무렵에 시인은 산책하기 위해 샛강에 나갔다가 우연히 저녁놀을 보게 된다. 금빛 찬란하게 물들어 있는 저 노을도 곧 사라지고 이내 어둠이 오게 될 것이다. 겨우내 얼었던 물줄기가 용트림하며 흐르는 징검다리를 조심조심 건넌다. 시인도 어느새 50대 중반을 넘어서고 있으니 모든 게 조심스럽고 마음도 급해질 수밖에 없다. 그래서 마음속으로 '입춘이다!'라고 외친 것이다.

나이 쉰은 지천명(知天命)이라고 했다. 천명(天命)을 알고 인생을 보는 관점도 달라질 시점이다. 하지만 살면서 이렇다 하게 이루어 낸 것이 없으니 답답했던 모양이다.

그 입춘 무렵, 양길순 시인은 내게 100여 편쯤 되는 작품 원고 묶음을 보여주면서 이것으로 '시집(詩集)'이 되겠느냐고 했다. 늦깎이 출간이니 빨리 서두르자고 오히려 내가 더 흥분되었다. 그러던 며칠 후 또다시 그녀로부터 전화가 왔다. '아무리 생각해도 남에게 보여줄 작품이 안 되는 것 같아서 조금 더 미루겠다'는 거였다. 필자는 급히 황지우 시인의 시 1편을 그녀의 메일에 쏘았다.

나무는 자기 몸으로
나무이다
자기 온몸으로 나무는 나무가 된다
자기 온몸으로 헐벗고 영하 13도
영하 이십 도 지상에
온몸을 뿌리 박고 대가리 쳐들고
무방비의 나목(裸木)으로 서서
아 벌 받은 몸으로, 벌 받는 목숨으로 기립하여, 그러나
이게 아닌데 이게 아닌데
온 혼(魂)으로 애타면서 속으로 몸속으로 불타면서
버티면서 거부하면서 영하에서
영상으로 영상 5도 영상 13도 지상으로
밀고 간다, 막 밀고 올라간다
온몸이 으스러지도록
으스러지도록 부르터지면서

터지면서 자기의 뜨거운 혀로 싹을 내밀고

천천히, 서서히, 문득, 푸른 잎이 되고

푸르른 사월 하늘 들이받으면서

나무는 자기의 온몸으로 나무가 된다

아아, 마침내, 끝끝내

꽃 피는 나무는 자기 몸으로

꽃피는 나무이다.

— <겨울나무로부터 봄나무에로>

겨울이 되어야 진짜 나무를 볼 수 있다. 가지에 매달렸던 그 많던 잎이며 탐스럽게 영글었던 열매까지 모두 떨쳐버리고 알몸이 되었을 때에 비로소 나무는 나무로 된다. 보라! 춥고 긴 겨울을 참아내고 봄이 되면 어김없이 잎을 밀어내면서 스스로 꽃을 피우고 열매 맺는 나무들!

그렇다. 나무처럼 남이 보거나 말거나 스스로 자신을 지켜내며 죽지 않고 또 살아나야 시인이다. 양길순 시인도 이제부터는 하고 싶은 말 접어두지 마시라. 달 밝은 밤, 달맞이꽃이 꽃잎을 활짝 열듯이 말문이 확 틔어 정말 신바람 나게 시를 지으며 살아 주었으면 정말 좋겠다.

밝아서 마음 접1은 건

담고 싶지 않은 진실 또는

허상 때문일 거야

별스런 마음 주지 않아도

어둠 내리면 오밀조밀

피어나는 노란 꽃전등

낮 동안 접어둔 사연 고해하듯

총총 별 아래 꽃잎을 연다

노랗게 달과 함께 피어나는

— <달맞이꽃> 전문

시는 소재로 삼은 대상 자체를 사진 찍듯이 그 앞에서 찍어
내는 게 아니라, 그 소재에 대한 느낌이나 생각을 읽는 이가
상상력이 발동될 수 있도록 실감 나게 묘사해야 한다. 아래의
시구詩句들을 보면 어쩐지 좋은 예감이 든다. 무엇인가 술술
풀려나갈 조짐도 보인다.

'갈대숲 그늘에 / 물안개 / 드리우면 / 꼬물거리는 / 저 갯버
들 / 눈 뜨는 것 좀 봐' 라던 <봄, 징검다리 건너다>, '세월에 밀
리어 / 떨어지는 / 꽃잎 / 바람에 날릴 때 / 함께 볼래' 라던
<연둣빛 일기>, '전사처럼 / 푸른 수염 세워 / 붉은 꽃잎 밀어내
는 사랑의 괴로움 / 온몸으로 / 피었다가 이내 지고 마는 / 찰
나의 꽃' 이라고 묘사한 <아네모네>, '젖가슴 / 사 알 짝 / 풀어

헤치고 / 귓불 붉힌' 배나무 꽃눈들이 은근히 다음 시들도 읽어 보라고 권유하고 있는 듯하다.

— 낚시터에서처럼 욕심을 비우고 천천히

잠시 마음을 가다듬기 위해 그녀가 남편과 함께 갔었을 낚시터부터 잠깐 둘러보자.

사람들은 아름다운 꽃을 보거나 먼 곳으로 여행하여 낯선 풍경을 만났을 때 '와! 정말 멋있다'고 하면서도 그것을 글로 쓰라면 한 문장도 쓰지 못한다. 그것은 우리가 생활 속에서 시어(詩語)는 별로 사용하지 않기 때문이다. 물론 시어라고 일상어와 다를 바는 없다. 그러나 같은 말이라도 시에 쓸 때는 새로운 감각이 있는 세련된 언어가 되어야 한다. 그 때문에 시를 공부하지 않은 사람들은 똑같은 조건에서 사물이나 사건을 보았지만, 시인처럼 표현하지 못하는 이유가 바로 거기에 있다. 따라서 시인은 마땅히 존경받아야 한다. 그런 세상이 왔으면 정말 좋겠다.

연작 시 〈낚시터〉 1, 2, 3, 4에서 발췌한 시구들이다.

1) 햇볕은 / 어디에 숨었나? / 이웃집 모모 / 속마음 닮았는지 / 살랑

   거리며 부는 바람 / 물결 흔든다

2) 물풀들 속절없이 너울거리는 / 그 찰나 / 물속 그리움 / 물 위로

   / 잽싸게 낚아챘다

3) 어둠은 사방으로 흩어진 정적 모으고 / 밑창 닳아 버려야 할 /

 절망마저 / 낚을 듯 꼿꼿하게 / 더욱 선명하게 자신을 드러내는 찌

4) 고개 들어 하늘 보니 / 수박덩이만 한 보름달 / 하늘 끌어안고 있

다가 / 손닿을 듯 낮아지더니 / 어느새 호수 속으로 텀벙 빠졌다.

　낚시터(꾼)는 단순히 물고기만 낚는 곳(것)이 아니다. 흔히 '강태공' 하면 낚시꾼의 대명사로 비유한다. 강태공은 72세의 나이에 주(周) 나라 문왕에게 등용되어 은(殷)나라를 멸망시킨 재상이며 후에 제(濟) 나라의 시조가 된 인물이다. 글을 쓰며 살아가는 우리가 본보기로 삼아도 될 그의 일화 1편을 소개한다.

　어느 날 낚시를 하고 싶다는 친구 셋이 그를 찾아왔다. 그는 친구들을 배에 태워 넓은 바다로 나갔다. 맨 앞자리엔 강태공, 그 뒤에 차례로 한 사람씩 자릴 잡았다. 똑같이 낚싯대를 던졌는데 이상하게도 고기들은 그의 낚시에만 물렸다. 그런데 그는 물고기 담을 바구니에서 이상한 막대기 하나를 꺼내더니 잡은 물고기를 나무 자로 재어 보고는 그보다 크거나 작으면 모두 물속으로 던져 버렸다.

　친구들이 의아해서 그에게 '왜 애써 잡은 물고기를 버리느냐?' 물었더니, 왈, '우리 집 그릇 크기가 이 막대기만 하니 요리해 먹을 할 수가 없으니 버리는 거라네.' 라고 했다는 것이다.

밤새도록 내린 함박눈

아랫녘 과수원

배꽃 벙글었다던데

마른 나뭇가지에

핀 눈꽃

먼 곳으로부터

낮은 곳으로

낮은 곳으로 찾아온

순백의 손님

내 애틋한 소망

초봄의 희망

하얗게 덮어주고.

— <춘설> 전문

봄에 내린 눈을 보고 썼을 위의 작품은 과수원 풍경이 아련하게 보이는 듯하다. 행간을 1줄씩 떼어놓아 천천히 거닐면서 읽기를 유도하고 있다.

— 퇴고는 글쓰기의 진리

시를 짓다 보면 단번에 시가 되는 행운도 더러 있겠지만 대부분 좋은 시는 오랫동안의 퇴고 과정을 거쳐서 나온다. 양길순 시인도 많은 시간과 노력을 투자해서 원하는 이미지와 들어맞는 시어를 찾아서 바꾸고 또 바꾸며 퇴고(推敲)했던 것이다.

'퇴고'란 백과사전에 '글을 쓸 때 여러 번 생각하여 잘 어울리게 다듬고 고치는 일'이라고 풀이했다. 모든 일에는 그 마무리가 중요하다. 퇴고는 그 작품의 마무리 작업이며, 자신의 작품에 대한 정밀한 종합 진단이다.

그때 무엇보다도 중요한 것은 냉철한 이성으로 판단하여 잘못되었으면 강태공처럼 과감하게 버려야 한다. 미련 두지 말고 가차 없이 도려내야 시다운 시가 된다. 예나 지금이나 명문장가치고 퇴고하는 일에 애쓴 일화가 없는 사람은 없다. 고치면 고칠수록 더욱 좋아지는 것이 글쓰기의 진리다. 이 진리에 조금도 의심을 품지 말 일이다.

제1부 〈봄〉의 뒤쪽에 배치된 작품들은 대부분 〈시詩〉를 향한 열정이 담겨있기에 10편 중에서 각각 1문장씩 발췌하여 1편의 시처럼 엮어보았다.

자! 소리 내어 빠른 속도로 낭송하며 〈여름〉으로 달려가자.

- 낮은 포복으로 오는듯한데 어느새 앞서 가고

- 누구도 흉내 내지 못할 끈질김으로 파도와 맞서는

- 그들의 슬픈 죽음에 대하여 늦은 밤 고해하듯

- 젊은 날 첫사랑 편지처럼 풋풋하게 다가온 4월

- 꽃이 피기까지 꽃잎을 향한 의지의 바람 맞으며

- 들길 민들레도 못자리 볍씨도 물올라

- 아카시아 향은 나를 유혹에 빠져들게 하여

- 그는 창 너머 들판을 가로질러

- 카타르시스 맑은 시 아카시아 꽃잎에도

- 내 사랑 그는 나를 종일 적셔줍니다.

여름은 뜨거운 계절이다. 그래서인지 제2부 〈여름〉은 정열적인 사랑 타령 일색이다.

시를 짓는다는 것은 자신의 감정을 다스리며 그야말로 수준 높은 도(道)를 깨우치는 것이다. 길거리나 찻집에서 만나 가볍게 대화하는 말과는 그 차원부터 다르다. 그래서 여과되지 않은 감정을 그대로 시에 대입시키는 것은 매우 위험한 발상이다. 보라! 아래의 작품들이 사랑 사랑하며 〈사랑〉을 하고 있지만, 실상은 제1부에서처럼 남녀 간의 사랑이 아닌 끝없는 〈문학사랑〉으로 가 닿고 있지 아니한가!

양길순 시인의 첫 시집 표제이기도 한 〈꽃의 연대기〉에서도 '발돋움하여 키 세우고 / 잠시, 그들을 엿보았을 뿐인데 / 나에게로 다가와 / 풍선처럼 부풀어 오르게' 하는 그런 사랑을 나누고 있는 것이다.

기왕지사 시를 지으려거든 주장하는 바가 어느 관점, 어느 누가 보더라도 명확하게 전달되어야 한다. 어차피 시는 문자로 자신의 속마음을 표현하는 의사전달 행위이다. 이때 시어(詩

語)로 쓴 단어가 단순히 사전적 의미인 한 가지 뜻으로만 해석
된다면 굳이 어려운 시를 써서 남에게 속마음을 털어놓을 필
요는 없을 것이다. 글을 읽으면서 작가가 표현하고자 하는 바
가 그림처럼 선명하게 떠오르고 읽을수록 상상력이 증폭된다
면 일반적인 문장이 아닌 '시'라고 보면 된다.

그 무덥던 여름날에 '귀 밝혀 쌓아둔 시어들'을 뽑아 이렇게
펼쳐놓으니, 1편의 시 맛이 난다.

- 귀 밝혀 쌓아둔 시어들 윤유월 장맛비에 쏟아져 내려

- 환장하겠어, 봉오리 터뜨릴 수 없어

- 문득, 바람 사이로 사라지는

- 홀연히

  날개 접고

  자폭하는

  거룩한

  순례자

- 넌, 찻잔 너머 젖은 새 날갯짓만 바라보고

  난, 창틀에 떨어져 흩어지는 물방울만 세었지

- 어머니 따라 들이며 밭 오갈 때면

- 장독대에 쏟아지던 햇살

- 빗밑 잰 6월 그믐밤

- 뻐꾸기 나직하게 울어대고….

시는 머리가 아니라 가슴에서부터 나와야 감동으로 살아나는 법이다. 없던 일 꾸미려고 애쓰면 머리로 쓰는 시요, 자신의 체험을 바탕으로 무엇인가 가슴에 남아 썼다면 가슴으로 쓴 시다.

이번 첫 시집에 실린 작품들은 양길순 시인이 겪은 사소한 사랑이야기지만, 그것이 저속하지 않게 읽히는 까닭은 바로 비유법을 잘 활용하기 때문이다.

비유법에서 직유법보다 어려운 것이 은유법이다. 은유법은 직유법에서 사용하던 '~처럼, ~같이' 등을 생략하고 곧바로 '무엇은 무엇이다'의 형태로 표현해야 한다. '하늘은 호수처럼 푸르다'를 은유법으로 바꾸면, '하늘은 푸른 호수'다.

우리가 생활하면서 대화할 때도 상대방에게 전달하고자 하는 뜻을 제대로 표현하지 못하면 오해를 사기도 한다. 글도 마찬가지라서 아무리 길게 써도 읽는 이가 이해하지 못할 때가 종종 있다.

그래도 양길순 시인은 현실의 삶을 긍정적인 시선으로 바라보면서 여성 특유의 섬세함으로 대상에게 다가서고 있음에 안도의 한숨을 내쉬었다.

등대가 켜질 무렵 포구의 풍경을 그린 다음 작품이 그러한 예다.

닳고 닳은 몽돌

은빛 출렁이는

그 사연

그는

알까

해거름에 와

그리운 추억 토하듯

왝, 왝,

자맥질하는 물꽃

짐꾼 떠난 선창

빗장 채우면

간절한 상심 두고 올 미련에

불 켜는

등대가 있음을

그가

알까.

— <갈남포구 · 2> 전문

  시는 길게 할 말도 최대한 짧게 줄이고, 앞뒤가 맞지 않는 말
은 아예 하지 말아야 한다. 그야말로 산뜻하고 감칠맛이 나야
시다. '나는 슬프다'고 원고지에 100장을 썼다고 해서 '슬픔'
의 장편시가 되는 것이 아니다. 시도 소설과 마찬가지로 그 작

품의 이야기꾼인 화자(話者)를 통해서 시인이 전달하고자 하는 의도대로 틀에 맞춰 재구성해야 한다. 즉 비유, 은유 등의 수사법을 활용하여 또렷한 이미지〔image(심상心想)〕로 전달하는 것이다. 그래서인지 시는 생각처럼 그렇게 쉽게 써지지 않는다.

― 시는 언어의 예술

작은 새 한 마리
희망을 굴리지만
주
룩
주
룩

― <여름비> 부분

시는 언어의 예술이다. 사람들은 자기의 속마음을 표현하기 위해 글을 쓴다. 글쓰기는 순수한 '자기 찾기'이며 '아름다운 삶' 그 결정체이다. '아름다움'이란 외면적 아름다움보다는 내면적 아름다움 즉, 눈에 보이지는 않지만 참되고 가치 있는 생각을 말한다. 작가는 일사일언(一事一言)으로 시의 소재를 아름답게 표현하고자 고심한다. 가히 종교와도 같은 괘에 놓여있다고 해도 과언이 아니다.

낮은 음절로 내리는 여름비

창유리에 하얀 물방울 매달린 오후

귀에 익은 팝송 흐르는 공간

찻잔 사이로 마주한 당신

돌풍처럼

불사조처럼

어느 날은

보석 같은 친구로 다가오던 당신

지금 창밖만 바라보고

바다만큼의 내 오만 앞에 당신은

한발 한발 추억 묻으며

뒷걸음질치고 있었어

이별의 예감

커피의 온기 사라지기 전에

고백하려 했는데

사랑한다

사랑한다

말하려고 했는데

차마 말하지 못하고

창유리에 흩뿌리는

물방울만 세고 또 세었어

— <고백> 전문

〈고백〉도 여름비가 오는 날에 글쓰기의 어려움을 간절하게 묘사하고 있다. 또한, 시인으로 사는 삶에서 지극히 긍정적인 시선과 특유의 섬세함으로 삶의 시련을 형상화하려고 노력한 흔적이 엿보이는 〈밤길〉도 그러한 작품이다.

어둠이 동행하자며
온밤 풀어헤친다
그림자마저 거두어 간

아! 여기쯤
끝 간데없는 길
온밤 지새우며
눈감아도 넘어지지 않는 건
세월의 시련 때문일 거야.

— 〈밤길〉 전문

이러한 시적 감성은 보통사람이라면 누구나 태어날 때부터 모두 다 가지고 있는 것이다. 그러나 살아가면서 아름다운 말을 잘 활용하면 시인이 되고, 잘 쓰지 못하면 사이비가 되기도 한다.

뒤돌아보면
당신이

그곳에 있음을

알고 있기에

또박또박

걷겠습니다,

뒤돌아보지 않고

— <사랑·1>중에서

차마

고백할 수 없어

서글펐던

마음자리

그리운 이여!

이제는

사랑한다

말하겠어요.

— <사랑·2>중에서

　지금까지 제1, 2부의 작품들을 꼼꼼하게 읽었지만, 작품마다 결코 사소하거나 하찮은 것에 머물지 않는다. 그 작은 것들을 자신의 내면세계로 데리고 와 자신의 삶에 활력을 넣어주려고 했지만, 생각처럼 쉽지는 않았던 모양이다. 그래서 어느 날에는 성당의 고백소에서 이런 하소연도 한다.

> 내 삶의 방식과 다르다고
> 내 논리와 틀린다고
> 그들을 미워했다
> 고백소에서
> 신부님께 고백하기를
> "저는 잘못 없어요, 모두 그들 때문입니다."
> 똑같은 고백 또 되풀이하곤 했다
> 용서받기 위한 고백인데
> 이기심을 합리화시키려 했다
> 우울해지는 마음과
> 자꾸 작아지는 내 모습
> 달라져야 함은 나 자신인데
> 그들을 바꾸려 했던
> 내가 봐도 나는 틀렸어.

— <고백소에서> 전문

— 시는 시인의 마음을 비추는 거울

제3부 〈가을〉은 사계절 중 가장 시 쓰기에 좋은 계절이다. 살아가는 것도 마찬가지라서 가을에는 모든 오곡백과가 결실을

보는 계절이기에 마음조차 풍족하다. 높고 푸른 하늘 아래에서 자연을 즐기면서 누구나 한 번쯤은 시인이 되고, 멋진 풍경을 화폭에 담는 화가가 되기도 한다. 정말 산과 들을 거닐면서 가수라도 된 듯 흥얼흥얼 노래하며 살고 싶은 충동이 불끈 솟는 계절이다. 이 낭만의 계절 가을 속에서 호연지기를 꿈꾸어 본다.

물 긷습니다
차오르는 초가을 밀물입니다
헛구역질하며 꼼지락거리는
어제와 그제도 퍼 올립니다
메모리 된 기억들 자루째 쏟아 붓습니다
소갈머리 없이 가을볕이 마냥 좋습니다.

— <가을 바라기> 전문

시인이 자신의 생활을 따뜻한 시선으로 감싸 안으면서 시 쓸 대상에 다가서면 그 안정성이 더욱 큰 울림으로 커지면서 독자를 향해 한발 더 바짝 다가선다. 시는 뭐니 뭐니 해도 자신의 체험이 밑바탕이 되어야 함은 필자 혼자만의 아집은 아닐 것이다. 거기에 시인다운 예리한 관찰력과 타고난 상상력이 보태진다면 더 바랄 것도 없을 것이다.

사랑은 가을날

풀잎으로부터 오는가

마른 잎 사각거림은

체념으로 비워지는 술잔 같아

— <사랑은 가을날 마른 풀잎에서 오네> 부분

살랑살랑

갈바람 수신호에

자줏빛 제비콩

톡,

여물겠다

담벼락에

나지막이 엎드린

잎사귀

그 푸른 서러움

붉게 물들겠다.

— <예감 · 1> 전문

　세상 만물은 시시때때로 변한다. 인간사도 또한 그렇다. 시에서는 같은 사물 혹은 사건일지라도 보는 사람이나 위치에 따라 여러 가지로 해석하여 시가 된다. 그래서 시 창작을 할 때나 읽을 때는 사물에 대한 선입견부터 우선 버려야 한다.

애당초

반죽부터 잘 개야 해

양념이 너무 많으면

감칠맛 덜하고

금세 싫증나는 법이지

적절하게 배합하는 게 최고야

— <시인이 되려면> 부분

때로는

휘청거리고 싶지만

느리게 더욱 느리게

분명한 것은

내부로부터 날 바라보는

곤혹스런 그 시선

그것 때문이다.

— <변명> 전문

    시는 자기의 생각과 느낌을 불특정 다수의 독자에게 보내기 위해 준비하는 정중한 메시지다. 그러므로 절제되지 못한 감정 즉 자기 혼자만 흥분해서는 정말 안 된다. 시는 그 시인의 속에 품은 마음조차 훤히 보이는 거울과도 같은 것이기 때문이다.

한정된 지면상 언급하지 못한 시들 중에서 뽑은 시구를 맛보기로 훑어보고 〈겨울〉 속으로 들어가 마무리하겠다.

〈가을〉
- 새우잠 청하며 젖은 몸 뒤척일 때
- 어느새 벽면에 입맞춤하는 으스스한 한기
- 억새 흔드는 바람 늦은 물거품 토해내며
- 지상에 눈꽃 날리고 숲마저 동면에 들면
- 명치끝까지 차오르다 멈춘 독백은
- 그리움 찍으며 잰걸음으로 돌아오는
- 아, 가을은 그저 바라만 보는 그리움이네.

〈겨울〉
- 누군가 문 두드려 안부 물어주길 바라던
- 문풍지 떠는 동지섣달
- 마른 장작처럼 채워도 허허로운 절박한 언어
- 온밤 지새우며 낮은 음절로 노래하지만
- 저편에서 눅눅하게 살아있는
- 종일토록 그대로 멈춰 있어야 했어
- 하지만 소복소복 함박눈 쌓여도 차마 고백할 수 없어
- 애써 버리지 못한 연민 감내하기 힘에 겨워
- 생은 무한정 돌고 돌아간 길모퉁이로
- 언제나 같은 곳 바라보며

- 흐린 밤 달무리 속으로
- 맑은 그리움 눈송이처럼 폴폴 날리네.

우리가 새로운 현상이나 보지 못한 상상의 세계를 표현하고자 할 때 일반상식적인 언어로는 쉽지 않다. 그때 예술의 한 장르인 문학으로 표현한다면 불가능도 가능해진다. 그중에서도 시의 말로 표현하면 상상력을 증폭하는 데 커다란 도움이 될 것이다. 시어는 시인의 개성에 따라 다양하다. 그렇다고 누구도 해석할 수 없는 암호나 신세대끼리만 통하는 신조어를 제멋대로 남발한다면 글도, 말도, 시도 아닌 해괴한 짓거리일 뿐이다.

— 여성 특유의 감성으로 삶의 곡진한 무게도 녹여

하늘 끝 멀리
내가 버렸던 영혼
하얀 깃발 흔들며
돌아오는데
그때 그 사랑
누굴 향한 것이었나.
— <깃발처럼 첫눈 내리고> 부분

앞에서도 강조했듯이 시어는 줄일 수 있는 데까지 끝까지 줄

여야 한다. 물론 시어라고 특수한 전문용어는 아니다. 우리가
생활하면서 매일 쓰는 말과 조금도 다르지 않다. 누구나 다 아
는 그 평범한 단어들을 가지고 시인이 어떻게 갈고 다듬어 제
위치에 놓느냐에 따라 제구실을 하는 신비로운 시어로 되살아
난다.

우선 제4부의 〈겨울〉에 있는 짧아도 빛나는 시 3편을 감상하
자. 비록 소품이긴 하지만 완벽한 구도에 음악적 운율과 회화
적 심상을 되살린 수작들이다.

밤새

길 위로

흰 눈이 살짝 내린 줄 알았습니다.

— 〈달빛〉 전문

마디마디
차오르는 슬픈 얼굴
속내 보일까
겹 울타리치고
안으로만
아파하는
통증

환장하겠어

봉우리 터뜨릴 수 없어

꽃잎 접어

안으로

벙그는

열꽃

— <미련한 사랑 · 2> 전문

　양길순 시인은 차분한 성격에 질서와 규범을 잘 지키는 현모
양처이다. 충청도 부여의 양반댁에서 이곳 오산으로 시집온 그
야말로 평범한 주부시인이다. 문학 모임 때에도 귀가시간이 늦
을라치면 어느 틈에 슬그머니 자리를 떴는지 보이지 않는다.
조금이라도 흐트러진 행동이나 불순한 생각은 아예 찾을 수
없다. 그런 성격 탓인지 작품까지 어찌나 다듬고 매만졌는지
뼈대만 앙상하게 남겨두었다. 소재도 대부분 생활 속에서 찾
아내고 있다. 그래서 추상적이지 않고 쉽게 읽히는 장점도 있
다. 그러나 가끔 철학적이고 현학적인 작품들이 끼어 있어 시
를 읽고 한참을 생각한 후에 '오호!' 하며 감탄사를 터트리곤
한다. 이제부터는 절대로 울지 마시라!

연극은 아직 끝나지 않았고
조명도 꺼지지 않았는데
무대 뒤에서
한 여인이 울고

화살은 시위를 떠났고
움직임은 아직 멈추지 않았는데
세월 앞에서
그 여인도 울고

아무도 없는
성모상 앞에서
내가 웃고
울고 있다.

— <여인이 울고 있다> 전문

　지금까지 살펴본 것처럼 양길순 시인의 시가 가지고 있는 시적 매력은 생활 속에서의 경험이나 사소한 사물들까지도 자신에게로 끌어들여 자신의 생각으로 동화시킨다는 점이다. 또한, 그때 동원되고 있는 언어들도 평범한 일상어이지만 시의 행간 속에서 편하게 자리 잡고 있어 친밀감이 있다. 이번 시집에는 시작활동을 하면서 부딪친 창작의 어려움과 고통을 미래의 희망찬 메시지로 바꾸어 전달하고 있다. 평범한 소재를 그것도 일상어로 쉽게 썼지만, 여성 특유의 감성으로 삶의 곡진한 무게를 녹이고 있어 신선하게 읽힌다.

좀 늦은 감은 있지만 이렇게라도 첫 시집으로 묶어 세상에 내놓음으로써 양길순 시인도 자신의 모습을 한 번쯤 객관적으로 보는 계기를 갖게 되었다.

이제 여기에 실린 작품은 모두 독자에게 돌려주게 되었다. 양길순 시인도 20여 년 이상을 늘 마음 구석에 쌓아두기만 했다가 모두 내놓았으니 한편으로는 홀가분할 것이다. 지금부터는 더욱 새로운 시작(詩作)을 시작(始作)해야 할 시점이다. 늘 건필하시라.

김선우의 시세계

— 들어가는말

살아가며 사랑하며 또 살아 사랑하며

김선우 시선집, 『길에서 화두를 줍다』, 2014년

매우 쌀쌀했던 연말이었습니다. 김선우 시인님이 저를 호출했습니다. 일단 오산으로 내려와서 얘기 좀 하자는 거였습니다. 점심이라도 함께할 요량으로 오산으로 내려갔습니다.

원동 복개천 774—20번지. 아주 오래된 낡은 간판이 흐릿한 '고향꽃집'이 김선우 시인의 아지트입니다. 꽃과 나무를 가꾸고 또 파는 것이 그의 일입니다. 그의 말을 빌리자면 집사람이 하던 것을 도와주다 보니 이렇게 됐다고 하지만, 어찌 되었든 아름다운 직업임은 분명합니다.

유리 미닫이문을 열고 내가 들어서자 환한, 꽃보다 더 환하게 웃으며 그는 나를 맞이했습니다. 전기난로를 끌어당기고 의자 위 방석을 툭툭 털면서 '와줘서 고마워!' 하시며 마치 군대 갔던 넷째 동생이 고된 훈련을 마치고 첫 휴가를 나왔을 때 집안의 맏형이 반겨주는 듯 살갑게 대합니다.

나는 그러거나 말거나 내부를 휘둘러보면서 다짜고짜 첫 마디를 떼였습니다.

"관음죽이 어떤 거예요?"

"요건데, 지난번 고사리 같은 꽃대를 밀어 올리더니 연한 연분홍 꽃을 한참 동안 피웠지. 그때는 집사람이 백련암으로 삼천 배를 드리러 갔을 때였고…"

　　겨우내
　　안으로 인내하며
　　관세음보살 자비심이
　　연분홍
　　고사리 같은
　　속살 드러낸 꽃 봄빛

　　눈부시구나

— 「관음죽」 전문

관음죽. 그것도 절창으로 뽑아낸 작품의 주인공이기에 특별하게 잘 모셔놓은 줄 알았는데, 다른 화분들과 마찬가지로 원래 있던 그 자리 그 바닥에 그대로 놓아두었던 것입니다.

아하! 그랬습니다. 풍요와 호사를 마다한 석가모니처럼 이 화원에 귀하지 않은 꽃이 어디 있겠습니까? 모두가 나름대로 귀한 생명을 타고났으니 귀하게 여길 사람과 만남을 기다리는 거죠.

이 '관음죽'은 형수님(김 순자 자자)이 삼천 배를 드리고 있을 때에 그 꽃을 피웠다고 합니다. 그래서 고귀하고 존엄한 이름인 '관음죽'이라고 했던 겁니다.

'시(詩)'가 뭐 그리 대단하냐? 하시는 분도 계시겠지만 시는 시시한 게 아닙니다. 이처럼 시는 이름도 없었던 하찮은 사물에 새로운 이름을 붙여주고 거기에다 의미까지 더해 주고 있지 않습니까? 이보다 더 확실한 시에 대한 정의가 있다면 알려주십시오. 30년 고급 백수로 살면서 오로지 시밖에 모르고 푼수 짓만 하면서 살아온 제가 한 수 더 배우겠습니다.

시는 심심풀이 말장난이나 희한한 글자 놀음이 아닌 진심(眞心)이 있는 곳에서 오순도순 산답니다. 그래서 오산(誤算)이 아닌 오산(烏山)에서 꽃가게를 차려놓고 뒤늦게 시를 짓는 시인이 있답니다. '시인(詩人)'이란 시(詩)와 사람(人)이 이처럼 '무촌'으로 살 때 붙이는 호칭입니다.

사실 김선우 시인님은 문단에 입문하신 지는 몇 해 되지 않는 신출내깁니다. 그것은 우리나라에만 있는 '등단'이라는 특별한 관문을 통과하셨다니, 그 기준으로 말씀드리자면 그러하다는 말씀이지요. 하지만 결코 얼치기 시인은 아닙니다. 또한, 삶의 연륜이나 사회적 경륜으로 따져도 작은 도시 오산시에서는 큰 어른이시고 어느 자리에 계실지라도 품위에 걸맞게 그 풍모를 유지하시며 대접을 받는 분이십니다. 맑고 밝은 모습 그대로 향기로운 사람으로 사랑받고 존경받는 원로입니다. 올해가 칠순이지만 활화산처럼 끓어오르는 열정으로 시를 짓습니다.

시집온 며느리가 몸 풀 듯 발가락이라도 닮은 건강한 아이, 즉 건실한 시를 쑥쑥 낳는 것은 시인의 당연한 의무가 아니겠습니까? 기왕지사 가슴에 품고 있는 사연이 있다면 세상으로 내보내야 할 권리도 있는 겁니다. 제때 제대로 마음을 풀어줘야 하듯 자신을 쏙 빼닮은 혹은 집안의 뼈대를 이어받은 새로운 생명이 태어났다면 어찌 기쁘지 아니하겠습니까? 동네방네 그 아이를 품에 안고 다니면서 자랑한다 해도 조금도 흉이 되지 않는 법입니다.

생명이 귀중한 것처럼 시도 고귀한 생명이니까요.

김선우 시인으로부터 받아온 시집 6권과 산문집까지 일독을 마치니, 맹자의 군자삼락(君子三樂) 가운데 말씀인 '하늘과 사람에게 부끄러움이 없다' 라는 그 말씀도 문득 떠오릅니다. '천하의 영재를 얻어서 가르치는 사업'을 하시겠다며 '오산시인협회'를 사단법인으로 발족하셨으니 참으로 대단하십니다.

김선우 시인은 어언 70년 삶을 살아오시면서 적지 않은 굴곡도 겪으신 것으로 압니다. 필자는 김선우 시인의 시를 '대승보살의 52계위'에 따라 그 궤적을 더듬기 위해 금강경, 법화경,

능엄경 등 경전과 불교 관련 서적을 일독(一讀)하면서 시평집의 구상을 마치고 비로소 실행으로 옮기게 되었습니다.

문득 만해, 미당, 월하 김달진 선생은 물론 백석, 조지훈, 이형기, 신경림, 정현종, 고은, 김구용, 이성선, 박희진 그리고 송수권 시인 등등. 별처럼 빛나는 이름들이 떠오릅니다. 그 큰 별들은 지금까지도 사랑받으며 별처럼 빛나고 있습니다. 지면 관계상 더 호명하지는 못했지만, 그 외에도 별처럼 빛나는 이름들이 많습니다. 나름대로 시를 통해서 공덕을 쌓은 '김선우 시인의 신비한 시 세계'로 독자 여러분을 정중히 초대합니다.

2013년 불기 2558년 한여름날
필봉산 평평한 바위 위에 걸터앉아서
경암(鏡巖) 이원규 쓰다

제1부 십신(十信) 제1시집 『들판을 적시는 단비처럼』

나의 숨결 속에는

나의 숨결 속에는
당신의 숨결이 배어 있음을 잊지 마소서.

온화하고 상냥한
당신의 한결같은 숨결 소리는

항상 나를 따뜻하게 맞이해 줍니다.

당신의 미소는 신비로웠습니다.

지긋한 눈길 속에 스미어 있는

당신의 미소는 언제 어디서나

당신을 생각하게끔 하니까요.

당신은 그 향기로운 숨결로

언제나 나를 행복하게 하여줍니다.

가슴속 깊이 스민

당신의 향기로운 숨결

내 영원히 꼭 간직하렵니다.

그대여

나의 숨결 속에는

당신의 숨결이

그대로 배어 있음을 잊지 마소서.

제1신 믿음〔信〕

김선우 시인의 시 「나의 숨결 속에는」에서는 깊은 믿음〔信〕
의 마음이 보입니다. 성직자가 아닌 일반 신도에게 종교를 갖
게 된 이유를 물으면 대부분 '마음의 평화를 얻기 위해서'라
대답합니다. 그만큼 세상살이가 힘들고 어려울수록 절대자에
게 의지한다면 당연히 마음의 평화를 얻을 것이라는 기대를
하기 때문입니다. 하지만 그러한 첫 믿음의 마음가짐도 차츰
시들해지면서 자신이 바라던 바와는 달리 절대자는 점점 멀리

가 있는 것처럼 느껴지면서 심적 갈등이 생기게 됩니다. 또한, 그렇게 컸던 기대감이 무너지면 의심은 더욱 증폭돼 믿음의 장소에 한 번 빠지고 두 번 빠지면서 도중에 포기하는 것이 믿음을 믿지 못하는 일반 신도들의 보편적인 모습입니다.

신앙생활은 마치 달빛도 없는 캄캄한 산길을 홀로 걷는 것과 같다고 했습니다. 그래서 '마음의 평화'는 누구에게 묻지도 따지지도 말고 스스로 용맹정진할 때 오는 결과물입니다. 처음부터 종교는 신도 한 사람 한 사람을 목표로 만들어지지 않았기 때문입니다.

시는 세상의 밖에 있지 않습니다. 늘 가까이에 있습니다. 그렇다고 머리를 쓰지 않는다면 시는 나오지 않는 법입니다. 그런데 김선우 시인은 머리보다는 마음을 써서 시를 씁니다. 자신이 누구이고 어디로 가야 하는지, 지난날은 잘 살아왔는지 등에 대한 시인의 마음이 닿는 곳마다 그의 시가 있습니다. 이처럼 내면의 소리가 꾸밈없이 문자로 형상화되었을 때, 그 울림의 진폭은 깊고 또 높아서 감동이 오래갑니다.

시인은 이제 일심동체가 된 '석가모니 부처님'을 모시면서 마치 수행자처럼 살 것임을 이 시에서 다짐하고 있습니다.

그렇습니다. 김선우 시인은 인간적으로도 결코 허술한 사람이 아닙니다. 모름지기 후배들에게 본보기가 되기에 마땅합니다. 그가 살아온 삶을 제대로 알아야 시를 이해할 수 있습니다. 시인은 자신의 숨결까지도 부처님 전에 맡긴 성실한 불자입니다. 이처럼 좋은 불자가 되는 길은 거짓〔假〕를 버리고 진실

〔眞〕만을 추구해야 하듯 시인의 삶도 그와 다를 바가 없는 겁니다.

불교의 최고의 경지는 해탈(解脫)이며 해(解)란 모든 번뇌와 망상에서 헤어나는 것이며, 탈(脫)이란 생사윤회(生死輪廻)에서 자유를 얻는 것입니다. 이처럼 윤회(輪廻)와 순례(巡禮)의 길에서 끊임없이 변신과 반복을 계속하면서 해탈이 이루어지는 그날까지 거듭남을 되풀이해야 하듯이 시 창작도 마찬가지라는 말입니다.

아무리 유명한 시인이라도 그의 모든 작품이 독자의 심금을 울리는 명작이 아닙니다. 진심을 제대로 담은 작품 중 몇 편이 독자에게 사랑받고 읽히면서 살아남아 사랑받는 것입니다.

이 책에 실린 시편들은 기왕지사 평자로 나선 김에 제 개인의 속 좁은 취향으로 불교적 해석이 가능한 작품들을 시집마다 10편씩만 가려 뽑았습니다. 오히려 제가 선택하지 않은 작품이 더 좋을 수도 있다는 얘깁니다. 그러한 작품들은 다음 기회에 다른 평자를 통해서 제대로 평가될 것으로 믿습니다.

제2부 십주(十住) 제2시집 『보름달 사랑』

느껴보세요

발걸음을 멈추고
잠시 생각에 잠겨보세요

님은

참 바쁘게 살고 있지 않습니까?

님이여

아무런 방해 없이 잠시 쉬어가는 것도

괜찮지 않겠습니까?

그리고

살며시 눈을 감고

잠시 마음을 비우는 시간을 가져보세요

아마도 자유를 느끼실 겁니다

사랑을 느끼실 겁니다

그리고

사랑한다고 속삭여보셔요

그러면 기쁨은 더할 것입니다

제1주 발심주(發心住)

석가모니 부처님은 왕이 될 수 있는 한 나라의 태자이었으나 자신이 누릴 수 있는 모든 권한과 장래, 재산, 심지어는 사랑하는 부모와 처자까지도 버리고 29세에 '선(善)'을 구하여 출가했다.' 라고 전합니다.

고행자가 되어 남쪽 마가다 왕국의 수도인 라자그리하에 도

착합니다. 마가다 국왕은 자신의 왕국을 분배하여 함께 지내자고 제안하지만 거절합니다. 가르침을 구하기 위해 처음 만난 알라라 칼라마(Alara Kalaama)라는 선인은 아집을 버리는 '무소유처(無所有處)의 명상에 전념하는 수행자였습니다. 석가모니 부처님은 얼마 가지 않아 그가 말하는 경지에 도달하여 그로부터 대등한 취급을 받아 그의 곁을 떠납니다.

그 다음은 '비상비비상처(非想非非想處)' 즉 의식(意識)도 아니고 의식이 아닌 것도 아님의 무한함의 상태라는 깨달음의 마지막 단계 수행자인 우다카 라마푸타(Uddaka Ramaputta)의 곁에서 이전보다 더 높은 신비적 경지를 배웠으나, 이것도 만족하지 않고 그 이상의 것을 추구하며 또 고행길을 떠납니다.

드디어 깨달음을 얻은 석가모니 부처님은 세제(世諦)와 진제(眞諦)라는 두 가지로 설법하십니다.

세제는 속제(俗諦)라고도 표현하는 이 세상이 돌아갈 때의 그 진리지만, 진제(眞諦)를 깨우치지 못하면 오로지 생각이 세제에만 머물러 도저히 불법을 이해할 수 없다고 합니다.

진제(眞諦)는 절대적인 제1의 진리, 절대 근원이라는 의미입니다. 굳이 종교적 발상을 빌리지 않더라도 진리는 번뇌의 산물이며 진리에의 길은 또한 번뇌의 길이기도 합니다.

이 시를 이해하기 위해 조금만 더 부연하겠습니다.

연기(緣起)와 공(空)은 불교의 밑바탕입니다. 석가모니 부처님은 '이것이 있으므로 저것이 있고, 이것이 생기므로 저것이 생긴다. 이것이 없으므로 저것이 없으며, 이것이 멸하므로 저것이 멸한다」는 연기의 진리성을 깨치셨고, 또 대승불교는 근원이 텅 비어 없는 곳〔空〕에서부터 업장이 걸려 사물이 생성되었다고 보았으므로 진리 또한 없게 됩니다. 하여 다 부질없으니 버리라는 공의 사상으로 발전하니, 이것만 제대로 알고 깨달아도 성불(成佛)한 거나 다름없다는 겁니다.

우리는 신앙을 통해 내세는 물론 현세의 복을 기원하는 기복신앙을 갖고 있습니다. 하지만 모든 신앙의 기본은 감사와 찬양입니다. 바쁘게 살아가는 세상살이에서 잠시 '마음을 비우는 시간'을 갖는 것은 그래서 중요합니다. 마음을 비우고 진심으로 '사랑한다고 속삭인다면 기쁨은 더할 것'입니다. 진실로 행복한 사람을 위해 잠시 쉬면서 마음을 비우고 살아가는 시인은 우리에게도 발심(發心)을 강권하는 중입니다.

이러한 시는 대자대비의 불교적 상상력에서 연유한 것입니다. 이처럼 시인의 작품들은 우리가 생각하는 생각들이 아닌 전혀 다른 곳에서 소재를 끌어와 새롭게 복원하고 있습니다. 그래서 시인의 인생관이 담긴 이러한 시를 읽으면 읽을수록 평생 가슴에 묻어 주고 싶은 마음이 생깁니다. 정말 놀라운 자유입니다.

하루에 한 번씩 잠들기 전에 사랑한다고 속삭여 보세요. 일상사에서 잠깐 벗어나서 마음을 가다듬는 그런 시간을 가져 보세요. 소박한 꿈을 가진 이가 하나둘 늘어나고 그것이 하나둘 이루어진다면 우리 사는 세상은 작은 희망의 빛들이 모여 밝게 더 밝게 빛나겠지요.

첫사랑 · 1

님을 처음 보았을 때
님의 따뜻한 눈빛에서
나를
포근히 감싸 안을 듯한
눈빛에
가슴이 설레입니다

님을 두 번째 보았을 때
님의 눈빛에서
사랑스러운 눈빛을 보았으며
이 세상에서
둘도 없는
내 사랑임을 느껴
내 가슴에 님을 담아 소중히
간직하고 싶어졌습니다

님을 세 번째 보았을 때
님의 눈빛은
근심과 걱정으로 가득하여

나는

하늘이 무너지고

땅이 꺼지는 아픔에

마음이 아려와

한없이 울고 말았습니다.

제1행 환희행(歡喜行)믿음

벌써 3권째의 시집을 읽고 있습니다. 그런데 한편으로 답답한 느낌을 금할 수 없었습니다. 왜, 갑자기 어불성설로 스리슬쩍 눙치느냐 하겠지만, 하나같이 사랑이란 소재밖에 취할 수 없는가, 왜 혼자만의 사랑인가?

혹자는 "제목이야 무엇이라 하든 상관없는 것 아닌가?" 라고 하겠지만, 제목은 작가가 작품에서 상징적으로 나타내고자 하는 주제를 담는 것이 대부분이기 때문입니다.

이 시는 행자의 길을 가듯 출가한 마음으로 글쓰기를 했던 지난날을 시집을 낸 회고하고 있습니다. 첫 시집을 내고 두 번째 시집은 채 6개월이 지나기도 전에 냈습니다. 세 번째 시집도 마찬가지로 채 1년도 되기 전에 연거푸 낸 것입니다.

'님을 처음 보았을 때'의 마음이 두 번, 세 번 거듭할수록 흔들리고 있습니다. 급기야는 '님의 눈빛은 / 근심과 걱정으로 가득' 하여 울고 말았던 겁니다.

십행의 첫 단계는 삿된 명예나 이익 따위에 움직이지 않는 환희행입니다. 그런데 시인은 스스로 자신을 만들어 가는 행복한 인간이 아니고, 자기 형성에도 실패하여 좌절감에 사로잡힌 것으로 인식하고 있는 것입니다. 진실로 두려운 것은 시집을 낸 것이 실패라서가 아니라 비로소 시를 이해하다 보니 앞으로 따라갈 길이 까마득해 겁에 질린 겁니다.

'님의 눈빛'이 늘 시인의 마음속까지 꿰뚫고 있음에 몸 둘 바를 모르고 있는 겁니다. 일상적 삶 속에 안주한 자신의 나약함을 한탄하며 자신에게 삶의 의의가 있게 한 그 님이 '첫사랑'이었기에 더욱 부담스럽습니다.

이처럼 시를 알고 시를 쓰면 진실과 아름다움에 대한 인식이 변하여 자신도 모르는 새 삶이 변화됩니다. 이를테면 시적 대상에 대해 막연한 사랑의 감정만을 가졌던 것이 자기 상상력 내부에서 은밀하게 미적 질서화 작업이 수행되기 때문에 점점 시에 다가서거나 쓰기가 어렵게 되는 겁니다.

이름을 내세우거나 어떤 이익을 탐하지도 않고 다만 일체중생을 구제하고 이롭게 하려고, 부처님들이 닦으신 행을 배우고 부처님들이 닦으신 행을 좇아 환희하고 즐거워지고자 함인데, 님의 눈빛을 세 번째 보았을 때 '님의 눈빛은 근심과 걱정으로 가득하여' 하여 울고 말았습니다.

문학의 중요한 기능 중의 하나가 정서를 표현함으로써 그러한 정서의 압박이나 고통에서 벗어나기 위함인데 반대급부로 고통이 가중되고 있는 겁니다. 이는 청소년기에 경험했던 성장통과도 비슷합니다. 누구나 한 번쯤은 으레 겪는 통과의례와 같습니다.

누구나 젊을 때는 잊지 못할 일들로 괴로워합니다. 나이가 들었지만, 옛일이나 추억조차 되새길 것도 없이 사는 건지 죽은 건지 모르게 사는 사람들도 생각보다 참 많습니다. 하지만 석가모니 부처님이 이 세상에 살았던 생애는 팔십 년에 불과하지만, 그가 끼친 영향은 세월이 지날수록 빛을 더하고 있습니다.

제4부 십회향(十廻向) **제4시집** 『밤하늘 별처럼』

나에겐

그대를
그냥 바라만 볼 수 있는 것도
그대를
그냥 사랑한다는
그것만으로도
나에겐
큰 행운입니다

그대를
그냥 떠올려 볼 수 있는 것도
그대를
그냥 기억한다는
그것만으로도

나에겐

큰 행복입니다

제1회향 구호일체중생이중생상회향(救護一切衆生相廻向)

김선우 시인은 우리 사회가 안고 있는 물질주의와 이기주의의 팽배, 도덕성과 인간성의 상실에서 오는 가족의 해체, 전통적 가치관이나 기성 윤리의 붕괴로 말미암은 가치관의 혼란과 빈부의 불균형이 가져오는 계층 간의 갈등 그리고 농촌사회의 붕괴와 가족 공동체의 해체 현상 등을 소재로 시를 써왔습니다.

사회의 올바른 발전을 위해서는 지식인들이 늘 깨어 있어야 합니다. 지식인들의 지적인 모험과 용기가 살아 있을 때 우리는 미래에 대한 희망을 품을 수 있습니다. 시인이 침묵하는 시대는 곧 절망의 시대나 다름없습니다.

아수라계(阿修羅界)는 교만과 시기심이 많은 사람이 죽어서 간다는 싸움만 하는 세계입니다. 구호일체중생이중생상회향(救護一切衆生相廻向)은 중생의 번뇌를 자기의 번뇌로 여겨서 교화하려는 보살과 중생이 하나가 된 단계입니다.

시집을 읽는 독자는 대부분 시인의 이력부터 읽었기 때문에 시를 읽지 않아도 대충 '아, 이런 사람이구나!' 하면서 경력이 보잘것없으면 몇 수 정도는 일단 접고 들어갑니다. 시를 읽는 것이 아니라 시인의 이력을 읽고 있다는 말입니다. 그렇게 해서는 시를 제대로 읽을 수가 없습니다. 시인이 주장하고자 하는 바를 제대로 잡을 수가 없다는 말입니다. 시 읽기는 겉으로 표현된 글자의 나열을 읽는 게 아니라 내면공간에서 웅크리고 있는 속뜻을 찾아내는 것이기 때문입니다.

「나에겐」이 바로 그러한 정신적 내면세계를 시를 통해 극복하고 있음을 잘 드러내고 있는 수작입니다. 행운과 행복이란 두 단어로 이만큼 시를 쓰고 있으니 얼마나 행복한 글쓰기입니까?

제5부 십지(十地) 제5시집 『이 세상에 당신이 있어 행복합니다』

내 마음은

내 마음은
크고 작음도 아니요
모나고 둥근 것도 아닙니다
그렇다고
억지로 만든 마음도 아닙니다
더러는
미운 사람 미워할 줄 알고
좋은 사람 좋아할 줄 알고
슬프면
슬퍼하고
기쁘면

웃을 줄 아는

아주 평범한

진실하고 마음 따뜻한 사람입니다

제1지 환희지(歡喜地)

이번에는 기쁨에 넘치는 환희지의 문집 『이 세상에 당신이 있어 행복합니다』에서 가려 뽑았습니다. 60여 편의 시 외에도 지역신문에 투고했던 칼럼과 동화, 새마을지회장을 하면서 느꼈던 생각과 지역 문우들이 쓴 축하 글까지 망라하여 제법 두툼합니다.

책의 첫 들머리 〈시인의 말〉에 의하면, '나는 가방끈이 짧다.' 라고 밝히고 있습니다. 전문적으로 문학이란 학문을 체계적으로 전공하지 않았고, 교육부(예전의 문교부)가 인정하는 학력도 미천하다고 하지만, 필자의 생각으로는 글만큼은 최고 학부를 마친 수준보다 낫다고 말씀드리고 싶습니다.

공식적으로 '등단' 의 관문을 거쳐 문학단체에 들어와 글을 쓰는 행위도 종교와 별반 다름이 없습니다. 선배라고 후배들 앞에서 권위만 앞세우라는 말은 아닙니다만 요즘 후배들은 어른이나 원로에 대한 공경심이 옅어졌으니 당연히 선·후배 따윈 안중에도 없습니다.

사회가 국가를 이루는 요소라면 우리가 소속된 문단도 좁게는 하나의 사회입니다. 그 속에서 선배님들이 남긴 아름다운 전통과 면면히 이어온 문학사를 우러르며 오늘도 손끝에 힘을 가하며 글로 자신의 속마음을 담아냅니다. 근본을 무시하면 설령 글이라고 내놓아도 작가의 사상이 녹아 있지 않았기 때문에 말장난으로 그칠 수밖에 없습니다.

문학은 자신을 치장하기 위한 겉치레 장식품이 아닙니다. 그러므로 문학을 액세서리로 착각하고 명예욕을 앞세웠던 적은 없었는지 반성부터 하고 볼 일입니다.

이름 석 자 언론에 보도되었다고 마치 대단한 작가라도 된 양 착각해서 패거리에 휩쓸려 이리저리 다니며 방향과 줏대를 잃고 허둥댄다면 이미 작가이기를 포기한 것입니다. 지금의 그 마음 그대로 변하지 않고 계속 쓰신다면 시인으로 성공한 삶이라 하겠습니다. 지금 행복하지 않으면 행복은 너무 먼 곳에 있거나 아직 오지 않은 것입니다. 마치 어린아이처럼 오늘이 행복하면 그게 세상에서 가장 행복한 삶입니다.

김선우 시인의 경험적 자아는 다른 시적 자아가 되거나 극단적으로 인간성이 배제되지 않고 추상화되지도 않습니다. 있는 그대로 꾸밈없이 보여줍니다.

「내 마음은」이라는 시는 김선우 시인의 특징이 유감없이 발휘되고 있습니다. 요즘 시를 쓰는 행위는 시치미를 떼는 행위와 유사합니다. 할 말을 요리조리 돌려 말함으로써 낯설게 하는 게 일반적이지만, 김선우 시인은 할 말을 감추지 않고 쉽게 전달합니다. 시인의 기질과 개성이 그대로 드러난 자화상 같다는 말씀입니다.

진실하고 따뜻한 마음으로 가정과 사회를 위해 열심히 사셨으니까 많은 시가 줄줄 나오는 것도 당연한 이치입니다. 솔직하고 거침없는 어조로 자기 내면의 풍경을 그려내기 때문에 시인의 개인사가 때로는 '우리' 이야기가 됩니다. 숨어 있는 깊은 뜻을 발견하고 못 하고는 독자의 몫일 뿐입니다.

제6부 등각(等覺) 제6시집 『그리운 江』

그리운 강 · 1

그 강변을
그냥 지나칠 수가 없다
새벽에는
은빛으로 깨어나고
한낮엔
햇살을 감고 굽이치다
여울에 떠밀리는
세월처럼
그 강변에서 멀어진 나는
어떻게 그대를
그리워해야 하나
뭉클뭉클
슬픔의 꽃이 환하게 피어난다

이것을 깨쳐야 무소유(無所有)가 됩니다

〈그리움〉이라는 제목의 2편에 이어 「그리운 강」으로 이름 붙인 연작시는 8편까지 계속되고 있는데, 여기에서 보이는 시적 탐색은 '님'에게로 향하는 도정을 암시하는 것이라 여겨집니다. 그러한 시적 탐색의 열정은 이 시집 전체를 하나의 공감권으로 묶으면서 진실한 삶의 본질을 불교적 종교관과 더불어 생각하게 합니다. 「그리운 강」을 여섯 번째 시집의 표제로 삼은 것을 보면 시인이 그만큼 아끼는 시가 분명합니다.

「그리운 강·1」에서는 '새벽에는 은빛으로 깨어나고 / 한낮엔 햇살을 감고 굽이치다 / 여울에 떠밀리는' 세월의 무상함을, 「2」에서는 잊히지 않는 추억의 그리움, 「3」은 물망초 같은 그리움. 「4」는 언어의 그리움, 「5」는 꿈, 「6」은 머물지 못하는 아쉬움, 「7」은 세월이 흐를수록 더 그리워서, 「8」에서는 소식이 없다면 '내가 먼저 소식 전하겠다'라면서 적극성을 보이며 그리움이 시 전체를 관통하고 있습니다. 그것은 그다음으로 이어지는 「잊고 싶다」라는 시에서 '이순이 넘은 나이에 / 슬며시 앓아온 그리움이 / 시를 쓰게' 하였기에 시인으로서의 그리움을 '쓰고 또, 지워 보는' 자신의 삶을 되돌아보는 최상의 깨달음의 '무상정등각' 경지에서 뭉클뭉클한 시를 토해내고 있는 것입니다.

물은 생명의 근원이며, 생명 그 자체입니다. 물은 역경이 닥쳐와도 그 형체만 바꿀 뿐 절대로 소멸하지 않으며 어디론가 흘러갑니다. 영원불멸의 삶을 사는 물처럼 시인도 이 세상을 살아갑니다. '슬픔의 꽃'은 고행 끝에 피는 꽃이며, 법력의 굳은 결정체입니다. 한때 세상을 주름잡던 시절도 있었겠지만, 영웅들은 다 외롭습니다. 이것을 깨쳐야 '무소유(無所有)'가 됩니다.

사소한 것들에 톡톡^{Talk Talk} 건네는 유쾌한 이야기

양길순 제2시집 메소포타미아에 핀
꽃, 2022년

사람끼리 더불어 살다 보면 누구나 위로와 칭찬은 은근히 기대한다. 더구나 서로 마음 터놓고 사는 사이라면 그런 찬사는 돈 안 드는 최고의 선물이 된다. 시도 그렇다. 쓰고자 하는 대상에 진심으로 관심을 두면 마음속에서 우러나오는 긍정의 감탄과 감동을 누군가에게 전하고픈 성실한 메신저를 스스로 자처하게 된다. 그러한 마음으로 양길순 시인은 이번 시집 안에 70편의 시들을 사계절별로 나눠 가지런하게 엮어놓았다. 마을의 산과 들 그리고 길에서 흔하게 핀 풀꽃들처럼 화려하지는 않아도 은근히 예쁘고 사랑스럽다.

함석지붕 위로 햇살이 내려앉은 날
꽃씨들의 모의도 포문을 열었다
저마다의 영토에 씨앗을 품으려고

햇살의 긴 꼬리를 쪼고 있다

—「화르르」 부분

　양 시인의 첫 시집 『꽃의 연대기』 작품 해설에서 필자는 "평범한 소재를 그것도 일상어로 쉽게 썼지만, 여성 특유의 감성으로 삶의 곡진한 무게를 녹이고 있어 신선하게 읽힌다" 라고 했었다. 그때가 등단 후 20여 년쯤 임박했었다. 이번 두 번째 시집도 무려 10여 년 만이다. 지역사회의 문학동인회에서 나름대로 활발하게 활동하는 것에 비하면 터울이 꽤 긴 편이다. 그만큼 작품 한 편마다 정성을 다하기 때문이리라 이해하겠다. 이번 시집 속에는 재기발랄한 착상과 날카로운 비유로 사랑하는 사람과 사물들에 톡톡Talk Talk 건네는 세상 사는 이야기가 옹골차게 담겼다. 코로나 19와 오미크론 변이 바이러스 확진자가 점점 늘어나는 불안한 시국이다. 벌써 몇 해째 입과 코를 마스크로 꼭꼭 가리고 사는 이 풍진 세상, 두문불출하는 시간도 그만큼 늘어났다. 그런데도 양길순 시인은 무심코 지나칠 수 있는 일상에서 포착한 사소한 것들에 톡톡Talk Talk 이야기를 건네고 있다. 특히, 짧은 시일수록 오히려 형식의 견고함을 유지하며 군더더기가 없어 눈길이 오래도록 머문다.

　정원의 화초들을
　살뜰히 챙긴다

아픈 건 아닌지

양분은 적당한지

꽃 이파리 하나에도

마음을 공유하려고 애쓰고 있다

사랑하기에.

—「사랑하기에」전문

당연한 이야기지만, 위에서 인용한 시「사랑하기에」처럼 시인의 생활 속에서 겪는 소소한 경험도 깊은 통찰력과 지혜로 접근하면 귀한 시의 소재가 된다. 이처럼 시 창작은 단순히 감정을 표현하는 데 그치는 게 아니라 그 시적 대상에 숨겨진 또 다른 소중한 가치를 찾아내는 보물찾기와 같다. 주변에서 흔하게 보는 풍경이나 사물 그리고 사람과 사건들에 관심을 두면 시 창작의 요긴한 질료가 된다. 어떤 사물을 있는 그대로 그려내는 것이야 요즘 누구나 하나씩 필수로 가지고 있는 스마트폰 카메라로 찍어도 충분하다. 하지만 사진은 언제나 대상의 외면만 찍는다. 시 창작은 카메라와 같은 기계의 힘으로는 다룰 수 없는 내면까지 그려내는 작업이다. 정신의 힘 즉, 관찰과 사색으로 사물의 내면 깊숙한 곳까지 파고드는 시안(詩眼)이 작동해야 하는 매우 까다롭기까지 한 고난도의 기술에 속한다. 카메라가 찍어낼 수 없는 것까지 보려는 인간의 욕망은 시를 쓰게 한다.

좋은 시를 읽었을 때 거의 예외 없이 느끼게 되는 뒷맛은 일종의 긴장감, 균형감, 그리고 조화로움이다. 이 세 가지 느낌들이 한꺼번에 몰려오도록 짜릿하고 독특한 뒷맛이 나도록 하는 시 창작이 긴요한 과제가 될 듯하다. 양 시인에게 짧은 시만 있는 게 아니다. 길어도 여백과 절제미가 돋보이고 자연 친화적 상상력을 가미해서 정갈하게 시를 쓴다. 「주어가 없는 문장」, 「씨줄과 날줄」, 「적요」, 「껴안기」, 「수상한 겨울」, 「기억의 단층」, 「겨울 햇살의 꼬리보다 짧은」 등이 바로 그러한 시에 속한다.

바람의 음파를 들으며 긴 둑을 걸었어

생각의 궁핍을 들키고 싶지 않아

포충망에 나를 가두고

반음 낮은 허밍으로

쥐똥만 한 곡식알들을

헤아렸을 뿐인데

벌레 먹은 낮달이 둔치의 행간에서

은갈색으로 흔들리는 순간

고된 날들의 계보

고흐의 그림처럼 수채화로 녹아들고

애기똥풀 마른 잎에 앉아

카푸치노 마시던 햇살

슬몃

기지개를 켤 때쯤

10월, 그 기억의 단층을 뒤꿈치로 밟으며

수수수!

반송 우표 붙인 가을이

가슴을 여민 채 걸어가고 있었어.

— 「수수수! -10월」 전문

　제목부터 특이하다. '수수수'는 국어사전에 없는 단어다. 만약 의성어나 의태라면 '우수수'였어야 했다. 더구나 이 시에서는 떨어지는'낙엽'을 연상할 수 있는 구체적인 이미지는 존재하지 않는다. 다만, '10월, 그 기억의 단층을 뒤꿈치로 밟으며' 정도가 간신히 낙엽일 거로 추측할 수 있겠다. 그림으로 말하자면 비구상인 추상화일 텐데 구상화에서 볼 수 있는 '긴둑, 포충망, 낮달, 애기똥풀' 등의 사물들이 또렷하게 보인다. 그렇다면 반추상? 하여튼 양 시인은 지난 삶을 '반송 우표'라도 붙여, 가는 가을과 함께 보내고 싶은 간절한 마음이다. 이처럼 생활 속에서 일어나는 작은 일들을 담담하게 풀어내지만, 꾸준하게 반성하고 성찰하며 삶의 한 과정에 단단하게 거멀못을 치고 있다.

　이처럼 시인들은 그들마다 가진 특유한 언어로 그러한 대상에 접근해 대화를 시도한다. 원활한 소통이 되려면 자신이 먼저 깨닫는 자가 되어 있어야 한다. 사물의 단순 존재에서 그

의미를 새롭게 발견해 의미를 확장할 주요 역할은 온전히 시인 각자의 몫이기 때문이다. 이러한 시인들의 노고에 의해 대상이 되었던 사물과 사람들은 그 존재 가치가 새롭게 해석되고 평가받게 된다. 거듭 강조하지만 시는 마음속에 있는 생각이나 느낌을 최대한 간결한 문장으로 쓴 창작품이다. 이 창작품들은 사람마다 가진 고유한 개성으로 자유롭게 표현된다. 그러나 아무리 자신의 것일지라도 인쇄물이나 SNS 등 온라인을 통해 공개되는 순간 모든 권한은 독자에게 있다. 그러므로 불특정 다수의 타인과 긴밀한 소통이 가능하도록 객관화시킨 문장들이 사랑받을 확률이 높다.

어둠이 내리니 함석지붕 위로 달이 차오릅니다

사방 고요해지니 풀벌레도 미동이 없습니다

바람이 간혹 백일홍 꽃잎을 스치지만

꽃은 아주 잠시 속살을 보여 줄 뿐입니다

댓돌 위에 턱 고이고 앉아 있던 나도

세월에 떠밀려 접어 두었던 속내를

달에게 꺼내 놓습니다

끝 먼 이야기에 귀환하지 못한 달

서동마을이 박꽃보다 환합니다

—「서동마을의 달」 전문

양 시인은 언어를 최대한 간결하게 응축해서 여백의 미를 살리며 정갈하게 시를 쓴다. 시의 길이가 길다, 짧다는 판단은 상대적이고 주관적이다. 그러므로 길이에 상관없이 한 세계를 온전하게 그려내면 잘 쓴 좋은 시가 된다. 길게 썼다고 자신의 마음을 다 담았다고 할 수도 없고, 짧다고 해서 양방향 소통이 불가능한 것도 아니라는 말이다. 양 시인은 시적 감각과 감성이 돋보이는 질료들을 멀리 가지 않고 무심코 지나칠 수 있는 가까운 주변에서 손쉽게 얻고 있다. 단란한 '서동마을'의 풍경이 눈앞에 삼삼하게 그려진다. 이처럼 양 시인은 세상을 바라보는 눈이 특별나지는 않지만, 특유의 여유로운 자세로 자연의 질서에 순응하는 겸손함과 소박한 마음을 잘 그려내고 있다. '가을은 선물'이라는 간결한 은유로 표현된 다음과 같은 작품이 그러하다.

가을은 선물입니다
구절초 꽃잎 열고

돼지감자꽃도 사랑스러운 계절

고개 숙인 벼들처럼 더 겸손해져야겠지요

참 예쁜 계절이

내게로 왔습니다.

— 「가을은 선물」 전문

「풀꽃」이라는 시로 유명한 나태주 원로시인은 누구나 읽기 쉽게 시를 쓴다. 어렵지 않고 짧고 평범한 시가 독자들의 선택을 받으며 인기를 끄는 이유는 쉽고 편하기 때문이다. 누구나 좋아하는 소월과 목월의 시도 대부분 짧지만, 우리에게 익숙한 입말로 리듬과 여백을 살린 매혹적인 작품이 많다. 그분들의 시는 과감하게 생략된 행간의 여백을 독자에게 제공하여 스스로 보충되며 끝없는 상상력을 확장하게 한다. 그러한 기교는 쉽지 않다. 오랜 창작 과정을 거치면서 손바닥에 박힌 군은살 같아 시인은 못 느껴도 독자의 입맛에는 자연스럽게 착착 달라붙는 숙성된 맛이다.

내가 쓴 시가 더 빨리, 더 오래, 더 깊은 감동으로 전달되게 하기 위해 비유와 상징을 활용한다. 비유는 종류도 많고, 분류도 다양하다. 비유를 안 쓰면 문장이 막연한 진술처럼 보이거나 사전적 의미로밖에 작용하지 못한다. 때로는 엉뚱하게 쓴 비유가 곤혹스러울 때도 있다. 낯설게 하기라면서 엉뚱하게 쓰면 그야말로 '죽은 문장'이 되고 만다. 시인은 최소한 죽은 문장을 쓰지 않기 위해 부지런한 광부처럼 서점과 도서관의 책

속을 파고들어 금쪽같은 시어를 캐내야 한다.

　어느 출판사에서는 해마다 '좋은 시'라는 제목으로 책을 펴내고 있다. 시에 '좋은 시'와 '나쁜 시'가 있을까? 물론 '잘 써진 시'와 그렇지 못한 시는 분명히 있다. 하지만, 좋은 시라는데, 아무리 읽어도 무슨 말인지 도대체 모르겠다. 물론 겉보기에 특색 있고 수준이 높아 보이긴 해서 인내하며 읽는다. 그런데 무슨 말을 이토록 빙빙 둘러대서 알아먹지 못하게 하는지 알다가도 모를 일이다. 아무리 참을성이 강한 사람도 읽다가 자꾸 이해가 안 되면 급기야 오해로 변해 책을 덮어버리게 마련이다. 어렵게 써야 품위 있는 시가 되고 쉬운 일상어로 어렵지 않게 쓴다고 해서 수준이 낮아지는 게 아니다. 정작 쉽게 쓰는 게 어렵게 쓰기보다 훨씬 힘들다. 나태주 시인 같은 이도 지금처럼 시를 쉽게 쓰기까지 무려 50여 년의 긴 세월이 걸렸다. 지금도 여전히 사랑받는 그의 시 「풀꽃」은 짧아도 긴 울림과 여운이 오래도록 남는 국민 애송시가 되었다.

　자세히 보아야
　예쁘다

　오래 보아야
　사랑스럽다

　너도 그렇다

　서점가에서 인기리에 판매되고 있는 책 중에는 나태주 시인의 다른 저서도 베스트셀러 반열의 열 손가락 안에 자주 꼽힌다. 독자들이 애정을 보내는 이유 중 하나가 우선 문장이 '쉽다'는 데 있다. 투명한 유리병 속에 담긴 것처럼 속내를 훤히 보여주기에 읽어서 이해 안 가는 대목이 한 군데도 없다. 다른 원로시인들의 시집도 대부분 어렵지 않아 누구나 쉽게 읽는 재미가 있다. 양 시인의 시 또한 복잡하고 난해한 대목이 없다. 시를 어렵게 쓰거나 애써 무거운 주제를 선택하지도 않는다.

　잘 아시다시피 티그리스와 유프라테스 '두 강 사이'의 기름진 땅 메소포타미아에서 인류 최초의 문명이 시작되었다. 왜, 갑자기 메소포타미아까지 호출한 걸까? 아마도 시를 쓰는 사는 삶이 메소포타미아처럼 기름지고 풍성해졌으면 좋겠다는 희망을 담은 거로 이해하며 읽었다. 「메소포타미아에 핀 꽃」은 시로 쓴 시론(詩論)이다. '간절히 마음' 모은 기다림 끝에 '꽃잎'이 벙글고 '인내로 빚어지는' 게 시라고 주장한다. 얼핏 푸념 같아 보이지만 '꽃이 피어나기를' 기다리는 시인의 간절한 마음이 지극하니 꽃 필 날이 꼭 온다. 두고 보시라. 참말이다. 정말이다. 진짜 그런 현실이 완성될 거다. 그래서 양 시인의 시는 자세히 보아야 예쁘다. 오래 보아야 사랑스럽다. 시를 사랑하는 너와 나 그리고 우리들 모두의 삶이 그렇다.

꽃이 피어나기를

얼어붙은 지난겨울부터 기다렸어

아무튼 그랬어

기다림이 좋기만 하였을까

흔들리는 마음의 틈새

애써 메꾸었지

꽃잎을 향한 일상의 염원처럼

간절히 마음 모으고

꽃잎 벙글기를 기다렸어

세월은 인내로 빚어지는 거라 했지

마침내

— 「메소포타미아에 핀 꽃」

추신 : 양길순 시인은 10여 년 전에는 필자가 살던 동네인 남촌동에서 아파트가 아닌 단독주택에서 살았다. 그 집 앞을 지나칠 때면 툇마루와 마당에 화분과 꽃들이 사시사철 만발했었다. 필자가 정들었던 고향 남촌을 떠나 객지로 떠돌고 있을 때, 양 시인도 남촌을 떠나 농촌 풍경이 아직도 남은 서쪽 마을로 가 반려견들도 맘껏 뛰놀게 하며 자연 친화적 전원생활을 만끽하고 있다. 어느 봄날에는 제비가 날아와 처마 밑에 집을 지었다는 소식도 전해주었다. 볼수록 귀여운 쌍둥이 손자 손녀와 같이 노는 재미에 푹 빠져 눈코 뜰 새 없이 바쁘시다고 한다. 사실 필자도 그러하다. 손자 손녀들이 무럭무럭 크는

걸 보면 우린 이제 많이 늙었다. '겨울 햇살 꼬리보다' 짧게 남긴 빠른 세월이 참으로 아쉽기만 하다. 나날이 새롭고 충만한 문운(文運)이 늘 함께하길 빌며.

사소한 관계에서 감동의 관계로 돌아오는 진솔함

— 누구나 아는 꽃이 아닌 나만의 꽃

허효순 시집, 『관계』, 2003년

필자가 원고를 넘겨받아 이번 시집의 해설을 쓰던 날, 대한민국 역도선수 장미란(25세)이 2008 베이징올림픽에서 인상 140kg과 용상 186kg, 합계 326kg을 들어 올리며 세계신기록을 수립, 지구상에서 가장 힘이 센 '여자 헤라클레스'로 등극했다. 그렇다. '장미란'이 들어 올렸던 둥그런 쇳덩이를 그저 둥그런 쇳덩어리로 보지는 말자.

모든 문학은 사람이 무엇이냐는 물음에서 출발하는 것이기 때문에 내면 없는 문학은 사람에게 도움이 안 된다. 그렇기 때문에 문학은 늘 삶과 존재론적으로 부딪쳐서 나와야 하며, 상징적 영혼성과 현장성을 동시에 가지고 있어야 한다. 영혼성을 가지면 힘이 없어지고 현장성은 일회성이기 때문이다. 그 양자를 어떻게 결합시킬 것인가 고투하는 과정이 글 속에 자연스럽게 녹아날 때 우리는 그 글을 읽고 감동한다. 그러나 욕심은 가식을 낳을 뿐이다.

참된 미적의지, 존재론적 체험이 없이 시의 형식만을 추구해서는 아무 감동이 없다. 나도 세계의 문을 열고 세계도 내게 문을 여는 것이 시적 교감이며, 그래야만 대상과 내가 전적인 합일을 이뤄 낼 수가 있다.

예를 들면 김현승 시인의 "꿈을 아느냐 네게 물으면, 플라타너스, / 너의 머리는 어느덧 파아란 하늘에 젖어있다"에서 플라타너스는 '꿈의 상징'으로 재탄생 한다. 내면 없이 외면만 가지고 씌어졌다면 '플라타너스'라는 나무를 통해 '꿈의 상징'이란 깊이는 얻지 못했을 것이다.

갑자기
여름은 간 듯
그대
정겹습니다.
문득
문득
행복하니
당신은
아름다운 손님

— <소나기> 전문

허효순 시인이 표제 시로 앞세운 〈소나기〉의 전문이다. 2연 8행의 짧은 작품이지만, 문단에 들어와 활동한 지 15여 년이 지난 삶의 여정을 모두 담은 작품이다.

시가 생각처럼 써지지 않는다. 그러나 성격대로 성깔 있게 시를 쓰는 사람들도 더러 있다. 그들은 그게 시라고 생각한다. 시는 마음 내키는 대로 그냥 쓰는 게 좋다고 할 수 있다.

본래 시작(詩作)의 기호를 이루는 것은 시인이 가지고 있는 개성이다. 실제 작품 제작의 동기가 되는 것은 어떤 순간이 시인의 느끼는 황홀한 상태에 맞먹는 객관적 등가물을 찾아야 한다. 이때 시인의 긴장상태가 객관적 등가물에 의해서 해방되기까지 말들이 계기적으로 거듭의 형식을 취하면서 배열되는 것이다. 이 배열된 상태가 곧 시인이 지닌 정서의 형태화를 뜻한다. 그것은 정형시가 될 수도 있을 것이며, 자유시 또는 단순한 민요적 시나 소네트가 되기도 한다. 그 주체가 바로 개성이다. 그러니까 시인의 개성이 자유분방한 상태를 지향하면서 이미 있어온 형태에 식상했을 때 작품은 유기적 형태를 취한다. 그러나 기성질서에 대한 인식이 우세하고 규범을 지키려는 생각이 강할 때는 추상적 형태가 빚어질 수밖에 없다.

형태가 착상을 꾸며내는 경우, 즉 착상이 하나의 단위로 간주될 수 있는 경우, 말을 바꾸면 처음부터 끝까지 한 개의 심리적 긴장이 도사리고 있는 정도로 제한을 받는 경우, 이때까지야말로 그 시는 단시라고 단정될 수 있다. 또한 우리 자신의 심리상태가 그것을 몇 개의 분리된 조(組)로써 받아들이고, 마침내는 그들 가운데 얼마를 하나의 포괄적인 동일체로써 정리하지 않으면 안 될 정도로 착상이 복잡한 경우, 그 시야말로 바로 장시라고 단정될 수가 있는 것이다.

글을 쓰는 방법에는 설명, 묘사, 서사, 논증의 방법이 있다. 이 중에서 묘사의 방법이 바로 시 작법이다. 묘사란 곧 표현을 말하며, 이미지를 만드는 것이라고 할 수 있다. 그런데 많은 사람들이 설명을 하고 있다. '인연'이란 어떤 것이라는 설명을 한다든가, '가로등'이 어떤 의미를 지닌다고 설명하고 있는 것이다. 시는 체험이라고 한다, 남은 못 보고 자기만이 본 것, 남은 못 듣고 자기만이 들은 것이 체험이다. 자기만이 본 것이 시각적 이미지고, 자기만이 들은 것이 청각적 이미지가 되는 것이다. 이것이 바로 시의 기본인 '낯설게 하기'인 것이다.

비록 주제를 이끌어 가는 솜씨가 다소 거칠더라도 자기다운 개성으로 말을 부릴 줄 아는 능력, 시가 될 수 있는 것, 설명이 아니라 표현을 한 작품을 골라 몇 편 소개한다.

시란 대상이 지닌 사실 자체를 묘사하는 것이 아니라, 그 사실에 대한 느낌이나 생각을 상상력과 더불어 표현하는 것이다. 쉽게 말하면 누구나 아는 꽃이 아닌 나만의 꽃을 피워 올려야 하는 것이다.

시 쓰기는 산문과 달리 말을 경제적으로 쓰면서 다른 사물에 빗대어 표현하여야 한다. 다시 말하면 말을 적게 쓰되 압축되어 있어야 한다는 말이다.

문학은 인간이 살아가면서 지향하는 바와 깨달은 바를 문자로 표현하여 아름다움을 추구하는 예술 행위이다. 그러므로, 작가의 완결된 작품은 〈최소의 단어로, 최대의 효과를 내는 탄탄한 문장〉이어야 한다고 필자는 강의 때마다 강조하고 있다.

애네들은
도서관
책상 위에
책들만 올려놓고
분분하게 유혹하던
봄날로 나갔다.

노란 민들레
낮은 소리로 웃고
나도
봄날로 간다.

— <봄·1> 전문

— 너덜너덜해진 국어사전

　중국의 문학가 구양수는 글을 잘 쓰기 위한 비결로 '삼다(三多)'를 들고 있다. 즉, 우선 다독(多讀) — 책을 많이 읽어야 하고, 그보다 더 좋은 것은 다작(多作) — 글을 많이 쓰는 것이며, 다작보다는 다상량(多商量) — 깊이 헤아려 생각함이 더욱 중요하다고 했다.

　도서관에는 우리가 필요로 하는 많은 정보가 있는 곳이다. 가끔씩 그곳에 가서 육체가 배고플 때까지 정신의 양식을 듬뿍 채워보시라. 좋은 문학작품을 만난다는 것은 매우 중요하다. 특히 글을 쓰겠노라고 기왕지사 글밭에 나선 사람이라면 가까운 도서관을 내 집 드나들듯이 하라는 말씀을 간곡하게 드린다.

　어찌되었든 작품은 풍부한 어휘를 활용하여 그것들이 형상화하려는 주제를 향하여 달려가게 해야 한다. 어휘를 풍부하게 확대하는 길, 역시 도서관 아니겠는가?

　　흔들리는 강가

　　은빛물결

　　꽃바람이듯

　　가볍게

　　다가서는 어둠

　　여기서

시작되었을 거야.

만남

그리고

안녕

— <그리움·5> 전문

　어른들은 이론이나 이익에 매달려 전체를 보지 못하지만, 어린이들은 부분도 전체와 동일시하기 때문에 어른들처럼 자신의 이익만을 주장하지 않는다. 또한 사람들은 외국어 단어 중에서 철자 한 자만 빼먹어도 깜짝 놀란다. 무식하다고, 교양 없다고 야단법석이다. 그런데 '한글'에서 받침이나 띄어쓰기쯤은 틀려도 대담하고, 문장이나 문법이 어긋나도 너그럽다. 의식하지 않는다.

"에이! 그럴 수 있지 뭐."

"이해하고 대충 넘어가?"

　'친숙한 언어'이니 모국어(母國語), 자기 나라 말이다. 어머니로부터 맨 처음 배운 말이다. 우리글 우리말 우리 한글이 사랑받는 세상이 바로 우리들 세상이다. 생각조차 가식 없는 어린이는 순진하다. 어른들이 보기에는 엉뚱하고 난해하겠지만, 그 상상력이 어른들처럼 사람을 피곤하게 하지는 않는다. 절대로 시니컬하지 않다. 보는 눈이 따뜻하고 느끼는 마음 또한 포근하다. 그러하니 골치 아프고, 꽉 막혔을 때는 동시(동화)라도 읽어보시라.

　기왕지사 뱉은 김에 속 좁은 소리지만 좀 하고 넘어가야겠다. 요즘 공중파를 통해 유행을 퍼트리는 개그나 코미디는 물론 사이버 세상에서는 정상적인 언어를 위반하고 비틀고 왜곡되어야 재미있다고 한다. 물론 재밌을 것이다. 그러나 그것에 재미를 느끼며 즐긴다면 문제는 커진다.

　작품 활동에서도 마찬가지이다. 미적가치의 잣대는 변할 수 없다. 작가의 뚜렷한 주관과 개성만이 요구되는 것이 예술계이다. 이상스런 기교를 부릴 필요도 없다. 요상한 작품들이 잘 읽힌다고 다 좋은 작품은 아니다. 베스트셀러라고 해서 명작인가? 물론 평론가들조차도 그것들에 찬사를 보낸다. 왜? 돈이 되니까? 그러다보니 작가들조차 그러한 방향으로 간다. 작품이라고 읽다보면 누더기다. 여기저기 짜깁기했지만 구조 또한 튼실하다. 숨겨진 양심까지도 매우 두텁고 단단하다. 그러한 평론가들이 높게 평가한 작품을 잘 이해하지 못한다면 당연히 교양 없는 사람 취급을 당한다.

　우리나라는 서구의 비평이론을 무자비하게 수입했다. 내년부터는 보험, 은행 할 것 없이 마구잡이로 들어올 것이다.

　뒤돌아보라. 주변을 살펴보라. 오래도록 국문학을 전공하고 연구하는 국문학자 중에서 '문학평론'으로 성공한 혹은 활발하게 평론하는 국문학자가 과연 몇이나 되는가?

　상당히 비약했다. 거듭 말하자면 '영문학', '불문학', '독문학'을 전공한 학자들만으로 우리나라 문학평론집단은 대부분 형성되어 있다고 잘라 말할 수 있다. 그래야만 우리나라의 시인과 시에 대해 이러쿵저러쿵 외국의 실례를 들어가며 평할 수 있다.

그대가 오기 전
몰랐네.

내게 오는 그대
웃음으로 오는가.
아픔으로 오는가.

꽃가지 끝에라도
머물다 가기
바람 곁에라도
스치어 보기

가슴 타고 오르는
꽃 된 그대

— <꽃은 꽃으로 예쁜가> 전문

당신의 책상에 '국어사전'은 있는 지 확인하고 싶기 때문이다. 문학에 뜻을 세우고 있는 분들은 한글사전부터 잘 간수하시기 바란다. 너덜너덜 할 때까지 국어사전을 넘기자.

아예 걸레를 만들었다면 그날에 비로소 당신을 시인, 소설가, 수필가로 부를 것이다. 절대로 노여워하지 말 일이다.

— 아름다운 말은 아름다운 영감에서 나온다

역설은 아이러니와 아주 비슷한 시의 요소다. 역설은 근본적으로 아이러니와 달라서 말에 의존하는 면이 강하다. 거기에는 또한 청중 내지 관객에 해당되는 독자의 역할이 그렇게 중요한 위치를 차지하지도 않는다. 이런 의미에서 역설은 아이러니의 경우보다 덜 상황적이다. 그러니까 역설이 아이러니보다 좀 더 시와 문학성이 강하다는 이야기로 바꾸어 해석될 수도 있다. 색즉시공(色卽是空), 공즉시색(空卽是色), 있는 것이 없는 것이며, 없는 것이 있는 것이다.

떠나는 사람이야
갈 곳 있어 바쁘겠지만
보내는 사람은
남아 있는 아픔 크다.

바람은
불어서 잡지 못하고
사랑은

이름 없어 불러 세우지 못한다.

기약 없이 가는 눈빛

가만히

가만히 묶어 놓고

— <이별> 전문

시는 언어를 최대한 절제하면서 함축과 온갖 수사적 표현이 따라야 한다. 자신의 생활을 따뜻한 시선으로 감싸 안으며 시인이 살아가는 삶의 현장감과 함께 그 안정성이 더욱 큰 울림으로 독자를 향해 다가가야 한다. 시는 뭐니 뭐니 해도 자신의 체험이 밑바탕이 되어야 한다. 거기에 예리한 관찰력과 상상력을 확장시켜 나간다면 더 바랄 것도 없을 것이다.

아침에 일어나

씽크대 앞에 서니

종이학 한 마리

종이배 위에 살포시 앉아 있네.

엄마, 사랑해요

날개가 있어도 날지 못하는

종이학은

내 마음속에 날고 있네.

아스라한 하늘을 마음껏 날고 있네.

— <예쁜 나라 - 나의 사랑 순관> 전문

아이러니란 일단 반어(反語)라고 말할 수 있다. 우리가 일상적으로 하는 말 가운데는 겉으로 하는 진술과 다른 속뜻을 가지는 것들이 있다. 그 속뜻이 단순하게 감추어진 상태라면 그것은 함축적 의미에 그친다. 그러나 그것이 의도적으로 화자에 의해서 이야기된 경우가 있다. 이런 경우의 화법 자체를 아이러니라고 한다.

시의 언어는 관련대상을 정확하게 가리키는 데 그 목적을 두지 않는다. W. 엠프슨(William Empson)이 애매성에서 말한 첫째 경우인 '한 단어나 문장이 동시에 여러 방향으로 작용한다든가 효과를 미치는 경우'가 있는 것이다.

시어 선택이나 배열은 제재와 상황, 그리고 시인의 개성에 따라 다양해질 수밖에 없다. 비유는 시적 표상의 가장 기본이 되는 형태라고 할 수 있다. 우리가 새로운 현상에 부딪히거나 독창적 세계를 제시하고자 할 때 그것은 물론 어느 방식의 언어 표현으로는 잘 달성되지 않는다. 그렇다고 새로운 언어를 제멋대로 만들어 쓸 수도 없다. 일상적 언어를 뒤바꾸어 놓으려는 시도 즉, 표준 의미에서 거리가 먼 비유, 곧 전이의 정도가 심하면 심할수록 그 비유가 기능적일 수 있다는 점이다.

아름다운 말은 아름다운 영감에서 나온다고 한다.

아름다운 영감 역시 안정되고 성실한 자기생활의 성찰에서 비롯된다. 시어는 아름다우며, 멋지고 세련된 용어이다. 그러므로 시어는 아름다운 영감을 가지고 아름다운 생각과 자기와의 끝없는 성찰이 이루어질 때 탄생될 수 있는 자식입니다.

시를 좋아하고 시를 쓰고 있는 그 자체가 그 사람은 아름다운 영감을 즐겨 쓸 수 있다는 것을 의미합니다. 시인은 인간의 오욕칠정의 순수한 감성에서 진(眞), 선(善), 미(美)를 언어로써 요리하는 요리사라고 말 할 수 있다. 이러한 시적 감성은 사람이면 태어날 때부터 누구나 다 가지고 있는 것인데 그가 아름다운 말을 어떻게 활용하는가에 따라 시인도 되고 사이비도 된다.

사람들은 〈나는 시에는 소질이 없어〉라고들 말한다. 그것은 소질이 없는 것이 아니라 타고난 시적 감성을 개발하려는 의지가 없다는 것이라 생각된다.

이른바 한국시인은 우리말을 순화시켜 나가면서 맑고 밝은 사회를 만들어가야 할 역사적 사명을 띠고 이 땅에 태어난 것이다.

산다는 게
이토록
따뜻하게 아름답고
차갑게 가슴 시릴까.

돌아가는

철길 모서리

촉수 낮은

가로등 빛

— <찻집> 전문

　시의 말은 일상적인 경우와 동일한 선상에서 시작하기 때문에 시에서도 그 말의 뜻은 일단 관련 대상을 정확하게 지시하는 면도 가지는 것이다. 그러니까 이미 주변에서 정리되어 사전에 올라있는 것이다.

　게오르규는 일찍이 시인이 괴로워하는 사회는 병든 사회라고 지적한 바 있다. 특히 자학과 자조 / 체험과 절망 / 대립과 갈등의 사회생활에서 시인은 단 하나의 절대재현을 거부한다.

　'다양한 재현들'을 통해 자아를 인식하고 이성과 보편성을 찾으려 한다. 특히 시대보다 한발 앞서가는 시인은 예언자적 기질을 발휘하여 자신의 운명까지도 그 시 속에 담아 번뇌와 고민의 환상공간을 만든다. 그리고 작가는 뒤로 물러나고 작품 속의 인물들이 무대로 올라와 독백하는 '의식의 흐름' 형식으로 옮아간다.

　과거 시인들의 불우한 삶은 일일이 열거할 수 없을 만큼 많지만, 음악(특히, 흘러간 대중음악)에서도 더욱 극렬하게 나타나지 않았던가. '슬픈 노래'를 부르는 가수는 그의 삶 역시 비극으로 끝나고 말았다. 배호, 차중락, 김현식 등이 그가 절규하던 노래처럼 삶도 매듭지어지기도 했다.

— 병든 사회에서는 나와 남의 관계가 없다

고슴도치 제 새끼털
부드럽다더니
햇빛에 맑게 비친
아들 귓바퀴
실핏줄조차
가슴으로 든다.

— <핏줄> 전문

그 겨울
그 밤에
아내는
해삼이 먹고 싶었네.

손이 시리고
해삼은 얼었네.
따뜻한 물에서
녹아내리는 해삼

그 겨울

그 밤

누구에게나

따뜻한 것만이

정답은 아니었다네.

　　　　　　　　— <행복> 전문

　부모가 자식에 대한 사랑을, 부부간의 사랑을 아주 간결하게 드러내고 있다. 우리 누구나 다 알고 있어서 그래서 오히려 재미없는 소재인 고슴도치에 빗댔고, 누구나 한 번쯤은 다 먹어본 아주 지극히 서민적인 해산물이라서 조금은 새로울 것도 없는 '해삼'을 통해서 비유했지만, 읽을 수록 인간 삶의 관계의 한 양상을 깊게 되새기게 하고 있다. 이렇게 허효순은 평범한 일상에서 특유의 섬세함으로 공감대를 형성시키고 있다. 또한 과감할 정도의 일상저긴 언어를 도입하였지만 서민적인 삶에 대한 따뜻한 애정이 깃들어져 있어 그래서 오히려 우수마저 잔잔히 흘러나오고 눈물겨운 감동을 전달하고, 겉으로는 해학적인 듯 역설적인 듯 유머가 있는 표현들이 아무렇지도 않은 듯 자리 잡고는 어느덧 그 보이지 않을 듯한 실핏줄마저, 따뜻함보다 모질게 다가왔던 시련의 시간이 오히려 사랑을 잇는 관계로 승화되는 시적 형상화와 그러면서도 시인은 슬쩍 자리를 비켜서서 시적 공간을 독자들에게 비워주는 섬세한 시적 연출들을 쏠쏠히 지적 재미를 주고 있다.

위의 〈실핏줄〉이나 〈행복〉처럼 그저 자연스럽게 시가 써지면 당연히 시가 된다. 더 꾸밀 필요조차 없다. 그러나 사람에 따라서는 시의 언어가 정서적 용법이 되어야 한다는 사실을 일방적으로 해석하는 예도 있다. 그리하여 사전적 의미와는 전혀 무관한 상태에서 시의 언어가 쓰일 수 있는 양 생각해 버리기도 하는 것이다.

그렇다. 문학도 개인의 감정을 표현하는 서정적 양식이다. 일정한 형태는 갖추어야 한다. 보기 싫어도 이론은 공부하자. 물론 이론이 쉽게 읽혀질 리 없다. 행간마다 한 줄 한 줄 밑줄 쫘~악 긋지 않는다면 오해의 소지도 다분하다. 물론 필자도 자주 실수하는 편이다. 그것은 아직까지 이론적 뼈대가 튼실하지 못한 당연한 소치이다. 때문에 잘못해서 스스로 함정으로 발을 내딛는 수도 있었다. 때로는 훌쩍 중요한 부분을 건너뛰기도 했고 나만의 주의주장 속에 스스로 갇히기도 했었다.

타인의 작품에 대해 잘못된 분석이나 오역으로 엉뚱한 길목에서 허둥대기도 했다. 그러나 우리는 오래도록 이 길을 갈 것이다. 가다가 넘어져 무릎이 깨지기도 하겠지만 툭툭 털고 다시 자신의 길을 갈 것이다. 그러나 정말 오랜 기간 문학에 대한 학습 과정을 거치면서 반복하다보면 언젠가는 좋은 결과물도 꼭 생길 것이라는 강한 믿음이 있다.

글을 쓰는 측에 참여하기 위해서는 좋은 책 많이 읽고 남다른 경험 많이 가지며 많이 써 보는데서 글 솜씨가 단단하게 여

물어 가는 것이다. 글을 머리로 쓰는 것이 아니라 가슴으로 써야 감동적인 글로 살아나는 것이다. 없던 일 꾸미려고 애쓰는 글은 머리로 쓰는 글이요, 자신의 경험에 마음을 담아서 쓰는 글이 가슴으로 쓰는 글이라는 정도로 알면 될 것이다.

오늘날 우리 사회의 이슈가 경제 문제에 대한 부정적 태도로 일관된 모습이긴 하지만, 현재 우리들의 삶이 물질적 풍요를 누리고 있다는 사실에 이의를 달 사람은 많지 않을 것이다. 그러나 다소 가난했던 과거 어느 시절보다 물질적 풍요를 누리고는 있다고 하지만 우리의 생활이 더 행복해졌다고 말할 사람 또한 흔치 않을 것이다. 살림살이의 외형적인 물질적 규모가 커지고 좀 여유로워졌다고 해서 가난의 시대를 살았던 때의 삶보다 정신적으로 행복해졌다는 근거가 없다.

오히려 우리는 과거 가난 속에다가 행복을 회귀시키며 오늘의 어려운 삶을 달래고 있다. 이는 물신주의적 풍조가 사람들의 의식의 주인으로 자리 잡고, 부의 축적을 위해서는 수단과 방법을 가리지 않아도 된다는 몰가치적인 삶의 방법들이 강조될 뿐 진정한 인간관계로서의 삶은 무시되기 때문이다. 이러한 사회는 분명 병든 사회다. 이렇게 병든 사회에서는 〈나〉와 〈남〉의 「관계」가 있을 수 없는 것이다. 비록 있다 해도 그것은 사람들 사이의 객관적 거리를 유지할 수 있는 사람다움의 관계는 없고, 물질적, 금전적 더하기만 요구되는 산술관계만이 존재한다. 각각의 내면 속에 한데 어울려 삶, 혹 더불어 함께 사는 삶을 가능케 해 주는 균형과 조화의 의식의 결핍 현상만을 드러낸다.

이 병든 사회 속에서 문학인이라면 과연 무엇으로 문학은 그 존재에 대한 의의를 삼을 것이며, 사람들의 행복을 위하여 어떻게 기능할 것인가 하는 의문을 갖지 않을 수 없다.

그에 대한 대답을 허효순 시인의 시집 『관계』를 읽다보면 새삼 발견할 수 있게 된다.

60여 편이 좀 넘는 작품들로 이루어져 『관계』를 발표하는 허효순 시인은 사실 내게 있어 낯선 시인이다. 그 낯설음만큼 그의 시도 낯설어야 되는 것이다. 그러나 그의 시에는 처음부터 어딘지 모르게 낯설지 않다. 이렇게 허효순 시인과 나는 처음부터 낯설지만 낯설지 않은 관계로 만났다. 아마 그것은 이제까지 그의 모든 시적 사고와 작업에의 총체적 모습을 담고 있다고 할 수 있는 그의 첫 시집과 나 사이에서 우리 사회가 앓고 있는 공통의 주제 의식을 개인적 체험의 차원을 뛰어 넘어 누구나 느끼고 함께 할 수 있는 공감대를 형성하고 있음에서 본 것이다. 이는 시인이 개인의 체험을 전체라는 관점에서 파악하는 현실인식의 철저함과 상상력의 역동성을 한데 뭉뚱그려 개인으로서의 한 시인이 일상 세계 속에서 획득하는 경험적인 사실들을 거시적 틀에 비추어 바라보고 새롭게 현실을 창조하는 능력을 갖아야 한다는 의미이기도 하다. 다만 그의 시적 관심의 협소성으로 나타나는 사사로운 미시적 틀로 축소되는 결함을 노출시킬 수도 있는 작품들도 더러 있기에 이번 시집에서는 제외시킨 작품들도 있다.

그러면 이제부터 허효순의 시 세계로 접근해 보자.

— 긍정적인 삶의 따뜻한 눈길

허효순의 시는 어느 정도 이미지적 요소와 모더니즘적 요소가 편린을 보여주면서 간혹 언어의 구조만이 공허하게 노출되어 시의 내용이 미시적인 틀로 축소되는 결함을 보이기는 하지만, 전체적으로 볼 때 소박함과 진솔함이라는 무기가 장착되어 그러한 부분적인 것들을 압도해 가고 있다. 평범한 가정주부의 생활체험과 지극히 서민적인 삶에서 접하는 아주 작은 사소한 대상들을 통하여 그가 드러내는 것은, 그러나 결코 소박하거나 사소한 것만은 아니다. 뜻밖에도 그가 사소한 체험이나 대상에 천착하여 근원적인 삶의 귀중한 문제 -관계- 들과 연계되어 있다. 그래서 그의 시는 일견 평범한 듯 하지만 그 내부에 만만치 않은 시적 주제에 대한 탐색과 인식의 깊이를 보여준다.

그리고 허효순의 가장 특징적인 부분이라고 한다면 평범한 삶의 한 단편을 아주 예리하게 절단해 놓고, 그것을 우리의 일상에도 아무렇지도 않은 듯 평범하게 변형시켜 놓은 듯 보이지만 그 안에 비수를 품고는 능청을 떨고 있다는 것이다.

삶의 우수를 지극히 긍정적인 시선으로 포착하여 여성 특유의 섬세함으로 형상화 하는 특별한 재능 또한 겸비하고 있다. 직접 그의 시를 통해서 살펴보자.

소리 없이
가고 오는 것이
저다지도 하얗게 빛나는
목련뿐일까 마는

4월의 바람이 스산한 밤
뒤로 할 수 없던
그대가 그립다.

힘겹게 웃던 아픈 당신
그대가 떠나던
마흔 둘의 나이

이제
나
마흔을 지나
속절없이 아픈 가슴

― <관계 · 1>

인간이 출생과 더불어 울음을 토하는 것이 인간 감성의 원초
적 표현이라면 그 울음 속에 내재된 감성의 기본은 어머니의
편안했던 자궁을 빠져 나오는 동안 존재하는 오욕칠정(五慾七
情)이 분화되지 않고 일시에 결합된 경이의 함성이 울대를 통

해 한꺼번에 터져 나오는 원초적 시적 감성의 표출이 아닐까?

다소 교과서적인 표현을 인용하자면 글을 쓴다는 것은 자기의 생각과 느낌을 문자로 표현하는 일이다. 이때 생각은 사상, 느낌은 감정이라는 말로 대신할 수 있다. 그리고 사상을 표현하는 일은 대부분 논리로써 그 옳고 그름을 제시하거나 옳으면 왜 옳은 지, 그르면 왜 그른 지 하나하나를 섬세하게 따져나가는 일이다. 그러므로 논리가 없는 생각, 사상은 사상누각과 같은 말의 성찬에 불과하다.

세상의 사상(事象)은 때마다 변하고 사람에 따라 무궁무진하게 새로운 각도로 받아들여진다. 인간사도 그렇다. 더구나 시 창작은 사물에 대한 평범한 선입견, 지각의 자동화에 빠지지 않는 순수한 관찰과 더불어 과거 경험을 바탕으로 하는 왕성한 상상력을 필요로 한다는 사실을 잊지 말았으면 좋겠다.

허효순에게 있어 관계—사랑은 그의 다수의 시편들에서 공통적으로 발견되고 있는데, 그것은 그의 시적 사고의 중요한 모티베이션을 이루고 있다. 〈예쁜 나라〉에서는 싱크대 위에 접어놓은 그 작은 어쩌면 너무도 보잘 것 없는 아들의 '종이학' 한 마리와 사이의 관계에서 '사랑'을 느끼다 못해 하늘까지 마음껏 날아오르는 작중 화자가 아들에게서 느끼는 사랑의 관계가 간결하게 드러나고—(그것은 독자들에게 있어 주위의 관계를 다시 한 번 돌아보게 하는 깊은 울림의 관계로 돌아오고)— 〈주관적 진실 3·4〉 등에서는 배꽃보다 하얗게 눈이 부셔오는 어머니에 대한 그리움을, 기쁠 때나 외로울 때나 함께 했던 영원한 인간들의 화두 어머니의 사랑과 그리움을, 이제 현실 속에서 존재하지 않는 어머니를 늘 하루가 다하는 저녁 석양 속에 묻어놓고 끊을래야 끊을 수 없고 그리워하지 않을래도 그리워하는 그리움을 작가는 한 발 물러서서 바라보면서 독자들에게 끼어들 사유의 공간을 내어주고 있다.

〈서글픈 세월〉에서는 IMF 시절 누구나 다 어렵게 살았던 서민들의 삶을 "서로 / 마음 다치지 않고 / 살았으면 / 바라기는 마찬가지"라는 공동체의 삶의 관계를 같이 아픔과 고통을 나누고 기원하기도 하고, 늘어만 가던 포장마차가 어느 틈에 하나 하나 없어지는 거리가 오히려 더 스산하다며, 어려운 삶일수록 깊고 진한 관계가 물질적 풍요 속에서 소원해지는 무관심의 관계로 변화되는 현실적 관계의 아픔을 더 아파하나 끝까지 포기하지 않는 현실에 대한 그의 긍정적인 삶의 따뜻한 눈길이 능청스러울 정도로 진하고 섬세한 그의 시적 사고를 가능케 하는 관계로 발전되고 있다. 그의 시에 있어서 지극히 소시민적이면서도 따뜻한 눈길은 이처럼 애환과 그리움이 깃들여 있으면서도 긍정적인 덕목을 통하여 예상 밖의 삶의 우수와도 연결되어 시적 탄력을 또한 만들어 주고 있다. 이 평범한 삶의 체험이 〈임신한 아내를 위하여〉와 〈친구〉에서는 좀 더 진술하고 가족적인 따뜻한 관계의식으로 확산되고 있음을 알수 있다.

순대 먹고 싶다던 말
생각나
양복 차림으로
까만 봉지 들고 들어서는 모습에

아내는
차마
남기지 못하고 다 먹는다.

임신할 수 없는 남자
임신한 여자 변덕 알길 없어,
다음날에도
순대 한 봉지 들고
웃을 때

아내는
또 샀어?
묻지도 못한 채
피식 웃고 만다.

— <임신한 아내를 위하여> 전문

그녀는
너무나도 멀어서

애닳은 거리에 있다.

정녕

산다는 것이 헤어짐이라면

어떤 질감으로 견뎌야 하나

가슴은

얼마나 넓기에

이다지 허허로운가.

— <친구> 전문

— 시는 최후까지 살아남는 정신의 덩어리

어느 날 유명한 화가인 드가가 상징주의 최고의 시인 말라르메에게 시 창작의 고통에 대해 이렇게 불평을 털어놓았다.

"무슨 짓이람! 하루 온종일 빌어먹을 소네트에 매달렸는데 한 발자국도 못나갔네. 하지만 생각이 모자라는 건 아니라네 … 그건 많이 있어 … 지나치게 많거든 …."

그러자 말라르메가 조용히 대답했다.

"하지만 드가! 시는 생각을 가지고 만드는 게 아니라, 말을 가지고 만드는 거라네."

시는 특수한 계층(문단진출을 한 세칭 시인들)의 전유물이 아니라 사람은 누구든 시인이 될 수 있는 것이며 특수한 문학적 수업이나 체계적 학습이 없어도 문자를 알고 시적 감정을 일정한 외재적 또는 내재적 운율에 따라 어떠한 사상(思像)을 은유적으로 표현 한다면 시인이 될 수 있는 것이다.

평소 일반인들과 대화를 나누는 중 "시를 좋아 하느냐" 라고 물어보면 십 중 팔 구는 머뭇거리다가 '시는 어려워서!' 라고 말들 한다. 그 말은 시를 좋아 하기는 해도 시를 읽어보면 이해가 안 된다는 말로 들린다.

시인은 한 개인으로서 그의 정서적 체험과 그의 정신적 고통의 궤적을 〈시적 언어〉 속에 명징하게 표출시킴으로, 그의 경험들을 개인적 차원을 뛰어넘어 우리 시대의 삶에 동참하고 있는 모든 사람들의 보편적인 참삶의 진실과 접목시킬 수 있을 것이다. 그때 비로소 시적인 감동을 유발하게 하는 것이다. 그러나 '시적 언어' 라는 말에는 오해가 없기를 바란다. 이 말은 어떠한 사물, 혹은 현실의 어떠한 사실들을 있는 그대로 거울에 비추듯 직설적으로 드러내 보이는 것을 의미하는 것만은 아니다. 오히려 그 '시적 언어'는 사물, 혹은 사실의 의도적인 왜곡과 변형을 통하여 그것을 대상으로 삼았을 때의 시인의 인식의 명증성을 보여주게 되는 경우가 대부분이다.

허효순의 시에서도 사물에 대한 의도적인 왜곡과 변형을 보여주고 있다. 「공원」이라는 작품은 그러한 예에 해당한다.

나무 벤치 뒤

　진분홍 철쭉 가득 핀

가지 사이로

구겨진 종이컵

보이고 싶지 않은

내 속의 나

감추듯

숨은 종이컵

제 뱃속 채운 누구였을까.

너나 할 것 없이 어려운 세상

자취 없고

구겨져 쭈그리고 있나니.

'종이컵'이라는 단순한 사물의 특성을 빗대어 외롭게 소외되고 어렵게 살고 있는 사람들의 아픔을 이처럼 효과적으로 드러내기도 쉬운 일은 아닐 것이다. 종이컵이라는 사물의 외형적인 모습에서 "보이고 싶지 않은 / 내 속의 나 / 감추 듯 / 숨은" 종이컵처럼 고난과 아픔을 보이지 않고 살아가려는 우리들의 모습을 보는 것이 바로 시인의 눈이라고 할 수 있다. "나무 벤치 뒤 / 진분홍 청쭉 가득 핀 / 가지 사이로 / 구겨진 종이컵" 처럼 소외되고 아무도 관심 두지 않는 곳에 관심을 갖는 눈을 갖고 있다는 사실은 시인이기 때문인 것이다. 시인은 눈이 세 개라도 괴물이 아니다. 이러한 궤변은 필자가 우리 학교의 〈글타래〉 창작 강의 때마다 강조하고 또 강조했다.

누가 뭐라 해도 시는 최후까지 살아남은 정신(精神)의 덩어리다.

다시 말하면 외부 세계의 충격에 대한 반응으로 작가는 시를 쓴다. 그때 작가는 단순히 수동적이 아닌 자아와 세계가 동일화된 능동태인 것이다. 자아와 세계가 일체감을 이루 었을 때 '아름답다' 한다. 즉 작가는 문장의 행간 사이에 보물을 감추고, 독자는 그 보물 찾기를 하며 즐기는 것이다. 때문에 작가는 창작을 통해 작품이 자아와 세계, 곧 인간과 사물과의 간격을 문학적 기법을 통해 좁혀 줄 의무가 있다. 즉 어떤 것이 인간이고 어떤 것이 사물이라는 설명보다는 미적으로 통일된 의식으로 살아남아야 한다. 그런데 왜 나에게서는 아름다운 글이 나 오지 않는 것일까?

작품은 작가의 분신이다. 글은 작가의 생각 그 자체이다. 그런데 대부분의 사람들은 어른이 되면 자신의 마음을 담은 글을 솔직하게 쓰지 않는다. 험한 세상을 살다보니 때가 묻었는지 다른 욕심이 있는지 자꾸 쓸데없는 가식만 늘어간다. 물론 가식도 대단한 테크닉일 수 있다. 테크닉은 어찌 어떻게 해야 좋다는 말을 듣는가?

누구나 자신이 의식하건 아니하건 간에 자주 반복되는 단어 혹은 이미지는 있다. 그러나 그것들이 그 사람을 지배하게 되면 영영 고칠 수 없는 고정관념의 덩어리가 된다. 고정관념은 상징이다. 물론 완벽한 상징의 단계에 이르렀다면 개성 있는 선명한 이미지로 많은 사람들의 사랑을 받기도 하고 '감동 시킬 수도 있다. 그러나 저 혼자만 좋아하는 난해한 상징이거나 이해할 수 없는 헛된 짓이라면 여러 사람들을 피곤하게 할 뿐이다.

시인들이 쓰고 있는 시가 난해하다는 이야기는 시인들이 쓰는 시어들이 너무나 추상적이어서 독자들이 시를 이해하는데 있어서 시인의 세계에 접근할 정신적 시간적 여유가 없어 자기 기준에 따라 시를 이해하려는 태도에서 오는 현상이다.

— 자신을 좀 더 냉철하게 객관화시켜 보는 기회

허효순의 시가 가지고 있는 매력은 지금까지 살펴본 것처럼 우리 주변에 가장 가까이 있는 가족으로부터 시작하여 늘 볼 수 있고 경험할 수 있는 사소한 사물들을 예리한 시적 감수성으로 포착하여 삶의 보편성과 진리, 아름다움, 음영과 우수를 효과적으로 드러내 보여주고 있다. 또한 그때 동원되고 있는 언어들이 일상적 어휘임에도 불구하고 시의 구문 속에 요소요소 적절히 박혀 빚어내는 시적 분위기의 친숙함을 맛 볼 수 있는 재미에 있다고 보겠다. 그러면서도 그의 시적 재능이 여지없이 빛을 내는 것은 작지만 작지 않은 "사랑+관계"를 교묘히 이루어 가면서 시적 화자가 드나들고 있다는데 있다.

그러나 가끔은 그의 시가 체험의 구체성이 증발되어 언어의 구조만이 공허하게 노출되는 경우도 있었기에 이번 시집에서는 함께 넣지 않았음을 밝혀둔다. 이것은 긍의 언어에 대한 다소의 편협성 때문이 아닐까 하는 필자의 소견 좁은 생각으로 다음 시집에서 만나기를 기약하자는 뜻이었다.

바꿔 말하면 사람이 일상적인 삶의 틀 안에 갇히게 될 때 눈앞의 필요 이외는 바라보지 못하게 되어 삶의 움직이는 실체와 영원한 본질을 놓쳐버리는 함정에 빠질 위험성도 초래된다는 의미다.

사람들은 꽃을 보거나 자연을 관광할 때 와아! 좋다. 라고 감격을 하면서도 그 다음을 이어가지 못하는 것이 일반적인 사람들이 공통된 점이다. 분명 그들의 마음속에는 시적 감각이 동요 되고 있으면서도 막상 그것을 감탄사 이외의 다른 언어로서 표현하기란 그리 쉽지 않다. 그것은 평소의 언어생활에서 시적 언어를 사용하지 않기 때문이라고 생각된다. 시적 언어란 진부하지 않고 새로운 감각을 지닌 세련된 언어라고 한다.

우리말은 예부터 형용사나 부사가 발달하여 아름답고 고운 언어를 다재다양하게 구사할 수 있도록 짜여있다.

그러나 우리들의 일상생활이 단조로운 탓인지 평소에 사용하는 언어는 극히 제한되고 자기 중심적이며. 될 수 있는 한 언어를 축약하려는 경향이 짙다.

가령 주어와 수식어를 생략하고 술어로써만 의사소통을 하려고 한다. 그러다보면 대개가 명령어로 되어 버려 상대방이

본인의 뜻을 잘 파악하지 못하고 감정을 사기가 십상이다.

이보다 더한 축약된 언어로 창작하는 시인의 시어가 쉽게 독자들에게 납득될 리는 없다. 그래도 시어는 줄일 수 있는 데까지 최대한 줄여야 한다. 그리고 시인의 의식에 의해서 나타난 영감과 더불어 체험에서 망각으로, 망각에서 기억으로, 기억에서 시상으로 이어지는 과정을 거쳐 생산된 한 편의 시는 시인의 끝없는 퇴고(推稿)에 의해 세상 밖으로 튀어 나와야 될 것이다.

이제 허효순은 그의 첫 시집을 가짐으로써 자신의 작품세계를 통해서 자신을 좀 더 냉철하게 객관화시켜 바라볼 수 있는 기회가 될 것이다. 항상 노력하는 그리고 잠재력을 충분히 갖고 있는 후배 시인이기에 믿음으로 이 평을 쓴다.

지금보다 더 풍요롭고 다채로운 시적 모험을 통해 누구나 공감하고 깊은 감동을 안겨줄 수 있는 좋은 시들이 속속 탄생될 것으로 믿어 의심치 않는다. 관계없는 것의 관계에 대해서도 관계를 맺기를 기대하면서 이번 시집의 읽기를 마친다.

강가에서 수석탐사를 해 보신 분들은 이해갈 것이다. 이 시는 수석(壽石)이다. 드디어 한 여자가 문단의 강가로 무엇을 찾겠다며 맨발로 나타났다.

깊이
넓이 없는

파장으로

맑은 죄

서글픔 하나 안고

그렇게 왔다.

숨죽은

기억의 벽

살아

숨 쉬는 벽

그 남자

가

만든 벽

허물어지지 않는

벽….

          — <한 여자가 찾아왔다>

장자적 삶의 방식과 그리움의 은유법

―가장 소중한 것은 보이지 않는 법

김의식 시집, 「박꽃」, 1999년

I pondered deeply, then, over the adventures of the jungle. And after some work with a colored pencil I succeeded in marking my first drawing. My Drawing Nomber One. It Iooked Iike this: I showed my masterpiece to the grown-ups. and asked them whether the drawing frightened them.

But they answered: "Frighten? Why should any one be frightened by a hat?"

My drawing was not a picture of a hat. It was a picture of a boa constrictor digesting an elephant. But since the grown-ups were not able to anderstand it. I made another drawing: I drew the inside of the boa constrictor, so that the grown-ups could see it clearly. They always need to have things explained. My Drawing Number Two looked like this:

우리들끼리는 김의식 시인하면 '산신령'으로 통한다. 그렇게 불러도 조금도 어색하지 않고 그 자신도 그다지 싫어하는 눈치도 아닐뿐더러, 그렇게 불려지는 데는 당연한 이유가 있다.

나이에 비해 일찌감치 탈색된 하얀 머리카락과 흰 수염을 휘날리는 그를 한 번이라도 본 사람이면 누구나 고개를 주억거릴 것이다. '휘날린다'는 표현에 다소 힘을 주었지만 그것도 그만한 사유가 있다.

갈색 베레모와 붉은 색 웃옷을 즐겨 입고 90cc짜리 소형 오토바이를 몰고 세속도시를 질주하는 현대판 산신령을 상상해 보시라.

발문의 첫머리에 같잖게 뜻도 모를 영문을 그대로 옮겨 보았다. 무슨 영문일까? 도무지 영문도 모를 일이라고 쉽게 넘기지 마시고, 아시면 소리내어 읽으시고 귀찮으시다면 그림이라도 잠깐 감상하시라는 배려이다.

'가장 소중한 것은 보이지 않는 법'이라는 어린왕자의 생각과 '어린이는 어른이 아버지(The child is a father of a man)'라는 윌리엄 워즈워드의 무지개를 음미하면서 김의식 시인의 시 세계에 진입하고자 하는 습관성 말장난(Pun)이다.

넘겨받은 원고는 222편이었다. 그것을 읽는데 많은 시간이 소요되지는 않았다. 알기 쉬운 평상어와 평상심의 짧은 시편들. 지난날의 풍경들이 선명하게 떠오르는 편안한 작품이었다.

넘겨준 작품 편수 '222'의 숫자에 특별한 상징성이라도 있지 않을까하여 잠시 혼란스럽기는 하였다. 사실 222편이라면 상·하 두 권의 시집도 가능하고 적잖은 기간 동안의 성과물일텐데, 재독 후 어느 허름한 주점에서 마주앉아 곱창을 구으며 물었다.

"이것 말고 또 있어요?"

"응, 그런데 양이 차지 않아."

기가 찰 노릇이다. 놀랍기도 하거니와 내심 부끄러워 고개만 주억거리다가 술이나 들자며 잔을 높이 들었다. 물론 다작을 했대서 권장하거나 칭송하자는 것은 아니다. 새물터에 원고 뭉치를 던져놓고 까맣게 잊고 지내던 어느 날, 그가 먼저 운을 떼었다.

"원고가 선찮지?"

얼얼하게 솜뭉치로 한방 얻어맞은 기분이었다.

올해 대학에 진학했던 아들이 8월에 지원입대하게 되었고, 고 3이 된 딸에게 격려도 할 요량이었는데, 그렇다면 다음으로 미루겠다는 것이었다.

그날은 필자가 사과주를 사겠노라며 그전 그 곱창집으로 끌었다. 그리고 배가 아프다 못해 쓰린 다음 날 아침부터 원고 뭉치를 책상 가득 늘어놓고 내키는대로 70여 편(3할 정도)을 가려뽑았고, 그러한 무례함을 그도 흔쾌히 동의하였다. 곱창 같은 필자의 개성과 장자(莊子)다운 그의 너그러움이 조건없이 합의되는 순간이었다.

이러한 우여곡절 끝에 '박꽃'은 세상으로 나오게 되었다. 배열이 적절하다고는 할 수 없으나, 이번 시집은 3부로 나뉘어져 있다. 1부는 고향(농촌)에 대한 애착과 향수, 2부는 어머니와 함께 나누었던 옛 시절에 대한 추억, 3부는 오늘을 살아가는 시인의 단상 등으로 꾸몄다.

어쩐지 시편들만 내보내기는 안쓰러워 '발문'이라는 이름하에 그동안 김의식 시인과의 에피소드와 나누었던 대화를 중심으로 문학적 형식에 구애됨이 없이 자유로이 이쪽 저쪽을 넘나들고자 한다.

실상이언(實相離言), 실상은 말로부터 떠나 존재하느니, 필자의 어눌한 사족이 시인이 의도했던 본의를 왜곡하고 독자들께도 혼란만 가중시키는 것은 아닐까 심히 두렵다.

― 어머니의 한 많은 사연

누구나 자신의 탄생에 관한 궁금증은 있게 마련인지라, 한 번쯤은 어머니께 심각하게 물었던 어린 시절이 있었으리라.

"황새가 물어다 주었단다."

"다리 밑에서 주워 왔지."

"배꼽으로 나왔단다."

근엄하신 아버지께 여쭤보았댔자, 선문답 아니면 '엿장수 한테 사왔다'고 할 테지만, 시인의 기질을 발휘하시던 어머니는 풍부한 상상력을 발동하게 하는 명답을 주셨다. 탁월한 은유법의 어머니 덕분에 '날아가는 새와 다리 밑으로 흐르는 물'도 예사로 보지 않고 어머니 주변을 떠나려 하지 않았다.

지는 노을따라
한 송이 두 송이
피어나는 박꽃

돌돌 말린 용수철
내뻗는 덩굴손
무엇이든 감아쥐면
놓치지 않네

밤사이
쑥쑥 자라나는 연한 줄기

한낮을 움츠렸다가
해질녘 피어나는
하얀 박꽃

— 「박꽃」 전문

'노을'로 표현된 아버지와 '박꽃'으로 은유된 어머니와 가족들. 어느 가정이건 모계중심 가족사에서는 고난과 역경이 한두 가지가 아니게 마련이다. '무엇이든 감아쥐면 놓치지 않으려'는 억척과 '밤사이 쑥쑥 자라나'는 성장 모습은 '가장부재'의 극복과 엄폐를 위한 노력이며 비정한 세상사에 대한 도전의 준비이다. 그러나

　　칠십 평생
　　치마폭에
　　한 많은 사연
　　모두 쓸어안고
　　떠나신 어머님

　　　　　　　—「흐르는 강물」부분

　　이를 악물고 기면서
　　살모사처럼
　　독을 품고
　　살아왔는데
　　늦게 전에
　　독을 만들어야 했는데
　　술독 밖에
　　만든 것이 없는

여린 이 마음

— 「기는 뱀」 부분

이 같이 무의식적으로 드러내는 어머니의 죽음에 대한 회한
과 고난 생활사는 정도의 차이는 있겠지만 누구나 겪었던 삶
의 모습이다.

'박꽃'에서 보여주었던 치열한 생활태도와 의지가 '눈물'이
나 '술'로 가볍게 희석시키려는 연약한 모습은 평소의 김의식
시인답지 않다.

생동감 넘치는 풍경
어느 누가 화폭에 담으랴
담는단들
자연의 모습
흉내 낼 뿐

— 「숙연해진 내 마음」 부분

비 오는 밤에도
그들은
가로등 불빛으로 몰려와
법석거린다
단 하루

마지막 남은 밤

지상이 바로 천국

칠흑 같은 세상

야속해

정신없이 벌이는

죽음의 향연

— 「하루살이」 전문

사실 김의식 시인의 시쓰기는 몸에 배인 습관이다. 감정이 넘쳐 토해내는 즉흥적 흥취이다. 다소 교과서 적이지만, 좋은 시는 사물이든 현상이든 그것에 깊이 몰입하여 탐색한 후에 그것에 걸맞는 언어를 선택하고 적법한 수사법을 활용하여 풍부한 상상력과 명징한 이미지로 전달되어야 한다.

그래서 시는 어렵다. 누구나 자유롭게 시를 짓기도 하지만, 좋은 시는 아무렇게나 아무 때나 나오지 않는다. 단순히 있는 것을 보이는 대로 베껴내는 것은 초보적 단계이다. '천체 망원경과 같은 눈으로 우주의 구조를 파악하고, 전자 현미경 같은 눈으로 영혼의 움직임까지 보는' 눈이 시인의 눈이다.

드높은 하늘

한적한 산길

달개비꽃

숲속 요정들

뛰놀다가

벗어놓고 간

버선 같은 꽃

— 「달개비꽃」 부분

살다 힘겨울 땐

생각나는 어머니

미약한 나에게

힘을 달라고 하고

— 「별」 부분

지난 세월

오는 세월

정겨웁게

오가는데

어머니와 나 사이

오고 가지 못하는 지금

— 「산 언덕길」 부분

'어버이 살았을 제 섬길일랑 다하여라 / 지나간 후면 애닲다 어찌하리 / 평생에 고쳐 못할 일은 이일인가 하노라.' 라고 송강(松江)은 경고했다.

'살다 힘겨울 땐 미약한 나에게 힘을 달라' 고 간구하는 대상이 된 어머니는 지금도 정신적 삶을 지배하는 신앙으로 자리잡고 있다. 이는 과거로부터 잠재된 혹은 어린 시절의 슬픈 기억이 이월되어 강박관념으로 남아있기 때문이다. 지나칠 정도의 순진무구한 마음으로 어머니께.

달음질쳐
품에 안기면
큰 나무 그늘 아래로 가
잠시 쉬어가자며
봇짐 풀고 깨물어
입에 넣어주시던
박하사탕

— 「박하사탕」 부분

가루분 바르시던 어머니
그리워지네
분첩
실바늘이
뜨끔뜨끔
가슴 찌르네

— 「가루분」 부분

참새 가슴 벌떡거리며

숨던 어머니 등

영문도 모르시고

바짓가랑이에 벌겋게 묻은

흙 타박만 하셨지

—「그 해 겨울 날」 부분

그러한 어머니를 떠나보낸 후의 슬픔과 미련 그리고 후회는 무작위로 이번 시집의 어느 작품을 뽑더라도 손에 잡힌다. 마치 컴퓨터에 입력된 명령어처럼 등장하는 '어머니'라는 단어는 46회나 사용되었다. '아버지'가 단 1회만 사용된 것과 비교하면 대조적이다.

시인의 의식을 집요하게 지배하는 '어머니'에 대한 그리움의 은유는 자칫하면 퇴행적이고 복고풍으로 흐를 수 있다. 좀 야 별차지만 유행가 가사처럼 이제는 '과거는 묻지 말고' 아름답던 옛 추억으로 남겨두자. 과거에 대한 동경이 심하여 자신이 처해있는 현실에 대한 불만족감은 자꾸만 쌓이고 있다.

— 자연과의 친화를 행복으로 여기며

웬지 답답한 마음

무엇으로 채우나

한 잔

두 잔

홀로 마시는 술

옛 시절 생각에
흥얼거리며
떠난 사람
못다한 이야기
담긴 술잔

　　　　　　—「그리움을 술잔에」전문

　동지적 입장에서 필자도 꽤 자주 그와 술을 마신다. (집사람
은 매일이라고 증언하지만 가끔 커피를 마신 적도 있음) 그와 술좌
석에 앉으면 편안하고 부드럽다. 그러나 필자는 만취할 때까지
마셔서 끝장을 봐야 직성이 풀리는 체질이고, 김의식 시인은
정도껏 절제하여 초롱초롱한 의식으로 실수하는 법이 없다.
　어느 날이던가, 술좌석에서 말했다.
　"형도 이젠 신이 내린 것 같아."
　가끔은 초면인 사람에게 어줍잖은 관상(손금)을 봐 주기도 하
는데, 상대편에서 어떻게 아느냐며 신통하다고 맞장구치는 데
야 말릴 재간이 없다.
　술 한 잔 얼큰하면 아무 종이에건 즉흥시를 적어 아무데서나
낭송하기도 하고, 깊은 밤(24시 전후)에 필자에게 전화를 걸어
'시 한 수' 들어보라며 성화를 부리기도 하는데, 그럼 꾸밈없
는 '끼'를 나는 좋아한다. 그런 그를 사랑한다.

이러면 이런대로

저러면 저런대로

생긴대로 살고 싶다

흘러가는 세월

가는대로 버려두고

뜬구름 잡아

그 위에 앉아

바람 흐느적거리는대로

춤추며 노래 부르며

심심하면 잠시

누워도 보고

새소리

개울물 흐르는 소리

들꽃들이

지천으로 핀

그 속에서

웃통 훌훌 벗고

아래도 벗고

세월이야

가는대로 버려두고

시름은 흐르는대로

흘러가게 하고

떠난 사람

보낸 사람

아무도 없는 곳

그런 곳에서

아무렇게나 살고 싶다

— 「그런 곳에 살고 싶다」전문

인용한 작품을 표면적 언어로만 해석한다면 싱겁기 그지없는 작품이다. 그러나 이러한 역설적 구조를 통해서 세상살이의 억압에서 차라리 자연으로 돌아가 현실을 초탈하고자 하는 시인의 순정한 의식을 감지할 수 있다.

자연과 세상살이를 대립된 상태로 보지 않고 자연의 이치와 섭리에 순응하면서 자연과의 친화를 행복으로 여기고, 생존의 현장을 벗어나 초월적인 세계에 대한 동경을 '벗는' 행위로 적절히 형상화 하고 있다.

그러면서도 허무주의와 비관주의에 빠지지 않고 경쾌한 리듬을 타는 분위기와 '이러면 이런대로 저러면 저런대로' 살겠다는 아이러니, '웃통도 훌훌 벗고 아래도 벗고' 라는 대목에서는 헛된 욕망을 꿈꾸지 않는 시인의 평상심이 드러난다.

이러한 삶에 대한 관조적인 태도는 앞에서 언급한 '박꽃', '허무인', '숙여해진 내 마음', '별', '하루살이', '허수아비' 등과 제2부, 제3부의 시편들에서 구체적이고 극렬하게 표현되고 있고,

막힘없이
술술
정확하게
집 짓는
거미

아직도
내 몸 하나
스스로
간수 못하는
거미만도 못한
나

　　　　　　　—「거미」 부분

좀체 풀리지 않는
뒤엉킨 실타래
언제까지 이러고 있어야 하나

생존의 몸부림
생채기로 남기며

　　　　　　　—「생존의 시간」 부분

생존의 몸부림이 이토록 치열했음을 뒤늦게 감지한 것은 전적으로 필자의 불찰이다. 동지적 입장을 내세워 부담이 없어 자주 만났지만, 그의 입장을 한 번도 거들어 준 적이 없었던 것으로 안다. 그도 또한 속이 깊어 속내를 풀어놓지 않는다.

— 가난한 마음으로 기웃대는 세상의 문전

프로야구 선수가 3할대의 타율이라면 우수한 선수에 속한다. 금전적으로도 수천만 원의 연봉을 받는 대접을 받기도 한다. 오래도록 작품 활동을 했다고 해서 매번 흠 없는 완벽한 작품만을 내놓지는 못한다. 그러나 팬들의 성원에 보답이라도 하듯이 장쾌한 홈런을 날리고, 깨끗한 안타로 여유있게 진루하는 모습은 보기에도 아름답고 든든하다. 좋은 선수의 이면에는 뼈를 깎는 훈련의 과정에서 눈물과 피를 삼킨 결과임을 누구나 아는 사실이다.

속속들이
벗겨져도 아깝지 않네
새싹을 위해서라면
하얀 피 모두 바치고
곪은 꺼플만 남아
자연의 순리도
돌아갈 뿐

—「양파」전문

342

잔을 다오
향이 부드러운 술보다
독주를 마시고 싶다

안개 거두어 내고
눈 크게 뜨고
말없이 지켜보리라
슬픔과 고독의 독주를 마시며

— 「독주를 마시고 싶다」 부분

　지나친 비약이 될런지는 모르되, 만일 누에가 뽕잎을 먹고
그저 자신만 살찌우다가 생을 마감한다면 그 누에는 미물의
징그러운 벌레에 불과하지만, 부지런히 갉아 먹은 뽕잎을 잘
소화시켜서 자신의 종족 유지를 위한 고치를 만들고 일부는
우리 인간들에게 제공하여 귀한 명주실을 뽑아내게 하므로 유
익한 벌레로 구별된다.

　내부의 혁신의지가 없으면 진보는 기대할 수 없는 것이 다.
시 창작을 통해서 보다 큰 깨달음을 얻은 김의식 시인은 '의
식'이라는 이름값은 한다. 그는 평범한 일반인이 아니다. 밭을
가는 농부이다. 시를 심는 시인이다. 다소 우직하고 직선적인
성품이지만 상황에 따라 처신이 변하는 비겁자는 아니다. 불
의와 타협하지도 않는다. 그래서 그는 가난하다. 한없이 가난
한 마음으로 세상의 문전을 기웃거린다.

사립문, 철문

대문이 필요한가

단단히 채워놓은

방문, 창문

제 손으로 저를 가두고 사는 사람들

무엇이 그리 소중한다

재산 · 명예 · 권력

생명 다하면 소용없는 것

사람의 눈

사람의 눈으로

순백의 눈을 보라

순리대로 쌓였다고

저절로 녹아 흐르는

눈을 보라

사람의 눈으로

하얀 눈을 바라보면

세상에 가둘 것이

아무 것도 없는데

— 「문과 눈」 전문

'제 손으로 저를 가두고 사는 사람들'에게 준엄한 은유의 메시지를 보낸다. 다시 말하면 '완전한 자유'만이 진정한 삶임을 강조한다. 단절된 자아, 갇힌 자아는 '우리들'의 존재태이며 현실이다. 극복해야 할 당면한 과제이다. '문을 닫아 놓으면 좁디좁고 조금씩 조금씩 열고 보면 무한히 넓고 환한' 가슴으로 '한번이라도 연락주면 고향소식'이라도 전해주런만 모두 떠나고 아무도 없는 고향 앞마당에서 술을 마신다.

'세상 그르친 잘난 지식인'들에게서 욕설도 해 보지만 공허한 메아리뿐이다. 과연 세상에 정의가 있을까? 힘의 논리에 의해서 진실은 은폐되는 것이 현실이다. '날개가 있어도 날지 못하고 목이 길어도 울음 울지 못' 하는 시인의 길은 그래서 고독할 뿐이다. 그러다보니

어느새 머리카락 희어졌지만
둥그런 마음으로
세상 살다보니
마음은
짚불처럼 가벼워져
구름처럼 떠가는
깊은 생각 하나

　　　　　　—「근황」 부분

좀 괴로우시겠지만 다시 발문의 맨 앞 쪽(page)으로 되돌아가 「어린왕자(The little prince)」 원서의 영문을 소리내어 읽어

주시기 부탁드린다.

왜냐하면 어제(1999. 6. 19) '12일 만에 메이저리그 무대에 복귀한 박찬호(26 · LA다저스)가 또다시 좌타자 징크스에 시달린 끝에 강판 당했기' 때문이다.

왼손잡이는 정말 무섭다.

삶의 역정(驛程)과 그 실천적 탐색

오산문학 1997년 봄호, 반산 시집,
『곱사춤』에 나타난 의식의 흐름

시집을 낸다는 것은 그동안 자신의 세계를 되돌아보는 계기가 된다. 반산은 이미 두 권의 시집을 상재한 바 있다. 연이어 발간했던 두 권의 시집은 자신의 20대와 30대 초반의 작품들을 정리한 것이라고 이번 제3시집 『곱사춤』의 후기에 밝히고 있다. 『세상에는 많은 사람들이 살고』(도서출판 청솔)과 『가끔 머물다 지나는 바람은』(도서출판 영하)가 바로 그것이다.

이제 마흔을 바라보는 나이에 제3시집 『곱사춤』(도서출판 에토스)를 발간하여 신선한 바람을 몰고 그가 다시 나타났다.

지금은 순수한 시의 시대가 지나갔다고들 말한다. 상업적 베스트셀러들이 독자들의 선택을 강요하고 있다. 그러한 문학작품(상품)들이 실제로 무의미하고 문학적 가치가 떨어진다는 의미만은 아니다. 〈문학의 즐거움을 국민과 함께〉하자던 슬로건도 있지 않았던가. 문학인이나 독자들의 현명한 선택만이 그 즐거움을 누릴 수 있는 지름길이라 필자는 생각하고 있다.

그동안 반산의 시집을 읽으면서 즐거움을 만끽할 수 있었다. 물론 반산은 고통의 엑기스를 짜내놓은 것이겠으나, 타인의 고통이 이렇게 희열로 느껴질 때도 있으니 얼마나 잔인한 악취미인가.

세월이 간다

씀바귀 대가리까지 깨물고 있는
세월이 가고 있다

두더지같이 굴을 파고 앉아
뱀처럼 지나가는 세월을 본다

파천황을 꿈꾸며 살아온 더부살이에
곱사등이 땅거미가 깔리고 있다

— 「곱사춤」 부분

굴레의 테엔 그들만이 감길 뿐
깊은 꿈 뒤의 잔상처럼, 그는
갱생의 몰이숨을 다시 쉴 뿐이다
스스로 살았다고 믿었던 그들의 파멸은 시작되며
그 흐름의 강은 거꾸로
거꾸로 치솟아 갈 일이다

문학이 인간적 삶의 깨달음을 표현하고 있다면 사회 전반에
건 외부적 영향권에서 벗어날 수 없을 것이다. 반산이 한창 시
에 몰두할 때만 해도 사회적 혼란기에 속해 있었으며, 그러한
주변의 현실이 결코 무관하다고 볼 수는 없을 것이다.

문단만 해도 참여니 순수니 하며 양분된 상태에서 집안싸움
만 해대고, 학교나 직장에서는 극한 투쟁과 진압으로 본분을
망각한 채 서로 대치하고 있었다. 그러한 상황에서 반산은 개
인사적 긍정과 부정의 갈등, 사랑과 배신의 갈림길에서 고뇌하
고 고통스러워했다.

한때는 민중들의 감성을 여리게 하고 강인한 심성을 억제하
는 작품들이 회자한 적이 있다. 현재도 별반 변한 게 없지만,
우리들은 의무적으로 일제와 군사독재의 도구로 활용되었던
교과서에 의해 국어학과를 일곱 살 때부터 공부해 왔다. 그것
에 비롯하여 문학을 최초로 만났다.

환경은 중요한 것이고, 인간은 환경의 지배 속에 살아가고 있
다. 어느 틈엔가 길든 천편일률적으로 고정된 사고에 의해서,
무슨 새로운 것을 시도하고 찾을 수 있겠는가? 오늘날 우리에
게 주어진 과제는 치열한 투쟁으로 현장에 뛰어들고 개척자적
기질을 발휘해야 할 것이다. 나름대로 변별되는 희소가치를 지
녀야만 작가와 작품 모두가 살아남는 것이 아닐까.

반산의 제1시집과 제2시집을 이미 탐독한 바 있으나 특별한

감흥이 일지 않았음을 이제야 밝히는 바이다. 그러나 제3시집 『곱사춤』을 대하고 나니, 역시 비장의 히든카드는 있었구나 하는 다행스러움을 느낀다.

과거 짧은 만남이었지만 서로 만나기만 하면 작금의 문단 행태를 토로하며 분노하고 걱정하던 때가 엊그제 같은데, 어느 날 불쑥 배달되어 온 시집을 받고 보니, 그동안의 처절한 고난의 삶이 선명하게 활자로 찍혀 나옴이라. 오랜만에 마주 앉아 옛이야기를 나누고 있는 기분이다.

> 그의 표정은 엄숙하다
> 그의 눈빛은 날카롭다
> 그의 눈빛은 가늘다
> 그의 다리가 후들거리다
>
>   (중략)
>
> 그는 미래의 집을 짓고 있다
> 때로는 시퍼런 바다를 보면서
> 꼬챙이 하나하나에 번호를 매기며
> 설계를 시작하다
> 어두운 골목을 걸어 나온
> 고독의 독주를 꿈꾸다
>
>   — 「사람들」 부분

참삶이란 무엇인가? 삶에 대한 진지함을 반산은 유지하고 있

다. 살아남기 위한 몸부림, 암중과 모색의 진지함이 「사람들」에는 뚜렷이 나타난다. 그러나 당면한 현실은 그렇게 만만하지만은 않다. 그렇다고 비관론자가 되고 냉소주의자가 되어 버린다면 이 시대의 어둠 속에서 헤어나질 못할 것이다. 반산은 현명했다. 그는 현실의 위기를 기꺼이 받아들인다. 한계를 돌파하려는 집념은 새로운 비전을 몰고 오게 된다. 그렇다고 비전만 있다고 모든 것이 이루어지는 것은 아니다. 현실 체험을 통한 비전이 작품 속에 직접적으로 제시되기도 하지만 순조롭지 못함을 알 수 있다. 현실의 각박함에 부딪히면서 또 다른 이주를 준비하게 된다. 삶의 밑바닥을 고통스럽게 꾸려도 보았지만, 자꾸만 따라붙는 과거의 망상이 소멸한 것은 아니었다. 참담한 현실은 앞으로 가야 할 비전과의 대립을 계속하고 있다. 그러는 틈에 서서히 사랑도 회복되고 현실적 문제가 해결될 기미가 보임을 암암리에 보여주고 있다. 그래서 반산은 현실의 엄청난 도전을 피하려고 하고 있다. 피한다는 것은 두려움 때문이 아니다. 당면한 현실이 허상임을 직시하고, 또 한 번의 이주를 결심한다. 다시는 실패하지 않으려는 완벽한 미래의 집을 짓기 위함이다.

　내가 도시를 좋아하는 이유는
　철저히 나를 버리고 있기 때문이다
　나에 대하여 완벽의 방심을 하고 있기 때문이다
　바람개비 돌지 않는다

나의 존재는 이곳에 없다고
그렇게 믿고 있기 때문이다

도시의 바람은
바람개비를 돌리지 못한다

바람개비는
몸을 실어 줄 바람을 기다린다

언제인가는
기다림이든 그리움이든
바람개비 돌아간다, 돌아가고 있다

그렇게 믿으며 있다

— 「도시와 바람개비」 전문

　현실적 상황이 주는 압박감에서 도피하려는 반산의 이주계
획은 보다 구체적이고 실질적인 방향으로 설정되고 있다.
　보통의 사람들이 시골이나 외진 곳을 선호하지만 반산은 도
시를 선택한다. 다소 자조적인 목소리로 자신을 질책하는 반
성과 그리움을 함께 '바람개비'에 의탁하고 '도시의 바람'이
아닌 '새로운 바람'을 기다린다. 현실에서 살아 남을 수 있는
유일한 방편은 철저하게 자신을 '버리는 것'이라는 것을 깨달

고, 자신과의 싸움에 정면 도전한다.

그가 말하는 큰 일이 많은 날들입니다
그와 또 다른 그의 대립이 있었습니다
그1 그2 그3은 입을 모아
또 다른 그를 나무라고 꾸짖고 있습니다
그1은 도망중이고 그2는 도피중이며
그3은 가두어 놓았습니다
그1과 그2의 마음이 그3의 입을 통하여
방방곡곡 울려지고 있습니다

—「어머니 전 상서」부분

무조건 떠돌아다닌다고 안주의 보장이 있는 것이 아니다. 현실을 무시한 일탈은 귀소본능에 의한 향수만 가중될 뿐이다. 좌절과 절망으로부터 센티멘탈리즘에 침윤되지 않고, 좀 더 합리적인 현실 인식이 바로 섰을 때 비로소 사회구성원으로서 제 몫을 하게 되는 것이다. 해서 반산은 끊임없이 자신을 질책하며 되묻는다. 건강하고 활력이 넘치는 삶을 찾아 정착하기 위하여 결코 '침몰이 아닌' 순탄한 항해를 위해서 굳은 다짐도 해본다.

치열한 삶의 현장에서 바다와 같은 마음으로 도전하고 파도처럼 역동적 자세로, 세속적 삶의 즐거움에 순응하거나 안주하지 않고 더욱 심화한 차원의 삶을 희구하고 있다.

삶의 방식과 존재 의미를 찾기 위해 방황하기도 하고 고뇌하며 몸부림치는 모습이 다음의 시편들에서 극렬하게 보인다.

> 수평선 횡에서 횡으로
> 고동소리도 없이 묻혀가는 침몰을 꿈꾸고 있는 게지
> 파도의 높이는 오늘도 다르지
> 카멜레온처럼 변해가는 바다만큼
> 흩어지는 물살도 언제나 다르기만 하지
>
> ──「존재를 위하여」부분

> 동녘하늘보다 맑고
> 햇살보다도 더 잘 익은 사랑이
> 이 가슴에 있게 하소서
> 살아갈수록 험하다고 느껴지는 이 세상에서
> 더 살고 싶다는 욕심이
> 저 물결치는 붉은 물살같이
> 끓도록 하소서
>
> ──「동해의 아침」부분

반산은 이곳 저것 여행을 통해 생명감 있는 체험을 하고 문학적 탐색을 계속하고 있다. 그러나 지난날의 상처와 고통으로부터 해방되려고 하지만 내면에 육질화된 상처는 사소한 것에도 쉽게 터지고 아물지 않는다. 쉽게 용서받을 수도, 해줄 수도 있지만, 반산의 가슴을 '갈가리 찢는' 그것은 과연 무엇인가? 비극적 과거가 내면에 자리 잡고 현실과 융화되지 않고 혼란만 가중시키고 있다. '불안한 세월 속에서 두렵지 않다'고 하지만, 반산의 태도를 변화시킬 '획기적 사태'는 기대할 수 없다. 현실의 도피나 배타적 감정만으로는 '씀바귀 맛 같은 닥친 상황은 타개해 나갈 수 없는 것이다. 그렇다고 반산의 현실 생활을 폄하하고자 하는 의미는 추호도 없다. 무서우리만치 강렬한 반산의 창조성과 실천력은 "쓰리고 아픈 고통의" 이 시점을 원만하게 헤쳐 나가리라 믿기 때문이다. 어찌 고통 없이 새 생명을 기대하겠는가.

이제는 아픔에 웬만큼 이골이 난 반산이다. 문제는 자기 갱신을 통한 당면과제를 어떻게 풀어가야 하느냐 하는 방법론적 과제만이 남아있다. 그러나 뾰족한 방법이 따로 마련되어 있는 것은 아니다. 매일매일의 성실한 삶이 해결의 '키'임은 익히 알고 있지 않은가?

이빨을 세우고 덤벼드는 누렁이처럼
파도는 내 뒤꿈치를 물고 있다
도망치는 족적을 흔적 없이 지우며
바다는 통째로 나를 훔치려 하다
아, 보고픈 사람
그녀는 웃다가 울다가 얼굴을 찡그리며
파노라마처럼 바다를 스치고 흐른다

— 「밤바다를 보며」 부분

화들짝 놀란 자갈이 파다닥 일어서고
거칠게 밀어내는 거무스름한 바위
거부의 손짓 하나 없이
느닷없는 몸뚱이 바다를 밀쳐냈다

뒤로 자빠져 넋을 잃은 바다
흰 거품을 토한다

불멸의 바다
오직 외길 그의 품으로
꿈틀 일어서 오고
다시 일어서 오고

— 「바다와 바위」 부분

반산은 불안과 두려움의 나날 속에서 기도하고 있다. 급격한 사기의 저하로 엄청난 현실의 벽을 넘지 못하고, 더군다나 '치근거리며' 달라붙는 과거의 망상 때문에 시달리고 있다. 앞에서도 언급한 바 있지만 그는 지혜롭고 현명하다. 현실의 아픔을 아픔 그 자체로 내버려 두지 않는다.

현실을 인식하는 깊은 통찰력과 탁월한 예지, 뛰어난 순발력으로 제3의 세계로 거침없이 들어간다. 물론 반산이 '당신'이

라고 표현한 '당신'이 일반적인 관념에서 '이인칭 당신'을 의
미한다면 거론의 의미도 없을 것이다. 다음의 작품을 보면 자
연스럽게 삼인칭 혹은 그 이상의 추상적 개념에까지 다다르고
있음을 본다. 거기다가 자신의 과오를 은폐하기보다는 진실성
있게 회개하고 적극적인 자세로 회복해 보려는 고통스러운 절
규가 여실히 드러나고 있다. 반산 시편들의 우수성은 바로 그
러한 면에서 돋보이고 있다.

방황하는 내 물욕의 옷깃을 끌며

당신은 잠시 웃고 있는 듯합니다

아름다움이지요

황홀한 당신의 유혹이었습니다

나는 그 유혹의 둘레를 돌아

당신의 허리를 잡으려

당신의 발걸음을 잡으려

오늘 빗방울 떨어지는 어둠을 헤치고 있습니다

— 「당신은」 부분

언제나 당신을 생각하고 있습니다

언제나 당신 품에 있고 싶었습니다

두 눈을 깜빡이며 바라보고 있는

당신의 마음은 알 수 있습니다

나에게 바라는, 춘몽지절의

불안한 세월이 흐르고 있습니다

그대, 안개 속으로 흩어질 것을

두려워하는 것이 아닙니다

당신을 향한, 나의 일상이 부족하리란 걸

알고 있기 때문입니다

— 「당신 품으로」 부분

    고통의 과정을 치열하게 버틴 후 새 생활을 시작하게 된 것은 매우 다행스럽고 불안하며 기대가 되기도 한다. 삶이 구체적 보편성을 획득하지 못하고 추상적으로 표류할 때는 침몰의 위험부담이 커지게 마련이다. 과거의 오류를 계속 반복한다면 그 또한 현명하지 못한 처사일 것이다.

    삶이 비록 고달프고 견딜 수 없는 고통이 수없이 닥친다 해도 건강한 정신, 투철한 목적의식을 갖고 대처한다면 승리하는 삶은 항상 곁을 떠나지 않을 것이다. 정도의 차이는 있겠으나, 대립과 갈등의 행로는 누구에게나 있는 것이다. 과거의 구태를 과감히 벗어던지고 미래의 새 옷을 갈아입으려는 마음만 확고하다면 큰 무리는 없게 마련이다. 현실의 잣대를 분명히 하고 적당한 거리에서 화해를 해봄직도 하다. 용서와 화해의 겸양이 그리운 암울한 시대를 살면서 사소한 것에도 참지 못하고 분개하다가 큰 것을 종종 잃으며 살고 있는 우리들 아닌가.

취한 듯 살다가

꿈처럼 죽을 수만 있다면

도대체 무엇을 쌓으려 하는 것인가

이성에 허덕여 비틀거리는 삶

담배에 불을 붙이고 힘껏 빨아 폐를 적시자

긴 호흡으로 한 번 더 세상을 보자

삶을 등대에 걸치고

눈빛이 바다를 가르는

그런 뾰족한 이성이 아니어도

우린 갈 수 있지 않은가

바람에 흔들리고 소낙비에 주저앉는

의문처럼 깊은 삶의 나락을

캐 올리려 하진 말아

어차피 명상은

함께 눕지 못할 저녁노을 같은 것

—「무제」 전문

「무제」의 작품구조는 관념적 알레고리에 의해 구성되고 있다. 그러나 그것이 현실 그 자체이기도 하다. 반산은 무엇 때문에 고뇌하고 있는 것일까? 어쩌면 정해진 목표를 향해 가다가 좌절한 후 자위행위의 수단은 아닐까? 후반부로 들어서면서 자꾸만 의구심이 들고 선문답 같은 시편들이 곳곳에서 발견된다.

미래에 대한 우리들의 현실은 암담하기만 하다. 부대끼는 현실에서 독창적인 세계관을 갖는다는 것은 중요하다. 중요하다기보다는 절박하다고 표현해야 옳을 듯싶다. 그것은 하루아침에 이루어지는 것이 아니다. 역사적 현실이 새로운 차원의 역사를 요구하듯이, 사생활도 늘 새로운 변화를 기대하는 것이다. 고정관념의 틀 속에 들어앉아서는 언제나 추상의 세계 안에서 겉돌 뿐, 종국에는 다시 제자리에 되돌아오거나 퇴행을 면하지 못할 것이다.

덜렁 보따리 하나 들고 들어왔건만

한 달도 안 되어 삶의 때는 덕지덕지 붙어

끌고 나갈 짐이 버겁기만 하다

새로운 곳으로 다시 간다면야, 기대라도

있으련만, 떠난 곳으로 다시 가려니 무거운 마음만이

발등에 얹힌다

이리 쓸리고, 저리 쓸리고, 마당 가 버리지 못하는

쓰레기 마냥, 정처도 없이 뒹굴어지는 여로

그래도 숨을 잇는 생체라서

사람들은 시간을 내서도 쓸어내지 않는구나

아, 바람이라도 시원히 불어왔으면

그저 시원하게 쓸고 지나갔으면

—「다시 여로에」 전문

갈 때까지 가야지

바람을 따라

유성을 따라

상처 난 영혼 하나 앞세우고

찢어진 의식 하나 메고서

가다가 멈춰지면 어쩔 수 없는 일

—「갈 때까지는 가야지」 전문

 반산은 늘 새로움을 추구한다. 유별나지는 않지만, 조용한 변신을 시도하고 있다. 반산의 자기 부정과 극복의 의지는 대단히 긍정적이다. 역으로 긍정적인 사유도 다시 뒤집어 보는 객기도 자주 눈에 뜨인다. 과거에도 그랬으나 현재의 반산의 실정은 안락만을 꿈꿀 수 있는 안정기는 아니다. 아마도 그 스스로 일신의 평안을 위해 주저앉지는 않을 것이다.

 현실적 상황은 곧바로 전신적 세계관의 변화에 반영된다. 반산의 세계관은 현실적 고통의 강도에 비례하여 크게 발전한다. 그가 '꿈꾸는 21세기'는 추상의 개념이 아닌 현실 가능한 그 자신의 소우주이다. 고요한 밤의 정적이 있은 연후에 새벽은 온다.

 반산이 꿈꾼 세계가 실현 불가능한 것이라면 그동안 그가 겪어온 삶의 역정이 진실하지 못했기 때문일 것이다. 이제 이곳

저곳 떠돌던 그가 제자리에 돌아와 둥지를 틀고 제 몫을 해야 할 때가 됐다고 본다.

길고 긴 방황의 끝에서 '삶의 때'만 잔뜩 긴 부정과 긍정, 긍정과 부정, 진실과 허위 사이에서 '찢어진 의식'으로 남아 있는 것은 무엇인가? 그래도 '갈 때까지'는 가겠다는 단호한 결심을 끌어내고 있음이 장하다.

한 치 앞을 기대할 수 없는 이 불확실성의 시대에 철저한 자기 구원의 세계를 치열하게 그려놓은 반산의 시집을 대할 수 있었던 것은 동트는 이른 새벽 감로수 한 잔을 마신 듯한 상쾌한 기분이다.

5부 장편 시 「들쥐」는 지면상 언급하지 못함도 아쉽게 생각한다. 행여 잘못된 지적도 있을 수 있겠다. 이는 필자의 주관적 기술에 불과하므로 차후 항변의 호된 매질을 기대하는 바이다.

「누군가 나의 그림자를 밟고 있다」를 소리 내 낭송하며 끝을 맺는다.

누군가 내 뒤에서 나의 그림자를 밟고 있다
누군가 내 그림자를 조용히 밟아오고 있다
숨죽여 발자국을 찍어나가면
내가 찍듯 똑같이 그도 찍어온다
가까이 다가와 툭 칠 것 같은 느낌이 있지만
그는 내 그림자만을 조용히 밟아오고 있다.

그림자를 늘이고 천천히 또는 재빠르게

그가 따라오지 못하도록 걸음을 가져도

비웃음도 없이 그는 내 그림자만을 밟고 있다

지난날 내가 나의 그림자를 밟으며 걸었던 것처럼

내 그림자를 내가 밟으며 걸어가고 싶다

하지만 돌아설 용기가 나지 않는다

그 어둡고 으슥한 곳으로

다시 가고 싶지 않기 때문이다

차라리 그가

내 그림자를 밟도록 버려두는 것이 좋겠다

가끔은 멈춰 서서

그가 내 그림자를 밟는 것이 싫증 나기를 기다려 보자

그와 함께 갈 수 없는 길이 참으로 멀다

—「누군가 나의 그림자를 밟고 있다」 전문

절망 혹은 희망을 위하여

신경애 제2시집, 1995년

늦게 오시던 아버지를/상 고여놓고/기다리시던 어머니/상 덮은 상보만큼이나/빛깔이 곱던/어머니의 사모함//옛 영화 사라졌어도/쓰러져 눕지 않고/자존심 체면 버리고/생활전선으로 나가신 아버지//어머니는 내내 아버지를 우러르고/아버지 자랑을 들려주셨다.

－「어머니」전문

　우리는 흔히 자신의 처지나 현실이 남달리 어렵고 고통스럽다고 생각하기 쉽다. 왜 나에게만 고통이 따르는가. 혹은 무엇 때문에 그러한 불행이 닥칠까 하고 생각하기 십상이다. 물론 삶은 즐거운 것이고 인생은 누구나 한 번쯤 즐길만한 것이라고 믿는 낙천주의자들은 무슨 소리냐고 반문할 것이다. 그러나 정도의 차이는 있을지라도 대다수 사람에게 삶은 얼마간의 고통을 수반하게 마련이다.

　그렇다면 이러한 고통은 어디서 오는가? 시인의 경우 대체로 자아의 내적 번민이나, 아니면 외부 세계에 대한 갈등에서 오기 일쑤이다. 시적 자아가 비판의식, 투쟁의식, 계급의식 등을 드러낼 때 우리는 그런 시를 민중시, 참여시라 일컬어 왔고, 내면적 감흥을 순수한 제재에 이입시켜 절실하게 표현할 때, 그를 전통시로 간주해 왔다. 그러나 어느 경우든 서정적 자아의 번민과 고통은 동반되고, 특히 전자의 경우 외부 세계에 대한 자아의 갈등과 응전력이 주조음으로 작용하게 마련이다.

신경애 씨는 일부 대다수의 사람처럼 그저 평범한 사람이다. 그러나 때에 따라서는 시인이란 수식어를 달고 이 시대를 살아간다.

지금 현실은 어떠한가. 우리들이 활동하는 문단 현실은 뒤틀리고 분열되어 있으며, 구체적 전망이 보이지 않은 채 서로가 고통과 갈등을 가중하고 있다. 그러한 모순에 대한 대응 방식은 그것을 적극적으로 개조하거나 우회적으로 대처하기도 하고, 아예 무시해 버릴 수도 있다. 시적 자아가 응전력을 갖추었거나 단호한 결의에 차 있을 때 잘못되어 가는 외부 세계를 직시하며 적극적으로 개입하게 마련이고, 나약하거나 유화적일 때 대체로 추이를 지켜보거나 방관으로 일관하며 눈치나 살피게 마련이다. 그런데 신경애 시인의 경우는 현실을 직관하되 적극적으로 대처하지 않는다. 언제나 중립적 자세를 유지하고 있다. 시에서도 마찬가지이다. 시를 통해 외부 세계에 직접 뛰어들거나 현실을 직선적으로 다루기보다 비유나 굴절을 통해 우회적으로 표출하며 담담하게 내면에서 곰삭인다. 말하자면 일종의 고지식한 정공법(正攻法)보다는 후위 공격에 능하다 하겠는데, 주관이 뚜렷하지 않은 시들이 판을 치는 세태에서 누가 뭐라 하든 자신을 지켜가는 신경애 시인의 시는 꼼꼼히 읽지 않으면 중요한 맥을 가늠하기 어렵다는 것이 특색이라 하겠다. 만약 독자가 시를 읽고도 선명한 이미지가 떠오르지 않는다면 독자의 해독 능력이 부족하였거나, 시인이 이미지를 형상화하는 데 실패한 것이다. 아니면 둘 다 실패한 것인지도 모른다.

이번 제2시집에 수록된 작품들이 모두 12행 정도의 짧은 시편들뿐이다. 세련된 어법이나 현란한 테크닉을 구사한 것도 아닌데, 왠지 자꾸 끌려 들어가는 힘이 있다.

신경애 시인의 시는 한마디로 특별하지 않다. 어눌하면서도 무엇인가 덜 찬 느낌이 들기도 한다. 그런데도 주변에서 일어나는(보이는) 대수롭지 않은 사물이나 사건들을 끄집어내어 이야기로 전개하고 있다. 첫머리에서 인용했던 「어머니」에서 보이는 가정의 애환은 상상할 수도, 직접 체험되어진 일일 수 있는 평범한 것이다. 이런 대단치 않은(어쩌면 대단할 수도 있는) 사건을 극렬하게 보이게 만드는 솜씨를 보면 놀라움을 금치 못한다.

그 놀라움, 또는 그 시대 사람들에게서 연민을 느끼게 하여주는 것은 현대를 살아가는 요즘 사람들에게 새로운 반성과 전망을 줌으로써 가정의 소중함과 억척스럽게 살아왔던 우리네 부모님을 다시금 생각게 하고도 남음이 있다.

가정은 인간 사회 구조 중 핵이라 할 수 있다. 가정이야말로 공동체적 삶을 근원적으로 희구하도록 도와주며, 고립적 개인에서 벗어나 서로가 진정한 존재 의미를 끊임없이 재발견하도록 하는 제도적 기능을 갖추고 있다. 어쩌면 그 '어머니와 아버지'는 이제는 이승에는 존재하지 않을 수도 있을 것이다. 지금은 본인 스스로가 단란한 가정을 꾸려가고 있으며, 어려움이 닥칠 때마다 그 옛날의 부모님을 떠올리며 새로운 힘을 얻기도 할 것이다.

작품마다 조금만 이미지의 나사를 조였더라면 보다 반짝이는 압축미가 나왔을 것 같은 아쉬움이 남기도 한다. 그러나 가장 가까이 있는 생활 속에서 소재를 선택하여 형상화하는 솜씨는 높이 사지 않을 수 없다. 모든 작품마다 건강하고 끈질긴 삶의 역정이 세세하게 잘 그려져 있다. 시를 아름답게 꾸밀 생각으로 무리하게 수식하지 않은 점도 시를 돋보이게 한다. 한마디만 더 덧붙인다면 시에 있어서 맑은 서정성은 정신의 윤활유와도 같은 것이다. 그런 뜻에서 소녀적 감상성을 극복하면서 좀 더 응축시키는 작업을 아울러 부탁하고 싶다. 모름지기 시는 길다고 좋은 것이 아니고, 짧다고 해서 좋은 시가 되는 것도 아니다. 사물의 본질까지 꿰뚫어 볼 수 있는 능력은 신이 아니면 감히 상상도 하지 말 일이다.

그러나 시인의 눈은 평범한 사람들과는 변별성을 가져야 한다. 사물(사건)을 직시하는 혜안을 갖추어야 한다는 말이다. 맑은 정신에서 맑은 시가 나오게 마련이다. 어차피 '시는 이미지요, 정도는 없다'라고 하지 않았던가. 무리한 수식을 가하지 않고 있는 그대로 써도 시는 될 수 있는 것이다. 이것은 가장 평범하면서도 실천에 옮기기란 절대 쉽지 않은 방법이다. 세상살이도 또한 그렇지 아니한가.

요즘 얼마나 많은 사람이 가식과 위선으로 뻔뻔하게 치장하고 살아가고 있는가? 신경애 시인의 첫 시집 『사랑의 무게 하나로』에서도 그녀는 단호하게 이렇게 말하고 있다.

내게 있어 시는/용서하고 이해하고 사랑하고 관조하여 마음이 맑아지면/그 안으로 고여오는/한 모금의 샘물 같은 것이었습니다//자칫 흐르기 쉬운 작위적인 기교와/목소리의 진부함까지 경계하면서/늘 새롭고 싶었습니다.

— 첫 시집 「사랑의 무게 하나로」에서 발췌

시를 쓰는 유일한 방법이란 시에 대한 인간적인 열의와 관심, 사람다운 심성이 시를 쓰는 가장 기본적인 요소일 것이다. 그것만 잃지 않고 지켜나간다면 시간의 차이는 있겠지만 언젠가는 좋은 시를 쓰는 좋은 시인이 될 수 있을 것이다. 시를 쓰는 재주는 좋은데 인간미를 잃었다면 차라리 시인이 아니 됨만 못한 것은 자명한 이치 아닌가. 그 옛날 우리들의 선인들은 '먼저 사람이 되라'고 이르셨다.

그러한 마음이 「문주란」에서는 이렇게 표현되고 있다.

솟았구나/솟았구나/꽃대궁이 솟았구나/겨울부터 긴긴날 땡볕 받더니/한쪽이 삐죽이/한쪽이 삐죽이/늬가 피면/얼마나 예쁘고 좋은

데//그렇게 숨어서/가만히 피어났니!//이파리 색깔 그대로/핀 듯 만
듯 어느새 피어났니!

— 「문주란」 전문

　신경애 시인은 항상 생활시를 추구하며, 그 가능성을 부단히
시험하고 있다. 삶의 구체적 모습을 통해 더욱더 근원적인 사
물에 접근하여 사물의 질서와 우주적인 존재의 통찰과 인식으
로 새로운 희망을 표현하려고 애쓰고 있다. 이처럼 일상적이고
사소한 제재에서 의외의 깊은 이미지를 끌어내는 솜씨 또한
가히 일품이다. '숨어서 가만히 피어나는, 핀 듯 만 듯 피어나
는', '대지에 깊이 뿌리박고 인고의 겨울을 이겨낸' 문주란 같
은 정말 예쁘고 좋은 사람들이 사는 세상, 그러므로 결코 '절
망'할 수 없는 '희망'을 눈물겹도록 노래하고 있다.
　그런데 세상살이는 왜 이리 힘들고 버거운가.

　힘들고 힘든 가운데서/굵고 싱싱한 참외 세 알 사가지고 온 사람/
봐줄 형편도 전혀 없는 내 무력함//그녀에게는 하루하루가 힘겨운
등정이며/잠 못 이루고 날이 새기를 기다립니다.

— 「높은 음자리표에서 낮은 음자리표까지」 부분

　3부에서는 구체적인 현실 풍경을 바라보고 다시 생각하고 되
돌아보거나 전망하는 시인의 현실 생활이 비교적 명료하게 나
타난다. 시인은 가족이나 이웃, 혹은 내면과 외부 세계와의 관

계 속에서 삶의 진정한 의미를 분명히 찾았다는 듯이 「겨울나
무」에서는 이렇게 이어지고 있다.

　힘들어도/겨울을 나야 해/온몸 흔들거리고/와락 두려움/달겨들어
도//찬바람 맞으며 서 있어야 해//겨울은 고작 두세 달이야.

— 「겨울나무」에서

　세상살이가 마냥 만만하지만은 않다. 그래도 아득한 곳에
'희망'이라는 듬직한 버팀목이 분명히 있다던데, 그 '희망'은
혼자만의 소유가 아니기에 함께 가보자고 당부한다. 생의 갈등
과 괴로움을 극복하며 영원성을 소유하고자 하는 시인의 몸부
림은 4부의 '사랑노래'에서는 이미지의 역동적 변용을 통하여
종교적 직관과 초월의 세계로 이어지고 있다. 다소 종교적인
구태가 보이기는 하지만 적절한 이미지들이 연작시 전편에서
반짝이며 상상력을 한껏 고양하고 있는 점 역시도 잘 확인된
다. 그것은 무엇엔가 의지하며 이 고통스러운 삶을 이겨가고
자 하는 내면적 욕구의 필사적인 자기 구제의 노래인 것이다.

　빗방울이 떨어져 구르는 거리/포도는 깨끗해졌네요//심령을 씻어
낸 표정은 맑아요.　　— 「사랑노래·1」

　하늘이 흐리고/대지는 어둡지만/마음에 기쁨　　— 「사랑노래·2」

마지막까지 버리지 않으시네/쓸모없어도 버리지 않으시네

　　　　　　　　　　　　　　　　　　　　　　　　　　　—「사랑노래·4」

　아무것도 없던 날/우울하고 아픈 날/한줄기 빗발/한 두레박의 물
부으셨다　　—「사랑노래·5」

　아름다운 영혼에/피곤한 영혼들이/기대어 쉬노니　　—「사랑노래·7」

　당신 사랑/받아먹고 살았습니다　　—「사랑노래·11」

　이젠 외부 세계의 사소한 시비에는 흔들리지 않는 자유로움
도 엿볼 수 있다. 선과 악의 싸움도 아니요, 고된 구원의 길을
추구하는 구도자적 입장도 아니다. 인간의 내면 상황이 하나
하나 단편적으로 제시되면서 심리적 갈등이 자연스럽게 '절
망'에서 '희망'으로 귀착된다. 현실의 삶 자체도 놀라운 변화
가 있었으리라는 것도 확연하게 짐작된다.

　당신이 오셔서/나의 눈을 감기시고/정적 속에서/모든 바라봄은 잊
히고//실명을 벗는 날이 왔을 때/과거는 잊었네요//뜨거운 시선/의연
히 받는/담대한 가슴//방향 모른 채/무방비로/당신의 지시를 기다리
며　　—「사랑노래·14」

　이제는 자아의 세계가 확대, 심화되고 있으며, 삶의 구체적

모습도 '희망'의 틀 안에서 사물의 질서와 존재의 통찰과 인식 아래 바로 세워지기 시작하고 있다. 시인은 혼자가 아니다. 현실 속에서 부딪히는 가족과 이웃과의 관계를 통해서 그만큼 유연하게 넓어지고 깊어졌으며 내적 긴장감은 더욱 팽배해졌다. 이젠 무엇이든 두려운 것이 없는 구원도 얻게 된 것이다. 꿈과 현실의 이항 대립적인 갈등에서 끊임없이 고뇌하며, 보이지 않는 희망을 위하여 눈앞에 닥친 절망을 역류해 뚫고 강 같은 평화를 희구하며 노래하리라. 때로는 현실과 첨예하게 부딪친 극단에서 나약해지기도 했지만, 신앙적 힘으로 부단히 충격을 완화하고 있다. 그러나 의식과 감정이 종교적 시류로 너무 깊이 빠져들지 않았으면 하는 아쉬움도 있음을 덧붙이고 싶다.

시인은 끔찍한 현실을 사는 사람들에게조차 희망을 불어넣는다. 잔잔하고 투명한 시들은 부담감이 없이 자연스럽게 읽힌다. 결코 먼 곳에 있지 않은 우리들 발길이 닿는 곳에 우리 시인들을 자극하는 풍부한 소재들이 있다. 그것들의 이미지를 새롭게 표현할 줄 아는 사람이 좋은 시를 쓸 수 있다. 낯선 것을 보여주는 것이 아니라, 낯설지 않은 새로운 세계를 제시하여 공감대를 넓혀가야 할 것이다. 알고 보면 인간의 상상력은 그다지 크지 못하다. 구체적인 체험과 생활언어의 결합에 의한 새로운 시 세계를 보여주려는 신경애 시인의 노력에 동지적 찬사를 보낸다.

한 시인의 시 세계를 짧은 시간에 일별하여 옮긴다는 것은 괴로운 작업이다. 잠시나마 작가의 심중에 들어앉아 있어야 한다는 것도 얼마나 불경스러운 일인가. 도처에서 무례함이 많았을 줄로 안다. 쉽게 잊어주시길 바라며, 앞으로도 좋은 작품들이 속속 세상 중심으로 치고 들어가 희망의 빛을 찬란하게 발하는 영광 있기를 기원한다.

제4부 노작 홍사용 연구와 재조명 추진 활동

절망 혹은 희망을 위하여

— 노작 홍사용과 여수 박팔양의 생애와 문학

오산문단 창간호, 1993년

이 글은 오산(화성)지역의 문학적 족적을 간략하게나마 일괄해 보고 이 지역 출신 작가들을 재조명하는 데 뜻을 두고 있다. 이번 호에는 홍사용, 박팔양의 근대문학에서의 공과를 알아보고, 다음 호에서는 현대문학에서의 김국태, 조석구의 문학세계를 집중적으로 다루고자 한다.

우리 지역의 근대문학에서 선구적 인물로 꼽을 수 있는 노작 홍사용과 난파 홍영후 등은 그 문학적 성취로 하여 사실상 이 지역 문학을 본격적으로 열었다고 하겠다.

홍영후는 1910년대 단편소설과 장편소설을 신문·잡지 등에 발표하여 뚜렷한 성과를 남겨놓았으며, 홍사용은 그 뒤를 이어 동인 활동을 통한 자유시 운동을 하였다.

이상의 두 사람이 우리의 근대문학에서 소설과 시, 두 갈래에 걸쳐 뚜렷한 족적을 남기고 있으나, 대부분 중앙문단을 통한 활동이었다. 한편 이들 두 사람의 작가적 활동이 침잠기를 맞는 1920년대 후반에 이르면 박팔양, 박승극 등이 나타나 시와 비평에서 두드러진 활동을 펼치게 된다. 그런데, 이들 두 사람은 모두 카프의 맹원으로서 프로문학으로 일관하였다. 그러나 이들은 주로 중앙문단 활동에 주력하였으며 그나마도 홍영후는 본격적인 음악 활동으로 전환하여 소설창작과 거리를 두었으며 홍사용의 경우도 1940년대에 들어서는 그 이상의 작품 생산이 없었다. 박팔양, 박승극이 해방 이후 공간에서도 활발한 작품 활동을 벌였으나 박팔양은 북한에서, 박승극은 1950년 한국전쟁과 함께 월북, 사망으로 중단되었다.

그 이후 오랜 기간 공백기를 맞았는데 60년대 홍신선, 70년대부터 김국태, 정대구, 김우영 등이 소설과 시로써 중앙문단에 등장하고, 80년대에 조석구, 이덕선, 지승복, 전승래 등의 '탄관문학' 동인이 합동 시집 『객토』를 출간하는 등 지역적 결속으로 독자성과 방향성을 찾으려 했고, 젊은 최병기, 김우영, 박민순 등의 '시림' 동인 활동, 김건태 등이 주축이 된 '새벽' 동인 활동과 이성희, 최병기, 박민순 등의 '화성문학회' 활동 등이 시화전과 문학 발표회를 개최하는 등 일정한 성취를 이룩하기 시작하였다.

80년대에 접어들면서 조석구, 홍일선 등이 중앙문단에 데뷔하고 조광원, 백규현, 전승래, 지승복, 최병기, 이성희, 이규황 등이 묵묵히 자신의 문학을 일구어 나름대로 성취를 이룩하였다. 83년 조석구가 등단하면서 3인 시집 『땅이여 바다여 하늘이여』, 84년 홍신선이 『우리 이웃 사람들』, 조석구가 『허리부러진 흙의 이야기』와 3년 간격으로 『닻을 올리는 그대여』, 『우울한 상징』등의 시집을 상재, 왕성한 창작열을 보여주었다.

88년 안익승, 최홍규, 조석구, 홍신선, 김우영, 성순용, 최병기 등을 발기위원으로 한 '한국문협 화성지부'가 결성되어 이 지방문학의 공식기구이자 구심체로써 역할을 담당하게 되었으며, 정례적인 문학 강연회와 작품 낭송회를 갖고 『화성문학』을 발간하고 있다.

이 밖에 성순용, 강숙영, 김순자, 백혜분 등이 이끌어 온 '매홀어머니회'가 꾸준히 문학 강연회, 시화전, 사진전, 탈춤 및 중창 공연 등을 하고 있어 지방문화의 활성화에 크게 기여하고 있다. 또한, 윤철순, 조광원, 전승래, 김영규, 성순용, 박민순 등이 '오산문학동우회'를 결성하고, 계간으로 문집을 발간하는 등 활발한 활동을 하고 있다.

90년대에 접어들면서 이원규, 박민순, 신경애, 백규현, 조광원 등이 문예지에 등단하고, 박민순, 백규현, 신경애, 강한석 등은 시집을 상재하는 등 만만치 않은 열성을 보이던 중 조석구, 전승래, 조광원, 백규현, 박민순, 최병기, 이원규, 이성희, 심인섭 등이 92년 '한국문인협회 오산지부'를 창립, 초대 지부장에 조석구를 선임하였다. 92년 말 문학의 밤 행사를 성공리에 마치고 회원들의 작품을 모아 『오산문단』창간호를 제작하여 향토문학의 기반을 탄탄히 다져가고 있으며, 93년 경인일보 신춘문예 소설 부문에 심인섭이 당선되어 시와 수필에만 치우쳤던 오산문단에 소설의 시대를 열어갈 것으로 보인다.

그동안 수원·화성 및 인근 지역 문학단체에 흡수되어 활동하던 오산지역 문인들이 하나로 뭉친다면 인적 자원 측면에서나 그 작품적 성과에 있어 다소 부족한 면도 있으나 '오산문협'이 오산문학의 공식기구이자 구심체의 역할을 충분히 발휘하고, 전국적으로 유수한 문인협회 중의 하나로 꼽히게 될 것이다.

이는 홍사용, 홍영후, 박팔양, 박승극 등 선구적 인물들의 뒤를 이어야 할 막중한 과업이 있음을 요즘 젊은 세대들이 인지하고 상당한 공백기를 거친 오산문학을 재건해 보겠다는 의욕이 넘치고 있고, 향토문학으로서의 독자성과 방향성의 정립을 서두르고 있어 지방화시대에 걸맞은 문학단체로 문화 활동의 중심 역할을 할 것으로 기대된다.

그럼, 지금부터는 우리의 근대문학에서 시, 소설, 평론, 수필 등에도 작품을 남긴 다양한 작가적 면모를 보인 선구적 인물로 꼽을 수 있는 홍사용과 박팔양 두 사람의 활동 및 작품에 대해 간략하게나마 언급하고자 한다.

1. 노작 홍사용의 생애와 문학

한국 근대문학 시기에 〈백조〉파 동인이었던 노작 홍사용은 1900년 동탄면 석우리(돌모루)에서 태어났다. 그의 집안은 1636년 병자호란이 일어나서 인조가 남한산성에서 40일 동안을 청태종의 친정군인 10만 대병과 항전하다가 마침내 삼전도 나루

터에서 항복하는 치욕을 당하자, 청나라 사신의 목을 베자고 주장하다가 청국 심양성에 붙잡혀 가서 마침내 최후까지 청나라 황제 앞에 무릎을 꿇지 아니하고 혹형을 당해 죽은 윤 집, 오달재, 홍익한 삼학사의 한 분인 홍익한의 후손이다.

그는 서당에서 한문을 공부하다가 1916년 상경하여 휘문고보를 졸업하였다. 휘문고보는 명문사학으로 근대문학의 뛰어난 작가, 시인들을 많이 배출한 학교로 노작은 이 학교 재학 중 정 백, 박종화 등과 교우관계를 맺었다.

1918년 월탄, 노작이 중심이 되어 '피는 꽃'이라는 작품집을 펴냈으며 3·1운동 때는 피체되기도 하였다. 일경에서 석방된 후 고향으로 내려와 수필 '청산백운'을 썼으며 이 무렵의 체험이 '귀향'이란 소설 속에 잘 투영되어 있다. 1920년 노작은 다시 상경하여 박종화 등과 어울렸고 1922년 〈백조〉를 창간하였다. 노작은 동인지 발간에서 그 기금을 부담했으며 문예지로는 〈백조〉, 사상지로는 〈흑조〉를 기획하였다. 동인지 발간 이후의 극단 활동으로 많은 재산을 날리기도 했다.

〈백조〉의 간행과 더불어 노작은 이 동인지에 '백조는 흐르는데 별하나 나하나', '꿈이면은', '통발', '어부의 적', '푸른 강물에 물노리 치는 것' 등의 시들을 발표하고 '봄은 가더이다', '시악시 마음은', '시악시의 무덤', '나는 왕이로소이다', '흐르는 물을 붙들고'를 발표하였다.

1923년 노작은 신극운동 단체인 〈토월회〉에 들어가 박승희, 김복진 등과 연극 활동을 하였다. 토월회에서 노작은 학예부장으로 재정적 지원을 하게 되고 한편으로는 희곡 번역에도 착수하여 1924년 '회색 꿈'을, 이어서 '오남매' 등을 공연용 작품으로 내놓았다. 1926년 극단 토월회가 재정난으로 문을 닫게 됨에 따라 노작은 토월회 일부 회원들과 함께 '산유화회'를 조직하였다. 그 후 1930년에는 일본에서 귀국한 배우 홍해성과 함께 신흥극장을 조직하였다. 노작은 1927년부터 희곡에 손을 대 '향토심', '할미꽃', '출가', '제석', '벙어리 굿', '흰 젖', '김옥균 전' 등을 집필하여 희곡 문학사에도 뚜렷한 업적을 남겨 놓았다. 1930년 무렵 극단 신흥극장이 단명으로 문을 닫게 되면서 일 년여에 걸쳐 전국을 방랑하기도 하였다. 또한 이 무렵 민요시 운동에도 큰 관심을 보여 '조선은 메나리 나라'와 같은 뛰어난 민요 시론과 민요시 창작을 직접 하기도 하였다. 일제 말기에는 많은 문인들이 창씨개명과 친일 작품을 썼으나, 노작은 끝까지 개명을 거부함은 물론 한 편의 친일의 글도 남기지 않았다. 8·15해방 이후에는 근국청년단에 가입, 청년운동을 하기도 하였으나 곧 탈퇴하고 이화여전 출강도 사양하였다.

노작의 문학은 근대 문인들의 상당수가 그러했듯이, 어느 특정 갈래에만 국한된 것이 아니었다. 시, 소설, 수필, 희곡 등에 걸쳐 다양하게 전개했으나 일반적으로는 시문학에 치우쳐 평가받고 있다. 노작의 시세계는 자전적인 서술과 향토성의 세계, 그리고 불교적 세계관을 바탕으로 한 허무주의의 세계로 갈라서 이해할 수 있다. 특히 향리의 지명을 작품 속에 도입하고 풍속적인 사실들을 통한 짙은 향토적 정서를 표출하였으며, 이런 시적 탐구는 민요의 세계에 대한 이해로 이어졌다. 민요는 "한 민족의 역사와 함께 운명을 같이하는 것"으로써 그 속에 민족혼이 깃들이게 된다. 결국 노작의 민요에의 침잠은 당시 민요시 일반이 그러했듯이, 조선심 내지 민족의 혼을 찾는 일이었다.

노작은 당대에 회자한 작품들을 통한 우리 시의 전통적 율격을 산문에 가깝게 변형시켰다. 또한 형식의 장형화를 통하여 향토적 정서의 천착은 물론 구조의 견고성, 어휘력 확충과 같은 시적 성과는 근대문학 전반에 걸친 뚜렷한 성과로 평가된다.

노작의 시 세계의 다른 한 측면인 허무주의는 현실에 대한 좌절의 소산인데 이는 모든 것이 덧없다는 세계 인식의 표출이다. 이러한 세계 인식은 불교에 대한 깊이 있는 이해의 결과인데 그의 허무주의가 단순한 허무주의로써 끝나지 않게 해주는 바탕 노릇을 하고 있다. 이는 앞서 열거한 그의 희곡과도 연결되는 정신적 태도일 것이다.

노작은 분명한 당대의 현실 인식과 이의 문학적 형상화에도 노력하였다. 소설 '저승길', '봉화가 켜질 때' 등에 나타난 현실묘사와 희곡 '김옥균 전' 등에 표출된 민족의식이 그것이다.

노작은 이 지역의 걸출한 시인인 박팔양에게 많은 영향을 제공하였다. 1920년 배제고보를 졸업하고 경성법전에 재학 중이던 박팔양은 역시 휘문고보에 재학 중인 정지용, 박제찬과 함께 등사판 동인지〈요람〉을 만들고 있었다. 이 동인지에는 김용준, 김화산, 김경태, 전승영 등이 참가하고 있었고 10여 호를 낸 것으로 알려져 있다. 당시 문단에서 이 '요람' 동인들을 비평하고 격려해 준 유일한 인물이 바로 홍사용이었다.

물론, 작품 활동에 나타난 두 사람의 시적 관심은 서로 다른 것이었으나 문학 수련기에 일정한 영향을 주고받은 사실은 기억되어야 할 것이다. 박팔양은 1923년 〈동아일보〉 신춘문예에 시 「신(神)의 주(酒)」가 당선되어 데뷔하였다. 이후 그는 경향성이 강한 작품들을 발표하였다.

2. 박팔양의 생애와 문학

여수 박팔양은 1905년 안녕면 곡반정리에서 출생하였다. 1916년 배제고보에 진학하였으며 이 시기에 김기진, 김복진, 나도향, 박영희 등을 알게 된다. 박팔양이 '서울 청년회'의 일원으로 1925년 8월에 결성된 '카프'의 초기 맹원으로 가담하는 것도 이들과 어울림에서 비롯된 것이며, 이후 그의 문학적 삶의 노정을 결정하는 계기가 된다.

박팔양이 고보 3년이 되던 해에 3·1운동이 일어났으며, 감수성이 민감하던 시기에 충격적인 체험을 한 이들은 당대 사회의 현실과 변화 속에서 여러 가지로 고민하게 되었다. 일제 식민지하에서 민족과 조국에 대해 염려하면서 그들이 선택한 것은 사회주의적 계급사상과 현실 문제를 문학에 결부시키려는 새로운 경향을 표방하게 되었고, 박팔양 역시 이에서 크게 벗어나지 않았다. 사회적 현실에 대한 신경향파 문학의 관심은 특히 궁핍한 현실에 대한 관심으로 나타나며, 이러한 경향은 박팔양의 작품에 지속해 일관되게 나타나고 있다.

배제고보를 졸업하고 경성법전에 입학한 그는 당시 휘문고보에 재학 중이던 정지용, 박제찬, 김화산 등과 함께 〈요람〉을 발간하였다. 여기에서 '프롤레타리아 문예 특집'을 꾸몄다가 일경에 조사받기도 하였다. 이 시기에 박팔양은 본격적인 신경향파 문학의 경도에 앞서서이 조탁과 문학적 감수성 훈련 등의 습작을 하게 되고 이는 후일에 짙은 서정성을 드러내게 하는 계기가 된다. 특히 이 동인지는 아나키스트로 변신한 김화산의 '신흥문예론'으로 원고를 압수당하기도 하였다. 아마도 박팔양의 프로문학에 대한 관심은 이 시기에 구체화 된 것으로 생각된다.

그러나 주목해야 할 사실은 박팔양이 '카프'의 맹원으로 프로시를 남기고 있으나 프로문학에 대한 이념이 투철하지는 못했다는 점이다. 즉 그의 문학적 관심은 여러 갈래에 걸쳐 다양했으며, 해방 이전의 유일한 시집 『여수시초』에는 이념적 투쟁의 작품이 드물게 나타나고 있다. 오늘날 그를 월북 문학인 내지 극단적 좌익 문학인으로 간주하는 것은 무리가 있는 것이다. (1988년 정부의 해금 조치를 받았다.)

박팔양은 1923년 동아일보에 작품을 발표하면서 문단 활동을 시작하였다. 경성법전을 졸업하고, 1924년 조선일보 사회부

기자, 중외일보를 거쳐 조선중앙일보 사회부장, 만선일보의 사회부장 겸 학예부장으로 거처를 만주 지방으로 옮겨갔다.

박팔양은 해방 이후에 월북한 것으로 알려졌으나 그 구체적인 월북 시기는 알려지지 않고 있다. 그러나 그가 다른 해금 문학인들과는 달리 월북이나 납북이 아닌 특수한 것으로 추측한다.

통일원 자료에 의하면 박팔양은 1951년에는 문학예술총동맹 중앙위원회의 위원을 역임하고 1953년에는 작가동맹 중앙위원회 상무위원, 1956년에는 동 회의 부위원장을, 1958년에는 조·소 친선협회 중앙위원을 맡은 것으로 나타나 있다.

북한의 문예 정책은 1960년 중반까지 사회주의 리얼리즘 창작 방법을 근간으로 한 것이고, 그 이후에는 주체의 문예이론으로 수정하여 문학을 김일성 우상화의 주요 수단으로 전락시켰다. 박팔양은 1966년 반당 종파분자로 숙청되었으며, 그 이후의 행적은 알려지지 않고 있다.

박팔양 역시 노작의 경우와 마찬가지로 시에만 전념한 시인이기보다는 소설, 평론, 수필 등에도 작품을 남기는 다양한 작가적 면모를 보인다.

박팔양의 시 세계는 사회적 현실에 대한 관심을 주로 한 경향시 계열의 세계와 전원을 예찬하는 자연시들의 세계로 나눌 수 있다. 먼저, 사회적 현실에 관심을 기울인 시들은 당시 투쟁적 구호 중심의 프로 서사시들과는 일정한 거리를 유지하면서 서정성을 잃지 않고 있다. 더러는 도회적 정조를 다룬 모더니즘 경향마저 보여 박팔양의 시적 관심이 어디에 있었는가를 시사해준다. 그가 만주로 가기까지 박태원, 이상 등과 함께 '구인회'의 일원으로 활동하는 데 이런 사실은 그가 문학의 운동성을 높이 내세우던 당시 프로문학과 이미 일정한 거리를 두고 있었으며 자기 시의 방향성을 서정성에서 찾았던 사실을 쉽게 이해시켜 주는 것이다.

박팔양의 시에 있어서 자연은 곧 생명이자, 자아의 세계가 합일된 공간이다. 전원시나 생명예찬의 서정시가 보여주는 정신적 궤적은 신경향파와 모더니즘문학의 편력에도 불구하고, 그의 시세계의 지향점과 귀착점을 이루는 세계이다. 암울한 현실을 자연과 생명에서 찾으려 했다는 것은 삶의 방향을 찾지 못한 자아로서 도피로 볼 수도 있지만 박팔양의 경우에 있어서 생명에 대한 사랑과 옹호는 그 자연의 질서에 순응하는 것으로 자연과 자아가 합일을 이루는 생명의 길이었다. 수필에서도 일관되게 자연에 대한 열망과 사랑을 보여주고 있다.

박팔양의 시에 있어서 자연의 이해와 더불어 논의되어야 할 것은 그의 민요조 서정시와 동요이다. 김억이나 소월처럼 세련된 작품을 남기지 못했지만, 박팔양이 1920~30년에 민요조 서정시와 동요를 발표했다는 것은 주목할 만한 사실이다.

박팔양이 남긴 소설적 양식의 작품 중 「오후 여섯 시」와 「방랑의 수부와 이국 계집아이」는 시의 산문적 변용이라고 할 수 있을 만큼 시적 구조를 지니고 있으며, 「말업시 물끄러미 쳐다보는 얼골」은 단순 구성에 의한 회상형식을 취하고 있고, 「정열의 도시」는 긍정적 인물과 부정적 인물의 대립을 통하여 가난에 대한 인식과 조국에 대한 애정을 보여주고 있다.

박팔양의 평론은 그의 시 세계와 매우 밀접한 관계를 지니고 있다. 즉 그의 정신적 내면세계를 읽는 데 많은 도움을 주고 있으며, 가장 두드러지게 나타나는 양상은 문학과 사회의 관계에 대한 모색이다.

이상에서 살펴본 박팔양은 우리 근대문학사가 지니고 있는 다양한 정신사적 토대 위에 인간의 삶에 대한 관심과 예술적 탐구를 양축으로 해서 전개되고 있다. 문학적 열정을 당대의 미학으로 연결하면서 비교적 긴 기간 동안 꾸준히 작품활동을 하였다.

박팔양이 우리 문학사에서 지니는 의미는 프로시인이라는 제한된 평가보다는 다양한 문학적 관심과 정신적 영역을 지니고 민중과 조국에 대한 애정으로 당대 현실에 대응한 문인이었다는 데 그 의의가 있을 것이다.

나는 왕이로소이다　─ 홍사용

나는 왕이로소이다. 나는 왕이로소이다. 어머니의 가장 어여쁜 아들 나는 왕이로소이다. 가장 가난한 농군의 아들로서……
그러나 시왕전(十王殿)에서도 쫓기어 난 눈물의 왕이로소이다.

"맨 처음으로 내가 너에게 준 것이 무엇이냐" 이렇게 어머니께서

물으시면은

"맨 처음으로 어머니께 받은 것은 사랑이었지요마는 그것은 눈물이더이다" 하겠나이다. 다른 것도 많지요마는……

"맨 처음으로 네가 나에게 한 말이 무엇이야" 이렇게 어머니께서 물으시면은

"맨 처음으로 어머니께 드린 말씀은 '젖 주서요' 하는 그 소리였지요마는 그것은 '으아' 하는 울음이었나이다" 하겠나이다. 다른 말씀도 많지요마는……

이것은 노상 왕에게 들리어 주신 어머니의 말씀인데요.

왕이 처음으로 이 세상에 올 때에는 어머니의 흘리신 피를 몸에다 휘감고 왔더랍니다.

그날에 동내(洞內)의 늙은이와 젊은이들은 모두 "무엇이냐"고 쓸데없는 물음질로 한창 바쁘게 오고 갈 때에도

어머니께서는 기꺼움보다도 아무 대답도 없이 속 아픈 눈물만 흘리셨답니다

발가숭이 어린 왕 나도 어머니의 눈물을 따라서 발버둥치며 '으아' 소리쳐 울더랍니다.

그날 밤도 이렇게 달 있는 밤인데요

으스름달이 무리 서고 뒷동산에 부엉이 울음 울던 밤인데요

어머니께서는 구슬픈 옛이야기를 하시다가요 일없이 한숨을 길게 쉬시며 웃으시는 듯한 얼굴을 얼른 숙이시더이다.

왕은 노상 버릇인 눈물이 나와서 그만 끝까지 섧게 울어 버렸소이다. 울음의 뜻은 모르면서도요.

어머니께서 조으실 때에는 왕만 혼자 울었소이다.

어머니의 지우시는 눈물이 젖 먹는 왕의 뺨에 떨어질 때에면, 왕도 따라서 시름없이 울었소이다.

열한 살 먹던 해 정월 열나흗날 밤 맨 잿떠미로 그림자를 보러 갔을 때인데요, 명命이나 긴가 짧은가 보려고

왕의 동무 장난꾼 아이들이 심술스럽게 놀리더이다 모가지 없는 그림자라고요

왕은 소리쳐 울었소이다 어머니께서 들으시도록 죽을까 겁이 나서요

나무꾼의 산타령을 따라가다가 건너 산비탈로 지나가는 상두꾼의 구슬픈 노래를 처음 들었소이다.

그 길로 옹달우물로 가자면 지름길로 들어서면은 찔레나무 가시덤불에서 처량히 우는 한 마리 파랑새를 보았소이다.

그래 철없는 어린 왕 나는 동무라 하고 쫓아가다가 돌부리에 걸리어 넘어져서 무릎을 비비며 울었소이다.

할머니 산소 앞에 꽃 심으러 가던 한식날 아침에

어머니께서는 왕에게 하얀 옷을 입히시더이다.

그리고 귀밑머리를 단단히 땋아 주시며

"오늘부터는 아무쪼록 울지 말아라."

아~, 그때부터 눈물의 왕은!

어머니 몰래 남모르게 속 깊이 소리 없이 혼자 우는 그것이 버릇이 되었소이다.

누—런 떡갈나무 우거진 산길로 허물어진 봉화(烽火) 둑 앞으로 쫓긴 이의 노래를 부르며 어슬렁거릴 때에, 바위 밑에 돌부처는 모른 체하며 감중련하고 앉았더이다.

아~, 뒷동산 장군(將軍)바위에서 날마다 자고 가는 뜬구름은 얼마나 많이 왕의 눈물을 싣고 갔는지요.

나는 왕이로소이다. 어머니의 외아들 나는 이렇게 왕이로소이다.

그러나 그러나 눈물의 왕! 이 세상 어느 곳에든지 설움 있는 땅은 모두 왕의 나라로소이다.

— 1923년 9월 『백조』3호에 실리다

여명이전(黎明以前)　　— 박팔양

이제야 온단 말인가 이 사람들아

나는 그대들을 기다려 기나긴 밤을 다 새웠노라

까막까치 뛰어다니며 아침을 지저귈 때

나는 그대들의 옴을 보려고 몇 번이나 동구(洞口) 밖에 나갔던고

그대들은 모르리라

황량(荒凉)한 이 폐허(廢墟), 이 거칠은 터에

심술궂은 바람이 허공에서 몸부림치던 지난밤 일

아아 꽃같이 젊은 무리가

죄(罪)없이 이 자리에서 몇이나 피 토하고 죽은지 아느뇨

광명(光明)한 아침을 못 보고 죽은 무리

그대들 오기를 기다리다가

아아 옳은 사람 오기를 기다리다가 가버린 무리

그들의 피 묻은 옷자락이

솟아오르는 아침볕에 붉게 빛나지 않느뇨

지나간 모든 일은 한바탕의 뒤숭숭한 꿈자리

고개 너머 마을에 있는 작은 종(鍾)이 울어

구원(久遠)의 길을 떠난 수난자(受難者)를 조상(弔喪)할 때

보라 나와 그대들의 머리 우에 있는 해와 무지개!

폐허(廢墟), 야반의 비극을 모르는 것 같고나

밤새워 기다리던 이 사람들아

이제는 그 지리하던 어둔 밤이 다 지나갔느뇨

천리만리(千里萬里) 먼 곳으로 다 지나갔느뇨

아아 지나간 밤의 지리하였음이여

— 1925년 7월, 『개벽』61호에 실리다

노작 홍사용 일대기— 백조가 흐르던 시대

— 책 머리말／노작 홍사용 일대기를 펴내며

이원규 편저, 노작 홍사용 일대기,
2000년.

아무리 타당한 이유가 없더라도
다만 좋아한다는 이유만으로도 우
리는 어떤 일이든 할 수가 있다.
이와 같은 행동은 우리에게 새로
운 전망을 열어주며 불확실성에
대한 두려움을 제거해 줄 것이다.

−웨인·W·다이어
(뉴욕 세인트 폰스대학 심리학 교수)

노작 홍사용은 나라 잃은 시대에 민족혼을 일깨우기 위하
여, 전 재산을 문예지『백조』와 '신극 운동'에 아낌없이 헌납
했다. 그러한데 오늘날 먼발치로 밀려난 옛 시인으로 기억되고
있는 안타까운 현실이다.

자기 몸을 태워 어둠을 밝히는 촛불이던가? 자신을 위해서
는 시집 한 권 남기지 않았지만, 민족을 위해서는 모든 걸 아낌
없이 내놓았다.

꼿꼿한 선비정신으로 완벽하다고 자인하지 않으면 작품까지

도 발표하지 않았다.

우리나라 민족 문단사의 암흑기와 격변기에 태어나서 죽는 날까지 불의와 타협하지 않고, 또한 일제의 탄압에 분연히 붓을 꺾어, 단 한 줄 친일의 글도 남기지 않은 대쪽 같은 선비의 삶을 스스로 선택한 노작 홍사용.

마지막 숨을 거두면서도 '조선 사람은 조선을 알아야 한다'는 유언을 남겼으니, 지금부터라도 그의 정신을 되살리는 것은 우리의 사명이다.

귀향(歸鄕)의 한 대목을 읽어 보자.

그러니, 쓸데없이 소소한 일에 걸리어, 잔소리만 하지 말고 하루라도 바삐 어느 날이든지, 그 그릇된 일의 근본 이치를 밝게 보고 바로 잡아 사는 날이라야 그때가 정말, 우리들의 잘살아 본다는 날이지요. 아무튼 이제는, 잘 되었어요. 우리 집이 망한 것도 잘 망하여졌고, 가난한 것도 잘 가난해졌어요. 그래야, 배도 고파 보고 추워도 보고, 힘도 들어 보고 고생도 해보고, 남에게 괄시도 받아보아서, 쓴 것 단 것, 이 세상의 온갖 지독한 맛을, 다- 맛도 보고 겪어도 본 뒤에라야, 제가 살려고 하는 부지런도 생기고, 제가 시방 어떠한 형편에서 살고 있다는 것도, 깨달을 것이요. 또 어떻게만 하여야 잘살 수가 있다는 마련이나 생각도, 나서겠지요.

노작 탄생 100주년이 된 지난 2000년 6월 17~18 양일간 '기념 문학제'를 열고 추모 행사를 마쳤으나, 무엇인가 덜 조여진 허전한 느낌이다. 그동안에 얻어진 자료들을 그냥 묻어두기에는 아쉬워 여기에 특별한 형식에 구애하지 않고 소신껏 엮어 내놓는다.

도서관, 서지학자, 전문 정보센터, 신문사 등을 방문하여 자료를 수집하고 비교 분석하면서 일종의 사명감도 생기게 되었다.

이 책의 내용이 지난번 발간된 '기념전집'의 말미에라도 요약하여 수록하였더라면 하는 아쉬움도 있다.

아직껏 '새문사'에서 발간한 김학동 편저의 『홍사용 전집』 이상의 성과물은 본 적이 없다. 늦게나마 새로 만든 책을 들고 김학동 선생 댁을 방문하였다. 그 후 꼼꼼하게 정리된 미수록 작품 '향상(向上)'을 보내주시는 노학자의 은혜도 입었다.

또한 필자와 같은 마을에 살고 있는 노작의 장자 홍규선(82세)옹도 자주 뵙다 보니 친근한 사이가 되었다. 비록 몸은 불편하지만 맑은 정신을 유지하고 있어, 노작 생존 시의 일화는 물론 가계에 대한 생생한 증언도 녹화할 수 있었다.

앞으로 '한국 근대문학'이나 '노작 홍사용'을 새롭게 연구하실 분들께 이 일대기가 활용되었으면 좋겠다.

— 4333년 10월, 새물터에서 이원규

— 일러두기

1. 『홍사용 전집』은 1985년 '새문사'에서 김학동 선생에 의

394

해 최초로 편집되었다. 2000년, 탄생 100주년을 맞아 「노작 문학 기념 사업회」에서 편집한 새 전집이 '뿌리와 날개'에서 나왔다. (1985년도 판은 원작의 언어와 표기법에 따랐고, 2000년도 판은 현행의 맞춤법으로 수정하여 읽기 쉽게 하였다.)

2. 그 외에도, 1976년 '근역서재', 1993년 '미리내 출판사' 등에서 작품집을 펴냈다.

3. 지금까지 발표된 '노작 문학 연구' 학위 논문은 10여 편, '백조파, 토월회' 등과 관련한 논문 10여 편, 그 외 1920년대 근대문학을 다루면서 노작을 언급한 평론, 기사 등은 200여 편도 넘는다.

4. 이 책에는 가능한 한 많은 자료를 부분이나마 확인, 대조하였다. 앞선 연구자의 논문을 그대로 인용하기도 하였지만, 여러 논문이나 기사를 검토하여 공통점을 찾고, 노작의 장자 홍규선 옹의 의견도 반영하였다.

5. 노작과 정백(정지현)의 합동 수필집 '청산백운(青山白雲)'은 지금까지 노작의 작품만 발표되었으나, 이번에는 정백의 작품까지 전편을 공개한다.

6. 1938년 11월 15일 매일신보(每日新報)에 발표된 수필 '향상

(向上)'은 김학동 선생이 초안을 잡아주어, 당시의 신문과 대조하여 판독 정리하였다.

7. 106수의 시조를 필사한 청구가곡(靑邱歌曲)은 노작의 친필이다. 1989년 임기중 교수에 의해 '청구가곡(靑邱歌曲)과 홍사용'이라는 논문으로 발표된 바 있다. 참고 가치가 있다는 판단에서 원본대로 영인 작업하였다.

8. '조선인은 조선을 알아야 한다'는 영상 작품은 지난 '탄생 100주년' 행사에서 방영하였다. 영상 제작에 힘쓴 박후원, 내래이터 김계영. 그리고 늘 함께 고생한 녹수청산(綠水靑山) 동인들께 고마운 마음을 전한다.

9. 컴퓨터 시대에 부응하여 '노작의 일대기'와 '나는 왕이로소이다'의 시 낭송을 담은 동영상(Video CD)도 제작하였다.

백조(白潮)가 흐르던 시대

1. 이름

홍사용(洪思容)은 본명이다. 아호(雅號)로는 노작(露雀), 흰 젖 , 소아(笑啞), 백우(白牛), 춘호(春湖), 원룡(元龍) 등이 있으며, 별명은 돌부처, 고고문사(枯高文士), 대리석, 고양이, 아는 것이 많다는 의미로 열두박사 등이 있다.

아호(雅號) 소아(笑啞)는 일반적으로 알려진 노작보다 먼저 사용하였다. 즉 1920년 5월 15일에 발행된 『문우(文友)』지에 시 「크다란 집의 찬 밤」을 발표할 때 본명 대신 소아(笑啞)를 썼다. 또한 1919년 학 정백(鄭栢)과 함께 향리로 내려가 은신해 있던 무렵 쓴 수필집 『청산백운(靑山白雲)』에 보면,

"학해(學海)에 동주인(同舟人)이 되어 기미(己未) 춘삼월(春三月) 풍랑(風浪)에 표류(漂流)당하고 이리저리 떠다니다가 다시 한곳으로 모이니 곳은 화성양포(華城良浦)요 때는 동년 6월이라. 주인(主人)은 소아(笑啞)요 과객(過客)은 묵소(默笑)러라.

그들은 항상 남모르는 웃음을 웃으며 무시(無時)로 청천(靑天)에 떠가는 백운(白雲)을 수연(愁然)이 바라본다. 촌사람들은 가리켜 불가사의인(不可思議人)이라고 조소(嘲笑)한다. 그 많은 사람에도 그 두 사람을 알아주는 사람은 그 두 사람밖에 없다."

정백(鄭栢)이 쓴 머리말의 첫 부분이다. 이 글에 나오는 소아(笑啞)가 바로 홍사용(洪思容)이요, 묵소(默笑)는 정백이다. 묵소는 『문우(文友)』 1호에 소설 「21일(廿一日)」을 발표한 바 있다. 그들이 모두 아호(雅號)에 소자(笑字)를 넣은 것에 주목할 만하다.

노작(露雀)이란 아호는 백조(白潮) 동인에 가담하면서 새로 지어 사용한 것으로 보인다. 『백조』 1호(1922. 1. 9)에서는 본명 홍사용과 아호 노작을 동시에 사용하였는데, 본명은 권두시에서

사용했다.

일제 말기에는 많은 문인들이 창씨개명과 친일 작품들을 썼으나, 노작은 끝까지 개명(改名)을 거부함은 물론 한 줄 친일의 글도 남기지 않았다.

(중략)

8. 희곡 창작(戲曲創作)과 연극 활동(演劇活動)

개화기는 한국 연극사의 전체적 흐름을 파악하는 데 있어서 매우 중요한 의미를 지닌다. 청국(淸國), 일본(日本) 등 외세(外勢)에 의해서 문화도 함께 들어옴으로써 이것이 우리 문화를 표층으로부터 내부에까지 변화의 충격파를 가했다.

예컨대 청계천에 전문극장을 짓고 공연한 청나라의 경극(京劇)과 일본의 신파극 등에 의해서 변화를 겪을 수밖에 없었다.

한국신극(韓國新劇)에서 협율사(協律司)는 1902년 12월에 개관한 최초의 국립극장이며 〈소춘대유희(笑春臺遊戲)〉를 공연하였고, 한국 최초의 민간극장 원각사(圓覺寺)는 이인직(李人稙)에 의해 1908년 7월 26일 설립되었다. 한국 연극 개량을 위해 일본연극 시찰(日本演劇 視察)을 했던 이인직은 1908년 11월 〈은세계(銀世界)〉를 공연하였고, 다음 해 7월과 11월에는 〈천인봉〉, 〈수궁가(水宮歌)〉를 공연하였다.

1912년 11월 매일신보(每日新報)에 발표한 조일재(趙一齋)의 희곡 〈병자 3인(病子三人)〉은 최초의 희곡(戲曲)이다.

토월회가 생겨나기 전부터 20여 개, 그 이후 해방 전까지 50여 개의 극단이 생겼다가 해산되기도 하였다. 그러나 우리 연극계에서도 이미 변화를 맞을 준비 태세를 갖추고 있었다. 신재효(申在孝)가 여창(女唱)을 배출한 것이라든가, 김세종(金世宗)이 판소리의 내부 공간을 연극 쪽으로 확대한 것 등이 그러한 예이다.

1910년대에는 신파극 일변도로 흘렀다. 일제의 식민지 수탈에 따른 경제불황으로 1910년대 중반에 들어서면서 관객이 격감하였다. 신파 연극인들은 또한번의 고육지책으로써 인기를 끌기 시작한 영화와의 결합을 꾀했다. 이것이 이른바 연쇄극(連鎖劇)이었다. 이는 신파극 타락의 한 표징이었다. 이때부터 신파극은 지방으로 유랑하게 되었다. 혁신단(革新團)이 1914년 2월 은세계(銀世界)를 지방순회공연(地方巡廻公演)한 것이 그 시초이다.

그러나 연극에 대한 사회적 인식은 조금씩 변화되어 갔고, 그런 때에 3·1운동이 일어난 것이다. 이 운동은 문화계에 광범위한 지각변동을 일으켰고, 연극계에도 상당한 변화가 일어났다. 먼저 신파극에 대한 반성과 함께 진정한 근대극의 기운이 여러 측면에서 솟아올랐다.

윤백남(尹白南)이 이끌던 문수성(文秀星), 이기세(李基世)의 유일단(唯一團) 그리고 이들이 함께 1916년 3월 27일 단성사(團成社)에서 〈콜시카의 형제〉를 창립 공연으로 시작했던 예성좌(藝星座)는 특히 주목할 만하다. 그후 동우회(同友會)나 예술협회

(藝術協會)의 직속극단이었던 예술좌, 지방공연을 먼저 하고 후에 서울 공연을 하였던 민중극단(民衆劇團), 동경고학생회(東京苦學生會)가 조직한 갈돕회 순회극단(巡廻劇團) 등이 수준 높은 공연을 하였다.

많은 사람이 토월회를 우리나라 근대극 운동(近代劇 運動)의 선구적 극단으로 보고 있는 것이 사실이다. 20년대 초기 신극 운동에서 토월회의 역할은 매우 중요한 의미가 있다.

노작(露雀)의 문학에 대한 논의는 지금까지 단편적 언급에 지나지 않았다. 그중에서도 시인으로서의 성과가 대부분이었다.

노작은 『백조(白潮)』 3호에 「나는 왕(王)이로소이다」까지 시를 발표하였으나, 그 후로는 토월회(土月會)에 참여하며 희곡으로 전환하였다. 그는 백조 간행, 토월회, 산유화회(山有花會), 신흥극장(新興劇場) 등의 운영에 가산을 탕진하였다. 방랑 생활을 하게 되는 경위가 신극 운동으로 인해 시작된 것이다.

8—1. 토월회 시대(土月會 時代)

노작(露雀)은 1923년부터 토월회에 본격적으로 가담함으로써 연극 활동으로 전향하게 되었다. 20년대 초에는 소인극단(素人劇團)들이 전성기를 누렸다.

토월회는 그 출발이 연극단체로 시작한 것은 아니다. 동경유학생(東京留學生)들의 문화 서클로서 매주 한번씩 모여서 시를 낭송하고 그림도 감상하며 토론을 벌이는 일종의 독서윤독회(讀書輪讀會)였다.

당시의 시대적인 조류에 의해 신파극이 지지부진하고 극단다운 극단이 없었을 때에 새로운 기치를 내걸고 토월회(土月會)가 나타난 것이다.

당초 토월회가 생기게 된 경위는 유학생의 한 사람이었던 박승희(朴勝喜)가 김기진(金基鎭)에게 무슨 모임 하나 만들자고 했고, 김기진의 찬동으로 1922년 5월경 칸다쿠(神田區)니시키마치(錦町) 3정목 18번지에서 모였다. 그곳은 전라북도 김제평야에서 불이농장(不二農場)을 경영하여 부자가 된 일본인 구마모도가 속죄의 수단으로 한국 고학생들에게 마련해 준 하숙집이었다.

창립 멤버들은 김팔봉(金八峰), 김복진(金復鎭), 이서구(李瑞求), 박승목(朴勝木), 김을한(金乙漢), 이제창(李濟昶) 등 7명이었으며, 나중에 연학년(延鶴年), 이수창(李壽昌)이 가담하여 9명으로 늘었고, 여류 시인 김명순(金明淳)과 그의 연인 임노월(林蘆月)도 객원으로 참가했다.

학교와 전공은 모두 달랐지만, '토월회'라 모임 명칭도 정하고 제법 진지하고 회원들의 열성 또한 대단하였다.

회명(會名)을 처음에는 '신월(新月)'이라 하였는데, 김기진이 '신월(新月)'보다는 '토월(土月)'이 좋을 것 같다고 주장하였다. 그의 주장은 "현실에 토착(土着)해 있되 이상(理想)은 명월(明月) 같이 높게 가져야 한다"는 것이며, 흙은 생명이 길고 인간이 하루라도 떠나 살 수 없다는 것이었다. 아울러 토월회를 발족시키는 취지와 목적은 어디까지나 시대적 요청에 의한 것이라고 주장하였다.

토월회의 작품 발표회 겸 합평회가 서너 번 거듭되는 동안 여름방학을 맞았고, 황무지인 서울에 돌아온 회원들은 자연히 조국 동포를 위한 문화운동에 관해 깊은 토론을 전개하였다.

그들은 '동우회'의 눈부신 활동을 기억하고 있었기 때문에, 대중 속에 파고들어서 대중을 깨우치는 데는 연극이 가장 효과적이라는 박승희의 주장에 의견의 일치를 보았다. 그러나 연극을 아는 회원은 박승희 뿐이고 당장 돈도 필요했다.

그런 학생들의 고민을 이해한 이웃 양복점 주인 사까모또(垢本)가 6백 원을 빌려주어서 첫 공연에 착수할 수 있었다.

1923년 7월 4일 조선극장에서 역사적인 토월회의 창립공연이 막 올랐다. 1막극 네 작품은 유진 필롯 작―〈기갈(飢渴), 전원 출연〉, 안톤 체홉 작―〈곰, 연학년 주연〉, 버어나드 쇼 작―〈그 남자가 그 여자에게 어떻게 거짓말을 하였나?, 박승희 주연〉, 그리고 박승희 작―〈길식, 김기진 주연〉 등이 무대에 올려졌다.

그러나 공연 중 끝 작품 〈그 남자가 그 여자에게 어떻게 거짓말을 하였나?〉에서 박승희와 이월화가 대사를 잃어버리는 바람에 불상사가 일어나, 1회 공연은 무대장치와 등장인물의 조화만 인정받고 여러 가지 일화와 2천 4백 원의 빚만 지고 막을 내리게 되었다.

1923년 5월 토월회(土月會) 제1회 공연준비를 위해 동경(東京)으로부터 돌아왔을 때…, 회월(박영희)은 나를 데리고 낙원동 노작의 하숙집을 찾아갔었다.

'백조' 동인 가운데서 토월회 일에 누구보다 공명(共鳴)하고 성원(聲援)하는 동지가 홍노작(洪露雀)이라는 것이다. … 합숙(合宿) 장소로 찾아와서 연습하는 동지들에게 자기 의견을 말하고 주의도 주곤 하였다. 그때 7월말 공연을 끝내고 보니 빚이 육·칠천 원이나 되는고로, … 노작은 토월회 말기 까지 동회(同會)와 유기적 관계를 갖고 있었던 것으로 알고 있다.

— 팔봉, 토월회와 홍사용

또한 박승희(朴勝喜)는 「토월회(土月會) 이야기」에서 '1회 공연 때 급한 돈을 갚을 길이 없었던 차, 백조사 홍노작이 예금 없는 빈 수표를 마련해 준 일은 두고두고 감사했다'고 말하고 있으며, 노작 미망인 원씨는 '노작의 활동 결과 생긴 은행 빚은, 후에 양모(養母) 한산이씨(漢山李氏)가 은행에 차례차례로 많던 전답(田畓)을 처분하여 청산하고 노작은 서울에 앉아서 수원(水原)은 내려오지도 않은 채 조용히 가산(家産)을 탕진했다.'고 말하고 있다.

그처럼 적극적으로 연극에 참여했고, 1923년 9월 『백조(白潮)』3호를 낸 후부터는 토월회의 문예와 연기지도를 하였다.

명예 회복을 위한 제2회 공연 준비에 들어간 토월회는 박승희 중심체제로 바뀌었다. 그러나 제2회 토월회 공연을 평하여 '은 그릇에 설렁탕 담은 것같다'는 이야기가 나온 것을 보면 얼마나 무대장치에 공을 들였나 알 수 있다. 연기는 뒤떨어졌지만 무대장치만은 일본의 스끼지(築地) 소극장보다도 앞섰다는 중론이다.

문학동인지 『백조(白潮)』 후원으로 이루어진 제2회 공연은 톨스토이의 「부활(4막)」과 마이아펠스타 작의 「알트하이델베르크(5막)」가 역시 조선극장에서 공연되었다.

제2회 공연을 마친 후에 극단 내부에서는 진통이 일어나, 창립 멤버들은 동경으로 직장으로 뿔뿔이 떠나버렸다. 박승희는 새 단원들을 끌어들여 토월회를 전문 극단 체제로 바꾸었다. 즉 박승희를 회장으로 하고 홍노작이 문예부, 미술 원우전, 경리 정원택, 출연 이백수가 각각 직책을 맡았다.

새로 단장된 토월회는 전문극단으로 전신한 뒤 완전히 상업주의를 지향했다. 3회 공연은 박승희의 무용가극 〈사랑과 죽음〉, 홍사용 번역의 〈회색의 꿈〉을, 1924년 1월 22일 YMCA 강당에서 공연하였다. 특히 소규모 악단과 무용부도 두었는데, 이들은 막간마다 명곡 연주를 하기도 했다. 이것이 훗날 막간과 막간극이 생기는 효시가 되었다.

우미관에서의 제4회 공연은 〈부활〉과 〈사랑과 죽음〉의 재공연이었다.

톨스토이 작 〈산송장〉을 4막으로 각색한 5회 공연도 대인기였고, 본격적 흥행 극단으로 토월회는 면모를 갖추기 시작했다. 그리고 극단 제도를 개혁하여 합자회사로 만들어 자본의 기초를 굳건히 함과 동시에 전무로 이서구를 앉혔다. 광무대

(光武臺)를 1년간 전속으로 계약하고 연중무휴 공연으로 3일만에 한 번씩은 작품을 바꾸어야 했다. 박승희가 주로 대본을 준비했으나 1인 독주에 대한 제동으로 중견 배우들이 9개 항의 요구 조건을 제시하고 출연 거부하는 사태가 발생했다.

각개 격파식으로 무마, 설득, 추방하는 식으로 회원을 재정비한 토월회는 하나의 방편으로 당대의 인기 작가 이광수의 소설을 홍사용 각색으로 광무대 극장에 올렸다. 〈무정〉을 위시해서 〈개척자〉, 〈재생〉 등인데 어느 정도 인기가 있었으나 토월회의 경영난을 해결하기에는 역부족이었다.

1925, 6년에는 전통 고전 작품을 각색하기도 하고, 소프라노 가수 윤심덕이 가담하면서 생기를 되찾는 듯했다. 그러나 다시 내분이 일어 이서구의 후임으로 전무가 되었던 김을한이 이백수, 윤심덕, 이소연, 박제행 등과 함께 탈퇴하였다. 그리고 그들은 「백조회」라는 새 극단을 탄생시켰다. 발족으로 끝난 「백조회」는 토월회가 와해하는 결정적 계기가 되었다. 그리하여 결국 토월회는 백조회가 탄생하던 1926년 2월 24일 제56회 공연을 끝으로 해산되었다.

독자의 연극 활동을 계획하던 노작(露雀)은 1927년 5월 박진(朴珍) 등과 산유화회(山有花會)를 조직하였다. 「산유화회」는 인사동 조선극장에서 홍노작(洪露雀) 작품인 〈향토심〉과 이소연 번안 작품인 〈소낙비〉를 공연하였으나 곧 해체되었다.

토월회가 재기 공연을 한 것은 1928년 10월이었다. 박승희의 〈이 대감 망할 대감〉, 〈사(死)의 승리(勝利)〉, 홍사용 번안의 〈오남매(五男妹)〉,〈추풍감별곡(秋風感別曲)〉 등인 바 〈사의 승리〉는 윤심덕의 정사(情死) 사건을 소재로 한 것이었다. 그러나 우미관(優美館)에서의 제57회 재기 공연도 신통하지 못했다.

다시 휴면(休眠)에 들어간 토월회는 1년 뒤인 1929년 가을, 재기 공연으로 희가극 〈즐거운 인생〉, 악극 〈초생달〉 등 5편을 사이사이에 공연하여 그런대로 면목을 세웠다. 그리고 다음 작품인 박승희의 〈아리랑 고개〉와 최승희의 무용을 공연하였다.

식민지 시대에 있어서 일제의 한국 농민 수탈과 착취를 감상적으로 묘사한 〈아리랑〉은 폭발적 인기를 끌었다. 그 후로 민요 〈아리랑〉은 일제에 의해 금지곡이 되었다.

토월회는 일제의 감시를 받게 되자 지방공연에 나섰고, 1931년 드디어 창립된 지 9년 만에 해산되고 말았다.

박승희는 토월회가 막을 내린 후인 1932년 2월에 태양극장(太陽劇場)으로 개편 개칭하여, 1940년까지 유랑극단을 이끌고 전국을 순회하였다.

구한말 총리대신을 역임한 박정양 대감의 셋째아들 박승희도 토월회를 이끌면서 유산으로 받은 3백 석지기의 땅만 날리고 말았다. 육체와 정신, 재산과 가정까지 연극에 몽땅 바치고 말년에 남은 것은 가난과 고독뿐이었다.

문한성(文漢成)의 지적대로 토월회의 과오(過誤) 중에는 박승희(朴勝喜)를 중심으로 운영한 극단의 폐쇄성을 들 수 있다. 왜냐하면 홍사용(洪思容), 김운정(金雲汀) 등 당대의 유능한 극작가(劇作家)를 포용하여 키워내지 못했던 점이 몰락을 가져온

406

계기가 된 것이다.

8-2. 노작(露雀)의 연극 시대(演劇時代)

한국 근대 희곡사 혹은 연극사에서 1920년대는 희곡이라는 새로운 장르가 개척되던 시기였다. 이러한 때에 노작이 사명감을 가지고 적극적으로 연극과 희곡 창작에 주력했다는 점은 중요한 문학사적(文學史的) 의미가 있다.

노작 홍사용(洪思容)의 문학에 대한 논의는 대부분 시인으로서의 성과로 집중되어 있다. 그러나 1920년대 중반기 이후에는 시창작(詩創作)보다도 오히려 신극운동, 희곡, 수필, 소설, 평론 등에 주력하였다.

특히, 1910년대 희곡 작품은 불과 몇몇 작가들에 의해 쓰인 10여 편 정도지만, 20년대부터는 활발한 창작과 공연이 이루어진 연극의 전성기라 할 수 있다.

김우진(金祐鎭), 김정진(金井鎭), 박승희(朴勝喜), 김영팔(金榮八), 조명희(趙明熙) 등이 당시의 작가들인데, 홍사용의 작품은 4편밖에 전하지 않지만, 공연작품과 번역, 번안 작품까지 합치면 10여 편이 된다. 그리고 극단 토월회에 적극 가담하였으며, 〈산유화회(山有花會)〉와 최승일(崔承一), 홍해성(洪海星)과 〈신흥극장(新興劇場)〉까지 창단하여 활발한 신극운동을 하고자 했다. 비록 실패로 끝나고 단명하였으나, 이러한 사실들을 감안한다면, 한국 희곡사에서의 노작의 위치는 중요한 위치에 있음은 틀림없다.

그러함에도 불구하고 소홀하게 취급되고 있는 것은, 후세에 시인이라는 점만 중점적으로 부각되어 희곡 작품이나 연극 활동에 대한 연구가 활발하지 못했기 때문이다.

　노작(露雀)의 첫 희곡은 「산유화(山有花)」이다. 노작의 〈토월회(土月會)〉 참여 경위와 희곡 작품에 대해서 김팔봉(金八峰)은 다음과 같이 밝히고 있다.

「이때 (토월회의 공연 결과 빚을 져서 고심할 때) 노작은 회월(懷月)과 함께 물심양면(物心兩面)으로 토월회(土月會)의 1, 2회 공연을 거들어 주던 경험이랄까, 취미 때문이랄까 하여간 연극에 맛을 들여가지고 1924년엔가 토월회 공연(公演) 때엔 그의 창작 희곡(創作戲曲) 「산유화」를 구경하였는데 지금 그 이야기의 줄거리는 기억나지 않으나 퍽 낭만적(浪漫的)이요, 민족적(民族的)인 향토예술(鄕土藝術)이라고 불린 그런 작품이었다고 추억된다.」

「향토심(鄕土心)」도 그 내용이 전해지지 않으나 민족혼을 고취하기 위한 민족의식이 용해된 작품으로 짐작된다.

　박진(朴珍)의 한국연극사(韓國演劇史)에서는 다음과 같이 기록되어 있다.

「그 작의(作意)는 때가 이상재(李商在) 선생의 사회장(社會葬)을 준비하던 때라 전국에서 뜻있는 사람이 많이 모일 것이므

로 우리는 향토, 즉 국토(國土)와 민족혼(民族魂)을 호소(呼訴)할
라던 흥분된 마음에서… (중략) … 대사(臺詞)가 모두 시적(詩的)
이고 말마다 시구(詩句)라 각본(脚本)은 명작(名作)이라 하겠으
나… 극(劇)의 내용은 향토로 돌아간다는 평범(平凡)한 것이었
으나…」

〈벙어리 굿〉과 〈김옥균전(金玉均傳)〉도 작품이 전하여지지 않
는 것으로 보아 일제에 저항한 민족의식의 색채가 농후한 작
품일 것으로 판단된다.

〈벙어리 굿〉은 ≪불교≫ 49호에 싣지 못하고 전문(全文) 22면
이 삭제(削除)되었음을 목차(目次)와 본문(本文) 59면에 밝혀 두
고 있다.

박진(朴珍)의 「홍노작 회고」에 보면

「어느 해인지 모르지만, 3·1운동 이후에 소문도 없이 눈치껏
종로 인경이 울린다는 소문이 퍼졌다. 비밀히 비밀히 인경이
울리면, 서울·시골 할 것 없이 방방곡곡에서 서울 종로로 모
이는 것이다. 사람들이 잔뜩 모였는데, 서로 말을 못 하고 눈치
만 보는 것이다. 굿은 굿인데, 큰 굿인데 말을 못 하니까 벙어
리 굿이야. 일경(日警)이 눈치채고 막 잡아가고 하는 내용이다.

그게 단막 짜리 희곡이었는데, 경무국에 검열을 맡다 압수당
하고, 곤욕을 치루고, 그 초교본은 불교사에서 사동으로 있다
가 홍노작 분위기에서 나중에 극작가가 된 김 모라는 사람이

가지고 있었는데, 6·25 때 납북되었다.

또한 일제의 '황국신민화 운동'이 강행될 때 황국정신(皇國精神)을 탐지(探知)하기 위하여 총독부에서 기한부(期限附) 지시(指示)가 내려 노작에게 강제로 〈김옥균전(金玉均傳)〉을 희곡으로 쓰게 하였던 것이다.

「'김옥균이 투쟁하다가 비명(非命)에 간 후, 황은(皇恩)의 덕분으로 황국신민(皇國臣民)으로서 내선일체(內鮮一體)가 되었다.' 라고 써야할 것인데, '김옥균이 삼일천하(三日天下)에 그치고 비명(非命)에 갔으니 애석(哀惜)한 일이다.' 라고만 쓴 것은 황국신민의 정신(精神)이 부족(不足)하다고 희곡을 압수(押收)하고, 거주제한령(居住制限令)을 내리고, (중략) 그때 나의 결혼식(結婚式)이 다가왔는데, 거주제한(居住制限)으로 외출(外出)이 불가능했다. 다행히도 문인협회 회장(文人協會 會長)으로 계시던 춘원(春園) 이광수(李光洙) 선생께서 특별히 1일간의 허가(許可)를 얻어 결혼식에 참석하시었다.

그 후 그 희곡을 토대로 임선규(林善圭) 외 1인이 팔다리를 자르고, 군살을 붙이는 손질을 하여 연극상관(演劇常館)인 동양극장(東洋劇場)과 제일극장(第一劇場)에서 대대적으로 동시 공연(同時 公演)한 바 있다.

노작(露雀)의 장자(長子) 홍규선(洪奎善)과 박진(朴珍)의 회고로 보아, 창작 희곡 중 전해지지 않는 작품은 대부분이 민족의식이 강하게 표현되었다고 판단된다.

노작(露雀)이 희곡을 선택한 것은 일제하에서 한국의 모습과 한국인의 주체적 삶을 연극으로 형상화해 적극적으로 표출하고자 하였던 것이다. 연극이 민족의식을 고취하는 데는 훨씬 더 직접적인 효과를 가져올 수 있다는 인식의 결과로 보인다. 또한 일종의 민족운동의 성격을 띤 계몽운동으로 전개되었다는 것은 1920년대 희곡사에서 선도적이었다. 왜냐하면 그 당대의 희곡들이 다루고 있는 내용이나 주제는 관념적이고 남녀 간의 애정·가정 내부의 갈등 등으로 당대의 시대적 현실과는 거리가 먼 것들이기 때문이다. 또한 종교극이라는 새로운 분야를 한국 근대 희곡사에 열어 주었다는 점에서 노작의 가치는 더욱 새롭게 조명되어야 할 것이다.

8—3. 노작(露雀)의 희곡작품(戱曲作品) 분석(分析)

노작의 희곡은 크게 두 갈래로 나눌 수 있다. 하나는 민족적 현실을 극화한 것이고, 다른 하나는 식민지하 지식인의 좌절감과 상실감을 종교 극화한 것이다.

〈할미꽃〉과 제석(除夕)은 전자의 경향인 민족의식을, 장막극인 〈출가(出家)〉·〈흰 젖〉은 시대 의식을 간접적으로 표현한 종교극이다.

8— 3_1. 할미꽃

1920년대에 일제(日帝)가 문화·정치를 표방했다고는 하지만,

한국의 정치·경제에 있어서 완전히 일제에 예속된 상태였다. 따라서 한국 사람들은 정신적으로 불안하고, 노예화되어 비굴한 삶을 사는 처지가 되기도 하였다.

이 극은 어느 병원의 진찰실에서 모든 극이 진행되는 단막극이다. 진찰실에서는 연극 준비, 의사회 제출 논문의 주제인 인간의 의지와 생활력, 의사와 간호사 간 병원을 무대 공간으로 설정함으로써 처음부터 죽음을 불러일으킬 사고를 예감하고 불행한 사태의 암시를 준다. 희곡이 현실 삶의 재현이라면, 〈할미꽃〉은 우리 민족의 좌절과 삶의 질곡을 상징화한 것이라고 볼 수 있다.

이러한 상징성은 2월에 내리는 철이 늦은 눈에서 나타나는데, 눈이 쌓여있다 하더라도 금방 녹아버릴 운명을 암시한다.

'흰'색은 우리 민족을 상징하고, 흰옷을 입은 할미꽃은 죽음을 의미하기도 한다. 이는 인간의 좌절, 삶의 덧없음의 상징적 표현이다. 마지막 장면을 살펴보면 작품의 의도가 쉽게 드러난다.

　장(張), 흰옷 입은 할미꽃.

　　(한 발자국 걸으며)

　도(都), 피기도 전에 스러진 할미꽃.

　　(한 발자국 걸으며)

정(丁), 늙기도 전에 꼬부라진 할미꽃.

(걸음을 걷는 대로 시체의 머리는 근뎅근뎅)

…… 대단원 ……

* 별도로 연출 대장이 있으므로 시간, 동작, 표정, 배치, 광(光), 기타 무대 효과는 적어놓지 않았다. 혹 상연할 때에 노련한 연출자라면 몰라도 그렇지 않으면 한번 작자에게 문의해 봄이 좋을 듯.

— <『여시(如是)』호, 1928년 6월>

8— 3_2. 제석(除夕)

1828년 전후하여 노작(露雀)은 불교사(佛敎社) 편집을 도우며 희곡 창작에 전념하였다.

이 제석은 1929년 2월 『불교(佛敎)』 제56호에 실린 단막극이다. 식민지시대(植民地時代) 지식인의 몰락과 궁핍상을 섣달그믐날 밤에 일어난 패가(敗家)를 소재로 당대의 민족적 상황에서의 참담한 민족감정을 표출하고 있다. 그러나 <할미꽃>과 마찬가지로 등장인물의 성격화가 잘 이루어지지 않고 있다. 이는 1920년대 신극의 한계로 생각된다.

제석은 1920년대 우리 민족의 궁핍상으로 집약된다. 사건 구성의 구분이 명확하지는 않으나 편의상 도입부·상황부·결말부로 나누어 볼 수 있다.

도입부는 작품 첫머리부터 집주인 최태영(崔台永)이 찾아오기 전까지로 볼 수 있다. 삯바느질하는 며느리 이씨(李氏)와 철모르는 손녀 가애(可愛), 할아버지 정수(正秀)의 대화 속에서 왜채(倭債)에 의해 패가(敗家)된 집안과 일본 유학까지 다녀온 지식인 인식이 적당한 직업도 없이 '내가 아무리 죽게 되었기로' 하며 직장을 거부하며 때로는 시골로 피신하는 모습에서 일제(日帝)를 거부하는 모습을 볼 수 있다.

상황부는 집주인 최태영(崔台永)이 찾아와 외상 방세를 내라고 호통치며 할아버지와 시비가 붙는 부분이라 할 수 있다.

이씨(李氏)는 남편 인식(仁植)이 돌아오면 방세를 갚겠다 하고, 섣달그믐 밤 자정까지의 방세 50전을 주어 집주인을 돌려보내는데, 인식은 1원을 가지고 돌아왔으나 또 다른 외상을 받으러 온 사람에게 모두 주게 된다.

이 희곡의 결말부는 다시 찾아온 집주인이 오는 부분이다.

집 식구들은 모두 불을 끄고 아무도 없는 것처럼 침묵을 지킨다.

집주인은 분노에 한참 동안 거칠게 부르고, 발을 구르며, 문을 두드리다가 그친다.

정수(正秀), (어둡고 고요한 속에서) 이것이 우리 집의 섣달그믐이다…….

(방 안에서는 여러 사람의 웃음소리가 한꺼번에 우렁차게 또 무섭게 일어난다.)

3·1운동 이후, 암담하고 고통스러운 일제치하(日帝治下)라는 상황에 처해 있었다. 노작은 적극적인 저항으로 항일운동에 가담하지 못하고 고향으로 돌아왔던 것이다. 잃어버린 조국, 그 어두운 현실에서 벗어나기 위한 방법은 암담할 수밖에 없었다.

노작(露雀)이 "골육(骨肉)이라 친척(親戚)이라 일컫는 그것도 모두 다 외도(外道)"라는 불가(佛家)의 가르침에 따라 나이 30 이후를 동가식서가숙(東家食西家宿) 방랑 생활로 보낸 것도 역시 현실에 대한 깊은 좌절감 때문이었다.

8— 3_3. 출가(出家)

출가는 태자(太子)의 출가 동기와 과정을 극화한 3막 극이다.

이 작품은 문학적 상상력을 충분히 발휘하지 못하고 전설에 치우친 감이 있으나, 불교(佛敎)의 수행이나 종교의 본체를 이야기하기보다는 태자(太子)를 통해 인생의 무상과 세속의 인연(因緣)에 대하여 세심히 설명하고 있다. 이러한 삶의 체념과 불교적 허무 의식은 노작의 방랑 생활에서도 보여주듯 가슴속에 내재(內在)하고 있는 민족적(民族的) 시대의식(時代意識)이라고 할 수 있다.

출가(出家)가 1928년 4월 초파일에 불교사(佛敎社) 주최로 공연되었음을 볼 때, 불교 측의 요청으로 연출 공연되었다고 짐작할 수 있다. 이 작품은 전편에 불교사상이 흐르고 음악과 무용을 적절히 삽입하여 극적 효과를 꾀하고 있다.

이 작품도 편의상 도입부―상황부―종결부로 구분할 수 있다. 도입부는 태자(太子)의 출가 동기를 그리고 있다. 상황부는 제1막부터 제2막의 태자비가 출가를 말리다 기절하는 부분이고, 종결부는 태자가 출가를 결행하는 마지막 장면이다.

출가는 불교 이념을 토대로 하고 있다. 인간의 생노병사(生老病死), 오욕칠정(五慾七情)은 인연(因緣)에 따라오는 그림자에 불과하기 때문에 참다운 수행의 길을 가야 한다는 것이 작품의 내면 전체에 흐르고 있다.

태자(太子)의 출가 동기와 과정을 통하여 인간의 근원적 삶의 문제와 관련된 체념과 허무를 표현하고 있다고 하겠다.

태자부부(太子夫婦)의 이별도 사실은 식민지 시대 지식인의 좌절과 체념, 허무적인 사상을 우회적(迂廻的)이고 상징적으로 표현한 것인 동시에 삶의 피안(彼岸)을 찾으려는 자신의 오뇌(懊惱)를 표현한 것으로 보인다.

결국 이 작품은 노작(露雀)의 현실에 대한 좌절감에서 비롯된 식민지 시대 지식인이 지녔던 삶의 체념과 허무 의식의 표상이다.

8― 3_4. 흰 젖

〈흰 젖〉은 1928년 9월 『불교(佛敎)』 50, 51합호에 수록된 6막 12장 규모의 장막극이다. 이 작품은 삼국유사(三國遺事), 삼국사기(三國史記), 해동고회전(海東高會傳) 등에 실려있는 신라 법

홍왕대(法興王代) 흰 피를 뿌리고 순교(殉敎)한 이차돈(異次頓)을 소재로 한 역사극(歷史劇)이다. 이차돈을 소재로 한 소설은 1934~35년 사이에 조선일보에 이광수(李光洙)가 「이차돈의 사(死)」라는 제목으로 연재하기도 하였다. 노작(露雀)은 희곡의 특성을 비교적 충실히 살려 작품화(作品化)하였다.

제1막은 도입부로써, 불교가 은밀히 신라에 퍼지자, 이를 막기 위해 중을 잡아 죽인다는 이야기를 통해 앞으로 일어날 사건의 진행을 예감케 한다.

또한 공주의 병에 이차돈이 아도(阿道) 중을 부르자고 제안하고, 이에 반대하는 알공(謁恭)의 대립에서 다음에 일어날 예비적 징후가 나타나고, 개인간(個人間)의 갈등이 암시되어 있다.

2막과 3막은 각각 3장으로 되어 있다. 2막의 1장에서는 이차돈과 공주의 사건에 이차돈과 알공과의 갈등이 내재한 제2사건이 발단된다. 2, 3장에서 사건이 연속적으로 일어나 사건의 양상이 복잡해 질 가능성을 시사한다.

이러한 전개들이 3막에 오면 더욱 복잡해진다. 이차돈과 공주와의 관계, 이차돈과 사시(史侍)와의 관계, 절을 짓는 문제 등이 어떻게 전개될 것인지 예측할 수 없다. 4막에서는 위기의식으로 폭발된다.

4막 1장에서 이차돈을 친구 거칠부(居柒夫)가 알공의 모함을 충고하고, 2장에서는 알공이 이차돈을 처단할 계략을 꾸민다. 그리고 이차돈이 대역죄인임을 고하며 처형할 것을 건의하지만 왕은 무력하다. 이러한 과정은 주권을 빼앗긴 일제 강점기하에서 충신, 애국자들이 죽어감을 어쩔 수 없이 바라만 보고 있어야 함을 간접적으로 시사한다.

제5막은 5장으로 나누어져 앞의 폭발을 무마해 주는 사건들로 이루어져 있다. 5막이 전개와 다른 점은 새로운 일을 꾸미는 것이 아니라 해결을 위한 사건이라는 점이다. 이차돈이 죽고, 그가 죽으로 가는 길에 사시(史侍)가 몸부림치고, 그를 따라 공주가 죽는 등 일련의 사건들은 관객에게 충격을 주면서도 전체 사건을 해결하는 역할을 한다.

제6막은 결말에 해당하는 부분이다. 이차돈의 잘린 목에서 흰 젖이 댓줄기처럼 솟아났고, 대낮이 그믐밤처럼 어두웠으며, 소나기가 쏟아졌으며 샘물이 별안간 뒤집혔다고 이야기한다. 그리고 문무백관들과 백성들이 놀라 이차돈의 죽음을 슬퍼했다고 나인(內人)들의 입을 통해 간접적으로 전하고 있다. 이 희곡은 이차돈(異次頓)을 모략한 알공과 공목(工目)이 참회하고, 왕이 머리를 깎고 중이 되기를 결심하는 것으로 막이 내린다.

사랑과 순교가 사건 진행에 있어서 극적 상황을 구축하고 있으며, 화해의 세계에 참여케 하는 이 희곡은 비교적 치밀하게 극을 구성하고 있다.

무대 설정에 따르면 적어도 14번의 무대를 다시 설치해야 한다거나, 대사가 시적이긴 하지만 제1막 노선(老仙)의 대사 중에는 무려 3,800여 자의 긴 대사도 있어 극적 긴장감을 감소시킬 우려도 있다. 그러나 갈등의 인물들을 화해의 세계로 참여케 하는 노작(露雀)의 사상(思想)이 담겨있다. 노작은 학창 시절부터 간디이즘(Gandhiism)을 신봉하였고, 인도의 정신적 민족주의자 간디를 존경하였다고 한다. 그러한 불복종, 비협력, 비폭력의 무저항주의 사상이 이 작품 속에도 흐르고 있다.

8— 3_5. 노작(露雀) 문학의 재조명(再照明)

토월회는 '연구생 제도'라는 것을 시도했는데, 노작의 지도로 서일성(徐一星), 박제행(朴齊行), 서월영(徐月影), 양백명 등이 배우로 나섰다. 그리고 당대의 인기 작가인 춘원 이광수의 작품「무정」,「개척자」,「재생」등을 직접 각색하여 무대에 올렸다. 그 후 박승희의 독주와 내분으로 토월회가 파국으로 치닫자, 독자의 활동을 재개하면서 수준 높은 작품들을 쓰고 연극계의 혁신을 위해 노력하였지만, 건강과 재정의 파탄으로 뜻을 이루지 못하였다.

'그러나 우리 근대문학사에서 노작이 차지하는 비중은 큰 것이며, 그의 문학을 재조명(再照明)하여 새롭게 자리매김이 되어야 한다는 것이 필자의 견해다.

근대문학사에서 그의 비중이 크다 함은 대체로 다음과 같은 이유 때문이다.

첫째, 노작(露雀)은 〈백조(白潮)〉의 실질적 운용과 〈토월회(土月會)〉 등에서의 적극적인 연극 활동을 통하여 1920년대 신문학 운동(新文學運動)과 신극운동(新劇運動)을 주도했다는 점.

둘째, 그가 선택한 자유시(自由詩)와 민요시(民謠詩)는 당시 우리 문단의 서구적인 경향과는 달리 전통 시의 맥락에서 창작되었고, 이를 통하여 민족주의 이념을 실천하였다는 점.

셋째, 그가 20년대 초반에 희곡창작과 연극 활동으로 전환하여 식민지 시대 한국인의 삶을 적극적으로 표출하고자 하였다는 점.

넷째, 그는 소설창작을 통하여 당대 식민지 현실을 인식하고, 그 모순을 극복하고자 하는 의지를 보여, 주체적 각성을 보여주었다는 점 등이 그것이다.'

(이하 하략)

— 송재일, 홍사용 문학 연구, 1989. 7

노작 홍사용 연구 추진 활동 후일담

― 멈출 수 없이 타는 지식의 목마름 / 노작의 고향 방문

노작 홍사용문학관 전시실 부스

　　18년간의 떠돌이 생활을 청산하고 고향으로 돌아온 이후부터 경기도립도서관으로 출근했다. 새 직장이 잡힐 때까지 책이나 실컷 봐두고 싶었다. 도서관 문이 열림과 동시에 열람실에 입장한다. 그리고는 맨 마지막까지 버티는 것이다. 별소득 없는 시간은 잘도 넘어간다. 베스트셀러가 금방 써질 것 같던 당찬 포부도 푸성귀처럼 숨이 죽는다.

　서고의 골목을 한량없이 배회하던 그 어느 날. 드디어 '노작'과 마주친다. 불경스럽게도 처음부터 '노최'로 잘못 해독하며, '이슬 로(露)' 자쯤이야 소주병에서 익히 만나던 글자이지만, '작(雀)' 자는 '최(崔)'로 거침없이 읽어 내린 것이다. 호(號)치고는 유별나구나 하는 생각도 잠시. 한술 더 떠서 '노최(露崔) 홍은용(洪恩容)'으로 읽어 버린 것이다. 노작(露雀) 홍사용(洪思容) 시인님께 향한 무모한 집착은 이러한 무지와 결례로 비롯되었다.

— 『나는 왕이로소이다』, 시와 산문집, 1976년, 근역서재 펴냄.

선생의 이력을 살펴보니 화성·수원·용인의 사각지대인 기흥읍 농서리(용수골) 출생이다. 본적지는 오산과 경계인 동탄면 돌모루이니, 그간에 그 앞을 몇 번이나 지나쳐 왔건만 미처 몰랐었다.

컵라면으로 점심을 대신하고 일찌감치 도서관을 빠져나와 무작정 걷는다. 창용문을 지나 동수원 사거리도 넘어선다. 그러다가 비행장 부근에서 영통 방향으로 발길을 돌린다. 내친김에 노작 선생의 묘소나 찾아보자는 생각이다. 아침에 왔던 시내버스 노선을 따라 반대로 걸었더니 1시간 남짓하여 돌모루에 닿는다. 큰 나무 밑에 잔뜩 먼지를 뒤집어쓴 작은 표석이 보인다.

— <시인 홍사용의 고향>

— 이영구 김효자 고임순 이명숙 이명재 허형만, 1991. 8. 우리문학기림회

노인정 맞은쪽 슈퍼에서 이슬 로(露) 자 소주 1병과 북어를 산다. 그 마을 이장이라고 자신을 소개하는 슈퍼 주인은 돌다리까지 따라 나와 친절하게 길을 일러준다. 꾸불꾸불 산골길로 다시 걷는다. 길도 아닌 산길. 잡초 우거진 밭둑을 지난다. 철조망으로 빙 둘러쳐진 묘소. 늦은 오후의 봄볕이 봉분 위로 따갑게 쏟아져 내린다. 1984년 5월 26일. 날짜까지 또렷하게 새겨진 <노작 홍사용 선생 시비>가 있다. 앞면에는 「나는 왕이

로소이다」 부분이 소당 이수덕의 글씨로, 뒷면에도 낯익은 이름들이 빽빽하다. 건립위원장 이창식, 건립위원 김광평, 김춘호 백도기, 오광철, 이구봉, 이재영, 정운엽, 최영숙, 김연식, 김현필, 송효숙, 오칠선, 이덕선, 임병호, 정재희, 허 용, 김용택, 노용희, 안공헌, 유 선, 이수덕, 임영순, 조석구, 허창회, 김우영, 박행욱 안익승, 유옥순, 이용철, 전윤연, 지승복, 홍사일, 김윤배, 박화순, 양승본, 윤수천, 이종원, 정규호, 채명화, 그리고 산새 흰 똥 두어 점.

▶ 노작 홍사용의 생애
— 동인지 『백조』 발간

노작 홍사용 선생은 경기도 용인군 기흥읍 농서리 151번지에서 1900년 음력 5월 17일 출생하여 100여 일 만에 대한제국 무관학교 1기생으로 합격한 부친과 서울에서 유아기를 보낸다. 소년기는 1907년 군대가 해산되면서 경기도 수원군(행정구획 명칭 변경으로 1949년부터 화성군, 2001년에는 화성시) 동탄면 석우리 492번지로 이사하여 한학을 공부한다. 당시의 풍습에 따라 13세에 연상의 원씨 부인과 결혼, 휘문의숙 졸업을 앞둔 1919년 3·1 만세 운동에 참여하여 투옥된다. 두 달 만에 풀려나 친우 정백과 고향으로 내려와 합동 수필집 『청산백운』을 함께 쓴다. 1921년 겨울, 뜻한 바 있어 홀로 서울에 올라간다. 나라 잃은 민족의 암흑기에 문예동인지 《백조》와 신극단체

「토월회」등에 참여하면서 가산을 탕진하고 방랑하다가, 해방을 맞았으나 병마와 가난으로 삶을 마감하나니, 그 날이 1947년 1월 5일(음력 1946년 12월 13일), 삼천리 강토가 흰 눈으로 덮였더라.

일제는 청·일·러일전쟁에 승리하자, 1904년 8월 제1차 한일협약, 1905년 11월 제2차 한일협약 즉 을사늑약을 강제로 체결하더니, 1906년 2월부터는 통감부가 대한제국의 모든 실권을 장악한다. 1909년 2월 출판법을 공포한 일제는 원고 검열 및 배일적 출판물을 강제 압수한다. 1910년 8월 29일, 일제는 「대한제국 황제의 통치권 양도를 일본 천황이 승낙한다」는 치욕의 합방공고문을 관보에 발표한다. 그때부터 우리나라는 완전한 일제 통치의 암흑기로 들어간다.

노작 선생은 이미 1918년 휘문의숙 재학시절부터 문예회람지 『피는 꽃』이라는 유인물을 정백, 월탄과 함께 펴낸다. 1919년 3·1 운동 후에 쓴 합동 수필집 『청산백운』은 4백 자 원고지 14매에 담긴 노작과 정백의 친필이다. 같은 해 연말에는 나라 잃은 민족의 서러움을 향토적이고 서정적으로 표현한 시 「푸른 언덕 가으로」를 월탄에게 보낸다. 1920년 5월, 노작은 문예지 《문우》에 시 「커다란 집의 찬 밤」은 목차에 제목이 인쇄되어 있지만 아직 그 내용이 확인되지 않았다. 1921년 10월, 종합 시사주보 《동명》 7호에 민요시 「비 오는 밤」을 발표한다. 문예지 《백조》를 통해 초기에는 주로 자유시를 발표한다. 2년 만에 《백조》가 해체된 후, 1924년부터 7년 동안은 〈토월회〉 등에 참여하면서 신극운동과 희곡 창작으로 전환한다. 다시 1938년과 1939년에는 민요시와 수필 등을 발표하며 붓을 들었으나, 1939년 「김옥균전」 집필 중 일제의 검열에 항의하며 붓을 꺾어, 1947년 생을 마감하기까지 7년 동안은 1편의 작품도 발굴되지 않고 있다.

노작은 전 생애를 통하여 시 32편, 소설 4편, 희곡 4편, 수필 13편, 평론 2편과 잡저 3편으로 문단에 종사한 이력에 비하면 남긴 작품은 아주 적은 편이다. 그러나 1926년 10월 〈조선통신 중학관〉에서 간행된 『조선시인선집』에는 김기진, 김정식, 김동환, 김 억, 김형원, 남궁벽, 양주동, 노자영, 이광수, 이상화, 이은상, 이장희, 박영희, 박종화, 박팔양, 변영로, 손진태, 오상순 오천석, 주요한, 황석우, 등과 함께 1920년대 전반기를 결산하는 대표작가로 선정된다.

우리나라 개화기 이후의 3대 문학동인지 하면 《창조》, 《폐허》, 《백조》를 꼽는다.

《창조》는 동경 유학생들이 주축이 되어 1919년 2월 1일에 창간된 최초의 순문학 동인지이다. 김동인, 이광수, 김관호, 김억, 김찬영, 김 환, 전영택, 오천석, 주요한, 최승만, 임장화 등이 시 70편, 소설 21편, 희곡 4편, 평론 16편, 번역 시 49편을 발표한다. 1920년 6월 창간된 《개벽》은 동인지적 편협성을 초월한 최초의 상업적 월간지이다. 이전의 단명한 잡지들에 비해, 비교적 장기간 유지된다. 《폐허》는 1920년 7월 창간되어 2호를 발행하는 데 그친다. 염상섭, 오상순, 황석우, 남궁벽, 김 억, 이병도, 민태원, 나혜석, 김원주, 변영로, 김만수, 이혁로, 김찬영, 김명순, 김영환 등이 참여한다. 김 억은 투르게네프, 랭보, 베를레르 등 외국작가의 시를 번역하여 소개한다. 그는 1921년 최초로 현대 번역 시집 『오뇌의 무도』와 개인시집 『해파리의 노래』를 발간한다. 1921년 6월 발간된 시 전문지 《장미촌》에는 황석우, 변영로, 노자영, 박종화, 박영희, 이 훈, 정태신 등이 참여하지만, 창간호로 종간된다.

《백조》는 1922년 1월 9일에 창간호가 나온다.

당시 일본 최고급 문예잡지 《히라카바〔백화(白樺)〕》를 능가하는 잡지를 만들겠다는 포부로 노작은 재종형 홍사중을 설득하여 〈문화사〉를 설립하고, 사상지 《흑조》까지 기획하지만, 문예지 《백조》만 내놓게 된 것이다. 노작을 주축으로 박영희 박종화 나도향 이상화 현진건 이광수 안석주 원우전 노자영 오천석 김기진 등 한국 문단사의 획을 긋는 작가들이 참여하는 한국 낭만주의의 화려한 시대가 열린 것이다. 그러나 창간호를 낸 후 발행인 아펜셀러가 사퇴한다. 2호는 어렵게 5월에 발간되는데 발행인은 보이스 부인이 된다. 재정적 어려움마저

겹쳤는데, 김기진 박영희 안석주 이상화 등이 반발하고 탈퇴한다. 노작도 신극단체인 〈토월회〉에 눈길을 돌린다. 《백조》 2호가 나온 지 일 년 반이 지난 1923년 9월, 《백조》 3호를 끝으로 종간된다. 창간호에서 3호까지 편집인은 모두 노작이지만, 발행인은 창간호 아펜셀러, 2호 보이스 부인, 3호 훼루훼로처럼 모두 외국인을 내세우고 있다. 이것만 보아도 당시 일제의 압제 상황이 어떠했는지 짐작되고도 남는다. 일제는 겉으로만 문화통치를 내걸고, 철저한 검열과 제재를 가하여 창작의 자유를 억압한 것이다.

1919년의 3·1운동과 《동인지》, 1980년 5·18 민주화 운동과 《무크지》는 '일제'와 '신군부'에 대항한 역사적 상황과 맞물린다. 그러한 혼란의 틈에 새로운 사조가 잡지와 신문들에 의해 본격적으로 소개된 것이다.

1922년 9월, 이적효, 이 호, 김홍파, 김두수, 최승일, 심 훈, 김영팔, 송 영, 박세영 등의 좌익운동단체인 「염군사」와 김기진 박영희, 이 호, 김영팔, 이익상, 박용대, 이적효, 이상화, 김 온, 김복진, 안석주, 송 영, 최승일, 조명희, 박팔양, 최서해, 이기영, 이 량, 윤기정, 한설야, 유완희, 김창술, 심대섭, 김 양 등은 〈파스큘라〉를 조직한다. 〈파스큘라〉는 박영희의 PA 최성해 S 김기진, 김복진의 K 연학년의 YU 이상화의 L 안석주의 A의 이름에서 딴 것이다. '인생을 위한 예술, 현실과 싸우는 의지의 예술'을 지향한다. 1925년 8월 23일 〈염군사〉와 〈파스큘라〉가 통합하여 〈조선프롤레타리아예술가동맹〉 즉 카프(KAPF)가 결성된다. 1935년 5월 해산될 때까지 10여 년간을 활동한다. 해방과 6·25 동란 중 상당수가 월북 혹은 납북되었으나 남북한 문단에서 모두 배척된다. 1988년 7월 해금되어 다시 빛을 보게 되었지만, 노작이 이끌던 《백조》가 해체된 원인이 된다. 그들은 사회주의와 민족주의로 제각각 갈라선 것이다. 그때 노작은 어느 진영에도 소속을 두지 않는다. 이미 《백조》 2호를 편집할 때부터 동경 유학생으로 조직된 〈토월회〉에 관여하면서 관심을 신극으로 돌렸다.

▶ 극단 〈토월회〉 활동

노작은 〈토월회〉 창립 공연 때 박승희의 빚을 노작이 대신 갚아주고, 2회 공연도 후원하며, 3회 공연 때부터는 아예 문예부장직을 맡아 〈토월회〉의 재정 지원과 창작희곡을 직접 쓴다. 그러나 〈토월회〉도 김을한 이백수 윤심덕 이소연 박제행 등이 동반 탈퇴하여 〈백조회〉를 창단하면서 위기에 놓인다. 노작도 독자적으로 박진 이소연 윤성무 등과 극단 〈산유화회〉를 조직하여 조선극장에서 노작 작품인 「향토심」과 이소연 번안 작품인 「소낙비」를 공연하지만, 곧 해체된다. 그 이후 최승희의 오빠인 최승일, 홍해성과 〈신흥극장〉과 〈화조회〉 창단에 참여하지만 모두 실패한다. 노작의 신극운동 7년 세월도 뚜렷한 성과

없이 무너져 버린 것이다. 《백조》와 〈토월회〉 등에서 재산만 탕진하고 방랑길에 오른다. 월탄의 회고에 이렇게 나온다.

「노작을 가리켜 천 석 볍씨를 받는 집안의 아들이라 하고 혹은 농부의 아들이라고 적어 놓는 이도 있다. 그러나 노작의 집은 농부의 집도 아니요, 천석꾼의 집도 아니다. 시골에서 3, 4백 석 추수하는 선비 집안이다. 그러나 그는 생가·양가를 통해서 단 하나의 양가 봉사하는 외아들이었다. 무척 교동으로 자라났다. 하숙하면서도 사치가 대단했다. 웃옷은 언제나 옥색 삼팔저고리요, 바지는 윤이 흐르는 회색 원주바지였다. 열흘마다 수원 동탄면 석우리(돌모루) 집에서 상침을 뚝 뗀 새 옷이 왔다. 그의 부인이 손수 바느질해 보낸 것이다. 그는 항상 처갓집 문벌을 자랑했다. 인조반정 때 공신 원두표의 후손이라 했다. 이리해서 화가인 우전 원세하는 그의 처가 족속이라면서 항상 그의 곁에 있으면서 호한의 너털웃음을 웃었다. 《백조》 창간호와 2호는 그의 재종 홍사중이 재력을 댔으나 3호는 노작이 비로소 뒤를 댔다. 이때는 노작의 '춘부장이 세상을 떠나셨기 때문'에 비로소 노작이 댄 것이다. 그러나 《백조》를 더 계속하지 못한 결정적인 원인은 잡지 때문에 손해를 보아서 폐간된 것이 아니라 용산에서 정미소를 하는 함진풍을 잘못 사귀어서 강원도 화천에서 내려오는 뗏목을 사들여 제재장사를 하다가 3~4백 석 하는 토지를 다 날린 것이다.」

월탄은 회고록 첫머리에 사실을 바로잡기 위해서 잠깐 붓을 들었다고 밝힌다. 그러나 월탄도 확실하지 않은 내용을 사실인 양 기록하고 있다. 필자가 남양홍씨의 족보와 노작의 장자 홍규선 옹에게 확인한 바, 노작의 '춘부장이 세상을 떠나셨기 때문'이라는 월탄의 회고는 잘못된 것이다. 노작에게는 두 어머니와 두 아버지가 있다. 생부는 1944년 75세까지 생존했고, 양부 즉 백부는 노작이 태어나기도 전에 후손을 보지 못한 채 이미 사망하여 노작이 양자로 입적되었다. 두 어머니도 67세, 77세로 비교적 장수한 편이다. 이 부분부터 바로잡고 노작의 시「나는 왕이로소이다」를 비롯한 작품들을 읽는다면 '설움과 슬픔'의 의미가 전혀 다른 느낌으로 해석될 것이다. 나라 잃은 백성의 아픔으로 '이 세상 어느 곳에든지 설움이 있는 땅'에서 흘리는 '눈물'인 것이다. 가족사에 얽힌 나약한 슬픔이 아닌 3·1 운동 실패 후 좌절과 비탄의 감정을 격정적으로 읊은 것이다.

《백조》 시대의 노작은 중산층 이상의 유복한 가정에서 경제적 여유를 만끽한다. 다른 《백조》 동인들과도 성향이 다른 향토적이고 민족적인 작품만 발표한다. 《백조》 동인들이 주조를 이루던 퇴폐적 감상주의가 아닌 순정한 민족적 한의 정서와 율조를 보여준다. 특히, 「조선은 메나리 나라」에서는 민요에 관한 해박한 지식과 구전되는 민요까지 채록하여 수록하는 열정을 보인다. 설익은 외국 사조를 추종하던 당대의 문인들에게 '내 것이 아니면 모두 빌려 온 것뿐'이라며 준엄하게 꾸짖던 노작이다.

노작은 1928년 불교사(지금의 조계사)에서 『여시』가 창간될 때 백승욱, 김일엽 등과 함께 편집도 한다. 그때부터 비교적 불교적 색채가 짙은 작품들을 쓰게 된 것이다. 노작의 병세는 심해진다. 함께 활동하던 《백조》 동인 중 이미 현진건, 이상화는 타계하고, 박영희, 김기진, 이상화 등은 카프의 맹원으로, 학생 시절 친우 정백은 이미 사회주의자로 변신하여 월북한 상태이다. 김영랑과 박용철이 창간한 『시문학』과 최재서를 중심으로 『인문평론』, 청록파인 조지훈, 박두진, 박목월을 비롯한 김종한과 임옥인 등이 활약한 『문장』 등이 혼란기에도 한국문학을 근대에서 현대로 끌어올리는 기폭제 역할을 한다. 1938년 1월 『삼천리문학』은 〈삼천리사〉 창립 10주년 기념사업의 하나로 발행된 것이다. 당시 문단이 외래 문학사조에 휩쓸려 민족전통이 흐려졌음을 개탄, 토착적인 민족문학의 전통 확립을 표방한 김 억, 이광수, 김동환, 김동인, 모윤숙, 정지용, 박용철, 김소월, 최재서, 양주동, 이은상, 주요한 등이 주요 필진이며, 노작은 민요시 3편을 발표한다. 1939년 11월 〈조선문인협회〉가 결성된다. 명예총재에 총독부 학무국장 시오와라(鹽原時三郎) 간사장 박영희, 회장 이광수, 간사에는 백 철, 유진오, 모윤숙, 이태준, 최정희, 정인섭, 김동환 등이며 회원은 240여 명에 달한다. 일명 문학정신대 〈조선문인협회〉는 1941년 이후에는 「조선문인보국회」로 명칭을 바꾸어 1,000여 명의 회원이 참여하는 방

대한 조직이지만, 노작은 참여하지 않는다.

▶ 노작의 신극 운동

한국 근대 희곡사 혹은 연극사에서 1920년대는 신극이라는 새로운 장르가 개척되던 시기이다. 이러한 때에 노작은 사명감을 가지고 적극적으로 공연과 희곡창작에 주력한 점은 중요한 문학사적 의미가 있다. 지금까지 노작의 문학에 대한 논의는 대부분 「나는 왕이로소이다」의 시인이라는 점만 집중적으로 부각했다. 그러나 1920년대 중반기 이후에는 시 창작보다는 오히려 신극운동과 희곡 등에 주력한 점에 주목해야 한다. 노작의 처음 공연된 신극 희곡은 「산유화」이다. 그 작품에 대해서 필봉 김기진은 '낭만적이요, 민족적인 향토예술'이라고 술회한다.

노작은 연극을 통하여 일제 강점기 한국의 모습과 한국인의 주체적 삶을 형상화하여 적극적으로 표출한다. 연극이 민족의식을 고취하는 데는 훨씬 더 직접적인 효과가 있겠다는 인식의 결과로 보인다. 또한, 일종의 민족운동 성격을 띤 계몽운동으로 전개되던 당시의 신극운동에서 노작이 「출가」, 「흰젖」 등을 발표하며 종교극 분야를 열었다는 점은 한국 희곡사에서 선도적인 것이다. 왜냐하면, 그 당시의 희곡들이 다루고 있는 내용이나 주제가 대부분 관념적이고 남녀 간의 애정, 가정 내부의 갈등 등을 주로 다룬 것들이기 때문이다.

1920년대는 신극이 활발한 창작과 공연이 이루어진다. 그러나 희곡을 쓰는 작가는 김우진, 김정진, 박승희, 김영팔, 조명희 등 몇몇 정도에 불과하다. 노작의 희곡이 비록 4편만 지면에 발표되었지만, 공연작품과 번역, 번안 작품까지 합하면 10여 편이 넘는다.

노작은 〈토월회〉와 〈산유화회〉 그리고 〈신흥극장〉, 〈화조회〉까지 관여하며 활발한 신극운동을 한 연극인이라고 해도 과언이 아니다. 그 활동으로 미루어 미발굴 작품이 더 있을 것으로 짐작된다. 비록 실패로 끝나고 단명하기는 했으나, 이러한 노력을 생각한다면, 한국 희곡사에서도 노작의 위치는 중요하다. 현재까지 발굴된 노작의 희곡은 크게 두 갈래로 나눌 수 있다. 하나는 민족적 현실을 극화한 것이고, 다른 하나는 식민지하 지식인의 좌절감과 상실감을 종교극화한 것이다.

▶ 일제 강점기─ 조선인은 조선을 알아야 한다

일제는 겉으로만 문화정치를 표방하지만 우리나라의 정치·경제 등의 모든 분야를 완전히 일제에 예속시킨 식민지 정책을 편 것이다. 그런 상태에서 우리 민족은 정신적으로 불안하고, 노예화된 비굴한 삶을 살지 않을 수 없었을 것이다. 「향토심」,「벙어리굿」,「김옥균전」도 작품은 전해지지 않는다. 그것만 보아도 일제에 저항한 작품일 것이라는 판단이 선다.「벙어리굿」은『불교』49호에 전문 22면이 삭제되었음을 목차와 본문 59면에 밝혀 두고 있다. 노작의 고고한 민족정신이 증명되고 있다.

속담에 '성을 간다'는 말이 있을 정도로 우리 민족은 고유 성씨에 대한 집착이 강하다. 조선 총독으로 부임한 미나미 (南次郞)는 한국인의 일본인화를 꾀한다. 1940년 즉 일본 기원 2600년을 맞아 2월 11일부터 8월 10일까지 6개월간 창씨개명을 접수한다. 창씨개명은 한국식 '성'을 일본식 '씨'로 새로 만든 창씨(創氏)와 일본식 이름으로 바꾼 개명(改名)이 있다. 이광수의 경우 '향산광랑(香山光郞)'은 일본의 시조 천황이 즉위한 향구산(香久山)에서 '香山'을 따서 '씨(氏)'로 삼고, 이름 가운데 글자인 '광(光)'과 일본인 남자이름에서 흔히 사용하는 '랑(郞)'을 딴 것이고, 주요한은 일제의 황도(皇道)정신인 '팔굉일우(八紘一宇)'를 따서 마쓰무라 고이치〔松村紘一〕로 창씨개명한다. 그 밖에도 박영희는 요시무라고오도오〔芳村香道〕, 홍난파는 모리가와준〔森川潤〕, 김기진은 김촌팔봉(金村八峰), 김동환은 백산청수(白山靑樹) 김동인은 동문인(東文仁), 백 철은 백시세철(白矢世哲), 서정주는 달성정웅(達成靜雄), 최재서는 석정경조(石田耕造), 현제명은 현산제명(玄山濟明)으로 이름을 바꾼다. 비록 창씨개명은 하면서도 민족정신을 담았던 정지용의 창씨개명은 「대궁수(大弓修)」이다. '대궁(大弓)'은 우리 민족의 상징인 '이(夷)'자를 풀어서 씨(氏)로 삼고, 활 쏘는 기본자세인 '수(修)'를 이름(名)으로 한 셈이다. 그러나 요즘 친일 작품 「이토(泥土)」가 논란의 대상이 되기도 한다. 창씨개명 자체로 '친일'의 기준이 될 수는 없겠지만, 지금도 외세의 압제와 동족상잔으로 반공이 국시가 된 우리나라는 '친일파'와 '친미파' 그리고 '빨갱이'는 용서되지 않는다.

계간 『실천문학』, 2002년 가을호에 친일파시즘 작품과 작가 명단이 공개된다. 1937년 중일전쟁 이후가 발표 대상이다. 곽종원, 김동인, 김동환, 김기진, 김문집, 김상용, 김소운, 김안서, 김용제, 김종한, 김해강, 노천명, 모윤숙, 박영호, 박영희, 박태원, 백철, 서정주, 송영, 유진오, 유치진, 이광수, 이무영, 이서구, 이석훈, 이찬, 이헌구, 임학수, 장혁주, 정비석, 정인섭, 정인택, 조연현, 조용만, 주요한, 채만식, 최남선, 최재서, 최정희, 함대훈, 함세덕, 홍효민 등 42명이다. 시, 소설, 논설 중에 이광수 103편, 주요한 43편, 최재서 26편, 김용제 25편, 김동환 23편, 김종한 22편, 노천명 14편, 백철 14편, 채만식 13편, 서정주 11편 등의 순이다. 적극적이든 소극적이든 박종화도 1944년 1월 《매일신보》에 입영하는 학도병에게 붙인 격려 수필 「입영의 아침」과 '조선은 일본과 합한 한 나라이며, 제국 신민으로 백성의 본분을 잘 지키라'고 당부한 「동양은 동양 사람의 것」 등을 발표한다. 당시 그의 비중으로 보아 이 정도밖에 그친 것도 다행이다. '아주 피와 살과 뼈가 일본인이 되어야 한다'는 이광수 같은 사람도 있었으니….

일제의 황국신민화 운동이 강행될 때 노작에게도 '김옥균'에 대하여 희곡으로 쓰라는 총독부의 지시가 내린다. 그때 쓴 「김옥균 전」에 '황은의 덕분으로 황국신민으로서 내선일체가 되었다'라고 써야 할 것을 노작은 '삼일 천하에 그치고 비명에 갔으니 애석한 일이다'라고만 쓴 것이다. 총독부는 노작의 희곡을 압수하고, 거주 제한령을 내린다. 노작은 그 후부터 해방될 때까지 1편의 작품도 쓰지 않는다. 해방은 불행하게도 우리 손으로 이루지 못한다. 일본 황제의 항복과 점령군으로 들어온 미국에 의해 반쪽으로 해방이 된 것이다. 미군들은 한국을 통치하기 위해 능숙한 행정탄압의 경험이 있는 친일파들을 기용한 것이다. 노작은 1946년 12월 〈청년단〉에 관여하고자 했으나 병으로 뜻을 이루지 못한다. 맏아들이 살고 있던 서울 마포구 공덕동 122번지로 돌아와 누운 지 20여 일 후에 "조선사람은 조선인다워야 한다"는 유언을 남기고 영원히 눈을 감는다.

▶ 노작에 관한 연구들

그동안 노작의 삶과 문학에 대한 자료는 월탄 박종화, 팔봉 김기진, 춘강 박승희 등 원로들의 회고담을 의존한 것은 사실이다. 그 동안 발표된 대부분의 논문도 '노작'을 동시대의 다른 작가들과 근대문단사의 〈백조파〉를 언급할 때 끼워 넣는 식이다. 1959년 『현대문학』 58호에 김상일은 「사용과 상화」를 발표한다. 1970년 『성대문학』 제15호에 발표된 박영길의 「노작 홍사용론— 그 문학과 생애의 일면」이 본격적인 노작의 연구 논문으로는 최초라고 할 수 있다. 그의 논문 끝에 "문화향 수원이 낳은 세 사람을 든다면, 미술의 정월 나혜석과 음악의 난파 홍영후와 문학의 노작"이라고 마무리하고 있다. 1970년 국정교과서 고등학교 『국어』에 「나는 왕이로소이다」가 수록된다.

1972년 12월 17일 《한국일보》 일요판 신문에 김용성이 연재한 「문학사 탐방」이 발표된다. 노작의 첫 부인 원효순 여사와 장자 홍규선, 연극인 박진, 당시 고명중학교 교사 박영길, 주민, 홍철선 등을 만나 취재한 노작의 삶에 관한 르포 기사이다. 1974년 김학동은 〈일조각〉에서 펴낸 『한국근대시인연구』에 「노작 홍사용론」을, 1976년 11월 근역서재(대표 최중호)에서 노작 홍사용 시와 산문집 『나는 왕이로소이다』, 1977년 6월 문화공론사(대표 이일섭)에서 펴낸 『한국시인전집』에 이육사의 청포도와 함께 홍신선이 해설을 싣는다. 같은 해 『문학사상』에 김학동이 「동심적 비애와 그 향토성」을 발표하는 등 80년대부터는 노작의 문학과 삶을 언급하는 빈도가 늘어난다. 특히 석·박사 학위논문이 집중적으로 발표된다. 김봉주 「홍사용 시 연구」, 유관종「노작 홍사용 연구」, 이병기「노작 홍사용 시 연구」, 이관주「홍사용 문학 연구」, 송재일「홍사용 문학 연구」, 「노작 홍사용의 희곡에 관한 고찰」 등이 있다. 그 밖에도 노작과 관련된 논문으로 고연숙 김한호 박계숙 배룡자 등은「백조파 시 연구」, 문한성과 서연호 등은「토월회 연구」, 박경수는「한국근대 민요시 연구」, 윤난홍은「1920년대 한국 현대시 연구」로 노작의 재조명에 기여한다.

▶ 탄생 100주년 기념 사업

1984년 3월 25일 문협 경기도지부(지부장 이창식)는『경기문인협회보』창간호를 발간한다. 종래『화홍문학』제호로 발간하던 문예지를『경기문학』으로 제호를 바꾸어 발간했다. 그리고 5월, 노작의 묘소가 있는 경기도 화성군 동탄면 석우리에 〈노작 홍사용 선생 시비〉를 건립한다. 당시 정운엽(문협 경기도지부 사무국장)은 노작의 묘소를 '왕릉'이라고 불렀다는 일화도 있다.

1985년 8월 김학동은 근역서재(대표 최중호)에서 나온 시와 산문집을 보완한다. 조성국, 김성권 등이 새로 수집한 전 작품을 제1부 시, 2부 소설과 희곡, 3부 수필과 평론으로 나누고, 제4부 홍사용 논문을, 부록으로 작가연보와 작품연보를 곁들인『홍사용전집』을 새문사(대표 성진경)에서 발간한 것이다. 비로소 노작은 사후 40여 년 만에 『홍사용전집』으로 재탄생하게 된 것이다. 1989년 임기중은 『청구가곡』이라는 표제의 노작의 자필 시조 모음집 106수를 분석하기도 한다. 노작의 시조에 대한 애착에 비해 단 1수의 시조밖에 발굴되지 않아 노작이 지향하던 민요나 시조 등을 연구할 수 없는 것은 애석한 일이다. 1990년 송재일은 『현대시학』 4월호에 「뿌리 뽑힌 삶, 그 드러냄과 초월의 극 구조-홍사용 희곡론」을 발표한다. 10월, 민족사에서 발간한 『현대불교희곡선』에 노작의 「출가」를 비롯하여 정동민, 유치진, 전봉건, 김일엽, 김홍우 등 불교희곡의 대표적인 작가 6명의 희곡이 수록된다.

마을 입구에 1991년 8월, 석우리 마을 입구에 〈노작 홍사용의 고향〉이라는 문학비가 세워졌다. 〈우리문학기림회〉 소속의 국문학자들이 자발적으로 그간 김우진, 박화성, 조 운, 김상용, 이해조, 홍명희 등 업적보다 덜 조명되던 작고 문인들의 고향이나 작품 무대를 찾아가 세운 것이다.

1992년 6월 창립한 문협 오산시지부(지부장 조석구)는 1993년 3월, 『오산문단』 창간호를 발간한다. 「노작 홍사용의 생애와 문학」을 특집으로 이원규가 게재한다. 다음 해 9월, 문협 경기도지회(지회장 김진식)가 한국문예진흥원의 지원으로 『노작 홍사용 문집』 발간과 「추모 문학의 밤」을 개최한다. 1995년 문협 경기도지회(지회장 김대규)는 노작 관련 행사를 문협 화성지부

(지부장 조광원)로 이관시킨다. 1997년 9월 20일, 문화유산의 해를 맞아 한국문인협회(이사장 황 명)는 SBS 문화재단의 후원으로 〈노작 홍사용 선생의 고향 마을〉이라고 새긴 한국현대문학 표징비를 동탄면 석우리 복지회관 앞에 세운다.

필자는 1998년 2월 28일 문협 경기도지회(지회장 김남웅)의 사무국장으로 선임되었다. 3월 23일 문학소식지 새물터(발행인 이원규)을 복간하고, 4월 27일 김대규(안양) 정원택(오산) 지현숙(화성) 등의 경기도 문인협회 지부장들과 이원규(문협 경기도지회 사무국장)는 노작 홍사용 시인 묘소를 참배한다. 문협 오산지부 3대 지부장 정원택이 6월 19일 작고하여, 7월 24일 신경애가 4대 지부장으로 취임한다. 문학소식지『새물터』도 12호로 종간되고『향함』으로 제호가 변경된다. 1999년 1월 이원규가『경기예술』(발행인 정규호) 편집주간으로 선임된다. 11월 문협 오산지부(지부장 신경애)의 명의로「노작 홍사용 선생 탄생 100주년 기념사업」을 기획한 이원규는 〈경기문화재단 문화예술진흥지원금 사업신청서〉를 제출한다.

2000년 5월 경기문화재단(이사장 홍기헌)에서 발간하는『기전문화예술』, 여름호에 김학동(서강대 명예교수)은「홍사용의 생애와 문학」, 이원규(경기도문인협회 사무국장)는「토월회와 노작의 연극시대」를 발표한다. 6월 3일 문화예술촌 쟁이골(대표 김명훈)에서 개최된 제4회 2000 단봉예술제에서「탄생 100년을 맞는 노작 홍사용 시 낭송회」를 갖고, 17일과 18일 양일간 문협 경기도지회(지회장 김남웅)가 주최하고, 오산·화성지부 가 공동 주관하여 「노작 홍사용 탄생 100주년 문학제」를 오 산대 대강당에서 개최했다. 이원규가 3년 이상을 꾸준히 연구 해 『홍사용전집』을 동국대 홍신선 교수와 화성시의 이덕규 시 인과 함께 새롭게 발간하기로 했다. 물론 김학동(서강대 명예교 수)이 펴낸 『홍사용전집』을 참고하여 현행 맞춤법으로 바꾸 어 읽기에 편하도록 재편집한 『홍사용전집』을 뿌리와 날개(대 표 강경중)에서 다시 펴낸다. 타라북스로 출판사 명칭을 바꾸 어 재판된 그 전집은 문화관광부의 '2000년 우수추천도서'로 선정된다. 「나는 왕이로소이다」, 「봄은 가더이다」 등 시 32편, 「뺑덕이네」 등 소설 4편, 「제석」 등 희곡 4편, 「궂은 비」 등 수 필 12편, 평론 「시대에 남긴 여화」 2편, 「잡저」 2편과 〈작가 연 보〉, 〈작품연보〉, 〈화보〉 등으로 다채롭게 편집된 노작의 전집 이다. 탄생 100주년 기념 문학제에 참석한 강성구 국회의원, 우 호태 화성군수, 유관진 오산시장은 매년 지속적인 문학제 개최 를 희망했다. 특히 문인이기도 한 우호태 군수는 노작문학상 제정 의사도 밝혔다.

6월 23일, 경기일보 지상에 임병호(시인·경기일보 논설위원)는 〈노작문학상〉 제정 의사를 밝힌 내용을 칼럼으로 게재한다. 8 월, 용인문학회(회장 김종경)는 경기도 용인시 기흥읍 농서리의 〈노작 생가터 보존 및 복원 등에 관한 내용〉을 용인시에 청원

한다. 10월, 뒤늦게나마 화성군(군수 우호태)은 제7회 「화성군 문화상」 문예진흥 부문 수상자로 노작 홍사용 선생을 선정한다. 10월 25일 이원규는 그동안 수집한 자료를 정리한 노작 홍사용의 일대기 『백조가 흐르던 시대』를 새물터(대표 이원규)에서 출간한다. 노작의 시비와 표징, 표석의 사진과 설명, 휘문고보 때의 성적표와 가계도표, 문필활동과 시대적 배경 그리고 부록으로 『청구가곡』, 시조 106수의 필사본도 영인 작업하여 수록한다. 합동 수필집, 『청산백운』은 정백이 1920년대 초반부터 사회주의자로 전향하여 공개되지 못한 작품이다. 1969년 『현대시학』, 7월호에 김구용의 해설과 함께 노작의 작품 부분만 공개되었던 것을 이원규의 편저 『백조가 흐르던 시대』에는 정백의 작품까지 최초로 전편 공개했다. 또한 전집을 편집하면서 자료를 구하지 못한 노작의 수필 「향상」은 행사가 끝난 후 김학동(서강대 명예교수)의 자택에 신경애 오산문인협회 지부장과 함께 무더운 여름날 방문하여 원본을 직접 받아 수록한다.

12월 빗재가마 도예연구소(도예가 김용문)는 〈청산백운 옹기접시전〉을 서울 인사동 「토아트갤러리」와 수원시 수원미술전시관(관장 서효선)에서 김영훈(MBC성우)과 김계영(전, MBC아나운서)의 사회로 개최한다. 지금은 해체되었지만, 오산시의 문학동인 녹수청산은 노작 선생의 묘소 벌초를 하고, 산소로 올라가는 길을 다듬는다. 참여동인은 김의식, 박현진, 박연근, 홍승갑 이원규였다. 행사가 끝날 때까지 궂은일을 하던 동인들이다.

모든 기록 사진은 박영근 사진작가가 순수하고 자발적인 자원봉사로 봉사했다. 노작의 일대기 「조선인은 조선을 알아야 한다」의 다큐멘터리 영상을 박프로덕션(대표 박후원)에서 무상으로 제작했다. 노작의 고향 농서리와 석우리, 휘문고등학교, 장자 홍규선 등의 증언을 녹화한 것이다. 글 이원규, 내레이터 김계영과 홍옥희, 박상태, 김의식, 홍승갑, 홍규선, 홍신선, 박현진, 강대욱, 홍응선 등이 출연한다. 또한 김계영 아나운서의 「나는 왕이로소이다」의 시 낭송은 노작의 묘소가 있는 산속에서 직접 녹화 제작했다.

12월, 『용인문학(회장 김종경)』 제4호에 「노작 홍사용 탄생 100주년 기념, 생가를 찾아서」를 박숙현(용인신문 대표)이 싣는다.

▶ 노작 기념관 개관 추진과 〈극단 성〉의 활약

2001년 5월 노작 선생의 묘소 아래의 한옥 50여 평과 밭 500여 평을 문민수, 홍승원, 홍옥희 등이 신도시 공사가 시작될 때까지 연구소로 활용하라며 무상으로 빌려준다. 박윤호, 박경호, 이상정, 설환, 이영옥, 김종광 등이 자원봉사를 나서 전기공사, 페인트작업, 무대 및 주차장 등을 설치한다. 6월, 가칭 〈노작문학기념사업회(추진간사 이원규)〉를 운영하며, 소식지 『청산백운』을 대영기획(이대숙)에서 창간하여 홍보용으로 전국에 배포한다. 7월 7일, 탄생 101주년을 맞아 전국 규모의 기념 문학제를 개최하고 법인체로 운영하기 위한 준비작업 중, 행사 3일을 남겨놓고 유가족 측이 "노작기념관 및 문학사업을 사유로 불미스런 일이 발생할 우려가 있으니 중단하라"는 내용의 「내용증명」을 이원규에게 우편으로 보낸다. 노작 선생의 묘소가 있는 석우리 주변에 대규모 아파트가 들어서기 때문에 개발이나 보상 등으로 민감했던 시기였다. 일껏 해 놓은 일이 끝내 수포로 돌아가게 되었다. 하지만, 강행하지 않을 수 없었다. 이미 전국적으로 사발통문을 보낸 상태였기 때문이다.

〈노작기념관 개관〉을 겸한 〈추모 문학제〉에서 민 영(작가회의 고문)의 회고사, 김지원(남양주 견성암 주지)의 축원기도, 한규용(바리톤)의 뮤지컬 「나는 왕이로소이다」 공연 및 박후원 제작의 「조선인은 조선을 알아야 한다」는 다큐멘터리 영상을 방영하며 강행한다. 유족 측이 불참한 가운데 정규호(예총 경기도지회장) 김건중(문협 경기도지회장) 유동준(나혜석기념사업회장) 이인영(용인문화원장) 김성열(극단성 대표) 홍은선(남양홍씨 돌모루파 종친회장)과 홍승우 총무 그리고 한옥과 텃밭을 빌려준 문민수·홍승원·홍옥회 가족 등과 민경남(문협 경기도지회 부회장) 김종경(용인문학회장) 유경석(용인연극협회 사무국장) 지현숙(문협 화성지부장) 송재범(문협 의왕지부장) 성백원(문협 오산지부장) 한경섭(대영기획 대표) 윤임수(젊은시동인 회장) 고일영(닐스문화원 원장) 고미례(화성오산신문 기자) 김우영, 이달호, 박병두, 설환, 황금모, 류순자, 이영옥, 홍승갑, 정인자, 김진식, 황선철, 이상정, 정희순, 박민순, 김의식, 박연근 등 문인들과 수원여고 이수현, 이새롬 등 학생 등이 추모행사에 참여한다. 그 이후 필자는 유족 측의 요구대로 연구 외 모든 대외행사를 중단한다. 8월, 불교신문(발행인 서정대)의 이성수 기자가 필자를 찾아와 함께 노작의 장자 홍규선(경기도 오산시 대원동)을 만나고 취재하여 「불교의 문화인물 · 47」로 게재한다. 11월, 한겨레신문 〈문학 · 역사 기행팀〉이 노작의 묘소와 기념관을 방문한다. 이경원(조국통일 범민족 연합 사무국장) 윤한택(기전문화재연구원) 홍일선(전, 작가회의 사무국장) 김난희(한겨레신문 문화부 기자) 장백희 회원 등 40여명이다. 12월, 문협 화성지부(지부장 정인자)는 『화성문학』, 11집에 특집으로 홍신선의 「홍사용의 인간과 문학」을 게재한다.

2002년 1월 수원의 극단성(대표 김성열)은 경기문화재단의 지원으로 뮤지컬 「나는 왕이로소이다」를 서울의 국립극장 무대에 올린다. 노작 역의 연극배우 표수훈을 비롯하여 손인찬, 박종일, 박은화, 나종민, 이양주, 김주완, 차수영, 손기홍, 김민영, 이은미, 한세라, 신효철, 임진수, 모정례, 정혜연 등이 출연한다.

▶ 노작 문학상의 부활

2월 15일, 화성시 측에서 추진한 노작문학상 운영위원회(위원장 홍신선)는 안도현 시인을 제1회 「노작문학상」 수상자로 선정하여 한국문화예술진흥원 본관 강당에서 시상한다. 심사에는 황동규(시인·서울대), 김주연(평론가·숙명여대), 신경림(시인·동국대) 교수 등이 맡는다. 20명의 「노작문학상」 추진위원은 이종건(수원대 인문대학장) 홍신선(동국대문예창작과 교수) 홍사종(숙명여대 교수) 김학동(서강대 명예교수) 김홍우(동국대예술대학장) 천광인(화성 문화원장) 홍진환(화성시의회 부의장) 홍승준(미래상호신용금고 이사) 오시영(변호사) 박찬도(미술협회 화성지부장) 홍승만(남양홍씨 종친회장) 금기웅(감사원 감사관) 권강택(효원고 운영위원장) 김건중(문협 경기도지회장) 김우영(경기시인협회 부회장) 윤수천(아동작가) 정인자(문협 화성지부장) 이덕규(문협 화성지부회원) 이창성(문협 화성지부 사무국장) 우경성(화성시 문화관광국장) 등이며 필자는 아예 명단에도 없었다.

같은 명칭의 「노작문학상」이 박효석(문협 경기도지회 초대 사무국장)에 의해 지난 1988년 계간 『경기예술』을 창간하면서 「나혜석 미술상」, 「홍난파 음악상」, 「홍사용 문학상」으로 시상한 바 있다. 문학 부문은 1회 김대규(시인), 2회 김유신(시인), 3회 백도기(소설가), 4회 윤정모(소설가), 5회 김창문(시인)을 시상한 뒤 중단된 상태였다.

▶ 노작의 고향을 떠나다

7월에 극단성(대표 김성열)은 제13회 〈거창국제연극제〉에서 노작의 희곡 〈할미꽃〉을 김성열이 각색 연출한 작품으로 '최우수상'을 수상한다. 음악 유익상 그리고 차수영, 원을미, 이은미, 정예원, 나종민, 표수훈, 조사현, 김영은, 최지수, 김현주 등이 출연한다.

2002년 7월 이후에도 홍사광(한국사회문화연구원 이사장) 정민호(경주예총 부회장) 임무정(시인) 윤순희, 김보린, 대전대, 수원대 문창과 학생들 등이 방문한다. 11월 3일, 경기도 화성시 동탄면 석우리 일대가 신도시 개발로 완전히 철거된다. 필자가 노작의 산소 아래에서 집필실로 활용하던 한옥도 비워 주었고, 지금은 흔적조차 없이 사라졌다.

노작 홍사용 시인은 나라 잃은 시대에 꿋꿋한 선비정신으로 문예지 《백조》를 창간하고, 신극단체 〈토월회〉 등 신극운동에도 관여한 민족작가이다. 이미 평자들에 의해 거의 유사한 작가론과 작품론이 소개되고 있으나, 글투만 바뀌었을 뿐, 앞선 연구자의 주장을 넘지 못하는 것이 현실이다. 작가의 시대적 배경과 삶을 알아야 작가나 작품의 올바른 해석도 가능하다. 혹시라도 필자의 오판이나 어설픈 해석으로 숭고한 시인의 깊은 정신이 자칫 오도될까 두렵다. 지금까지 발표된 문헌과 자료, 증언 등을 통해 재조명에 노력하며 흘렸던 피와 땀과 눈물을 스스로 닦아주고 싶을 뿐이다. 혹시라도 누락되었거나 잘못이 있다면 언제라도 말씀해 주신다면 계속 수정하겠다. 앞으로도 계속 다른 지면을 통해서 채워지고 고쳐져서 바르게 설 날을 기대하며 희망한다. 자신의 잇속만 챙기려 드는 약삭바른 사람들이 많아졌고, 필자처럼 미련하게 매달리는 열성분자들은 이제 씨가 말랐다. 역사는 말 없이 흐르고, 인심은 날로 사나워져 걱정이 되어 하는 말이다.

□ 참고 문헌

I. 기본도서

1. 홍사용, 『나는 왕이로소이다』, 1976, 근역서재

2. 김학동, 『홍사용전집』, 1985, 새문사

3. 강경중, 『홍사용전집』, 2000, 뿌리와 날개

4. 이원규, 『백조가 흐르던 시대』, 2000, 새물터

II. 학위논문

1. 서연호, 「일제하의 희곡연구」, 1981, 고려대 박사학위

2. 김봉주, 「홍사용 시 연구」, 1985, 고려대 석사학위

3. 이병기, 「노작 홍사용 시 연구」, 1986, 영남대 석사학위

4. 유관종, 「노작 홍사용 연구」, 1986, 단국대 석사학위

5. 문한성, 「홍사용 연구」, 1986, 단국대 석사학위

6. 송재일, 「홍사용 문학 연구」, 1989, 충남대 박사학위

III. 일반 논문 및 참고 자료

1. 김상일,「사용과 상화」, 1959, 현대문학 58호

2. 김용성,『한국현대 문학사 탐방』, 1973, 국민서관

3. 김학동,「동심적 비애와 그 향토성」, 1977, 문학사상

4. 박영길,「노작 홍사용론-그 문학과 생애의 일면」, 1970, 성대문학

5. 박종화,「청태집」, 1942, 영창서관

　　　　　　「달과 구름과 사상과」, 1965, 휘문출판사

6. 임기중,「청구가곡과 홍사용」, 1989, 국어국문학 102호

7. 홍신선,「홍사용의 인간과 문학」, 2000, 노작 홍사용 탄생 100주
　　　　　년 기념문학제

8. 남양홍씨 중앙화수회「남양홍씨 세보」, 1991

9. 휘문교우회「동연록」, 1992

■ 발문

만년필로 쓴 엽서 한 장

오늘 이 책의 편집을 끝내고 나니 결코 잊을 수 없는 한 분이 자꾸 눈에 밟힌다. 그분이 내게 주신 지극한 사랑과 은혜에 대한 부채를 티끌만큼이나마 이 책으로 보답이 되었으면 좋겠다.

등단이란 관문(?)을 거쳐 글을 쓰기 시작한 지가 벌써 30년이나 되었다. 습작기였던 안양 근로문학동인회 때부터 계산한다면 딱 40년이라는 어마어마한 세월이다.

처음 글을 쓰게 된 계기가 엉뚱하게도 멋 때문이었다. 지금 생각하면 그때는 참 멋졌다. 혹시라도 스웨덴 한림원에서 노벨문학상을 받으러 오라면 어쩌나 괜한 걱정하던 문학청년 시절, 그 열정이 오늘에 와 또 그립다.

내가 중소기업체의 총무과에서 근무할 때였다. 봄이었고, '근로문학상'이라는 공모전을 안양상공회의소에서 매년 주관하고 있었다. 그날도 직원들이 애써 쓴 소중한 원고 뭉치를 들고 접수하러 갔다. 상공회의소 건물 3층이었다. '접수처'라고 쓴 작은 팻말이 붙은 책상에 앉아 있는 아가씨에게 원고를 넘겼다. 그녀의 책상 위에는 이미 접수된 원고가 수북하게 쌓여 있었다. 궁금했다.

"여기서 상 타면 뭐가 있습니까?"

아가씨는 생글생글 미소를 지으며 대답했다.

"김대규 선생님 지도를 받게 되지요."

"김대규?"

"아직 모르세요, 안양 사시면서."

아가씨는 '김대규 시인'을 모른다는 나를 이상하다는 듯 바라보았다.

"4층 진흥부에 김대규 시인님이 계시고, 안진호 시인님은 여기 계시지요."

"안진호?"

"저쪽 곱슬머리를 길게 기르신 분이 안진호 시인님이세요."

우리 회사는 방위산업체였고, 사장님 또한 육군 스타 출신이라서 머리카락은 누구나 스포츠형으로 짧게 깎아야 했다.

아가씨는 더는 나를 상대하기가 귀찮았던지, 안진호 시인님 앞으로 나를 데려다 놓고 온다간다 말도 없이 자신의 자리로 되돌아갔다.

안진호 시인은 내게 커피를 한 잔 타 주었고, 시간이 있으면 김대규 시인님도 한 번 만나 뵙고 가라고 권유했다. 시간이야 얼마든지 있었다. 회사로 들어가서 꼬장꼬장한 과장님 앞에 뒤통수를 들이대고 앉아있는 것보다야 기왕 나온 김에 여기서 시간을 보내는 것도 결코 나쁜 일이 아니라는 결론에 도달했다.

커피 한 잔을 단숨에 들이켠 후 드디어 그 유명하다는 김대규 시인이 있다는 4층으로 발걸음을 옮겼다. 문은 빼꼼히 열려 있어 노크할 필요가 없었다. 큼큼 헛기침을 두어 번 내뱉고 안으로 성큼 들어갔다. 둘레둘레 찾아볼 필요도 없이 한눈에 딱 들어오는 한 사람이 있었다.

―김대규 시인.

갈색 체크무늬 남방에 빗금의 빨간 넥타이를 매고, 역시 장발인 모습이 누가 봐도 예술가의 모습이었다. 거기에다가 창밖을 보며 담배 연기를 뿜어대며 깊은 생각에 잠겨있는 듯한 몽롱한 눈동자는 나까지 빨아드렸다가 내뿜는 듯했다.

"안녕하십니까? G 전기 총무과에서 온 이원규 입니다."

김대규 시인은 예고도 없이 불쑥 찾아온 내가 약간은 못마땅하다는 표정으로 물었다.

"무슨 용무지요?"

나는 3층에서 있었던 이야기를 하고는 4층에 온 이유를 단도직입적으로 말했다.

"김대규 시인이 어떤 분인가 해서 올라와 봤습니다."

그분은 나를 흘끗 보더니, 책상에 있던 시집 한 권을 집었다. 만년필 뚜껑을 열어 속지에 또박또박 자필 서명까지 하더니 내게 말없이 건네주었다. 나는 마치 상장을 받는 자세로 정중하게 시집을 받았다.

―『흙의 시법(詩法)』

〈이원규 兄 惠覽, 1981. 3. 24. 김대규〉

회사로 돌아온 나는 남들이 눈치챌까 봐, 누런 봉투에 시집을 집어넣고 퇴근 시간만을 기다렸다. 드디어, 모두 퇴근하고 나 혼자만 남았다. 마라톤 타자기에 백지를 끼우고 시(?)를 치기 시작했다. 밤 10시쯤 되었을 때, 경비실 김 반장님이 들어왔다.

"바쁘신가 봐요?"

"아, 네!"

나는 마라톤 타자기를 챙겨 부랴부랴 집으로 퇴근했다. 그때까지 저녁도 안 먹었으니, 뱃속에서는 어서 밥 좀 달라고 야단법석이다. 밥을 먹는 둥 마는 둥 하고 밤늦도록 타자기 자판을 두들겼다.

왕년(고등학교 시절)에 한가락 했던 솜씨가 아니던가. 정말 겁도 없이 마구 쳐냈다. 그렇게 머리를 쥐어짜서 쳐댄 시 3편을 안양상공회의소에 다음날 접수했다. 그날은 안진호 시인도 김대규 시인도 모르게 도둑고양이처럼 살금살금 다녀왔다.

보름 정도가 지난 후, '안양근로문학동인회 회장' 명의로 회원 가입 공문이 회사로 배달되었다. 드디어 김대규 시인의 지도를 받을 자격이 주어진 모양이다.

모임은 매달 마지막 주 금요일 저녁에 상공회의소에서 있었다. 회원들끼리 각자 써온 작품을 돌아가며 읽고 진지하게 합평했다. 그리고 후반부에서는 김대규 시인이 문학 강의하듯 조금은 길게 이야기했다. 쉽게 설명하는데도 너무나 어렵게만 들리던 시절이었다. 회원들은 하나같이 말씀 한마디도 놓칠 수 없다는 듯 집중하며 부지런히 노트에 받아 적었다.

모임이 끝난 후 '선미식당'이라는 작은 식당에서 막걸리를 마셨다. 문학은 역시 술이 들어가야 술술 풀리는 듯했다. 그렇게 5

년 동안을 활동하다가 부산으로 직장을 옮기게 되어 김대규 시인과는 10년 이상 떨어져 지냈다.

 부산에서도 역시 문학의 끈은 끊지 못하고 전국 〈젊은시동인〉으로 활동했다. 물론 동인지나 회보가 나오는 족족 안양의 김대규 시인께 등기우편으로 보냈다. 비록 만나지는 못하지만, 소식은 끊지 않았다. 아! 이제 그분의 이야기는 그만 써야겠다. 이렇게 계속 중얼거리다가는 A4 용지 500장도 넘게 나오게 생겼다. 어찌 됐든 내게는 최초이며 유일했던 스승께서 세상을 떠나신 지가 벌써 6년이나 되었다. 이 평론집이 나오면 소주 한 병 사 들고 김대규 선생님 묘소부터 들려야겠다.

 서재의 묵은 책들을 정리하다 보니, 만년필로 또박또박 써서 보낸 엽서 한 장이 책갈피에서 툭 떨어진다.

김대규 선생님의 전용 엽서

— 이원규 시인에게

엽서 잘 받았습니다.

지회 업무 처리하느라 그동안 마음고생 많이 했습니다. 좋은 경험이 될 것입니다. 그러나 예술은 행사가 아니라는 점, 더욱 느꼈을 터, 언제나 심혼은 문학의 본질에 젖어 있어야 하고, 의식은 항상 이상적인 차원을 지향해야 할 것입니다. 못난 사람들과 비교하지 말아야지요.

많이 읽는 일, 끊임없이 추구하는 자세, 그리고 꾸준히 써내는 것밖에는 왕도가 없음은 잘 알고 있으리라 생각합니다. 스스로 문학세계를 높이, 깊이 거느리도록 노력해 가기를 바랍니다. 그럼. 또.

— 2001. 3. 6. 안양에서 김대규

나의 고향은
급행열차가
서지 않는 곳

친구야

놀러 오려거든
삼등 객차를
타고 오렴

— 김대규 시인의 「엽서」 전문

— 2023년 초겨울, 심곡천을 다녀온 후
경암 이원규 쓰다.

456

■ 인명 및 용어 찾기

경암(鏡巖) 이원규

1983년 〈안양근로문학〉과 1990년 〈젊은시동인〉에서 작품 활동 시작하여 오산문인협회 2대 회장과 경기도문인협회 3, 4, 5대 사무국장을 역임했다. 개인시집 『나무가 자꾸 나를 나무란다』, 『은행을 털다』, 『밥짓기』, 『노란 뿔이 난 물고기』, 『물고기들의 행진』과 부부 합동 시집 『사랑꽃을 피우리』가 있으며, 칼럼집 『경암 이원규의 된걸음 세상』, 작가 연구서 『노작 홍사용 일대기-백조가 흐르던 시대』, 문학평론집 『생활 속에서 샘솟는 시심을 찾아서』가 있다. 제17회 방송대문학상, 경기예술대상 등을 받았다. 현재, 경기도 부천시 심곡천 곁에서 아내와 함께 글을 쓰고 산책하면서 천천히 산다.

경암 이원규 문학평론집

생활속에서 샘솟는
시샘을 찾아서

초판 인쇄 2023년 12월 15일
초판 발행 2023년 12월 25일

지은이   이원규
펴낸이   장지섭
북디자인   김은숙
인쇄/ 제본 (주)금강인쇄
펴낸 곳   도서출판 시인
        등록번호 제384-2010-000001호
        등록일자 2010년 1월 11일
        14034 경기도 안양시 만안구 수리산로 48번길 9, 302호(안양동, 청화빌딩)
        Tel 031-441-5558 Fax 031-444-1828
        E-mail : siin11@hanmail.net

값 30,000원

※ 이 책은 문화체육관광부 · 한국장애인문화예술원의 후원을 받아 2023년 장애예술 활성화 지원 사업의 일환
   으로 발간되었습니다..